Knaur.

Knaur.

Über die Autorin:
Susanne Wahl, geboren 1955 in Erlangen, studierte Ethnologie und Anthropologie und lebt mit ihrem Mann und ihren zwei Kindern in Aach im Hegau in einem alten Bauernhaus mit großem Garten. Sie ist selbst begeisterte Gärtnerin, fährt ab und an nach London zur *Chelsea Flower Show* und hat auch schon einen botanischen Fachaufsatz über Minzen veröffentlicht – kennt sich also bestens mit duftenden Pflanzen und edlen Gewürzen aus!

Susanne Wahl

Rosenduft und Koriander

Roman

Knaur Taschenbuch Verlag

Besuchen Sie uns im Internet:
www.knaur.de

Sagen Sie uns Ihre Meinung zu diesem Roman:
leidenschaft@droemer-knaur.de

Originalausgabe August 2005

Umschlaggestaltung: ZERO Werbeagentur, München
Umschlagabbildung: Nonstock Inc. / Mauritius Images, Mittenwald
Satz: Pinkuin Satz und Datentechnik, Berlin
Druck und Bindung: Clausen & Bosse, Leck
Printed in Germany
ISBN 3-426-62851-1

2 4 5 3 1

KAPITEL 1

Die Chrysanthemenfrau

Es war ein besonders unangenehmer Novembertag. Der eiskalte Nordwestwind blies die stetig nachfallenden Tropfen in einem perfiden schrägen Winkel unter die Regenschirme. Ich schauderte, als einer davon eine kalte Spur meinen Hals hinunter zog, bevor er im Schal versickerte. Unwillkürlich hob ich die Schultern und versuchte meinen Kopf einzuziehen wie eine Schildkröte, die sich vor der Welt verkriecht.

Wenigstens schmerzten meine Füße in den neuen schwarzen Pumps kaum noch. Sie mussten inzwischen zu Eisklumpen erstarrt sein. Sehnsüchtig malte ich mir aus, wie ich mir ein dampfend heißes Bad einlassen würde, mit verschwenderischen Bergen von Schaum. Die Wärme würde zuerst beinahe unangenehm sein, aber dann würde sich meine Körpertemperatur anpassen und ich würde den Moment genau spüren, an dem meine Poren sich öffneten und der Schweiß ausbrach.

Wie selbstsüchtig von mir, in solchen Gedanken zu schwelgen!

Schuldbewusst drückte ich meine Schultern nach hinten und hob den Kopf wieder an. Ich beerdigte meine Mutter, es war nicht die Zeit, an mein persönliches Wohlgefühl zu denken. Und wenn ich mich darauf konzentrierte, meine empfindliche Kehle den Nadelstichen der windgetriebenen Regentropfen auszusetzen, würde ich vielleicht von den Worten des fremden Pfarrers abgelenkt werden. Er sprach und sprach über eine Frau, die mir unbekannt war: von langem, geduldig ertragenem Leid, großer persönlicher Tapferkeit und einem Übermaß an Liebe zu ihrem einzigen Kind. Dabei sah er mich streng an.

Um seinem stechenden Blick auszuweichen, musterte ich den Blumenschmuck auf dem Sargdeckel. Die Träger hatten den Eichensarg bereits hinabgelassen und sich nach einem entschuldigenden Blick in meine Richtung eiligst in ihren Aufenthaltsraum zurückgezogen. Einzig der Bestatter hielt neben mir aus. Seine stoische Gegenwart, die Unbeweglichkeit, mit der er das Wetter einfach nicht zur Kenntnis zu nehmen schien, wirkten seltsam tröstlich. Er erinnerte mich an Säulenzypressen, die weicheren Pflanzen einen festen Rahmen und Orientierung bieten.

Das Gesteck aus weißen Callas und Misteln war Mutters spezieller Wunsch gewesen. Als ich das nüchterne Stück Papier aus dem Umschlag in ihrer Nachttischschublade gezogen hatte, war mein spontaner Gedanke gewesen: »Wie passend!« Besonders Callas wirken in ihrer Perfektion so unnatürlich, dass man immer versucht ist, sich durch eine Berührung zu vergewissern, dass sie keine Nachbildungen aus Plastik sind. Ihnen scheint jedes Leben zu fehlen. Selbst der Prozess des Welkens läuft nahezu im Geheimen ab: Am Abend sehen sie noch makellos aus, am nächsten Morgen hat sich das schneeweiße Blütenblatt braun vertrocknet zusammengerollt, als hätte es nie gelebt.

Misteln, die vom Saft der Bäume leben, auf denen sie wachsen, hatten mit Mutter einiges gemeinsam: Auch sie hatte auf mir gelebt, durch mich, mich erstickend. Hatte es eine Zeit in meinem Leben gegeben, in dem ich mich nicht ununterbrochen von ihrem aufmerksamen Blick, der jede Verfehlung gnadenlos aufzudecken pflegte, beobachtet gefühlt hatte? Als Kind war ich überzeugt davon gewesen, dass sie nicht nur über versteckte Augen am Hinterkopf, sondern auch über hellseherische Fähigkeiten verfügte. Das einzige Mal, das ich es gewagt hatte, meine Ballettstunde zu schwänzen, um mit meiner

Schulfreundin den kleinen Wanderzirkus zu besuchen, der in unserer Stadt Station machte, hatte sie es mir bereits an der Haustür angesehen. Zur Strafe hatte ich meinen Lieblingsteddy dem Kinderheim spenden müssen. Wochenlang weinte ich mich in den Schlaf, weil ich ohne meinen Kameraden den schrecklichen Ungeheuern, die nachts mein Zimmer aufsuchten, hilflos ausgeliefert war. Ich wagte es niemals wieder, offen oder heimlich, entgegen Mutters Anweisungen zu handeln.

Ich ging auf die Realschule, obwohl meine Lehrerin alles versuchte, meine Mutter dazu zu überreden, mich auf das Gymnasium gehen zu lassen. Die Lehrer schätzten mich als fleißige, unauffällige Schülerin – eine, bei der keine Elterngespräche notwendig waren. In den Augen meiner Mitschüler war ich eine langweilige Streberin, uninteressant. Ich beneidete sie glühend um die Freiheit, sich nach Lust und Laune treffen zu können. Sie luden mich nie dazu ein, aber Mutter hätte es mir sowieso nicht erlaubt.

Mein Tagesablauf war vom Aufstehen bis zum Schlafengehen rigoros geregelt: Sobald ich aus der Schule kam, gab es Mittagessen, Abwasch, Hausaufgaben. Drei Nachmittage in der Woche musste ich in die Ballettstunde. Besonders begabt war ich nicht, aber ständige Übung führte auch bei mir zu Soloauftritten. An solchen Abenden zog Mutter ihr bestes Kostüm an und setzte sich in die erste Reihe.

Samstags war Hausputz, und am Sonntag gingen wir vormittags in die Kirche und am Nachmittag spazieren. Seltsamerweise waren es diese Spaziergänge, die mir eine unerwartete Möglichkeit eröffneten, in eine eigene Welt zu flüchten.

Es war ein Sonntag im Mai, die Wiesen hatten sich mit einem faszinierenden Blütenteppich überzogen, aus dem hier und da ein strahlendes Hellblau leuchtete. Plötzlich wollte ich wissen, wie diese besondere Blume hieß. Sie besaß doch sicher einen

Namen? Mutter wusste ihn nicht, aber zu meiner maßlosen Verblüffung lag zwei Wochen später auf meinem Geburtstagstisch, zwischen den üblichen Garnituren Unterwäsche und dem Geburtstagskuchen, ein dickes Bestimmungsbuch. *Was blüht denn da?* war meine Eintrittskarte in die Welt der Botanik.

Von einem Tag auf den anderen hatte sich mein Sehen verändert. Meine Augen glitten nicht mehr gleichgültig über das Farbkaleidoskop, sie nahmen Einzelheiten auf, die ich vorher zwar gesehen, aber nicht wahrgenommen hatte. Augentrost, Klappertopf, Wiesensalbei, Günsel – die Vielzahl der Pflanzen und Namen verwirrte mich, doch mit der Zeit wurden sie mir alle vertraut. Und ich begann, sie Bekannten zuzuordnen. Unsere Englischlehrerin erinnerte mich an den Wiesenstorchschnabel: schöne, blaue Blüten, aber keine Standfestigkeit. Der Deutschlehrer dagegen war eine typische Buche: geradlinig, berechenbar und hart. Meine Banknachbarin versah ich mit dem Etikett Gänsedistel. Sie wirkte auf den ersten Blick nett und umgänglich, aber man kam ihr besser nicht zu nah.

Nach dem Schulabschluss absolvierte ich lustlos, aber pflichtschuldig die Banklehre, die meine Mutter für mich geplant hatte. Es gab kein Entkommen in ein Leben, wie ich es mir erträumte. Ab sofort bestimmten Mutter *und* der Filialleiter meine tägliche Routine, in der ich nach außen resigniert hatte.

Wenigstens ermöglichte mir der Teil meines Gehalts, den ich behalten durfte, die Anschaffung und den Unterhalt eines Gewächshauses. Hinter dem breiten Fliederbusch fiel es nicht weiter auf. Dort richtete ich mir mein eigenes Reich ein. Seit einigen Jahren schon sammelte ich Fuchsien und Orchideen, die mich beide wegen ihrer unglaublichen Vielfalt faszinierten. Ich besaß sogar ein seltenes Exemplar der *Fuchsia thymi-*

folia mit winzigen weißen Blüten, das ich selbst aus Samen des botanischen Gartens gezogen hatte. Unsere Nachbarn waren allerdings mehr an Ablegern der Prachtformen interessiert, die zum Teil handtellergroße, gefüllte Blüten entwickelten.
Meine Orchideen halfen mir über die Wintermonate, wenn meine übrigen Schützlinge Winterschlaf hielten. Für sie heizte ich einen abgetrennten Teil des Gewächshauses auf Temperaturen, die Mutter einmal als »unanständig« bezeichnet hatte. Die feuchte Wärme war ihr so zuwider, dass sie strikt ablehnte, mein Reich zu betreten.
Der ursprüngliche Rasen des restlichen Teils unseres winzigen Reihenhausgärtchens hatte einer Iris-Sammlung, den Lilien und den Dahlien weichen müssen. Ihre auffällige Farbenpracht leuchtete mir immer schon von weitem entgegen und erfüllte mich immer wieder mit Stolz auf mein Werk.
Schon wenn ich im Frühjahr den harten Lehmboden lockerte, vorsichtig Unkräuter ausstach und die Pflanzlöcher vorbereitete, sah ich das fertige Bild vor meinem inneren Auge. Für andere mochten es nichtssagende braune Knollen sein – für mich waren es die feuerroten Blütenbälle des *Roten Sterns*, die leuchtend orangefarbenen der *Glorie von Norwijk* oder die fast schwarzen der *Arabischen Nächte*.
Die letzten Jahre war ich allerdings nur noch selten dazu gekommen, meinen Garten hingebungsvoll zu pflegen. Mutters Krankheit, die ich anfangs für einen Trick gehalten hatte, noch mehr meiner Zeit für sich zu beanspruchen, hatte immer stärker unser tägliches Leben bestimmt. Ob im Krankenhaus oder zu Hause, sie ließ mich kaum von ihrer Seite. Auch wenn sie zu schlafen schien, öffnete sie sofort die Augen, sobald ich Anstalten machte, mich wegzuschleichen, und fragte anklagend: »Wo willst du denn hin?«
Wusste der Pfarrer, wovon er sprach, wenn er sagte, das

Wohlergehen ihrer Tochter sei der rote Faden gewesen, der sich durch ihr Leben gezogen hatte? Ich schluckte, um den Geschmack der Bitterkeit loszuwerden. Dabei fiel mein Blick auf eine rundliche alte Frau in Schwarz, die unterdrückt keuchend angehastet kam. Wollte sie zu uns?

Nur meine Freundin Monika hatte ich wider besseres Wissen gefragt, ob sie kommen würde, und ihr betretenes Schweigen am anderen Ende der Telefonleitung hatte mir mehr als deutlich zu verstehen gegeben, dass sie immer noch unter ihrer phobieähnlichen Abneigung gegen Beerdigungen litt. Also hatte ich mich beeilt, ihr zu versichern, dass es absolut unnötig wäre, dass sie extra anreiste. Ich käme gut zurecht. Ihr erleichtertes Aufatmen war Antwort genug.

Monika Böhm, wegen ihres jungenhaften Auftretens »Mike« genannt, war für zwei Schuljahre meine Banknachbarin gewesen und wurde während dieser Zeit zu der einzigen Freundin, die ich je hatte. Sie war die Einzige, die ich jemals bat, nach Hause einladen zu dürfen, und sie konnte wunderbar mit Mutter umgehen. Wenn Mike mich zu etwas mitnehmen wollte, wurde es mir erlaubt. Ich durfte sie sogar besuchen und erlebte staunend und ungläubig eine Familie, in der es in meinen Augen chaotisch zuging.

Als Mikes Vater überraschend starb und sie wegziehen mussten, war ich todunglücklich. Die erste Zeit schafften wir es, in Kontakt zu bleiben, aber Monika war keine große Briefschreiberin. Irgendwann kam dann ein Brief zurück, *Empfänger unbekannt verzogen*, und die Verbindung brach ganz ab.

Dann aber, vor einem halben Jahr, hatte sich Monika überraschend wieder gemeldet. Eines Abends klingelte das Telefon, und eine muntere Stimme fragte: »Hallo, Reni, kannst du dich noch an mich erinnern?«

Natürlich konnte ich! Von da an telefonierten wir regelmäßig miteinander. Einmal hatte ich sie sogar in ihrem kleinen Ort im Badischen besucht, etwas nervös, weil ich jeden Moment damit rechnete, zurück ins Krankenhaus gerufen zu werden.
»Davon, dass du dich verrückt machst, geht es ihr weder schlechter noch besser – also entspann dich und denk auch einmal an dich«, hatte Monika in ihrer unverblümten Art festgestellt. »Hast du dir überhaupt einmal Gedanken über dein Leben ohne sie gemacht? Das kommt – früher oder später, aber so sicher wie das Amen in der Kirche. Sieh die Dinge, wie sie sind: Sie wird auf jeden Fall vor dir sterben.«
Energisch stülpte sie sich eine speckige Baseballkappe auf ihre feuerrot gefärbte Igelfrisur – sie erinnerte mich damit an eine Kaktusblüte, deren Auffälligkeit gleichzeitig Warnung ist, und sprang, mich mitziehend, von ihrem alten *Ikea*-Sofa auf. »Komm, ich zeige dir die Gärtnerei. Sie wird dir gefallen und dich ablenken.«
Und ob sie mir gefiel! Ich beneidete Monika glühend um ihr Reich, mit dem sich mein bescheidener Garten nicht messen konnte. »Wenn ich nur so leben könnte wie du!«, hatte ich sehnsüchtig gewünscht, und Monika hatte mir einen kurzen verständnisvollen Blick zugeworfen und gemeint: »Das müsste sich einrichten lassen. Aber so viel wie deine Bank könnte ich dir natürlich nicht zahlen.«
Wir fantasierten eine Weile über diesen Plan, ohne auszusprechen, dass Mutters Tod die Vorbedingung für seine Realisierung sein würde.
Monika hatte die Gärtnerei von Alfons, dem Vorbesitzer, quasi geerbt. Der alte Herr, ein leidenschaftlicher Blumenliebhaber, hatte keine Verwandten, und seine junge Angestellte war innerhalb kurzer Zeit zu einer Art Tochter geworden. Energisch hatte sie seine unwirtschaftliche Geschäftsführung

modernisiert, und von der Verbindung ihrer Geschäftstüchtigkeit und seiner Erfahrung hatte das Unternehmen so profitiert, dass man es nicht nur nach den Maßstäben der Banken als Erfolg bezeichnen konnte. Alfons hatte es ihr schließlich gegen eine bescheidene Rente überschrieben, war aber immer noch täglich in den Gewächshäusern und auf den Anbauflächen anzutreffen, wo er freundlich, aber bestimmt die Hilfskräfte anlernte. Ein kleiner weißhaariger Mann, mit gebeugtem Rücken wie eine Unbilden gewohnte Bergkiefer und mit runzligen, von ständigem Erdkontakt rauen Händen. »Dieser Daumen war nur einmal in meinem Leben sauber«, erklärte er mir fröhlich grinsend, als Monika mich ihm vorstellte, und hielt seine rechte Hand hoch, an der Erdspuren in jede Pore gedrungen waren und sie geradezu gegerbt hatten. »Das war, als ich mir die Blutvergiftung geholt habe. Da mussten sie in der Klinik über eine halbe Stunde daran herumschrubben.« Er schien stolz darauf zu sein.

Die dicke Frau wollte tatsächlich zu uns. Kurzatmig keuchend nickte sie freundlich in die kleine Runde und stellte sich mir gegenüber ans offene Grab. Sie kam mir vage bekannt vor, aber ältere Damen sehen sich alle in gewisser Weise ähnlich. Sie atmete immer noch heftig, zog dezent ein Leinentaschentuch aus der Manteltasche und wischte sich damit über Stirn und Oberlippe. Der schwarze, wadenlange Mantel und der breitkrempige Hut schienen nicht allzu neu zu sein. Die ramponierte Hahnenfeder nickte im böigen Wind wie eine Wetterfahne. Ich musste lächeln, und die Frau lächelte überraschend herzlich zurück. Ihr Lächeln wärmte wie das Goldorange der üppigen Chrysanthemenkugeln, die mir in den letzten Wochen so oft die Sonne hatten ersetzen müssen. Neugierig versuchte ich sie einzuschätzen. Eine alte Freundin

meiner Mutter? Kam sie mir deswegen bekannt vor? Oder nur eine Angestellte des Bestattungsunternehmens, die ihren Chef abholen wollte?
Der Pfarrer schien zu spüren, dass der Neuankömmling die Kontinuität durchbrochen hatte und die Aufmerksamkeit auf sich zog, und kam zum Ende.
Mit vor Kälte steifen Fingern griff ich nach der Schaufel, die der Bestatter mir auffordernd hinhielt, und ließ Sand aus dem bereitgestellten Behälter auf den Sarg rieseln. Offenbar hatten sie ihn nicht gesiebt, denn ich hörte deutlich kleine Steine dumpf auf dem Holz aufprallen. Es klang hohl, als sei er leer. Der Orchideenzweig, den ich hinterherwarf, segelte lautlos, drehte sich um die eigene Achse und kam direkt unterhalb des Gestecks auf. Die porzellanweißen Blüten schimmerten vor dem dunklen Hintergrund lebendig und geheimnisvoll. Vielleicht hatte Mutter meine Orchideen so verabscheut, weil sie perfekt *und* lebendig wirkten.
Die Chrysanthemenfrau hatte einen kleinen Handstrauß aus weißen Nelken und Buchs mitgebracht. Sie ließ die üblichen drei Schaufeln auf Mutters Sarg fallen, warf den kleinen Strauß hinterher und neigte kurz den Kopf. Ohne sich weiter aufzuhalten, drehte sie sich dann zu mir um, streckte mir beide Hände entgegen und sagte freundlich: »Du musst Verena sein. Vermutlich hast du keine Ahnung, wer ich bin? Ich bin deine Tante Hilde, Margarethes Kusine.«
Automatisch ergriff ich die Hände – und wurde in eine überwältigend herzliche Umarmung gezogen. Die kleine Person war erstaunlich kräftig. Ich roch Haarspray und Schmorkraut, fühlte den kompakten Körper, die Wärme, die er ausstrahlte, und musste mich auf einmal zusammennehmen, um nicht in Tränen auszubrechen.
»Ich wusste gar nicht, dass ich eine Tante habe«, stammelte

ich unsicher. »Ich dachte immer, wir hätten keine Verwandten.«
Tante Hilde runzelte die Stirn und schüttelte missbilligend den Kopf. »Es war nicht richtig von Margarethe, sich so zu isolieren. Aber ich will sie nicht an ihrem Grab kritisieren. Lass uns die Herren verabschieden, und dann werden wir uns in aller Ruhe beschnuppern. Kannst du mir ein Hotel empfehlen? Ich habe mein Gepäck noch im Taxi.«
Halb betäubt hörte ich mich dem Pfarrer für seine Worte danken, schüttelte dem Zypressenmann die Hand, der leise murmelte, es sei gut, dass ich jetzt nicht alleine wäre, und fand mich Augenblicke später im Schlepptau von Tante Hilde den Hauptweg entlang zum Ausgang gezogen. Im Fond des Taxis, in dem sie ihre Frage nach einem anständigen Hotel erneuerte, fasste ich mich so weit, dass ich ihr versicherte, es sei ausreichend Platz in unserem Haus vorhanden, um sie unterbringen zu können.

Ihr Koffer schien mit Blei ausgekleidet. In der Diele zögerte ich. »Macht es dir etwas aus, in Mutters Zimmer zu schlafen? Wir haben leider kein Gästezimmer …« Wozu auch? Wir hatten niemals Gäste in unserem Haus gehabt.
Tante Hilde schnaubte leise durch die Nase und fand nichts dabei. »Schließlich haben wir als Kinder oft genug in einem Bett geschlafen.« Ihr kritischer Blick erfasste meine tauben Zehen, klammen Finger und die Kälte, die sich unter meinem alten Wintermantel eingenistet zu haben schien. »Ich komme schon zurecht, Kind. Sieh zu, dass du schleunigst warme Sachen anziehst. Es ist niemandem damit geholfen, wenn du jetzt krank wirst.« Mit diesen Worten scheuchte sie mich in mein Zimmer.
Ich duschte so heiß, wie ich es ertrug, und als ich in Wollso-

cken und meinem wärmsten Pullover nach unten kam, hatte sie bereits den Tisch gedeckt. Aus dem Backofen duftete es nach Apfelstrudel. Tante Hilde war gerade damit beschäftigt, Tee in Mutters *Villeroy-&-Boch*-Tassen zu gießen, die, solange ich zurückdenken konnte, nie benutzt worden waren.
»Ich habe alles gefunden«, stellte Tante Hilde so zufrieden fest, dass ich den ersten Impuls, gegen das Sakrileg zu protestieren, unterdrückte und gehorsam meine dampfende Tasse aus ihren Händen entgegennahm.
»So lerne ich dich doch endlich kennen«, stellte sie strahlend fest. »Du siehst gar nicht nach unserer Familie aus, viel eher nach Giuseppe.«
Ich fühlte, wie mein Herzschlag sich beschleunigte, das Blut in meinen Ohren pochte. Mein Leben lang hatte ich über meinen Vater gerätselt – und nun saß mir jemand gegenüber, der so selbstverständlich über ihn sprach, als hätte er ihn gut gekannt!
Meine plötzliche Blässe war Tante Hilde nicht entgangen.
»Ach herrje, hat sie dir das auch verschwiegen?«, fragte sie ungläubig. »Wie hat sie dir denn dein südländisches Aussehen erklärt?«
»Gar nicht.« Als ich alt genug gewesen war, mir darüber Gedanken zu machen, hatte ich schon lange nicht mehr die Unbefangenheit besessen, Mutter danach zu fragen. Mein Vater war ein Thema, das einfach nicht berührt wurde. Das hatte ich sehr früh gelernt.
Vorsichtig stellte ich die Tasse ab. Meine Hände zitterten. Ich hatte das Gefühl, dass meine vertraute Welt um mich herum unkontrolliert schwankte. Alles schien sich aufzulösen, durcheinander zu wirbeln.
Warme Hände schlossen sich tröstend um meine, braune Augen zwinkerten mir aufmunternd zu.

»Entschuldige, ich bin ein Trampel, dass ich so mit allem herausplatze. Ich hätte wissen müssen, dass Margarethe …«
Tante Hilde beobachtete mich so intensiv wie eine Krankenschwester einen Schwerkranken, als sie fortfuhr: »Hat deine Mutter nie von deinem Vater gesprochen?«
Mein einfaches Kopfschütteln schien sie zu erschüttern.
»Du lieber Himmel – ich weiß überhaupt nicht, wie ich anfangen soll. Möchtest du jetzt etwas über deinen Vater erfahren, oder sollen wir bis morgen warten?«, fragte sie schließlich behutsam. »Vielleicht ist alles auf einmal ein bisschen viel …«
Nein, ich hatte lange genug in einem Vakuum gelebt. Zu erfahren, dass es ein künstlich erzeugtes gewesen war, wirkte verwirrend und gleichzeitig beruhigend. Es schien mir so unwirklich: Auf einmal war an die Stelle eines gesichtslosen Erzeugers ein Mensch aus Fleisch und Blut getreten. Die Glasglocke, unter der ich gelebt hatte, hob sich. Mir war schwindlig, aber ich sagte mit fester Stimme: »Nein, ich möchte nicht warten.«
Tante Hilde nickte zustimmend, trank ihren Tee aus und verschwand geheimnisvoll lächelnd. Mit einem dicken, in braunes Leder gebundenen Buch kam sie zurück.
»In der Eile habe ich einfach unser Familienalbum gegriffen. Ich habe leider keine Zeit gehabt, die Bilder zu sortieren«, erklärte sie entschuldigend. »Aber einige Bilder von Margarethe und Giuseppe sind natürlich dabei.«
Mit dem braunen Lederband und der Flasche Sherry aus Mutters Kredenz setzten wir uns aufs Sofa und öffneten die Tür zur Vergangenheit.
Mit leicht zitternden Hände schlug ich eine Seite nach der anderen um. Säuglingsbilder, steif wirkende Männer in dunklen Anzügen und mit verhärmten Gesichtern, Frauen in Schürze und Kopftuch.

»Das ist zu früh, blättere weiter. Margarethe ist ein paar Jahre nach mir geboren, und wir haben uns erst später als Schulmädchen immer in den Sommerferien getroffen. Ein Jahr kam sie zu uns, ein Jahr fuhr ich zu ihr. Damals wurde noch nicht so viel fotografiert. – Da! Ich glaube das ist das erste Bild von uns beiden. Das ist zu meinem 16. Geburtstag. Da muss Margarethe zwölf gewesen sein. Unglaublich, wie erwachsen sie schon wirkt, nicht?«

Auf der Schwarzweiß-Aufnahme lächelte unverkennbar Tante Hilde, die dicken Zöpfe zu einer Krone geschlungen. Neben ihr, schon damals kühl und unnahbar, Mutter: die blonden Locken von einem Stirnreif zurückgehalten, die Bluse makellos gebügelt. Ihr zu Füßen ein kleiner Spaniel.

»Sie hatte einen Hund?«, fragte ich ungläubig.

»Nicht lange. Ihr Vater brachte ihn ihr von einer Geschäftsreise mit. Aber er war ein kleiner Tunichtgut. Als er eines Tages ihre Pantoffeln zerkaute, brachte sie ihn stillschweigend ins Tierheim und behauptete, sie sei allergisch gegen Tierhaare.«

Ich blätterte weiter. Ein Familienausflug: lachende Gesichter, die übermütige Grimassen schnitten. Tante Hilde kicherte: »Schau, das da sind deine Großeltern, und das dicke Paar sind meine Eltern. Meine Mutter und dein Großvater waren Geschwister.«

Die Ähnlichkeit war unverkennbar. Neben meinem Großvater wirkten Frau und Tochter kindlich schmal und zerbrechlich. Feen neben einem fröhlichen Wikinger.

Dann tauchten plötzlich Bilder von einem schlanken, dunklen Mann auf. Meist zusammen mit Mutter – einer lächelnden, jungen Mutter. Eine Aufnahme gefiel mir besonders: Er stand hinter ihr und lächelte über ihre Schulter in die Kamera, sie blickte zu ihm auf, die schlanke Hand auf seinen Arm gelegt. Ein schönes Paar.

»Dein Vater betete sie an.« Tante Hildes Stimme klang belegt. Sie räusperte sich und fuhr fort: »Als sie heirateten, kam seine ganze Verwandtschaft aus Sizilien. Mit einem Reisebus – stell dir das vor! Nette Leute, aber Margarethe fand sie schrecklich: zu laut, zu anstrengend, zu unbeherrscht. Sie weigerte sich, ihre Flitterwochen dort zu verbringen. Giuseppe war tief verletzt, aber er gab nach.«
Die nächsten Fotos von den beiden stammten aus der Zeit der ersten Farbfilme. Verblasst und fremdartig zeigten sie bereits eine Familie, ein Baby im Arm der jungen Frau, der Blick der Mutter eher unangenehm berührt als liebevoll.
Auf dem folgenden Bild hielt der stolze Vater das Kleinkind vorsichtig an den Händen und unterstützte es bei ersten Laufversuchen neben einem Sandkasten. Ich blätterte weiter, aber die restlichen Aufnahmen zeigten ausnahmslos Unbekannte.
»Was ist geschehen?«
Tante Hilde zuckte hilflos die Schultern und schloss energisch das Album. »Ganz genau weiß das keiner. Ich war damals mit meiner eigenen Familie beschäftigt. Es gab so etwas wie einen Skandal, weil Giuseppe ein Verhältnis mit einer stadtbekannten lockeren Dame hatte und irgendwie in die Umstände ihres tödlichen Unfalls verwickelt war. Margarethe verlangte die Scheidung und verschwand von einem Tag auf den anderen spurlos. Wir dachten alle, sie wäre vielleicht ausgewandert, weil sie nicht einmal zum Begräbnis ihrer Eltern kam. Die armen haben bis zuletzt gehofft, ihr Enkelkind noch einmal zu sehen.« Tante Hildes Stimme spiegelte ihre unterschwellige Empörung wider.
Mich wunderte ihre offensichtliche Ignoranz. Es war Mutters Art gewesen, einmal getroffene Entscheidungen nicht zu revidieren. Für »sentimentalen Quatsch« hatte sie nicht viel übrig gehabt. Wenn sie entschieden hatte, alle alten Verbin-

dungen zu kappen, hatte sie es sicher als endgültig betrachtet.
Und damit stellte sich die Frage, wieso Tante Hilde und ich uns überhaupt hatten kennen lernen können. »Wie hast du von Mutters Tod erfahren?«
»Dieser Rechtsanwalt hat mir geschrieben. Wie hieß er noch – Weidenmann oder so ähnlich? Der, bei dem deine Mutter ihr Testament hinterlegt hat. Scheinbar hat sie verfügt, dass ich von ihrem Tod zu informieren bin.«
Die Sache wurde immer verwirrender. Hatte Mutter doch Gewissensbisse bekommen? Wollte sie mich nicht ganz allein auf mich gestellt zurücklassen? Es wäre eine tröstliche Vorstellung, zu glauben, dass sie diese Verfügung aus einem Gefühl der Fürsorge und Zuneigung für mich heraus getroffen hätte.
Auf einmal musste ich gegen meinen Willen gähnen. Die emotionale Aufregung forderte ihren Tribut. Ich wollte nur noch in mein Bett, die Decke über den Kopf ziehen und alles hinter mir lassen.
Tante Hilde strich mir verständnisvoll über die Haare: »Geh zu Bett, Kind. Du siehst total erschöpft aus. Ich finde mich schon zurecht.«

In den folgenden Stunden träumte ich die bizarrsten Träume, die mich jemals heimgesucht hatten. Meine Mutter, die ich niemals hatte laut werden hören, schrie so laut und anhaltend, dass ich mir die Ohren zuhalten musste und es trotzdem noch schmerzhaft schrill an mein Trommelfell brandete. Ein kleiner Hund mit dem Kopf meines Vaters knabberte übermütig an ihren Pantoffeln, und sie trat ihn weg, so dass er in weitem Bogen davonflog. Aber bevor er aufschlug, verwandelte er sich in einen Vogel, der sich in die Höhe schraubte, bis er nicht mehr zu sehen war. Meine Mutter schrie immer noch, den Kopf in den Nacken gelegt. Ich konnte ihre Wut, ihre Enttäuschung und ihren Zorn fühlen, als seien es meine eigenen Gefühle, und sie machten mir Angst. Um sie herum war Leere. Nichts existierte darin als dieser Zorn, schwarz und erstickend.

Und dann sah ich mich. Ich versuchte, zu meiner Mutter zu gelangen, aber die dunklen Schwaden reichten mir bereits bis zum Hals, umhüllten mich, versuchten mich zu verschlingen. In panischer Angst schrie ich auf und erwachte – schweißnass, aber sicher in meinem Bett.

Es war noch früh. Die Straßenlaternen brannten hell, nur gedämpft durch den morgendlichen Nebel. Normalerweise hätte ich jetzt aufstehen müssen, aber ich hatte noch zwei Tage Sonderurlaub wegen »Todes eines Angehörigen ersten Grades«.

Mein nass geschwitzter Pyjama klebt unangenehm an der Haut. Ich konnte genauso gut aufstehen und nach meinen Pflanzen sehen, die ich die letzten Tage vernachlässigt hatte.

Im Bad stand wie ein Fremdkörper Tante Hildes Kulturbeutel. Ihm entströmte leichter Kampfergeruch, der Duft von Lavendel und Rosencreme. Ihre Zahnbürste hatte sie in ein Glas aus dem Küchenschrank gestellt. Irgendwie war ich ihr dankbar, dass sie Mutters goldgeränderten Porzellanbecher unberührt gelassen hatte. Ich hatte ihn bereitgestellt für die Zeit, wenn sie wieder aus dem Krankenhaus entlassen würde. Dieses Mal aber war sie nicht wieder nach Hause gekommen wie so oft zuvor.

Ich fröstelte. Die Heizung lief noch auf Nachtbetrieb. Mutter hatte es unnötig gefunden, sie nach meinen Zeiten zu programmieren. »Du bist so schnell angezogen, da ist es absolute Geldverschwendung, für die Viertelstunde die Heizung laufen zu lassen«, war stets ihre Meinung gewesen. In einer Anwandlung von Trotz überlegte ich, das heiße Wasser laufen zu lassen, entschied mich dann aber dagegen.

Im Gewächshaus brannte noch die Röhre mit dem ultravioletten Licht und tauchte die Pflanzen in gespenstische Nuancen. Ich sah auf die Uhr; jeden Moment würde die Zeitschaltuhr die Tageslichtröhre einschalten. In dem düsteren Zwielicht schimmerten die weißen wachsartigen Blüten, als leuchteten sie aus sich heraus. Eigentlich zog ich das kräftige Rosa der Cattleyen vor, aber die *Phalaenopsis* blühten reicher und zeigten sich überhaupt so wuchsfreudig, dass Weiß inzwischen zur vorherrschenden Farbe geworden war.
Die feuchte Wärme hatte sich auf den Fensterscheiben niedergeschlagen und sie mit einem Film überzogen, der meine Welt isolierte. Ich griff nach der Messingkanne mit dem abgestandenen Wasser und begann die Topfreihen zu kontrollieren. Der elegant geschwungene Griff schmiegte sich in meine Hand. Sie war so filigran gearbeitet, dass man mit ihrer feinen Spitze einzelne Tropfen dosieren konnte. Mutter hatte sie mir, zusammen mit einem Paar lederner Gartenhandschuhe, letzte Weihnachten geschenkt.
In meiner Lehrzeit, wie ich es nannte, hatte ich erschreckend viele Pflanzen verloren, weil ich sie zu nass hielt. Und natürlich hatte ich gerade meine Favoriten in fehlgeleiteter Fürsorge zu Tode gegossen. Der so genannte grüne Daumen ist im Wesentlichen der richtige Einsatz des Daumens beim Befühlen der Blumenerde.
Die Sonne ging auf, ohne dass ich von ihr Notiz nahm. Erst das scharrende Geräusch, mit dem die Glastür schnell geöffnet und wieder geschlossen wurde, schreckte mich aus meiner Tätigkeit.

»Hier also steckst du! Ich muss sagen: Es ist wirklich beeindruckend.« Tante Hilde in ihrer altmodisch-adretten Bluse und einem Paar Hosen, von dem es immer so schön heißt »nichts kneift, nichts zwickt«, schaute sich bewundernd um. »Du hättest Gärtnerin werden sollen. Das wirkt richtig professionell.«
Ich war es nicht gewöhnt, hier jemanden bei mir zu haben, und irgendwie irritierte mich dieser Einbruch in meine ureigene Privatsphäre. Aber um nicht unfreundlich zu erscheinen, stellte ich ihr meine schönsten Exemplare vor. Sie war fassungslos: »Und die hast du wirklich alle selbst gezüchtet? Mit künstlicher Bestäubung und so?«
Ich musste lachen. »Das ist nicht so schwierig, wie du denkst. Bei dieser Art ist es sogar ganz einfach, deshalb habe ich so viele davon.«
Tante Hilde schnupperte kritisch: »Es riecht ein wenig muffig. Ich wette, Margarethe hat dieses Gewächshaus nicht gemocht. Seltsam, dass sie es dir erlaubt hat.«
Während wir frühstückten, fragte sie mich ungeniert nach meiner Arbeit aus. Ich erzählte ihr, dass ich seit Beendigung meiner Lehrzeit in derselben Bank arbeitete. In der Vermögensberatung durfte ich mich inzwischen als rechte Hand des Abteilungsleiters betrachten.
»Und Männergeschichten? Hast du einen Freund?«, bohrte Tante Hilde gnadenlos nach.
Ich schüttelte den Kopf. Seit der Geschichte mit Dieter hatte kein Mann an mir echtes Interesse bekundet.

Dieter war gerade in die Hypothekenabteilung übernommen worden, als ich dort mein Praktikum begann, und es war nur natürlich, dass wir zwei Neulinge uns zusammenschlossen. Er war ein freundlicher, wenn auch etwas schüchterner junger Mann, der nach einem Unfall leicht hinkte und bei Nervosität in seinen heimischen schwäbischen Dialekt verfiel. Eine Sonnenblume, die bodenständig und verlässlich Wärme verbreitete. Ich mochte ihn. Er jagte mir keine Angst ein wie die älteren Männer, die sich einen Spaß daraus machten, mich zum Erröten zu bringen. Dieter zwinkerte mir immer aufmunternd zu, wenn ich an seinem Schreibtisch vorbeikam, und hatte sich angewöhnt, mit mir zusammen in die Kantine zu gehen. Dort konnte ich ihn während unserer gemeinsamen Mittagspause die Dinge fragen, bei denen ich die schrägen Witze der anderen fürchtete.

Als er eines Tages zwei Kinokarten aus seiner Brusttasche zog, hätte ich ihm zuliebe jeden Film angesehen. Und so saßen wir einträchtig vor einem cineastischen Produkt, von dem ich nicht einmal die Hälfte verstand, weil es in französischer Originalfassung lief. Die Dunkelheit und die räumliche Nähe ließen es normal erscheinen, dass er meine Hand ergriff und seine Finger mit meinen verschränkte. Sie waren feucht, aber das störte mich nicht im Geringsten. Die einfache Berührung verzauberte mich, weckte geradezu die Gier nach mehr.

Es war ziemlich unbequem in seinem Opel Kadett, aber es war mir egal. Ebenso egal wie die Tatsache, dass die Angelegenheit sich für mich nicht besonders anfühlte. Es tat etwas weh, und ich war erleichtert, dass es nicht lange dauerte. Das Schönste war, dass er mich danach im Arm hielt.

Mutter schlief bereits, als ich vorsichtig die Treppe hinaufschlich, aber ich traute mich nicht, mir ein Bad einzulassen, wie ich es liebend gerne getan hätte. Also griff ich nach einem Waschlappen und musterte mich etwas besorgt im Spiegel. Sah man mir etwas an? Meine weiße Bluse war zerknittert, der dicke Haarknoten hatte sich teilweise gelöst, was mir ein leicht verruchtes Aussehen verlieh. Meine widerspenstige schwarze Haarfülle war früher in adretten Zöpfen gebändigt worden; seit einigen Jahren trug ich sie aufgesteckt, weil ich mich nicht entschließen konnte, sie abschneiden zu lassen. Ich liebte es, sie spätabends, wenn Mutter bereits schlief, meine Haare zu bürsten, bis sie seidig glänzten und sich geschmeidig um meine Finger ringelten wie etwas Lebendiges.

Mit meiner im Sommer goldenen, im Winter eher olivfarbenen Haut, den dunkelbraunen Augen und dem dunklen Haar wirkte ich neben Mutter immer auffallend exotisch. Die Gänsedistel hatte mich »Negerkind« genannt, bis unsere Klassenlehrerin es einmal zufällig mitbekam. Sie war ziemlich wütend geworden und hatte der ganzen Klasse erklärt, ich sei kein »Negerkind«, sondern ein klassischer mediterraner Typ. Besonders dankbar war ich ihr nicht, denn danach hieß ich nur noch »die Itakerin«.

Ich bemühte mich nach Kräften, meine südländische Erscheinung durch besonders strenge Kleidung zu neutralisieren, versagte mir leuchtende Farben und trug hauptsächlich eine Art Tarnkleidung, die meine Seriosität betonen sollte. Weiße Blusen und unauffällige Kostüme verbargen außerdem erfolgreich die üppigen Formen, die sich zu meinem Entsetzen während der Pubertät entwickelt hatten.

Ich wusch den Waschlappen schließlich dreimal mit Seife aus, ehe ich ihn in den Wäschekorb fallen ließ.

Erstaunlicherweise duldete Mutter die wöchentlichen Kinobesuche mit der angeblichen Kollegin kommentarlos, und es spielte sich eine Art Routine ein: Mittwochs gingen Dieter und ich zwar getrennt aus der Bank, trafen uns aber im Park um die Ecke und fuhren von dort aus gemeinsam weiter. Spielte das Wetter mit, ging Dieter nach dem Kino mit mir in den Park. Regnete es, fuhr er in eine dunkle Seitenstraße. Leider blieben mir die Empfindungen, die Dieter so zu genießen

schien, versagt, aber ich liebte es, mich an ihn zu pressen; seine Nähe gab mir das Gefühl, lebendig zu sein, zu jemandem zu gehören.
Das Ende kam brutal und plötzlich.
»Sie möchten bitte zu Herrn Lautenschläger kommen!« Die Nachricht allein klang harmlos, aber mein Herzschlag schnellte innerhalb von Sekundenbruchteilen in die Höhe. Mein Mund schien völlig ausgetrocknet, als ich mit zwei Fingerknöcheln zitternd an die massive helle Holztür pochte.
Seine hellblauen Augen musterten mich ausdruckslos. Das eisige Blau der sibirischen Iris. Er war dafür bekannt, dass seine Nackenschläge ohne jede Vorwarnung kamen. Ich duckte mich wie ein Kaninchen vor dem Habicht. Eine Spur Mitgefühl flackerte in den Eislöchern, als er mich bat, Platz zu nehmen. Ein dezentes Räuspern, dann sagte er bedächtig: »Ich muss mit Ihnen über Ihre Beziehung zu Herrn Grieshaber sprechen.«
Mir wurde schwindlig, und ich presste meine verschlungenen Finger ineinander, dass es schmerzte. Was war mit Dieter? Ich hatte ihn heute Morgen noch nicht gesehen. War ihm etwas zugestoßen?
Herr Lautenschläger schien nach Worten zu suchen. »Sehen Sie, Frau Naumann, wir haben als angesehene Bank auch eine gewisse Verantwortung, und Sie sind noch sehr jung. Sonst hätten wir uns in diesem Fall herausgehalten und Sie beide entlassen. Ich gehe davon aus, dass Sie nicht wissen, dass Herr Grieshaber verheiratet und Familienvater ist?«
Der solide Bürostuhl, auf dem ich saß, schien plötzlich zu schwanken. Mir wurde übel. Ich musste schlucken.
Herr Lautenschläger nickte bedächtig: »Das dachte ich mir. Es liegt nicht in unserem Interesse, uns unnötig in das Privatleben unserer Angestellten einzumischen, aber in diesem

Fall …« Taktvoll verzichtete er auf weitere Ausführungen und erklärte nüchtern, dass Dieter in eine andere Filiale versetzt worden sei und man davon ausgehe, dass die Sache damit erledigt sei. Mit den Worten »Ich hoffe sehr, dass Sie sich in Ihren wirklich guten Leistungen nicht beirren lassen. Ab nächsten Montag sind Sie in der Devisenabteilung« schüttelte er mir kurz die Hand, und ich stand vor der Tür. Es dauerte eine Zeit lang, bis es wirklich zu mir durchdrang, dass meine Sonnenblume verwelkt und zerrupft auf dem Kompost gelandet war.
Die Versetzung in die Devisenabteilung half mir. Dort herrschte ein anderer Umgangston, kollegialer und doch zurückhaltender. Man behandelte mich freundlich, aber distanziert, und diese Professionalität half mir.

»Nein, keine Männergeschichten. Meine Blumen sind mir lieber. Sie hintergehen mich nicht und sind … berechenbar.« Tante Hilde schnalzte bedauernd mit der Zunge. »Trotzdem ist es ein Jammer, dass du keinen Freund hast. Bei deinem Aussehen müssten die Männer doch Schlange stehen!« Kopfschüttelnd goss sie mir fürsorglich Tee nach und erkundigte sich nach meinen weiteren Plänen. »Ich weiß, es ist ein bisschen früh nach Margarethes Tod«, sagte sie entschuldigend, »aber auch wenn es grässlich platt klingt: Das Leben geht weiter. Und du solltest heraus aus diesem Mausoleum.« Missbilligend ließ sie ihren Blick über die makellose Einrichtung schweifen, die jedem Möbelhaus zur Ehre gereicht hätte. »Ich wette, du hast nie im Wohnzimmer spielen dürfen.«
Ihre unschuldige Bemerkung machte mir schlagartig klar, dass ich tatsächlich frei war, zu tun, wovon ich stets nur geträumt hatte. Jetzt konnte ich Monikas Angebot annehmen! Ich hatte gerade den Bestatter hinausbegleitet, mit dem ich

die Einzelheiten der Beerdigung besprechen musste, als ihr Anruf mich aus meiner Lethargie riss.

»Ich weiß, dass manche Menschen mich für pietätlos halten, aber was du brauchst, ist ein Tapetenwechsel.« Sie hatte mit Alfons gesprochen, und er war einverstanden. Ihr Vorschlag, meine Stelle bei der Bank aufzugeben und in ihrer Gärtnerei *Blütenzauber* als Prokuristin einzusteigen, war mit einem Mal kein Luftschloss mehr, sondern Realität.

Allerdings müsste ich dafür nicht nur die Stelle wechseln, sondern auch umziehen. »Was soll dann mit dem Haus geschehen?« Ich fühlte mich, ausgebrannt wie ich war, nicht imstande, weitreichende Entscheidungen zu treffen.

»Du kannst doch nicht in dieser blöden Bank versauern bis in alle Ewigkeit«, redete sie mir zu.

Sie hatte sicher Recht, aber ich zögerte, unsicher wegen der ungewohnten Freiheit. Mir fehlte ganz einfach die Entschlusskraft.

Tante Hildes Feststellung, die Monikas Einschätzung so ähnlich war, ermutigte mich, ihr von diesem Angebot zu erzählen. Ich verschwieg allerdings auch nicht meine Bedenken, leichtsinnig eine gute Stellung aufzugeben.

»Weißt du was?«, meinte Tante Hilde sehr vernünftig. »Wir warten diesen Termin morgen beim Rechtsanwalt ab. Aber fangen wir doch schon mal an, Margarethes Sachen auszuräumen.«

Meine anfänglichen Bedenken wischte sie mit der praktischen Einwendung beiseite, dass niemand etwas davon hätte, wenn ich hier alte Kleider hortete, und machte sich tatkräftig an die Arbeit. Beim neuen Wintercape aus dunkelgrauem Kaschmir zögerte Tante Hilde plötzlich, strich beinahe ehrfürchtig über die flaumige Oberfläche und fragte schüchtern: »Meinst du, ich könnte es behalten?«

Ich erinnerte mich an ihre etwas schäbige Erscheinung auf dem Friedhof und bat sie hastig, alles zu behalten, was ihr gefiele. Wieso hatte ich nicht eher daran gedacht? Tante Hilde dankte mir eine Spur verlegen und machte sich wieder an die Arbeit. Kleiderstange für Kleiderstange, Schublade für Schublade wanderten ordentlich zusammengelegt in die Kleidersäcke vom Roten Kreuz. Mutter hätte ihre unbeirrte Effizienz gefallen. Aber ich merkte, dass ich es nicht ertrug. Es war das Nachthemd mit dem Einsatz aus St. Gallener Spitze, das ich vor einer Woche noch sorgfältig gebügelt hatte, das mich schließlich flüchten ließ. Ich murmelte etwas von »Papiere durchsehen« und stürmte aus dem Zimmer.

Ein oder zwei Stunden vergingen in stummer Konzentration.

»Was ist denn das?«

Das Erstaunen in Tante Hildes Ausruf deutete etwas Unerwartetes an. Ich ließ den Ordner mit den Unterlagen von Mutters Krankenkasse fallen und rannte, zwei Stufen auf einmal nehmend, die schmale Treppe hinauf. Tante Hilde kniete vor Mutters Wäschekommode und tastete nach etwas im hinteren Bereich der untersten Schublade. Triumphierend zog sie einen dicken Umschlag heraus und schwenkte ihn in meine Richtung. »Es scheinen Fotografien zu sein.«

Ich riss ihr das Päckchen praktisch aus der Hand. *Für Verena* stand in Mutters gestochener Handschrift darauf. Mit zitternden Händen öffnete ich ihn und zog eine Hand voll Fotos heraus. Auf dem obersten lächelte mich mein Vater an, ein strahlendes Lächeln, das einen animierte zurückzulächeln. Die meisten Bilder zeigten ihn, oft gemeinsam mit Mutter. Auf einigen waren auch meine Großeltern zu sehen, und auf einem stand Giuseppe inmitten seiner sizilianischen Familie:

schwarz gekleidete Frauen mit Spitzenschleiern über dem Haar, die Männer mit wilden Schnurrbärten, theatralisch vor einem Säulenportal posierend.

»Du bist ihm geradezu aus dem Gesicht geschnitten«, stellte Tante Hilde fest. »Sie muss immer ihn gesehen haben, wenn sie dich anschaute.«

Ganz zuunterst lag ein zusammengefaltetes Papier. Es schien die Kopie einer Geburtsurkunde zu sein. Ausgestellt in Agrigento, am 23. Oktober 1943, wurde die Geburt von Giuseppe Tomaso Renaldo Corvaio bestätigt. Blitzschnell rechnete ich nach. Mein Vater müsste demnach jetzt 59 sein, sieben Jahre älter als Mutter. Ob er noch lebte?

Wie in Trance sah ich immer wieder die Bilder an, konnte mich gar nicht davon lösen.

Kapitel 2
Eine unerwartete Erbschaft

Zur Testamentseröffnung des letzten Willens von Frau Margarethe Naumann waren wir um 11.00 Uhr in die Kanzlei gebeten worden. Der Notar Dr. Weydrich schüttelte uns mit professionellem Mitgefühl die Hand und bat uns in sein Allerheiligstes. Der düstere Raum, spärlich möbliert mit Stilmöbeln aus Mahagoni, ließ mich frösteln. Unwillkürlich suchte ich Tante Hildes beruhigende Nähe.

»Darf ich den Damen einen Tee anbieten? Oder lieber Kaffee?«

Wir sahen uns an. »Wir möchten es nur so schnell wie möglich hinter uns bringen«, sagte Tante Hilde schließlich.

»Gut, dann will ich beginnen.« Dr. Weydrich räusperte sich. Es klang trocken wie raschelnde Blätter. Die Feststellung der Anwesenden, die Daten, all das leierte er mit routiniert monotoner Stimme herunter, griff dann nach einem großen braunen Umschlag, zeigte uns das intakte Siegel und öffnete ihn.

Mutters Nachlass bestand aus einem Brief an mich, mehreren dünnen Aktenordnern und dem eigentlichen Testament, das sie vor etwa zwei Jahren mit dem Notar aufgesetzt hatte.

Ich war immer davon ausgegangen, Mutters Alleinerbin zu sein. Überrascht, aber nicht unerfreut hörte ich nun auch Tante Hildes Namen. Ihr war ein Aktienpaket zugedacht.

Mutter hatte Aktien besessen?

Dr. Weydrich räusperte sich erneut, eine Angewohnheit, die mich nervös machte, und sagte fast entschuldigend: »Ich sollte Ihnen wohl besser den Nachlass erläutern.«

War ich schon vom bloßen Umstand des Aktienbesitzes überrascht gewesen, so war ich noch überraschter, in dürren Worten und klaren Summen den ganzen Umfang von Mutters Vermögen zu erfahren. Nicht nur das Haus war schuldenfrei – ich hatte auch über eine Viertelmillion in Aktien und Anlagen geerbt!
»Wenn Sie das alles sofort flüssig machen möchten, ist natürlich mit starken Einbußen zu rechnen. Ihre Frau Mutter war geradezu genial!« Die Bewunderung in seiner Stimme grenzte an Ehrfurcht.
Ich war wie vor den Kopf geschlagen. Natürlich hatte ich mich manchmal gefragt, was Mutter eigentlich den ganzen Tag tat. Jetzt wurde mir so manches klar. Auch ihre Marotte, um Rechnungen und Geschäftspost ein Geheimnis zu machen.
»Das ist sicher ein Schock für Sie. Ihre Mutter hat mir gesagt, dass sie ihre Finanzgeschäfte vor Ihnen … verheimlicht hat«, fügte er verständnisvoll hinzu. »Vielleicht möchten Sie jetzt doch eine Tasse Tee, und ich lasse Sie beide kurz allein, damit Sie die Briefe lesen können?«
Halb betäubt stimmten wir seinen Vorschlägen zu.

Liebe Tochter,

stand auf dem schweren schmucklosen Büttenpapier, das ich ihr einmal geschenkt und das sie immer für besondere Gelegenheiten aufgehoben hatte.

die Umstände zwingen mich dazu, Vorkehrungen zu treffen, die ich lieber aufgeschoben hätte. Wenn du dies liest, bin ich tot, und da man in diesem Zustand nicht mehr reagieren kann, habe ich mich entschlossen, dir Dinge mitzuteilen, die ich für wichtig halte.

Solange ich da war, fand ich es unnötig, aber ich möchte dich nicht ganz allein lassen und habe deshalb verfügt, meine Kusine Hilde von meinem Tod zu benachrichtigen. Sie ist nicht übermäßig intelligent, aber ehrlich und freundlich. Sie wird dich mit Sicherheit über alle familiären Zusammenhänge aufklären, deshalb spare ich mir das.
Soweit ich informiert bin, ist sie verwitwet und nicht mit Reichtümern gesegnet. Ich habe ihr ein ausreichendes Einkommen hinterlassen, also fühle dich nicht verpflichtet, sie darüber hinaus zu unterstützen.
Was deinen Vater betrifft, habe ich Dr. Weydrich keine Anweisungen hinterlassen. Du wirst Bilder und eine Kopie seiner Geburtsurkunde in meiner untersten Wäscheschublade finden. Wenn du das Bedürfnis verspüren solltest, ihn ausfindig zu machen, kannst du Dr. Weydrich damit beauftragen.

Das Vermögen, das ich dir hinterlasse, ist dazu gedacht, dir ein sorgenfreies Leben zu ermöglichen. Ich kann nur hoffen, dass du es nicht verschleuderst. Leider scheinst du nicht meinen Geschäftssinn geerbt zu haben, sonst hättest du in der Bank schon längst Karriere gemacht.

Da du ausgesprochen sentimental bist, möchtest du sicher hören, dass ich dich geliebt habe. Ja, Verena, ich habe dich geliebt im Rahmen meiner Möglichkeiten. Ich konnte immer schon besser mit Zahlen umgehen als mit Menschen.
Ich wünsche dir Glück.
Deine Mutter

Was musste es sie Überwindung gekostet haben, diesen Brief zu schreiben! Ich blinzelte, als mich Trauer überfiel. Welche Verschwendung eines Lebens!

Ein empörtes Schnaufen und leichtes Rot auf Tante Hildes runden Wangen lenkte meine Aufmerksamkeit auf sie. Fragend hob ich die Brauen.

»Es war nicht nötig, mich so zu beleidigen«, stellte Tante Hilde mit leicht zitternder Stimme fest. »Ich hätte mich auch ohne Bezahlung für dich verantwortlich gefühlt.«

Ohne zu zögern griff ich nach ihrer Hand und drückte sie. »Ich weiß.«

Das leise Zuschnappen der Türklinke signalisierte, dass Notar Weydrich sich uns wieder anschloss. »Wie ich sehe, sind Sie fertig. Ich stehe Ihnen für Fragen gerne zur Verfügung.« Erwartungsvoll setzte er sich kerzengerade in seinem Sessel zurecht und verschränkte die Hände auf der Schreibtischplatte.

Tante Hilde und ich sahen uns an. Sie biss sich nervös auf die Unterlippe und senkte den Blick auf das Blatt Papier, das sie so krampfhaft umklammerte wie etwas Kostbares, von dem man befürchtet, das es einem weggenommen wird.

»Wie lange wird es dauern mit dem Geld?«, hauchte sie.

Mutter und ihr Notar hatten alles sorgfältig vorbereitet. Das freudige Strahlen, das sich auf Tante Hildes Gesicht ausbreitete, als sie erfuhr, dass sie innerhalb weniger Tage über ihre Erbschaft verfügen könne, sprach Bände.

»Wie schnell könnten Sie das Haus verkaufen?«, hörte ich mich zu meiner eigenen Überraschung fragen.

Dr. Weydrich hob die Brauen: »Wollen Sie einen solchen Schritt nicht noch ein wenig überdenken? Haben Sie konkrete Pläne?«

»Ja, die habe ich«, sagte ich mit fester Stimme, aber ich sah nicht ein, wieso ich ihn einweihen sollte. Aus dem Dunkel hinter seiner Schulter leuchtete ein kleiner feuerroter Fleck, ein Siegel auf einer alten Urkunde. Einen Moment hatte er für mich wie eine Kaktusblüte ausgesehen. Monika! Ich konnte ihr Angebot annehmen, das öde Einerlei der Bank hinter mir lassen.

Hatte Mutter etwa dergleichen geahnt, als sie mich so gut versorgt zurückgelassen hatte?

»Ich möchte mich verändern«, erklärte ich so kühl, als sei das eine Gewohnheit von mir. Dr. Weydrich hätte sicher gerne Einwände vorgebracht, aber er sah mir wohl an, dass ich fest entschlossen war. Das Haus, die zugehörigen Erinnerungen wollte ich so schnell wie möglich hinter mir lassen. Ironischerweise fühlte ich mich Mutter näher als je zuvor: Auch ich würde, wie sie, meine Vergangenheit abstreifen wie eine alte Haut, neu anfangen.

Wir einigten uns darauf, dass er einen Makler beauftragen würde, und um ihm etwas entgegenzukommen, willigte ich ein, dass das Haus nicht so schnell wie möglich, sondern so gut wie möglich verkauft werden sollte. Alles andere konnte warten. Ich brannte darauf, Monika anzurufen und ihr alles zu erzählen.

»Bist du sicher, dass es klug ist?« Tante Hildes Frage riss mich aus meinen rosaroten Wolken.

»Was meinst du?«, fragte ich verwirrt zurück.

»Nun, deiner Freundin alles zu sagen. Weißt du ... ich bin mit meiner Wohnungsnachbarin ganz gut befreundet. Ihr geht es nicht so gut, mir geht es nicht so gut. Wir tun uns also hier und da zusammen, um zu sparen. Mal sorgt die eine für die Kartoffeln, die andere fürs Fleisch, und mal ist es umgekehrt. Was, glaubst du, würde passieren, wenn ich ihr sage, dass ich eine neue Rente dazubekommen habe?«

Vielleicht hatte Tante Hilde Recht. Wie würde Monika reagieren, wenn ich ihr erzählte, ich sei reich?
Ihre Warnung im Ohr fragte ich also nur, ob Monika mich immer noch als Prokuristin haben wollte, als ich sie am Nachmittag anrief.
»Natürlich, du Dummchen, sonst hätte ich dich doch nicht gefragt. Du kannst bei mir wohnen, bis du etwas Passendes gefunden hast. Und deine Pflanzen kannst du bei Alfons im Gewächshaus unterbringen – er wird begeistert sein.«
Nach dem Anruf bei Monika sah ich mich erleichtert um. In dem Bewusstsein, in den nächsten Tagen alles hinter mir zu lassen, konnte ich es mit anderen Augen betrachten. Schon gleich Morgen würde die Secondhandfirma der örtlichen Caritas kommen und alles ausräumen, was ich nicht behalten wollte. In der Küche hörte ich Klappern von Porzellan und Rascheln von Papier – Tante Hilde packte das *Villeroy-&-Boch*-Service ein. Ihr sehnsüchtiger Blick und das liebevolle Hantieren damit hatten nur zu deutlich signalisiert, dass es bei ihr in guten Händen sein würde.
Vor der nichts sagend elegant geschwungenen Eschenholzvitrine, in der Mutter die Tischwäsche aufbewahrt hatte, stapelten sich die prall gefüllten Kleidersäcke. Weder die perlgraue Alcantaragarnitur noch die Essgruppe in Kirschholzfurnier würde ich vermissen. Einzig den alten Ohrensessel mit dem durchgewetzten Rosenbezug in Gobelinstickerei und das vergoldete venezianische Tischchen hatte ich mit roten Aufklebern vom Abtransport ausgenommen. Beide standen selbstverständlich nicht im Wohnzimmer, sondern in meinem Hobbyraum hinter der Küche, der ursprünglich als Speisekammer vorgesehen war. Als ich begonnen hatte, für mein Herbarium Pflanzen zu sammeln und allerlei interessante Fundstücke mit nach Hause zu bringen, wollte Mut-

ter nicht, dass ich sie in meinem Schlafzimmer aufbewahrte. Und so wurde die kaum benutzte »Speise« umfunktioniert zu meinem Reich. Hier kuschelte ich mich in den alten Sessel, blätterte in meinen Alben und träumte, ich sei eine bekannte Botanikerin, die von ihren aufregenden Reisen in die Urwälder Neuguineas Unmengen Pflanzen mitgebracht hätte.
Mein Bett und den großen Kleiderschrank müsste ich wohl notgedrungen mitnehmen, aber nicht den gesamten Inhalt!
Kurz entschlossen griff ich mir eine Hand voll Kleidersäcke und riss die Schranktüren auf. Da hingen sie, eine nüchterne Wand aus Stoff – meine Kostüme. Ich zögerte nur einen Moment, dann wanderte eins nach dem anderen in den Plastiksack. Alle marineblauen, anthrazitgrauen, schiefergrauen, nebelgrauen Kostüme in Merino-Qualität, die weißen, beigefarbenen, perlgrauen adretten Blusen und Rollis zum Unterziehen. Es überkam mich wie ein Rausch, dieser Befreiungsschlag.
Der Anblick des nahezu leeren Schrankinneren ernüchterte mich allerdings doch ein wenig. Besaß ich wirklich nur zwei Jeans, fünf T-Shirts und drei Pullover in lebhaften Farben?
Es waren die Sachen, die ich während der Beschäftigung mit meinen Pflanzen trug. Mutter, selbst stets eine makellose Erscheinung, hatte in ihrer Umgebung »zumindest eine anständig gebügelte Bluse« verlangt.
Tante Hildes strahlendes Gesicht tauchte im Türrahmen auf. »Ich bin so weit fertig. Kann ich dir noch bei irgendetwas helfen? – Meine Güte …!« Ihre Augen wurden groß. »Ist es nicht ein bisschen leichtsinnig, all die guten Sachen wegzugeben? Vielleicht brauchst du sie einmal wieder?«
»Dann werde ich mir neue kaufen«, erwiderte ich entschlossener, als ich mich fühlte. »Und es werden ganz sicher keine in diesen Trauerfarben sein.«

Tante Hilde nickte verständnisvoll. »Ich habe selbst schon gedacht, du solltest lebhaftere Farben tragen. Ein kräftiges Rot würde dir wunderbar stehen.« Sie umarmte mich herzlich. »Ach, Verena, ich freue mich so für dich, dass du jetzt tun kannst, was dir Spaß macht!«

Mein Chef zeigte sich wenig erfreut, als ich am nächsten Morgen um eine kurze Unterredung bat und ihm erklärte, ich würde kündigen. Aufgrund meines im Lauf der Jahre angesammelten Urlaubs konnte ich die Bank tatsächlich mit sofortiger Wirkung verlassen. Er versuchte, mich umzustimmen, sprach von Kurzschlusshandlung und unüberlegten Panikreaktionen aufgrund meiner Erschöpfung: »Sie sollten eventuell erst einmal Urlaub nehmen und alles in Ruhe überdenken.« Vielleicht sei auch eine Gehaltserhöhung im Rahmen des Möglichen …

Vielleicht hatte er Recht mit der Kurzschlusshandlung, aber ich war die Tochter meiner Mutter, und mein Entschluss stand fest. Ich konnte es kaum erwarten, die unpersönliche, sterile Atmosphäre zu verlassen, in der ich mich immer als kleines austauschbares Rädchen gefühlt hatte. Heute immerhin hatte mein ungewöhnlicher Aufzug in Jeans und dem Jackett, das ich als letztes Zugeständnis an die steife Bankwelt angezogen hatte, bereits Aufsehen erregt.

Während ich meinen Schreibtisch räumte, konnte ich die Erleichterung meiner Kollegen fast körperlich spüren. Für sie bedeutete meine Kündigung wieder etwas Luft vor der nächsten Entlassungswelle.

Einer nach dem anderen kam leise und möglichst unauffällig, um mir zu kondolieren und alles Gute zu wünschen. Niemand interessierte sich allerdings dafür, was ich jetzt vorhatte.

Auf dem Heimweg fühlte ich mich fast schwerelos. Übermütig schlenderte ich durch die Einkaufspassage, bis mein Blick an einem Ständer vor der *Seidenraupe* hängen blieb. Dort hatte die Inhaberin alle grellbunten Modefarben des vergangenen Sommers hingehängt. Ich kaufte ein Top, ein langärmliges wadenlanges Kleid, einen Pullover mit gefährlich tiefem V-Ausschnitt und weite Schlabberhosen – alles in glühendem Rot! Dazu aus der Winterkollektion einen Kaschmir-Rollkragenpullover in dunklem Smaragd und einen in Dunkelrot, außerdem eine bunt gemusterte Alpakaweste in Blautönen und zwei Kaschmirschals in Tannengrün und Königsblau. Ich verschwendete keinen Gedanken daran, wann ich die Sachen anziehen sollte. Es genügte mir im Augenblick, diese Farbenpracht zu besitzen. Immer wieder schielte ich in die Tüten, um mich zu vergewissern, dass ich sie tatsächlich nach Hause trug.

Im ersten Moment erschrak ich vor der Leere, die meine Schritte auf dem Parkett des Korridors ungewohnt laut klingen ließ.

»Sie waren unheimlich schnell!« Tante Hildes rundliche Gestalt wirkte in Mutters Wintercape noch eine Spur voluminöser. »Ich hoffe, es war richtig, ihnen alles mitzugeben, was keinen roten Aufkleber hatte?« Sie sah mich fragend an und zog den grauen Stoff enger um sich. Ich nickte abwesend, in Gedanken bei meinen Neuerwerbungen.

»Sicherheitshalber habe ich dir aber ein wenig Geschirr dabehalten.« Sie wies mit dem Kopf auf zwei Teller, einen Porzellanbecher, etwas Besteck. »Zumindest heute Abend musst du doch etwas essen. Versprich mir, dass du daran denkst!«

»Natürlich. Mach dir bitte keine Sorgen um mich.« Ich würde mir eine Pizza kommen lassen und sie mit den Fingern aus dem Karton essen, aber das behielt ich besser für mich.

Nervös sah Tante Hilde auf ihre Armbanduhr. »Und du bist wirklich sicher, dass ich dir nicht helfen soll, deine Pflanzen zu verpacken? Die Kartons und die Luftpolsterfolie habe ich dir auf die Terrasse stellen lassen. Sie kommen dann morgen im Laufe des Vormittags mit dem Laster. Wirst du das schaffen?«

Ich beruhigte sie, versicherte ihr noch einmal, dass sie sich um mich keine Sorgen machen müsse, und fühlte mich erleichtert, als ich das Taxi bestellte, das sie zum Bahnhof bringen sollte. Ich gierte so sehr nach Freiheit, dass selbst Tante Hildes liebevolle Besorgtheit mir einengend erschien.

Die Minuten, bis das Taxi vor dem Haus durch kräftiges Hupen zu verstehen gab, dass es auf seinen Fahrgast wartete, verbrachten wir in dem ungemütlichen Zustand, der Abschieden vorauszugehen pflegt. Kaum, dass wir uns herzlich verabschiedet hatten und ihr aus dem Fenster winkender Arm hinter der nächsten Kurve verschwunden war, stürzte ich ungeduldig ins Badezimmer, um meine neuen Kleider anzuprobieren. Zwar verspürte ich einen Anflug schlechten Gewissens über das Ausmaß der Euphorie, die sie bei mir auslösten, aber der hinderte mich nicht daran, genüsslich in das leuchtend dunkelrote Kaschmir zu schlüpfen.

Ja, Tante Hilde hatte Recht gehabt. Rot stand mir ausgezeichnet – es verlieh mir einen dramatischen Ausdruck. Mein Gesicht wirkte rassiger, die Augen feuriger. Mein neues Spiegelbild war mehr als ungewohnt – und es gefiel mir.

Auch die anderen Farben unterstrichen meine auffällige Erscheinung. In den Tarnfarben hatte ich immer irgendwie unecht ausgesehen: das Haar zu schwarz, der Teint zu dunkel, die Lippen zu rot, das Weiß der Augen zu weiß. Aber auf einmal passte alles zusammen.

Was Monika dazu sagen würde?

Der Gedanke an Monika erinnerte mich daran, dass ich nicht unnötig Zeit vertrödeln sollte. Meine Pflanzenbücher und übersichtliche Garderobe waren schnell gepackt – aber die Pflanzen im Gewächshaus würden mehr Zeit kosten.
Fünf Stunden später orderte ich mit deutlich hörbar knurrendem Magen erschöpft, aber glücklich eine Pizza mit viel Knoblauch und Sardellen. Wenn ich morgen stank, war es allein meine Angelegenheit.
Der Pizzabote grinste, als er mir den heißen Karton aushändigte und verabschiedete sich mit »Ciao, Bella«, obwohl ich mir für die Arbeit meinen ältesten Pullover angezogen hatte.

Die Transportfirma kam pünktlich. Die beiden Packer amüsierten sich königlich über mein gluckenhaftes Verhalten. »Fräuleinchen, wir ham schon ganz anderes transportiert«, versicherte mir der ältere. »Wir wer'n Ihre kostbaren Blümchen schon nich auf'n Kopp stellen!«
Ich verzichtete auf einen letzten Kontrollgang. Den hatte ich bereits in der Nacht erledigt, nachdem ich die wenigen Hausordner, die Mutter geführt hatte, für Dr. Heydrich beziehungsweise den Makler auf die Fensterbank in der Küche gestellt hatte. Ohne einen Blick zurück klebte ich den Briefumschlag zu, in dem ich den Hausschlüssel in die Kanzlei schickte, und bat die beiden, kurz am nächsten Briefkasten zu halten.
Die Fahrt zu Monika dauerte über fünf Stunden. Eingeklemmt zwischen dem Fahrer, der nach Bier und gebratener Leber stank, und dem Beifahrer, dessen Kleidung altes Frittierfett und abgestandenen Rauch ausdünstete, kämpfte ich permanent gegen Übelkeit. In einem Anflug von Bösartigkeit hoffte ich inständig, dass ich kräftig in dieser Geruchskakophonie mitmischte.

Monika musterte mich mitleidig, als ich endlich steifbeinig und ungeschickt aus dem Führerhaus kletterte. »Na, als taufrisch kann man deinen Zustand wirklich nicht mehr bezeichnen!«
Ich rollte mit den Augen in Richtung meiner Begleiter. Monika grinste spöttisch und meinte: »Ein Sperling schimpft den anderen Dachhucker! Du duftest auch nicht gerade nach Veilchen und Rosen. Habt ihr bei euch diesen Herbst viel Ärger mit Vampiren?«
Unter ihrer Leitung bugsierten die Männer meine spärliche Einrichtung in das Zimmer im oberen Stock, das Monika für mich frei geräumt hatte. »Viel hast du ja nicht mitgebracht«, stellte sie nach einem Blick fest. »Vielleicht hätte ich dich besser im Gewächshaus untergebracht, das scheint dir mehr zu liegen.«
Alfons' Gewächshaus, das sie mir als Quartier für meine Sammlung angeboten hatte, ließ sich zur Erleichterung der Packer direkt anfahren. Prüfend schaute ich mich um.
Das relativ kleine Glashaus war, wie früher üblich, halb in den Erdboden eingelassen. Von außen wirkte es sehr niedrig, aber innen konnte auch ein größerer Mann bequem stehen. Die Heizungsrohre glucksten und knackten beunruhigend. Hoffentlich versagten sie nicht plötzlich ihren Dienst. Die Wasserbecken an den Längsseiten unter den Borden müffelten leicht faulig, Alfons schien sich nicht die Mühe zu machen, sie zu säubern. Dass er sein Gewächshaus auch selbst nutzte, davon zeugte eine Unmenge kleiner Tontöpfchen voll Begonien – Blattstecklingen am hinteren Ende. Das beruhigte mich. Blattbegonien verlangen ein Klima, dass für meine Orchideen mehr als ausreichend war.
Für die meisten meiner winterschlafenden Fuchsien war es allerdings zu tropisch. Das musste ich Monika nicht erklären.

»Während du deine Lieblinge auspackst, fahren die Männer und ich schnell hinüber zum großen, temperierten Haus und stellen die Fuchsien da ab«, schlug sie vor. »Sind empfindliche dabei, oder können wir sie erst einmal im Karton lassen?«

»Einfach abstellen – nur kein Frost!«, murmelte ich abwesend, während ich bereits begonnen hatte, meine Cattleyen aus der Folie zu schälen.

Kapitel 3

Blütenzauber

In den folgenden Tagen bedauerte ich manchmal meine geradezu panische Flucht. Auch wenn man denkt, man könnte sich unbemerkt aus dem Staub machen, sind auf einmal alle möglichen Institutionen am Verbleib interessiert: Die Krankenkasse musste die Chipkarte umschreiben und war erst dazu bereit, wenn sie die alte vorliegen hatte. »Ja, wenn Sie persönlich vorbeigekommen wären …«

Auf Monikas Drängen hin meldete ich mich wie ein braver Bürger auf dem Einwohnermeldeamt an und wurde mit deutlichem Tadel darauf hingewiesen, dass ich mich erst einmal an meinem früheren Wohnort ordnungsgemäß hätte abmelden müssen. Und ein paar Tage später erhielt ich einen förmlichen Brief von Dr. Weydrich, in dem er fragte, ob ich Telefon, Rundfunk und Fernsehen, Strom und Wasser abgemeldet hätte oder ob er das für mich erledigen sollte. Die Grundsteuer sei auch bald fällig. Mutter hatte dies alles mit Abbuchungserlaubnis geregelt, aber die war mit ihrem Tod automatisch erloschen: *Wie Sie aus den beigelegten Briefen und Unterlagen ersehen können, müssen Sie einige Entscheidungen treffen.*

Die Entscheidung, das Zeitungsabonnement nicht zu übernehmen, war einfach. Schwieriger wurde es bei den Versicherungen. Beschämt musste ich mir eingestehen, dass ich wie ein Kind in den Tag hinein gelebt hatte. Von meinem Gehalt war per Dauerauftrag ein großer Teil auf Mutters Konto gegangen, und weiter hatte ich mich um nichts gekümmert. War ich doch der Ansicht gewesen, dass wir »ge-

rade so über die Runden kamen«, wie sie mir immer wieder gesagt hatte.
Als ich endlich mit Dr. Weydrichs Hilfe alles Notwendige entschieden und geregelt hatte, war mein Respekt vor Mutters Leistungen ins Immense gewachsen. Dass diese Frau mit der Ausstrahlung einer »Tochter aus gutem Hause« ein solches Finanzgenie gewesen sein sollte, erschien mir immer noch schwer vorstellbar.
Von klein auf dazu erzogen, automatisch Mutters Anweisungen auszuführen, wäre ich nie auf die Idee gekommen, eine davon zu hinterfragen. Es war einfacher gewesen, mir meine Fluchtburg einzurichten und dort alles Alltägliche auszublenden.
Wieso hatte sie mich bloß so abgeschirmt, auch als sie wusste, dass ich bald auf mich allein gestellt sein würde? Nein, berichtigte ich mich sofort, sie hatte auch hier wieder alles für mich geregelt: Dr. Weydrich nahm mir alles ab, was lästig war, und führte ihre fürsorgliche Bevormundung fort.
Monikas ungläubiges Staunen über meine Hilflosigkeit machte mir erst bewusst, wie unnormal ich mich für eine berufstätige junge Frau von immerhin 28 Jahren verhielt. In den Augen anderer Menschen musste ich geradezu unbeholfen wirken. Theoretisch war mir die Existenz von Versicherungen und Steuererklärungen natürlich bekannt – sie hatten aber etwa den Stellenwert für mich wie die Werbung für Hundefutter.
In einer Art inneren Aufbäumens beauftragte ich Dr. Weydrich, meinen Vater ausfindig zu machen. »Mutter hat es mir ausdrücklich freigestellt«, fügte ich leicht trotzig hinzu und verdarb damit die Wirkung meiner sorgfältig vorformulierten Sätze. Monika verdrehte die Augen und schüttelte den Kopf.
Sie saß auf meiner Schreibtischkante in dem kleinen Büro

hinter dem Verkaufsraum und zerzupfte ungeduldig einen Weymouth-Kiefernwedel.

»Selbstverständlich werden wir für Sie die entsprechenden Nachforschungen anstellen, Frau Naumann«, versicherte Dr. Weydrich mir so ungerührt, als hätte ich ihn gebeten, einen im Bus vergessenen Regenschirm aufzuspüren. »Ich muss Sie allerdings darauf vorbereiten, dass so etwas nicht einfach ist. Haben Sie irgendeinen Hinweis, an dem wir ansetzen könnten?«

Ich versprach, ihm eine Kopie der Geburtsurkunde aus Agrigent zu schicken, die Mutter mir in dem Brief hinterlassen hatte, und legte eilig auf.

»Es freut mich, dass du endlich aus deinem Dornröschenschlaf aufwachst«, meinte Monika und ließ die Brösel fallen. »Aber was versprichst du dir davon, nach deinem Vater zu suchen? Er hatte schließlich fast dreißig Jahre Zeit – das spricht nicht gerade für brennendes Interesse.«

Sie sprach laut aus, was ich auch schon gedacht hatte. Wieso hatte er nicht nach mir gesucht?

Eigentlich hatte ich Dr. Weydrich auch nach dem Stand des Hausverkaufs fragen wollen, aber das konnte ich später nachholen. Weswegen hatte Monika das Kiefernbüschel malträtiert? »Ist irgendetwas?«

»Ach so, – ja … ich wollte dich fragen, ob es dir etwas ausmachen würde, Samstag allein mit Alfons den Laden zu schmeißen. Stevie wollte mit mir zum Skilaufen …« Der Hauch von Rot auf ihren Wangen alarmierte mich. Stevie hieß eigentlich Steffen und war bisher nur als ihr Trainingspartner beim Taekwondo erwähnt worden.

»Er hat dich eingeladen?« Spontan sprang ich auf und umarmte sie kräftig: »Ach, Mike, das freut mich für dich! Natürlich kommen wir zurecht, mach dir keine Sorgen.«

»Nicht so hastig«, wiegelte sie ab. »Wir gehen nur zusammen Skilaufen.«
»Wer geht Skilaufen?« Alfons streckte seinen silbergrauen Schopf durch den Türspalt und grinste uns fröhlich an. »Und was soll diese übertriebene Begeisterung?«
Wir lösten uns, und Monika erklärte: »Ich – mit Stevie. Deshalb habe ich Reni gefragt, ob sie es mit dir allein schafft. Immerhin ist es ein Adventswochenende.«
Alfons wirkte geradezu beleidigt. »Du traust uns wohl überhaupt nichts zu«, meinte er. »Von mir mal abgesehen – Verena könnte das inzwischen sogar alleine. Und mit den ganzen lateinischen Namen ist sie eindeutig besser als du!«
Das stimmte. Monika war eher eine Praktikerin; sie hatte ein fantastisches Gefühl für die Bedürfnisse der Pflanzen, und sie konnte zauberhafte Gestecke und Sträuße binden, aber die Nomenklatur war nicht ihre Sache. Ihre Angstkunden waren die, die Zettel mit genauen Wünschen wie *Brunnera macrophyllum* oder *Campanula glomerata* zückten, auch wenn sich dahinter nichts anderes verbarg als das Kaukasus-Vergissmeinnicht und Knäuelglockenblumen.
Kam sie mit den gebräuchlicheren Freilandstauden gerade noch zurecht, so stand sie mit den größtenteils exotischen Zimmerpflanzen, die derzeit verlangt wurden, auf Kriegsfuß. Meine speziellen Kenntnisse hatten sich blitzschnell herumgesprochen und uns vermehrt Kunden mit kleinen und mittleren Orchideensammlungen beschert, die ihre Bestellungen und Einkäufe gerne mit einem Plausch unter Liebhabern verbanden.
Ich hatte die Idee gehabt, Orchideen in die vorweihnachtliche Dekoration mit einzubeziehen, und sie entwickelte sich zu einem durchschlagenden Erfolg: Gut die Hälfte aller Kundinnen, die ein Adventsgesteck kauften, wollten »so eines wie die Frau Sowieso, mit diesen großen weißen Blüten«.

Der Trick war, dass wir ganze Pflanzen verarbeiteten, nicht nur Blütenstiele. Orchideenpflanzen sind klein und gut zu verstecken. Der gut verpackte Wurzelballen fiel nicht auf, und bei regelmäßigem Besprühen hielten die zarten Blütenrispen mindestens so lange wie die gewohnten Weihnachtsnarzissen oder Rittersterne.

Oft saßen Monika und ich bis spätabends zusammen, um den Verkaufsvorrat für den nächsten Tag zu binden. Ich liebte diese Stunden, obwohl meine Finger manchmal dagegen protestierten. Sie waren es nicht gewöhnt, mit stachligen Nadeln zu hantieren, und die zahllosen Stichwunden schmerzten besonders, wenn ich versuchte, die Harzreste mit allen möglichen Lösungsmitteln wie Azeton oder Spiritus zu entfernen.

Monika lachte mich aus. »Spar dir die Mühe«, sagte sie spöttisch. »Kein Mensch erwartet von dir Vorzeigehände.«

Bis auf die lästige Eigenschaft von frischem Harz, die Finger zu verkleben, mochte ich den würzigen Geruch der bernsteingelben Tropfen, die aus den frisch geschnittenen Nadelbaumzweigen sickerten. Speziell die Pinien rochen so sauber und streng, dass ich mich immer fragte, wieso Mutter sie nicht als Weihnachtsbaum entdeckt hatte.

Ich selbst mochte die Nordmanntannen am liebsten. Nicht nur, weil ihre Nadeln vergleichsweise weich und harmlos waren, sondern auch ihres sanfteren Duftes wegen. Sie schienen weich und warm, sogar ihr Grün hatte einen satteren Ton.

Wenn ich sah, dass Blaufichtenzweige auf uns warteten, ging ich sofort meine Handschuhe holen. Auf diese Abart der Stechfichte hätte ich gerne verzichtet, aber die Kundschaft verlangte explizit danach, weil sie wenig nadelte.

An einem dieser Abende fragte Monika mich, wieso ich ausgerechnet Orchideen für mich entdeckt hatte. »Etwas Komplizierteres hättest du dir nicht aussuchen können. Warum

nicht Kamelien oder Rosen? Die gelten doch auch als etwas Besonderes.«
Ich überlegte, während meine Hände automatisch die Zweige zurechtbogen und mit Draht fixierten. »Ich glaube, das war es gerade – die Herausforderung«, erwiderte ich nachdenklich. »Weißt du, Kamelien waren mir nicht kompliziert genug, und Rosen haben so eine schrecklich lange Ruhezeit. Ich wollte etwas, was immer da ist und immer Aufmerksamkeit verlangt.«
»Wie ein Haustier«, warf Monika ein. Sie hatte nicht Unrecht. Unbewusst hatte ich mir Pfleglinge ausgesucht, die konstante Fürsorge verlangten. Wie ein Haustier. Ich hatte mir als Kind natürlich immer einen Hund gewünscht, einen ständigen Begleiter und Freund. Etwas Lebendiges, das atmete, sich warm und weich anfühlte und auf mich reagierte. Natürlich hatte Mutter mir nie erlaubt, einen zu halten. Sobald ich begriff, dass sie dafür kein Verständnis aufbrachte, suchte ich mir bestmöglichen Ersatz. Die Notwendigkeit des ständigen Besprühens, Tauchens, Kontrollierens hatte mir eine Art Befriedigung verschafft. Und je mehr Erfahrung ich sammelte, desto besser wurde es.
Als ich das erste Mal keimende Sämlinge zuwege gebracht hatte, hätte ich vor Stolz heulen können. Ich hatte mich sklavisch an die Anweisungen im Buch gehalten, auch wenn sie mir übertrieben theatralisch schienen. Die Bestäubung selbst war das Einfachste, aber danach hieß es warten. Es dauerte tatsächlich über ein halbes Jahr, bis die Samenkapsel reif war. Mit vor Aufregung zitternden Fingern transferierte ich den Samen mittels einer desinfizierten Nähröse auf den Nährboden in Reagenzgläser und verschloss sie mit sterilisierten Stopfen.
Am liebsten hätte ich Tag und Nacht davor gesessen, um

den Augenblick nicht zu verpassen. Nach über drei Wochen zeigte sich in einem der Reagenzgläser ein erster Keimling. Nach einem Monat hatte ich fünf Sämlinge zum Leben erweckt. Nicht viel, wenn man bedenkt, dass die Samenkapsel zwischen zwei und drei Millionen Samen enthalten hatte. Ich fragte mich manchmal, wie diese kapriziösen Pflanzen in der Natur zurechtkamen. Aber egal. Für mich war es ein berauschendes Gefühl, meine winzigen Sämlinge zu betrachten. Als hätte ich sie erschaffen.

Von den fünf überstanden vier die umständlichen Umsetzungen in größere Reagenzgläser, und nach einem Jahr wagte ich, sie in Erde zu pikieren. Monatelang galt mein erster Blick im Gewächshaus ihrem Zustand. Schienen sie gesund oder etwa eine Spur matt?

Mutter runzelte die Stirn und sprach von ungesunder Hysterie. Es waren doch letztendlich nur Pflanzen!

Eine von ihnen hatte letztes Jahr zum ersten Mal geblüht – nach drei Jahren. Ihre Blüten schienen mir seidiger zu schimmern als alle anderen, mit einem leisen Hauch Violett, aber das war vermutlich so etwas wie Elternstolz.

»Ich kann nicht verstehen, dass deine Mutter das gut gefunden hat«, meinte Monika ungläubig. »Meine Güte, du warst auf dem besten Wege, eine vertrocknete alte Jungfer zu werden. Hat sie dich nie ermutigt, Männer kennen zu lernen?«

»Fragst du das im Ernst?«, gab ich trocken zurück.

»Nein, wie blöd von mir.« Monika kicherte. »Aber im Ernst, Reni, hast du in der ganzen Zeit nicht wenigstens eine kleine, geheime Affäre gehabt? Bei deinem Aussehen?«

Ich dachte an Dieter, meine »kleine, geheime Affäre«. Unbewusst muss ich mein Gesicht verzogen haben, denn Monika hob fragend die Augenbrauen und sagte: »Offenbar war da etwas. Was ist daraus geworden?«

Ich hatte es bereits Tante Hilde erzählt, also holte ich tief Luft und erzählte zum zweiten Mal die banale Geschichte von Dieter und mir. Ich beschönigte nichts. Meine damalige Demütigung schmerzte noch immer. Etwas von der Bitterkeit der Enttäuschung schlich sich in meine Stimme, und Monika wirkte bestürzt, als sie eine klebrige Hand auf meine nervös trommelnden Finger legte und sagte: »Es tut mir Leid – es tut mir schrecklich Leid für dich, aber solche Kerle gibt es leider massenhaft. Was hat deine Mutter dazu gesagt?«

Ich warf ihr einen verständnislosen Blick zu. »Glaubst du ernsthaft, Mutter und ich hätten darüber gesprochen?«

Seufzend lehnte sie sich in ihrem Holzstuhl zurück. »Ach ja, wie konnte ich nur annehmen, dass du es ihr erzählt hast ... – Weißt du, ich habe früher immer gedacht, ihr wärt die seltsamsten Leute, die ich kenne.«

»Wie meinst du das?« Plötzlich wollte ich wissen, wie sie als Außenstehende Mutter erlebt hatte. »Hast du ... hast du Angst vor meiner Mutter gehabt?«

Überrascht kniff Monika die Augen zusammen und schüttelte den Kopf. »Wieso hätte ich Angst haben sollen? Sie war immer sehr freundlich zu mir. Aber die Atmosphäre bei euch war irgendwie komisch. Wie soll ich sagen ...?« Nachdenklich kaute sie auf ihrer Unterlippe herum. »Damals habe ich mir nicht groß Gedanken darüber gemacht. Wenn ich jetzt versuche, mich zu erinnern, wirkte es auf mich, als ob deine Mutter vor etwas Angst hätte, das sie sagen oder tun könnte. Sie hat immer wahnsinnig kontrolliert mit dir gesprochen. Ganz anders als mit mir. Verrückt, nicht?« Sie kicherte. »Na, zumindest fand ich es ungemütlich. So wie in den alten Romanen, wo die Kinder ›Sie‹ zu ihren Eltern sagen. Das hätte zu euch gepasst.«

Damit hatte Monika die Distanz zwischen meiner Mutter

und mir gut charakterisiert. Eine eigenartige Fremdheit, die Zuneigung versteckte, aber auch keinen Raum für Auseinandersetzungen mit dem anderen ließ. Was hätten wir uns zu sagen gehabt, wenn wir uns wie »normale« Menschen benommen hätten? Plötzlich wünschte ich mir so sehr, dass Mutter mich manchmal – nur hier und da – in den Arm genommen hätte, dass ich unachtsam nach dem nächsten Zweig griff und mit einem leisen Aufschrei zurückzuckte. Ein roter Tropfen sickerte aus der Fingerkuppe meines Mittelfingers.
»Ich glaube, ich gehe ins Bett«, sagte ich und flüchtete vor dem Mitgefühl in Mikes Augen in mein Zimmer.

Hingebungsvoll stürzte ich mich in die vernachlässigte Buchhaltung. Alfons fand meinen Eifer übertrieben. »Hat doch die ganzen Jahre auch irgendwie geklappt«, murrte er, wenn er mich außer Hörweite wähnte.
Ich strukturierte das Büro, wie ich es gewöhnt war, legte neue Ordner an, und brachte die kaum vorhandene EDV auf einen Stand, der in meiner ehemaligen Arbeitsstelle zwar mitleidig belächelt worden wäre, uns aber ausreichte. Den gesamten Pflanzenbestand einzugeben, was mir logisch erschien, hielt Monika allerdings für Zeitverschwendung: »Vielleicht später, wenn der Versand wieder losgeht.«
Natürlich arbeitete ich nicht nur im Büro oder im Hinterzimmer. Das Weihnachtsgeschäft ist für Gärtnereien eine absolute Stoßzeit, und darum half ich auch viel im Verkaufsraum aus. Am Anfang musste ich all meinen Mut zusammennehmen, um nicht sofort wieder hinter meinen ruhigen Schreibtisch zu flüchten, anstatt mich in die Kundenmenge zu stürzen. Aber ich gewöhnte mich daran, und eines Tages sagte Monika anerkennend: »Mensch, Reni, du bist viel lockerer geworden, nicht mehr so verhuscht, als wolltest du

dich gleich irgendwo verkriechen. Pass auf, du wirst noch richtig normal!«
An diesem Abend stellte ich mich vor den hohen Spiegel in der Schranktür und betrachtete mich mit den kritischen Augen eines Unbeteiligten. Mutter hätte mich schlampig gefunden. Ich war bequem geworden: Im Büro sah mich niemand, und in der Gärtnerei trugen alle alte Jeans und Pullover. Meine langen Locken trug ich meist nachlässig zusammengebunden. Keine Spur von der jungen Frau, die zehn Jahre lang mit ihren Kostümen praktisch verwachsen gewesen war. Ich trauerte ihnen nicht nach. Ja, in Mikes Augen sah ich jetzt sicher besser aus. Und in meinen auch.

Das erste Weihnachten ohne Mutter feierte ich mit Monika und Alfons. Wir »machten auf Fein«, wie Alfons es nannte – er zog seinen einzigen Anzug an, der jedem Heimatmuseum zur Ehre gereicht hätte, Monika überraschte uns mit einem weißen Angorapullover, einem Geschenk von Stevie, und ich grub den smaragdgrünen Kaschmirpullover aus, den ich noch nie getragen und mir für einen besonderen Anlass aufgehoben hatte.
Wir aßen Käsefondue, sangen ein paar Weihnachtslieder und tauschten, um unseren Weihnachtsbaum sitzend, Geschenke aus. Der Baum war übrig geblieben, eine kleine, schüttere Rotfichte, elend anzuschauen. Ich verstand die Kunden, die »den Strunk« verächtlich beiseite geschoben hatten und ihm dabei auch den letzten einigermaßen schönen Ast abknickten. Aber im Licht der Kerzen, reich behängt mit Lametta und sämtlichen bunten Glaskugeln, die Alfons vom Dachboden geholt hatte, strahlte er eine eigene Art von Würde aus.
Alfons schenkte uns selbst destilliertes Rosenwasser. »Ihr seid zwar schön, aber man ist nie schön genug«, meinte er ver-

schmitzt. Vorsichtig öffnete ich den altmodischen Apothekerflakon und schnupperte. Ein betörender Duft stieg auf.

»Mmmhh – Alfons, wie hast du das gemacht?«, fragte Monika neugierig.

»Wird nicht verraten. Lasst einem alten Mann ein paar Geheimnisse.«

Er freute sich kindlich über die gefütterte Lederjacke, für die wir zusammengelegt hatten. Monika und ich überraschten uns gegenseitig: Ich hielt sprachlos die sündhaft teure Satinbettwäsche in Händen, die ich im Schaufenster so bewundert hatte, weil die Mohnblüten, mit denen sie verschwenderisch bedruckt war, aus sich heraus glühten, als lebten sie –; Monika strahlte mit der Kupfersichel in der Hand, die ich den ortsansässigen Schmied überredet hatte anzufertigen.

»Du hast doch immer behauptet, es hätte sicher einen Grund, wieso die Druiden reines Kupfer statt Bronze benutzten, um ihre Kräuter zu schneiden. Jetzt kannst du es ausprobieren. Vielleicht halten die Pflanzen dann wirklich länger?«, erläuterte ich ihr das im Kerzenlicht warm schimmernde Werkzeug. Der Schmied hatte mir zu Lindenholz für den Griff geraten und es liebevoll geschliffen und poliert. Das Ergebnis war ein federleichtes, edel wirkendes Kunstwerk.

»Na, in der Bettwäsche kann man eigentlich gar nicht die Augen schließen«, stellte Alfons fest.

Ich strich über die seidig-schwere Oberfläche des Stoffs und malte mir in Gedanken aus, wie es sich anfühlen würde, zwischen diese streichelnde Glätte zu schlüpfen, die Kühle auf der Haut zu spüren. Bisher war ich an brettsteif gemangelte weiße Leinenwäsche gewöhnt gewesen – so unprätentiös wie qualitativ hochwertig. Als Kind hatte ich es gehasst, wenn mein Bett neu bezogen wurde. Es wirkte dann in seiner steifen Härte auf mich geradezu abweisend.

Als ich Stunden später zufrieden und müde von der Flasche Dornfelder, die wir zu dritt geleert hatten, ins Bett sank, war ich rundum glücklich.

Am ersten Feiertag brachte Monika die Sprache auf ihren neuesten Einfall.
»Was hältst du eigentlich von einer Farbenspezialisierung?«, fragte sie mich beiläufig, während sie den Braten anschnitt. Aus Alfons' verächtlichem »Phh« schloss ich, dass er diesem Projekt ablehnend gegenüberstand.
»Farbenspezialisierung wobei?«, fragte ich zurück.
»In der Gärtnerei natürlich. Was dachtest du denn? Ich würde mich gerne auf bestimmte Farben beschränken. Du weißt ja, dass man heutzutage eine Nische finden muss, um gegen die Billiganbieter zu bestehen.«
»Trotzdem ist es eine blödsinnige Idee, hier schwarze und weiße Blumen anbieten zu wollen«, murrte Alfons. »Stell dir vor, Mike hat sich in den Kopf gesetzt, diesem verrückten Engländer Konkurrenz zu machen!«
Ich war verwirrt. »Welchem verrückten Engländer?«
»Hier, reich doch bitte Alfons die Klöße weiter. – Er meint Mark Abernathy. Hast du schon einmal von ihm oder *Purple Passion* gehört?«
Ich musste zugeben, dass mir die Namen unbekannt waren.
»Seit ein paar Jahren mischt er die Szene recht erfolgreich auf. Er hat die Mode mit den schwarzen Blüten aufgebracht«, erläuterte Monika in einem Tonfall, als sei das eine allgemein bekannte Tatsache. »Ein Gartenarchitekt hat es aufgegriffen, und auf einmal war es der letzte Schrei, möglichst viele schwarze Pflanzen im Garten zu haben.«
»Schwarze Blumen? Aber so etwas gibt es doch gar nicht«, wagte ich ungläubig einzuwenden.

»Natürlich sind sie nicht wirklich schwarz. Ich vermute, deshalb hat er den Betrieb auch *Purple Passion* und nicht *Black Passion* genannt. Aber es verkauft sich besser, wenn man so tut als ob. In den Katalogen helfen sie natürlich nach. Hier …« Sie drehte sich um, griff hinter sich auf die Anrichte und hielt mir eine aufgeschlagene Seite unter die Nase. »Das da«, sie tippte mit dem Zeigefinger auf das Bild einer riesigen schwarzen Stiefmütterchenblüte, »das da ist eher ein faszinierendes samtiges Dunkelbraun mit einem Rotschimmer. Ich habe mir ein paar *Black Widows* kommen lassen, und sie sehen dem Foto nicht sehr ähnlich.«

»Viel interessanter«, warf Alfons spitz ein.

»Wenn sie sich gut verkaufen, ist es doch eigentlich egal, ob sie tatsächlich schwarz sind oder nicht«, wandte ich betont vernünftig ein. Ich konnte mir vorstellen, dass die exotische Schönheit dieser Blüten nur schwer mit einer Kamera einzufangen war. »Und davon abgesehen: Wir müssen sie nicht mögen. – Aber wo bekommt man sie her?«

Monika seufzte ungeduldig. »Das ist ja das Problem. Bisher hat Abernathy auf die meisten so eine Art Monopol. Ich habe schon einmal höflich angefragt, ob er mit uns kooperieren würde. Der Kerl hat nicht einmal geantwortet!«

»Warum muss es denn unbedingt Schwarz sein? Wieso nicht lauter Rot- oder Blaublütiges, wenn du schon meinst, dich spezialisieren zu müssen?«, beharrte Alfons auf seiner Abneigung.

»Weil es derzeit den höchsten Profit verspricht. Hast du gesehen, was dafür bezahlt wird? – Drei Euro für *ein* Stiefmütterchen! Glaubst du, das kriegen wir für ein blaues, und wenn es noch so schön ist?«

»Blödes neumodisches Zeugs!«

Ich überließ die beiden ihrem freundlichen Streit und überlegte, wie ich am besten vorginge. Monikas Geschäftsidee schien mir einleuchtend. Ungewöhnliche Dinge verkauften sich immer besser als normale. Das Problem war offensichtlich die widerspenstige Bezugsquelle. Ich würde Dr. Weydrich bitten, seine weitläufigen Beziehungen spielen zu lassen und Möglichkeiten für einen Zugriff darauf auszuloten. Während der Jahre in der Bank hatte ich einiges gelernt. Die meisten Hersteller von Luxusgegenständen – und auch ein Pflanzenzüchter war ja technisch betrachtet nichts anderes als ein Hersteller – verkauften in der Regel Lizenzen und Exklusivrechte für die Vermarktung in anderen Ländern. Wenn Dr. Weydrich es schaffte, mir ein solches zu sichern, konnte ich das als Teilhaberschaft im *Blütenzauber* einbringen. Das würde bedeuten, dass in Deutschland jeder Pflanzenversand, jede Großgärtnerei, ja sogar jeder Baumarkt Abernathys Pflanzen über uns beziehen musste. Eine Goldgrube!

Ungeduldig wartete ich in den folgenden Tagen darauf, dass Dr. Weydrich aus seinem Skiurlaub zurückkehrte. Wenn mir nun jemand zuvorkäme!

Als ich ihn endlich erreichte, konnte ich mich nur mühsam dazu zwingen, die umständlichen Glückwünsche zum Jahreswechsel angemessen zu erwidern, bevor ich mit meinem Plan heraussprudelte.

Zunächst antwortete Dr. Weydrich nur mit einem trockenen »Hrrmm«, doch dann sagte er nachdenklich: »Ihre Frau Mutter hätte sich gefreut. Darf ich vorschlagen, unsere Londoner Partner erst einmal Erkundigungen einholen zu lassen? Eine finanzielle Entscheidung von doch beträchtlicher Größe sollte sorgfältig ausgelotet werden.«

Ich gab ihm Recht, bat ihn aber um größtmögliche Eile. Nachdem ich mich dazu entschlossen hatte, wäre es zu ärgerlich gewesen, wenn mir jemand anderes zuvorkommen würde. Er klang fast väterlich, als er mir versicherte, sich sofort zu melden, sobald er Näheres in Erfahrung gebracht hätte.

Der Januar war eine ruhige Zeit. Unter Alfons' Aufsicht wurden die Primelsämlinge pikiert, Unmengen Töpfchen voller Miniatur-Narzissen für das Frühjahrsgeschäft gesteckt und die Maßliebchen zum Treiben eingetopft. Monika und ich wälzten die Kataloge der Großgärtnereien, stellten Listen der Pflanzen auf, die wir bestellen mussten, und ich begann heimlich, die Buchhaltung auf den Durchgang größerer Warenmengen auszurichten.
Ich erlaubte mir nicht, mit einem Misserfolg zu rechnen.
Trotzdem begann mein Herz wild zu schlagen, als die kühle Stimme der Sekretärin von Dr. Weydrich nach einigen Wochen am Telefon zu mir sagte: »Einen Moment bitte! Ich verbinde.«
»Hallo?«, krächzte ich atemlos in den Hörer.
»Guten Tag, Frau Naumann.« Durch Dr. Weydrichs beruflich bedingte Emotionslosigkeit klang eine winzige Spur von Triumph. Mein Herz raste. Unbewusst umklammerte meine freie Hand die Stuhllehne, während ich endlose Sekunden wartete, dass er fortfuhr.
»Ich freue mich, Ihnen mitteilen zu können, dass wir ganz außerordentlich erfolgreich waren.«
Mein erleichtertes Ausatmen war sicher gut zu hören. Die Anspannung wich einem Hochgefühl, nicht unähnlich demjenigen, das ich verspürt hatte, als ich meinen ersten Orchideensämling betrachtete. Ich lehnte mich zurück und bemühte mich, Dr. Weydrichs umständlichen Ausführungen zu folgen. Eigentlich interessierte mich nur eines: Ich hatte die Generalvertretung!

Aber die Sache schien tatsächlich für mich besonders glücklich verlaufen zu sein. Abernathy hatte offenbar nicht ausreichend investiert, um den Bedarf an seinen speziellen Pflanzen befriedigen zu können. Der sprunghaft angestiegenen Nachfrage stand eine unzureichende Anbaufläche gegenüber. Und um erweitern zu können, brauchte er dringend Kapital.
»Ich darf sagen: Wir haben ausgezeichnete Konditionen ausgehandelt.« Dr. Weydrich war sichtlich mit sich zufrieden. »Es wird jetzt leider einige Zeit in Anspruch nehmen, das Ganze juristisch in Form zu gießen, salopp ausgedrückt – aber Sie können davon ausgehen, dass die Zusage bindend ist.«
Ich bedankte mich ausführlich, dann legte ich auf und wollte mein Hochgefühl auskosten. Doch plötzlich regte sich ein anderer Gedanke in mir. Nervös kaute ich auf einem Bleistift herum und überdachte noch einmal alles. Meine Euphorie verflüchtigte sich, während ich mir ausmalte, wie gekränkt Monika über mein Misstrauen ihr gegenüber sein musste. Sie hatte mich mit offenen Armen aufgenommen. Dass wir nie über Gelddinge gesprochen hatten, machte es nicht besser. Ich hätte ihr von Anfang an reinen Wein einschenken müssen. Stattdessen hatte ich stillschweigend das für die Lage der Gärtnerei großzügig bemessene Gehalt akzeptiert.
Wie würde sie nun reagieren, wenn ich mich hinstellte und sagte: *Übrigens, ich bin sozusagen reich. Ich wollte es dir nur nicht sagen, damit du nicht neidisch wirst. Aber jetzt habe ich die Vertretung von Abernathy und möchte bei dir einsteigen.*
Ich war so begeistert von der Idee an sich gewesen, dass ich mir über diesen Teil der Realisierung keine Gedanken gemacht hatte. Jetzt rächte sich meine anfängliche Geheimniskrämerei. Ich kam mir schrecklich schäbig vor. Mike war nicht die missgünstige Nachbarin von Tante Hilde, sondern meine Freundin!

Bedrückt gestand ich mir die Möglichkeit ein, dass sie mich hinauswarf. Vielleicht unwahrscheinlich – Monika war eine ausgesprochen gutmütige Person –, aber nicht unmöglich. Schon allein das Bestehen dieser Möglichkeit machte mir schwer zu schaffen.
Ich fühlte mich wohl mit Mike, Alfons und unseren Pflanze, und am liebsten wäre es mir gewesen, wenn sich nichts an diesem Leben geändert hätte. Aber an der überfälligen Beichte führte kein Weg vorbei. Das war ich meiner Freundin einfach schuldig.

Nachdem ich mich dazu durchgerungen hatte, wollte ich es auch so schnell wie möglich hinter mich bringen. Entschlossen suchte ich Monika und fand sie hinten im alten Gewächshaus, wo sie den verrosteten Erddämpfer inspizierte.
»Was meinst du, ob es sich lohnen würde, ihn löten zu lassen?«, fragte sie ohne sich umzudrehen. »Er macht eigentlich noch einen ganz guten Eindruck.«
Ich schluckte und sagte gepresst: »Ich muss mit dir reden.«
»Das klingt bedeutungsvoll. Hoffentlich nichts Unangenehmes?« Monika richtete sich auf, wischte sich gedankenverloren die Hände an den Jeans ab und drehte sich zu mir um. »Lieber Himmel«, sie lachte laut auf, »du schaust, als hättest du etwas Furchtbares ausgefressen! Hast du etwa die Kasse geplündert?«
»Natürlich nicht!« Ich konnte nicht verhindern, dass meine Stimme leicht beleidigt klang. »Es hat mit meiner Mutter zu tun …«
Sie schwieg, hob nur fragend die Augenbrauen, und ich platzte einfach heraus: »Mutter hat mir wahnsinnig viel Geld hinterlassen. Und ich habe davon, von einem Teil davon, die Vertretung von Abernathys Pflanzen gekauft. Und eigentlich wollte

ich dich fragen, ob du mich als Partner willst, aber wenn du jetzt stinksauer auf mich bist, kann ich es verstehen …«
Atemlos verstummte ich und wartete darauf, dass Monika ihrer Enttäuschung, ihrem Ärger Luft machte. Und tatsächlich, ihre Augen weiteten sich … doch im nächsten Moment hatte sie beide Arme um mich geschlungen und mich fest an sich gedrückt. »Du Schaf!«, flüsterte sie mir ins Ohr.
»Du … du bist nicht sauer?«
»Ach, Reni, ich freue mich riesig – ich hätte niemanden lieber als dich zum Partner«, sagte Monika lachend. »Und irgendwie überrascht es mich nicht.«
Verblüfft sah ich sie an. »Du hast etwas geahnt?«
Monika zuckte mit der Schulter und grinste. »Direkt geahnt nicht. Aber ich weiß noch, dass mein Vater immer sagte, Weydrich gebe sich nicht mit kleinen Fischen ab. Und er war sehr beflissen mit dir.«
Ich stieß erleichtert den angehaltenen Atem aus. »Du bist also wirklich nicht sauer, dass ich es dir verschwiegen habe?«, fragte ich sicherheitshalber noch einmal nach.
»Das wäre ziemlich unvernünftig von mir, oder?« Ihr Grinsen wurde spitzbübisch. »Wo du doch jetzt ein so wertvoller Geschäftspartner bist!« Dann fuhr sie ernst fort: »Ich kann verstehen, dass du völlig durcheinander warst und unsicher, wie weit du mir vertrauen kannst. Schließlich hatten wir uns seit ewigen Zeiten nicht mehr gesehen. Und auf einiges in dieser Zeit bin ich nicht stolz …« Ihr Gesicht verzog sich zu einer verächtlichen Grimasse. »Ich habe dir auch eine Menge verschwiegen. Als Alfons mich in seinem Gewächshaus fand, lebte ich schon zwei Jahre auf der Straße.«
»Was? Aber wie war das möglich? Du hast doch immer gewusst, was du wolltest?«, stammelte ich schockiert.
»Manchmal geht eben einiges schief. Schneller als du denkst,

übrigens. Jedenfalls habe ich auch einige Jahre, die ich lieber vergessen würde. Schau nicht so entsetzt; du bist nicht die Einzige mit dunklen Geheimnissen.«

»Ich hatte es immer so verstanden, dass du bei Alfons als Angestellte gearbeitet hast«, sagte ich und versuchte, die Neuigkeit einzuordnen.

»Na ja, es hat ein bisschen gedauert, bis er mich so weit hatte. Den Wildwuchs in Form gebracht, wie er es nannte. Weißt du, er ist unheimlich geschickt darin, das zu erreichen, was er will. Und aus irgendeinem Grund war er fest entschlossen, aus mir seine Nachfolgerin zu machen.« Monika bückte sich, hob eine verrostete Schraube auf und spielte damit herum, während sie ohne mich anzusehen weitersprach. »Er hat mich gedrängt, Kontakt zu dir aufzunehmen. Wieder Anschluss an mein früheres Leben zu suchen. »Was geschehen ist, kannst du nicht mehr ändern, aber es wäre ganz schön blöde, sich davon sein weiteres Leben versauen zu lassen«, imitierte sie ihn liebevoll. »Du hast mich nie danach gefragt, aber jetzt erzähle ich es dir: Nach unserem Umzug dauerte es nicht lange, bis sich ein ekelhafter Kerl bei uns einnistete. Weißt du, irgendwie habe ich deine Mutter damals wirklich bewundert. Ich kann mir nicht vorstellen, dass irgendjemand sich getraut hätte, dich vor ihren Augen zu schikanieren …« Sie verstummte und ich wartete, unsicher, ob ich sie drängen sollte weiterzusprechen. Einige Zeit verstrich, in der sie gedankenverloren den Rost vom Schraubengewinde kratzte. Schließlich hob sie den Kopf, lächelte und sagte entschuldigend: »Dämlich, wie ich war, hatte ich nichts Besseres zu tun, als zu heiraten – und geriet vom Regen in die Traufe. Das sind Dinge, die ich lieber nicht wieder aufwärmen würde. Ohne Alfons wäre ich inzwischen Blumendünger, verstehst du?«

Ich nickte, ohne wirklich zu verstehen. Zwischen dem Leben,

das sie geführt hatte, und meinem bis ins kleinste Detail geordneten Dasein lagen Welten. Ich spürte, wie schmerzlich es für sie war, diese Dinge wieder auszugraben, und ich wollte nicht, dass sie sich dem meinetwegen aussetzte.
»Und jetzt wollen wir den armen Alfons behutsam darauf vorbereiten, dass wir hier bald mehr schwarze Pflanzen haben werden, als ihm lieb sein dürfte«, sagte Monika schließlich betont munter, hakte mich unter und zog mich mit hinaus, um unseren Freund zu suchen.

Kurz vor Ostern meldete sich Dr. Weydrich, um mir mitzuteilen, dass er für das Haus einen ernsthaften Interessenten gefunden hätte. »Sind Sie bei Ihrem Entschluss geblieben, es verkaufen zu wollen?«
»Auf jeden Fall!«, antwortete ich.
»Gut, dann leite ich alles Notwendige in die Wege. Und was den Vertrag mit der englischen Gärtnerei angeht, der ist vermutlich Ende April, Anfang Mai unterschriftsreif. Werden Sie selbst nach London fahren, oder möchten Sie mir eine Vollmacht erteilen?«
»Nein, danke, Herr Dr. Weyrich. Das erledige ich selbst.«
Es traf sich gut, dass Monika und ich sowieso im Mai die weltberühmte Chelsea Flower Show besuchen wollten. Ich war noch nie dort gewesen, obwohl mir die Ausstellung natürlich ein Begriff war. *Das* Ereignis für Pflanzenliebhaber jeder Richtung, ein Mekka der botanisch Interessierten.
»Kannst du dir das vorstellen: zehn laufende Meter Rittersporn, einer neben dem anderen. Und jeder anders!«, hatte Monika geschwärmt. »Orchideen sind natürlich auch massenweise vertreten. Eigentlich alles – bis hin zu Fleisch fressenden Pflanzen. Und die Schaugärten erst …«
Meine kühne Entscheidung, selbst vor Ort die nötigen Un-

terschriften zu leisten, wurde mit einer gewissen Skepsis aufgenommen. Ich versicherte dem besorgten Notar, dass diese Prozedur sicher nicht bei irgendeinem Anwalt, sondern in einer Kanzlei, die sein Vertrauen genoss, stattfinden würde. »Sie glauben doch nicht, dass ich damit Probleme habe?«, hakte ich forsch nach.

»Nein, inzwischen nicht mehr.« Dr. Weydrichs Stimme hörte sich an, als würde er lächeln.

Das Gelb der Forsythien wich dem Rosarot der Zierjohannisbeeren, dem Lila des Flieders und dem ersten Weiß des Jasmins. Die Abendluft begann verführerisch zu duften, und die Amseln flöteten sich die kleinen Seelen aus dem Leib. Monika mochte sie nicht, weil sie die dumme Angewohnheit hatten, Krokusse zu zerfetzen und später im Jahr eine ernsthafte Gefahr für die Erdbeeren und Kirschen darstellten. Ich aber hätte ihnen alles verziehen, weil ich ihre Abendlieder so liebte.

Besonders eine glaubte ich persönlich zu kennen. Sie saß immer auf dem einen Ende des Dachgiebels und besaß eine unglaublich reine Stimme.

Inzwischen wurde es immer deutlicher, dass Mike in Stevie verliebt war. Immer öfter ertappte ich sie dabei, dass sie verträumt vor sich hin lächelte. Nicht, dass sie das Geschäft vernachlässigte, aber Alfons und ich gewöhnten uns daran, dass sie von Samstagmittag bis Montagmorgen bei Stevie war. Ein paarmal hatten wir ihn zu Gesicht bekommen: ein Riese mit offenem Gesicht und schüchternem Lächeln, der Mike geradezu anbetete. Er schien sie für ein zerbrechliches Zauberwesen zu halten, und Mike schien diese Verehrung zu genießen.

Ich war gern mit Alfons allein; seine gärtnerischen Lebensweisheiten, sein Mutterwitz und sein fast intuitives Verständnis für menschliche Probleme erstaunten mich immer wieder aufs Neue. Eines Nachmittags, als wir zu zweit die Löwenmäulchen-Sämlinge pikierten, erzählte ich ihm die Geschichte meiner Eltern und von meinem Wunsch, meinen Vater kennen zu lernen, dem ich so ähnlich sah, dass meine Mutter darunter gelitten hatte.

»Mir wäre es auch lieber gewesen, auszusehen wie alle anderen!«, endete ich.

»Sei froh, dass du nicht gefragt wurdest«, erwiderte er knurrig ohne aufzusehen. Seine flinken braunen Finger führten das Pikierholz mit der Routine jahrzehntelanger Erfahrung und drückten die einzelnen Pflänzchen in das neue Substrat, während er fortfuhr: »Unter Züchtern würde man sagen, du bist eine Hybridzüchtung. Das ist etwas Besonderes.« Er richtete sich auf und zog mich vor den Tisch mit den Tagetes-Sämlingen. »Hier, schau sie dir an. Jede von ihnen wird genau die gleiche Blütengröße und Farbe haben. Und jede von ihnen bildet Samen, die wieder genau die gleichen Eigenschaften weitergeben werden. Völlig problemlos – deswegen sind sie billige Massenware.« Sein Tonfall verriet deutlich, dass er Tagetes nicht besonders hoch schätzte. »Und jetzt hier …« Er wies auf den Tisch mit den Löwenmäulchen, die wir gerade pikierten. »Hast du das Bild auf der Packung gesehen? Diese riesigen gefüllten Blüten, die an Azaleen erinnern? Wenn sie überhaupt Samen ausbilden, wirst du nicht eine einzige Pflanze daraus ziehen können, die genauso aussehen wird. Sie sind teuer, weil sie von zwei sehr unterschiedlichen Eltern abstammen, die von Natur aus eigentlich nicht zueinander passen.«

Vermutlich schaute ich etwas verwirrt, denn Alfons erläuterte etwas ungeduldig ob meiner Begriffsstutzigkeit: »Diese Kombination von deinem südländischen Aussehen und dieser norddeutsch-preußischen Art ist auch etwas Besonderes. Du hast es nicht nötig, deine Haare wie ein Papagei zu färben, um aufzufallen. Erzähl mir nicht, dass du es nicht bemerkst, dass die Leute sich nach dir umdrehen!«

Genau darauf hätte ich gut verzichten können! Die Bauarbeiter, die mir hinterherpfiffen, die Halbstarken, die mich mit den Augen auszogen, die alten Männer auf den Parkbänken, deren Blicke an mir klebten – inzwischen hatte ich mir antrainiert, sie alle nach Möglichkeit zu ignorieren. Aber als ich jünger gewesen war, hatte ich große Umwege in Kauf genommen, um nicht an größeren Baustellen oder anderen gefährlichen Punkten vorbeigehen zu müssen.

In nachdenklichem Schweigen arbeiteten wir ein paar Minuten weiter, dann brummte er: »Es ist einfach schade, dass ausgerechnet du auf Tagetes machst.«

Am nächsten Tag überraschte Alfons mich mit dem Vorschlag – der eher einem Befehl ähnelte –, ihn auf den Frühlingsmarkt im Nachbarort zu begleiten. Eigentlich hatte ich überhaupt keine Lust. Sicher wimmelte es dort an einem Sonntag vor Menschen. Man würde in der Menge herumgeschubst werden. Der Liegestuhl unter dem blühenden Kirschbaum erschien mir bedeutend verlockender.

»Du kannst dich nicht immer hier verkriechen«, drängte Alfons. »Du musst endlich aufhören, dich dafür zu schämen, dass du schön bist. – Und zieh dir etwas Hübsches an, ich möchte mit dir angeben!«

Lachend fügte ich mich in mein Schicksal. In einem Anflug von Übermut schlüpfte ich in die mohnroten Seidenhosen und den passenden Pullover mit dem gefährlich tiefen Ausschnitt. Das geschmeidige Material fühlte sich gut an. Überrascht stellte ich fest, dass ich mich so an Jeans gewöhnt hatte, dass ich ihre Festigkeit vermisste, diese Rüstung für den unteren Teil meines Körpers. Die Seidenhose fiel lose von meiner Taille abwärts, und ich vergewisserte mich ein paarmal, dass sie auch wirklich alles bedeckte.

Alfons nickte zufrieden, enthielt sich aber jedes weiteren Kommentars.

Der Nachmittag verlief erstaunlich angenehm. An Alfons' Seite fühlte ich mich sicher. Hier und da blieben wir stehen und wechselten ein paar Worte mit alten Bekannten von ihm. Der Markt an sich war nicht übermäßig interessant: ein wildes Gemisch von kleinen und größeren Ständen mit Angeboten wie balinesischen Holzschnitzereien, Haushaltswaren oder Duftölen, Socken, Hüten und Strickwesten bis hin zu den Frühjahrskollektionen sämtlicher Automarken.

Die allgegenwärtigen Frühlingssymptome schienen eine freundliche Grundstimmung zu erzeugen. Das wohlwollende, aber mäßige Interesse, das mir entgegenschlug, enthielt keine Spur Ablehnung oder gar Aggressivität. Und so hatte ich keine Bedenken, Alfons bei der munteren Altherrengruppe im Bierzelt zu lassen und alleine weiterzuschlendern.

Am Hutstand war mir vorhin ein besonders hübsch geflochtener Strohhut aufgefallen, den ich mir noch einmal ansehen wollte. Die Frühjahrssonne war jetzt bereits kräftiger, als man zu dieser Zeit des Jahres annehmen sollte; das hatte ich gestern gemerkt, als ich nach einem Nachmittag an den Mutterpflanzenbeeten ein unangenehmes Stechen hinter der Stirn verspürt hatte. Es war noch kein Sonnenstich, aber die Kopfschmerzen machten deutlich, dass die Kopfbedeckung bei Gärtnern nicht nur der dekorativen Erscheinung diente.

Monika hatte mir großzügig angeboten, mich aus ihrer Kollektion von Baseballkappen zu bedienen, aber ich mochte sie nicht. Sie saßen mir zu eng. Der Hut, den ich jetzt probierte, passte wie angegossen. Ich drehte den Kopf nach links und nach rechts und war mit meiner Erscheinung in dem baumelnden Handspiegel zufrieden. Die schmale Krempe beschattete Stirn und Augen ausreichend, und die auffällige Garnitur aus falschen Margeriten und Kornblumen ließ sich problemlos entfernen.

»Ich nehme ihn«, sagte ich gut gelaunt zu der Verkäuferin.

Der Arm, der sich schwer auf meine Schulter legte, der Bieratem, der mir von hinten unangenehm in die Nase stieg und die leicht lallende Stimme, die in mein rechtes Ohr blies, trafen mich völlig unvorbereitet. »Na, Süße, wie geht's denn so?« Instinktiv schüttelte ich den Arm ab und sprang beiseite, ehe ich mich umdrehte.

Der Mann blinzelte schwerfällig und kämpfte mit seinem Gleichgewicht. Nicht sehr viel größer als ich, aber massig. Das karierte Holzfällerhemd trug auf der Vorderseite die Spuren des Tages: eine Landkarte dunkler Flecken, leuchtend rotem Ketchup und angetrockneter Speisereste. Mein Magen revoltierte, und ich trat sicherheitshalber noch weiter zurück, bis ich an die Theke eines Süßwarenstandes stieß.

»He, wohin denn so eilig? Wir ha'm uns doch grade kennen gelernt …« Schwankend, aber entschlossen setzte er mir nach, keilte mich zu meinem Entsetzen zwischen der Theke, der Deichsel des Anhängers und seiner übel riechenden Vorderfront ein. Grinsend zeigte er eine Reihe gelblich verfärbter Zähne und wischte sich ungeniert mit dem Handrücken die laufende Nase. Seine hellblauen Schweinsäuglein zogen sich zu Schlitzen zusammen, während er mich genauer musterte.

»Ey, du mich verstehen? Du Russki? Das kann ich mir grad noch leisten«, murmelte er, während er eine Hand in seiner Hosentasche vergrub und sich mit der anderen hingebungsvoll im Schritt kratzte.

Keiner der Passanten nahm von uns Notiz. Meine Hoffnung, dass jemand sich einmischen und diese Kreatur entfernen würde, war offensichtlich umsonst.

»Da, das is ja wohl genuch!« Mit diesen Worten wedelte er einen muffig riechenden Geldschein vor meinem Gesicht hin und her. Er roch so widerlich, dass es eigentlich auf diese Nuance nicht mehr ankam, aber sie steigerte meinen Ekel zu schierer Panik.

Weiter zurückweichen konnte ich nicht mehr, also biss ich die Zähne zusammen, stieß ihn mit aller Kraft von mir und katapultierte mich an ihm vorbei in die Freiheit. Der Stoß ließ ihn an die Verkaufstheke taumeln, die von seinem Gewicht so heftig vibrierte, dass einige der Tüten mit Magenbrot umkippten.

»Hey, Vorsicht, könnt ihr nicht aufpassen?«

Der mürrische Tadel schien mir so unpassend, dass ich fast gelacht hätte. Dann aber fühlte ich plötzlich Wut über ihn in mir aufsteigen. »Ihre blöden Bemerkungen können Sie sich sparen! Haben Sie nicht gesehen, wie der Mann mich belästigt hat?«, fauchte ich ihn an.

»T… Tut mir Leid«, stammelte er verlegen.

Einige Passanten begannen neugierig, näher zu kommen. Der Betrunkene versuchte mühsam, sich wieder zu orientieren. Sein glasiger Blick schweifte ziellos umher, blieb an einem Stand hängen, der Fischbrötchen verkaufte, und er begann taumelnd, sich in Bewegung zu setzen.

So plötzlich wie sie gekommen war, verschwand die Wut wieder. Ohne den Mann hinter der Theke eines weiteren Blicks zu würdigen, ging ich langsam und mit hoch erhobenem Kopf weiter.

Im Zelt, im Schutzkreis von Alfons und seinen Bekannten, schien mir meine Reaktion fast übertrieben. Alfons warf mir

einen besorgten Blick zu und fragte leise: »Was war los? Du siehst aus, als hättest du Ärger gehabt.«
»Alles in bester Ordnung, mach dir keine Gedanken«, sagte ich und war doch froh, so eng neben ihm zu sitzen, dass ich seine beruhigende Wärme durch das raue Tweedjackett spüren konnte.

Es gab keine weiteren Ablenkungen dieser Art. Das Frühjahrsgeschäft ging nahezu nahtlos in die Balkonpflanzenzeit über, und wieder hatten wir alle Hände voll zu tun. Wenn ich abends total erschöpft ins Bett sank, wunderte ich mich immer, wie schnell der Tag vergangen war.
Vielleicht machte es mir deshalb nicht so viel aus, dass die Suche nach meinem Vater nicht den erhofften Erfolg gebracht hatte. Inzwischen kannte ich Dr. Weydrichs Stimme gut und merkte sofort, dass etwas Ungewöhnliches mitschwang, als er mich anrief und bedauernd sagte: »Es tut mir Leid, dass ich Ihnen keine erfreulichere Nachricht übermitteln kann.«
Im ersten Moment fürchtete ich, dass sich unerwartete Probleme mit dem Abernathy-Vertrag ergeben hätten, und war zunächst erleichtert, als er fortfuhr: »Sie hatten mich doch gebeten, Nachforschungen über Ihren Vater anzustellen.«
»Und, was sind das für Nachrichten?«
»Es tut mir wirklich Leid. Ihr Vater ist bereits vor sechs Jahren gestorben. Der Privatdetektiv, den ich beauftragt habe, hat eine Kopie der Sterbeurkunde mitgebracht und einen kleinen Stapel Briefe, die die Vermieterin Ihres Vaters aufbewahrt hat, weil sie es nicht übers Herz brachte, sie wegzuwerfen.«
Nein, schoss es mir durch den Kopf. Das darf einfach nicht sein! Nicht jetzt, da ich mich endlich dazu entschlossen hatte, ihn zu suchen, ihm all die Fragen zu stellen, die seit so vielen Jahren auf eine Antwort warteten!

Ich hatte damit gerechnet, dass es lange dauern könnte. Ich hatte damit gerechnet, dass er neu geheiratet hätte, dass es Stiefgeschwister geben würde. Ich hatte mir sogar die Möglichkeit ausgemalt, dass er kein Interesse an mir hatte.
Aber dass er tot sein könnte, diese Möglichkeit hatte ich mir nicht zu fürchten erlaubt. Ich war so sicher gewesen, ihm eines Tages gegenüberzustehen, dass ich mir manchmal sogar seine Stimme vorgestellt hatte. Tief in meinen verschwommenen Kindheitserinnerungen gab es eine klangvolle, warme Männerstimme, aber ich hätte nicht zu sagen gewusst, ob es eine echte Erinnerung war oder ob ich mir nur wünschte, eine solche Stimme gekannt zu haben.
Jetzt würde ich es, wie so vieles andere, nie erfahren; und die Enttäuschung darüber ließ meine Stimme rau klingen, als ich mich zwang, Dr. Weydrich zu danken.

Ein paar Tage später bekam ich die Unterlagen. Die Kopie der Sterbeurkunde legte ich in meinen persönlichen Ordner, in dem ich auch meine Geburtsurkunde und Mutters Sterbeurkunde aufbewahrte.
Die Briefe drehte ich einige Zeit unschlüssig hin und her. Sie rochen staubig, muffig. Vermutlich nach der alten Küchenschublade, in der sie so lange gelegen hatten. Auf dem obersten konnte ich die verblichene blaue Tinte gerade noch lesen: Margarethe Corvaio. Es sah seltsam aus. Mutters Vorname mit dem unpassenden Nachnamen.
Von unten rief Monika nach mir, und ich schob die Briefe rasch in die Tasche, die ich nach London mitnehmen würde.

Als am Sonntagnachmittag vor unserem Abflug nach London das Telefon klingelte, brauchte ich einige Sekunden, bis ich Stevies heiser klingende Stimme erkannte und verstand, was er versuchte, mir zu erklären: »Irgendein Idiot in sie hineingefahren … Pistenrettung hat Hubschrauber angefordert … wird ins Krankenhaus geflogen … muss das Auto zurückfahren …«

»Welches Krankenhaus, weißt du welches?«, gelang es mir einigermaßen vernünftig zu fragen.

»Keine Ahnung – warte mal, ich frage einen der Sanitäter.« Stevie klang ebenso hilflos wie verängstigt. Ich hörte, verzerrt durch das statische Rauschen, wie er etwas fragte und eine ruhige Männerstimme ihm antwortete, aber ich verstand nichts.

»Gib mir den Mann«, schrie ich verzweifelt in den Hörer und fürchtete, dass Stevie in seiner Verwirrung das Handy wieder einstecken könnte.

»Was willst du denn von ihm?«, fragte er verständnislos, gab das Gerät aber offenbar weiter, denn eine beruhigend gelassene Stimme meldete sich mit »Rettungsdienst, guten Tag«.

Ich atmete erleichtert auf und bemühte mich, ruhig zu sprechen.

»Guten Abend, Verena Naumann. Ich bin die Freundin der Verunglückten. Können Sie mir sagen, in welches Krankenhaus Sie sie bringen?«

»In das nächste Bezirkskrankenhaus. Warten Sie, ich gebe Ihnen die Telefonnummer …« Meine Finger zitterten, aber ich schaffte es, die Ziffern leserlich aufzuschreiben. »Haben Sie es? Und keine unnötige Panik! Der junge Mann hier macht uns schon genug Sorgen.« Im Hintergrund hörte ich Stevie fast schluchzend darauf beharren, mit in den Hubschrauber steigen zu dürfen.

Wie lange mochte es dauern, bis sie gelandet waren und Mike ärztlich versorgt wurde? Zitternd vor Ungeduld gelang es mir, mich eine Viertelstunde zurückzuhalten, indem ich

zigmal nur die Vorwahl wählte und dann den Hörer wieder auflegte.
Meine Erfahrung im Umgang mit Krankenhauspersonal erwies sich als hilfreich. Der Pförtner am Empfang zeigte mehr Mitgefühl als Professionalität und versicherte mir, die junge Dame vom Gletscher sei bereits wieder bei Bewusstsein gewesen, als man sie eben in die Chirurgie gefahren hätte, »und das ist immer ein gutes Zeichen!«. Ich sollte meine Telefonnummer hinterlassen, dann würde er mir Bescheid sagen, sobald es etwas Neues gäbe. »Und machen Sie sich keine unnötigen Sorgen«, tröstete er mich gutmütig, »diese Skiunfälle sehen immer schlimmer aus als sie sind.«
Trotzdem wanderte ich nervös vor dem stummen Telefon hin und her. Ich traute mich nicht, meinen Wachtposten zu verlassen, um Alfons Bescheid zu sagen. Was, wenn gerade dann das Krankenhaus anriefe? Vielleicht war es doch ernster, als der Mann meinte! Er war schließlich kein Mediziner. Die Erinnerung an die Zeiten, als jedes Läuten des Telefons für mich einen Anruf des Krankenhauses bedeutete – und meist war es eine schlechte Nachricht gewesen –, stieg in mir auf. *Nicht schon wieder*, schoss es mir durch den Kopf. Ich fühlte, wie meine Hände zitterten und mein Magen sich zusammenkrampfte.
Schritte auf der Treppe kündigten Alfons an, noch bevor er, vorsichtig zwei Tontöpfe balancierend, mit dem Ellbogen die Tür öffnete
»Sind sie nicht toll geworden? Mike wird staunen ...« Er brach ab, als er mein Gesicht sah, stellte rasch die beiden Tontöpfe mit den beiden Kameliensteckligen hin und kam auf mich zu: »Was ist passiert? Etwas mit Mike?« Die Angst, die in seiner Stimme durchschimmerte, machte mir bewusst, wie sehr er an ihr hing.

»Wahrscheinlich halb so schlimm«, versuchte ich mich in beruhigender Untertreibung. »Der Pförtner sagte, sie war schon wieder bei klarem Bewusstsein. Sie wird gerade geröntgt. Er will mir Bescheid geben.«
Mit aschgrauem Gesicht sank Alfons in den Sessel neben dem Fenster. In einem hilflosen Versuch, ihn zu trösten, legte ich ihm schüchtern die Hand auf den Arm und erschrak über die Kraft, mit der er sie packte und fest umklammert hielt, bis das schrille Klingeln des Telefons uns eine halbe Ewigkeit später aus unserer Erstarrung riss.
»Hallo, da bin ich schon …« Die fröhliche Stimme des Pförtners klang so unbeschwert, dass ich mich entspannte und Alfons mit hochgerecktem Daumen signalisierte, es sei alles in Ordnung. »Ihr Freund durfte sie gleich wieder mitnehmen. Nichts Ernstes – habe ich Ihnen doch gleich gesagt.«

Für »nichts Ernstes« wirkte Monika ziemlich lädiert, als sie sich, halb von Stevie getragen, halb humpelnd, Stunden später mit schiefem Grinsen die Treppe zu ihrem Bett hinaufschleppte.
Alfons und ich betrachteten entsetzt die Prellung unter ihrem linken Auge, den Arm in der Schlinge und den dicken Verband um ihren rechten Fuß.
»Und so haben sie dich wieder auf die Straße gesetzt?«, fragte Alfons ungläubig. »Ein komisches Krankenhaus ist das!«
»Ach, die sind Schlimmeres gewöhnt«, winkte Monika erschöpft ab. »Eine leichte Gehirnerschütterung, verrenkte Schulter und angebrochener Knöchel – Lappalien. Fast hätten sie mich den Sanitätern überlassen.«
Empört murmelte Alfons etwas von ausländischer Schlamperei. Stevie grinste und meinte, sie hätten sich schon Mühe gegeben. »Und Mike hat sowieso darauf bestanden, schleu-

nigst nach Hause zu kommen.« Fürsorglich bestand er darauf, ihre Kissen so zu arrangieren, dass die verrenkte Schulter samt dem dazugehörigen Arm und der Fußknöchel abgestützt wurden. Als er allerdings nach kalten Umschlägen für ihre Stirn fragte, fand Mike es an der Zeit, ihn nach Hause zu schicken. Er küsste sie auf die Wange, versprach, sie am nächsten Tag zu besuchen, und verabschiedete sich widerstrebend, aber folgsam.

»Soll ich dir eine Brühe machen?«, bot ich an.

Monika zog eine Grimasse, gähnte herzhaft und winkte ab. »Nein, danke. Ich möchte nur schlafen.«

Zur Sicherheit ließ ich nachts meine Tür offen, aber bis auf ihr leichtes Schnarchen, sobald sie sich auf den Rücken drehte, blieb es ruhig.

Beim Frühstück brachte ich unsere Londonreise zur Sprache. »Vielleicht ist es besser, ich mache Dr. Weydrich doch noch die Freude, ihm eine Vollmacht auszustellen, und bleibe bei dir.«

Monika runzelte die Stirn: »Ich brauche doch keine Krankenpflegerin! Selbstverständlich fährst du.«

»Ich kann dich in diesem Zustand nicht gut allein lassen«, protestierte ich etwas halbherzig.

»Sie ist nicht allein: Ich bin da und Stevie. Bevor du kamst, hätte das auch reichen müssen«, erinnerte mich Alfons ruhig. »Flieg du ruhig nach London und genieße es. Ein richtiger Tapetenwechsel wird dir gut tun. Bei Jonathan bist du in guten Händen«, fügte er lächelnd hinzu.

Als es darum ging, wo in London wir unterkommen sollten, hatte Alfons Jonathan Dunnet ins Gespräch gebracht. Die beiden kannten sich aus den Jahren, in denen der Engländer ein Auslandspraktikum in Deutschland absolviert hatte. Das hatte

den angehenden Journalisten ausgerechnet in unsere Kleinstadt verschlagen. Bei einer Gartenbauausstellung hatten er und Alfons sich getroffen und angefreundet. Inzwischen war Jonathan ein bekannter Restaurantkritiker – an die mehr oder weniger geistreichen Bemerkungen über Engländer und deren Befähigung zu Gourmets hatte er sich gewöhnt –, und auf Alfons' Anfrage nach einer empfehlenswerten Unterkunft hatte er uns spontan eingeladen, bei ihm zu wohnen.
Monika kannte ihn von seinem letzten Deutschlandbesuch. Kichernd hatte sie eines Abends, als wir beide zusammensaßen, seine Körpersprache imitiert. »Alte Tante ist manchmal noch geschmeichelt, aber er ist einfach süß.«
Sein Porträt in der Umschlagklappe seines Buchs, das sie mir geliehen hatte, zeigte ein rundes, glatt rasiertes Gesicht, das kindlich wirkte für einen Mann um die fünfzig. Es lächelte den Betrachter so unschuldig an, als sei der Autor nicht derselbe, dessen bissige Bemerkungen und treffende Urteile bei ehrgeizigen Jungköchen gefürchtet waren.
»Ihr habt ja Recht«, sagte ich seufzend zu Monika und Alfons. »Ich fahre!« Insgeheim musste ich mir eingestehen, dass ich froh war, nicht die Krankenschwester spielen zu müssen, denn ich hatte mich sehr auf diese Reise gefreut.

Einen Tag später saß ich am späten Nachmittag, zum ersten Mal in meinem Leben absolut auf mich allein gestellt, im Stanstead-Express – und stellte eine Spur enttäuscht fest, dass die englische Landschaft der heimatlichen überaus ähnlich schien.
Die Gelassenheit meiner Mitreisenden, die ins Flugzeug stiegen, als handelte es sich um einen Reisebus, und die Routine, die die Besatzungsmitglieder ausstrahlten, ließen meine Nervosität albern erscheinen. Also bemühte ich mich, eine ähn-

liche Blasiertheit an den Tag zu legen, wie die Dame neben mir. Eigentlich war Fliegen wirklich nichts Besonderes. Aber es gefiel mir, obwohl ich mir dabei den Hals verrenken musste, die Wasserläufe und Straßen unter uns zu verfolgen, die winzigen Autos, die so langsam zu kriechen schienen.
Ich hatte etwas Bedenken gehabt, mich zurechtzufinden, aber es hatte alles geklappt, und an der Liverpool Station wollte Jonathan mich abholen.

Kapitel 4
Jonathan Dunnet

In dem Menschenstrom, der sich den Bahnsteig entlangwälzte, musste ich mich darauf konzentrieren, nicht umgerannt zu werden, und erst als er sich durch die enge Kontrollsperre gedrängt hatte und verteilte, hatte ich Gelegenheit, im Schutz einer schwarzweiß gefliesten Säule meinen Koffer abzusetzen und mich umzuschauen.

Liverpool Station wimmelte von Menschen, wie jeder große Bahnhof. Allerdings fiel mir die ungewohnt große Anzahl von Sicherheitspersonal auf. Nicht vereinzelte Bahnpolizeistreifen, sondern ganze Gruppen in dunklen Uniformen standen an praktisch jeder Ecke und beobachteten die Menschen argwöhnisch. Seltsamerweise fühlte ich mich dadurch nicht sicherer, sondern unwohl. Außer mir schien jeder durch sie hindurchzusehen; es war, als existierten sie eigentlich nur in meinen Augen.

»Sieh mussen Verena Nauhman sain«, sagte eine modulierte Männerstimme hinter mir in holprigem Deutsch. »Hello, ich biehn Jonathan.«

Ich fuhr herum. Jonathan Dunnet war kaum größer als ich. *Ein Buchsbaum-Mann,* schoss es mir durch den Kopf, *makellos in Form gebracht.* Jede einzelne Haarsträhne wirkte wie gemeißelt, der helle Sommeranzug saß perfekt, die leichten Lederslipper waren farblich abgestimmt auf die Seidenkrawatte. Er reichte mir eine gepflegte Hand und lächelte freundlich. In der Hand hielt er das Foto von mir, das wir ihm gemailt hatten, und steckte es nun beiläufig in die Jackentasche, während er mich begrüßte.

In einem so ausgeprägten Oxfordenglisch, das meine ehemalige Englischlehrerin entzückt gewesen wäre, fuhr er fort: »Macht es Ihnen etwas aus, wenn wir Englisch sprechen? Mein Deutsch ist so eingerostet, dass ich sonst ein mühsamer Gesprächspartner wäre.«

Ich beeilte mich, ihm zu versichern, dass meine Sprachkenntnisse für den Alltagsgebrauch ausreichten, und er schien ehrlich erleichtert.

»Das ist schön, ich hatte schon halb befürchtet, mich maßlos zu blamieren. – Kommen Sie, das Auto wartet.«

Zu meiner Verblüffung hatte er mich mit einem Taxi abgeholt. »Ich fahre schon lange nicht mehr selbst Auto, wenn ich in London bin«, erklärte er mir. »Es ist mir einfach zu stressig: Keine Parkmöglichkeiten, verstopfte Straßen, hohe Gebühren. Da nehme ich mir im Notfall lieber ein Taxi.«

Wir mussten quer durch die Stadt fahren, da Jonathan in Chelsea wohnte, und er nutzte die tatsächlich von zahlreichen Stillständen unterbrochene Fahrt, um mich auf diese oder jene Sehenswürdigkeit aufmerksam zu machen. Die Einkaufsstraßen sahen aus wie in jeder Großstadt, die man aus dem Fernsehen kennt, aber sobald wir die stilleren Seitenstraßen der Wohnbezirke erreichten, fiel mir auf, dass die Architektur sich deutlich unterschied. Die schier endlosen geschlossenen Fassaden mit ihren Treppenaufgängen und den Souterrainwohnungen wirkten auf mich fremd und gleichförmig. Statt in die Höhe schien hier alles in die Breite zu gehen.

Es gab ausgesprochen ehrwürdig wirkende weiße Hausreihen, in denen sicher schon zu Königin Victorias Zeiten gelebt worden war, mit Säulenpaaren an den Türen und glänzenden Messingknäufen. Aber auch ziegelrote mit Miniaturgärtchen vor den Fenstern, modern anmutende mit dem Charme eines Industriegebiets.

In Chelsea herrschte ein dunkles Braunrot vor, schlicht und eher ländlich. Direkt vor dem gediegenen Haus, vor dem das Taxi hielt, lag ein kleiner Park mit hohen Bäumen.
Die Rasenfläche in der Mitte um einen winzigen Teich herum schimmerte geradezu unwirklich grün – ein Stück englischen Traditionsrasens. Entgeistert beobachtete ich, wie eine Frau mittleren Alters, trotz der frühsommerlichen Temperaturen in Tweedkostüm und dicke Strümpfe gekleidet, ihren Hund mitten hineinführte und ungerührt abwartete, dass er dort, inmitten dieses samtigen Meisterwerks, sein Geschäft verrichtete. Das Sakrileg schien weder Jonathan noch den Taxifahrer zu empören.
Die Wohnung im dritten Stock bot einen beeindruckenden Panoramablick zwischen den Baumkronen hindurch auf die Themse und das gegenüberliegende Ufer. Unterdrückt keuchend trug Jonathan meinen Koffer einen langen Flur hinunter und wies schließlich einladend auf ein gemütliches Zimmer, das stets für Gäste bereitstand, wie er sagte.
Die Wohnung schien ein Innenarchitekt mit Sinn für orientalische Dramatik eingerichtet zu haben: Man erwartete jeden Moment, einen Diener mit Turban und Fliegenfächer auftauchen zu sehen. Die Struktur und Farbe des Teppichbodens erinnerte an geflochtenes Gras. Das dunkle Holz der Möbel kontrastierte mit den hellen Wänden, an denen Sammlerstücke aus aller Herren Länder hingen. Bei den Polsterfarben dominierte ein dunkles Persischrot, das sich in den schweren Samtvorhängen vor den Fenstertüren wiederholte. Zu meiner Begeisterung führten sie auf einen ausladenden Balkon, der zum größten Teil von üppigen Grünpflanzen bewohnt wurde.
»Ich koche mit Leidenschaft«, erklärte Jonathan mir, sobald er mein Interesse bemerkte. »Und ich lege Wert auf wirklich

frische Zutaten. Besonders Kräuter sind oft von minderer Qualität, deshalb ziehe ich sie selbst. – Hier …«, er zupfte geschickt ein rötliches Blatt von einer kniehohen Pflanze in einem besonders schönen Terrakottatopf. »Tulasi nehme ich gerne zu indischen Gerichten, aber ich experimentiere momentan mit Süßspeisen.«

Das Blatt schmeckte seltsam. Man konnte es nur als eine Mischung aus Gewürznelken, etwas Pfeffrigem und etwas Süßem beschreiben: unverwechselbar und nicht einzuordnen in die mir bekannten Kräuter. Allerdings beschränkten sich meine Kenntnisse auch auf Petersilie, Dill, Schnittlauch, Liebstöckel und Basilikum. Schon Kerbel hätte ich nicht mehr am Geschmack erkannt, ganz zu schweigen von Estragon. Der französische Estragon, von dem Mutter einmal einen Zweig mitbrachte, schmeckte uns beiden nicht. Um genau zu sein: Er schmeckte nach gar nichts, und Mutter entschied, dass er für »gar nichts« geradezu unverschämt teuer wäre.

Natürlich kannte ich auch noch Oregano von den grünen Krümeln, die man über Pizza streute, und Majoran aus den Nürnberger Bratwürstchen. Nie wäre ich aber auf die Idee gekommen, dass der kleine Krauskopf in dem hohen, blau glasierten Topf eine gut beschnittene Thymianpflanze war. Von Jonathan ermutigt strich ich vorsichtig über die dichten Zweige und roch überrascht die süße Duftwolke, die zwischen meinen Fingern aufstieg.

»Bei manchen reicht es, nur über die Blätter zu streichen, manche muss man etwas reiben. So …« Er demonstrierte mir eine Technik, die darin bestand, ein einzelnes Blatt zwischen Daumen und Zeigefinger zu reiben. »Hier, probier das einmal.«

Ein starker Geruch nach Zitronenbonbons stieg mir in die Nase. Wirklich Zitronenbonbons – nicht Zitronen. »Was ist das?«, fragte ich überrascht.

»Das ist die berühmte Verveine aus den alten Romanen, botanisch *Lippia citriodora.* Man kann eine wunderbare Tisane daraus zubereiten. Mit frischen Lindenblüten kombiniert ist es das Beste vor dem Schlafengehen. Das daneben ist die *Lippia dulcis,* das Mexikanische Süßholz, es riecht ein bisschen nach Anis. Ich benutze es hauptsächlich zum Süßen, denn das Aroma ist nicht so berauschend.«

Einmal auf den Geschmack gekommen, rieb und schnupperte ich begeistert an allen Zweigen und Blättern, bis Jonathan sich entschieden weigerte, mir weitere Auskünfte zu geben, und darauf bestand, dass ich mich erst einmal »frisch machte«.

Das Badezimmer entsprach meinen kühnsten Erwartungen. Marmorboden, verspiegelte Wände (er musste eine Putzfrau haben!), das Mobiliar im Kolonialstil – es fehlte nur das Tigerfell als Duschvorlage. Wie die übrige Wohnung wirkte alles so makellos, als erwarte der Bewohner jeden Augenblick ein Fototeam von *Schöner Wohnen,* oder was dem hier in England entsprach. Die Wassertropfen im glänzend polierten Waschbecken störten direkt. Ich griff mir eine Hand voll Kleenex und wischte es trocken, um die profanen Gebrauchsspuren zu beseitigen. *Undenkbar, dass dieser Spiegel jemals so aussieht wie bei Monika und mir,* dachte ich einen Moment lang beschämt ob unserer Nachlässigkeit, *mit Zahnpastaspritzern und den Putzmittelschlieren.*

»Zieh dir ruhig etwas Bequemes an«, rief Jonathan aus der Küche. »Wir machen es uns so richtig gemütlich.«

Als ich mir kurz darauf von den Düften den Weg zur Küche weisen ließ, war ich doch etwas überrascht, meinen Gastgeber mit atemberaubender Geschwindigkeit Zwiebeln hacken zu sehen – in einem knöchellangen Kaftan! Aber er bewegte sich in diesem ungewöhnlichen Kleidungsstück mit einer Eleganz, die es zu einer Selbstverständlichkeit werden ließ.

Natürlich hatte Monika mir gesagt, dass Jonathan schwul war, aber meine Erwartungen hatten sich an den Klischees orientiert, die man unbewusst verinnerlicht. Ich war darauf vorbereitet gewesen, dass er sich manieriert bewegen, vielleicht sogar tänzeln würde. Und dass sich seine Sprechweise von der anderer Männer unterscheiden könnte.
Ganz und gar nicht war ich auf den echten Jonathan vorbereitet, dessen beiläufige Haltung und Gestik durch und durch männlich wirkten. Auch der schlichte, schwarze Kaftan ließ ihn nicht feminin erscheinen. Die orientalische Note betonte seine gebräunte Gesichtshaut, die grau überhauchten, leicht gewellten dunklen Haare und verlieh ihm etwas Geheimnisvolles, Tragisches.
»Ich hoffe, du hast Appetit mitgebracht?«, fragte der Magier aus Tausendundeiner Nacht, und die prosaische Frage zerriss den melancholischen Schleier, den ich in Gedanken um ihn gelegt hatte.
»Ich habe heute italienisch gekocht«, erläuterte er mir. »Scaloppine alla Salvia, Gnocchi und Tomatensalat mit Basilikum. Italienisches Essen schmeckt eigentlich jedem. Moment …« Er griff an mir vorbei nach dem Topf mit den kleinen Klößchen und schüttete das Wasser ab. Mit einem: »So, die Gnocchi kannst du schon mitnehmen. Den Rest bringe ich nach«, wurde ich ins Speisezimmer geschickt.
Jonathan hatte bereits den Tisch gedeckt und, abgestimmt auf das Menü, einfaches weißes Porzellan gewählt. Der Tomatensalat mit den leuchtend grünen Basilikumblättern wirkte wie eine Dekoration. Ich stellte die Gnocchi auf den kleineren der Metalluntersetzer und blieb unschlüssig stehen. Vermutlich saß er am Kopfende und für mich war der Platz daneben gedacht, aber ich zögerte, weil ich nicht wie ein hungriges Kind auf seinem Platz sitzend das Essen erwarten wollte.

Ein Porträtfoto in Schwarzweiß auf einem Vertiko zwischen den Fenstern zog meine Aufmerksamkeit auf sich. Ein blonder junger Mann lächelte etwas gezwungen in die Kamera, als sei ihm die Situation peinlich. Die endlos langen Kragenspitzen deuteten auf die 70er Jahre hin, genauso wie die für den heutigen Geschmack zu langen Haare, die das Androgyne in seinen weichen Zügen betonten.

Das Foto an seinem exponierten Standort erinnerte an einen Schrein. Ein alter Freund von Jonathan? Ein Geliebter? Was mochte aus ihm geworden sein?

Ich wandte mich hastig ab, als sei ich bei etwas Unanständigem ertappt worden, sobald ich das Tappen seiner weichen Lederschlappen hörte.

»So, fertig. Setz dich doch bitte. Einen Aperitif?«

Als ich dankend ablehnte, goss er mir einen sehr hellen Weißwein ein und legte mir zwei der kleinen Schnitzelchen auf den noch leicht warmen Teller. Die dicke Sahnesoße lief um sie herum und ließ die Kruste aus Salbeiblatt und Käse erahnen. Es roch köstlich.

Die ersten Minuten genossen wir schweigend. Wenn man den Geschmack von Salbei nur mit Halsschmerzen in Verbindung bringt, dann hat man eine Menge versäumt, stellte ich fest. Das zarte, silbergrüne Blatt unter der Käseschicht verlieh dem Fleisch eine würzige Note, ohne den zarten Eigengeschmack zu überdecken.

»Als ich damals in Deutschland war, habe ich einige interessante Gerichte kennen gelernt. Die meisten deutschen Frauen schienen gerne zu kochen. Du auch?«, fragte Jonathan beiläufig.

»Ich kann überhaupt nicht kochen«, gab ich kleinlaut zu.

»Überhaupt nicht?«

»Na ja, ich kann zur Not ein Rührei braten. Aber ich habe mich nie besonders für Essen interessiert – bisher.«

Er hob amüsiert die Brauen. »Das müssen wir unbedingt ändern! Du ahnst ja nicht, was dir alles entgeht!« Dann begann Jonathan zu plaudern. Ich erfuhr, dass man Basilikum nicht fein hacken, sondern allenfalls in grobe Streifen schneiden durfte, dass frische Kräuter möglichst nicht gewaschen werden sollten (»Aber manchmal ist es das geringere Übel!«, schränkte Jonathan resigniert ein) und dass die ätherischen Öle im Kühlschrank rasch verfielen. Von solchen praktischen Dingen kam er zu verschiedenen kulinarischen Erlebnissen während seiner Reisen, und als ich das erste Mal auf die Uhr sah, weil ich gähnen musste, stellte ich überrascht fest, dass wir seit über drei Stunden bei Tisch saßen. Und das, wo morgen ein anstrengendes Programm auf mich wartete!

»Lieber Himmel – ich sollte dich nicht so lange wach halten«, meinte Jonathan schuldbewusst. »Ich hole schnell den Stadtplan, damit wir sehen können, wo diese Kanzlei liegt. Vielleicht kannst du mit der U-Bahn fahren. Die U-Bahn-Station ist gleich um die Ecke.«

Als ich am nächsten Morgen vor der imposanten Gebäudefront stand und die fein genarbte Ledermappe umklammerte, die Dr. Weydrich mir als »kleine Aufmerksamkeit« zusammen mit den Papieren geschickt hatte, war ich ziemlich nervös. Einen Moment lang musste ich gegen den Wunsch ankämpfen, Dr. Weydrich dies alles überlassen zu haben. Doch dann holte ich tief Luft – und stieß die gläserne Tür auf.

Der polierte, hellgraue Granit der Eingangshalle glänzte so makellos, dass man zögerte, ihn mit profanen Straßenschuhen zu betreten. Der zuständige Pförtner residierte in einer Art Kristallkuppel und beobachtete von dort aus misstrauisch, wie ich quer durch die Halle auf die Aufzüge zusteuerte.

»Einen Moment, bitte!« Die körperlose Stimme klang höflich,

ließ aber keinen Zweifel daran, dass sie *Stopp, sofort stehen bleiben!* meinte. Ich drehte mich um und sah den Mann über ein Mikrofon gebeugt stehen, ohne mich aus den Augen zu lassen. »Sind Sie angemeldet?«

Er überprüfte meine Angabe tatsächlich noch einmal, griff zu einem Telefonhörer und ließ sich meinen Termin bestätigen. Nickte und sagte dann betont langsam und deutlich – offensichtlich hatte man ihm gesagt, dass ich Ausländerin war: »Fahren Sie bitte in den achten Stock. Man wird Sie dort erwarten.«

Tatsächlich lächelte mich, sobald die Aufzugtüren beiseite glitten, eine etwas nervös wirkende mittelalte Dame an und bat mich, ihr zu folgen. Ihr Kostüm glich deren, die ich früher in der Bank getragen hatte, und plötzlich fühlte ich eine geradezu überwältigende Erleichterung, dieser Tretmühle entronnen zu sein. Ein paar Jahre noch, und ich wäre ihr Spiegelbild gewesen.

Der Raum, in den sie mich führte, erinnerte an alte Schwarzweißfilme mit Charles Laughton. Die Ledergarnitur, die deckenhohen Bücherregale, der geschnitzte Schreibtisch, bei dem man sich fragte, wie viele Möbelpacker wohl für seinen Transport nötig gewesen waren – alles wirkte wie eine Filmkulisse.

Drei Männer standen vor dem Fenster und schauten mir abwartend entgegen. Der kleinste von ihnen reagierte als Erster, trat auf mich zu, begrüßte mich höflich und stellte sich selbst als Dr. Weydrichs Partner vor. Ich musterte die beiden anderen neugierig. Der kleine Dicke konnte nicht Mark Abernathy sein. Nur der ständige Aufenthalt in geschlossenen Räumen vermochte eine solch auffallende Blässe zu erhalten. Er wirkte, als würde er jeden Sonnenstrahl ängstlich meiden.

Also musste es der große sein. Neben den beiden anderen, die er um mehr als einen Kopf überragte, wirkte er noch größer. Eine einzeln stehende Eiche, kräftig, mit sich allein zufrieden. Jedenfalls ein Solitär. Bei seinem Aufzug war es ein Wunder, dass der Pförtner ihn überhaupt hereingelassen hatte.
Ob er sich absichtlich so nachlässig angezogen hat?, fragte ich mich. Die ausgeblichenen Jeans waren zwar sauber, aber deutlich abgenutzt. Das blau-weiß gestreifte, kragenlose Hemd stand weit offen und ließ eine wie das markante Gesicht gebräunte Brust erahnen. Als Mark Abernathy mir seine schwielige Hand bot, kam ich ihm nahe genug, um seinen Geruch wahrzunehmen. Sein Rasierwasser erinnerte mich entfernt an gemähte Wiesen und sommerwarme Waldränder. Darunter aber lag noch eine andere Note. Warm, befremdlich, aufregend. Etwas, das mich magnetisch anzog.
Innerlich widerstrebend zog ich meine Hand wieder zurück und schaute ihm ins Gesicht. Seine ausdruckslose Miene und die unfreundlich zusammengezogenen Augen machten deutlich: Er mochte mich nicht.
Überrascht von seiner offenen Antipathie begrüßte ich den blassen Dolmetscher besonders freundlich, während ich in Gedanken versuchte, die Farbe der Augen, die mich so abweisend angeblitzt hatten, zu bestimmen. Ein dunkles Graublau, fast Anthrazit, mit einer metallischen Härte. Ob sich die Farbe änderte, wenn er lachte? Er lachte sicher häufig. Die Lachfältchen um seine Augen waren deutlich ausgeprägt.
Wir setzten uns. Es fiel mir erstaunlich schwer, mich wieder auf Dr. Weydrichs Partner zu konzentrieren, der mich bat, bei jeder Unklarheit oder meiner Meinung nach offenen Frage sofort den Dolmetscher einzuschalten. »Ich dachte, es wäre alles abgeklärt und ich müsste nur noch unterschreiben«, sagte ich verunsichert.

Abernathy schnaubte verächtlich, der Dolmetscher versank noch ein Stück tiefer in seinem Sessel.
Der englische Anwalt lächelte und erläuterte, dass er aus rechtlichen Gründen das vollständige Abkommen in unserem Beisein verlesen müsse, und er lege Wert darauf, dabei jede noch so unwichtige Einzelheit zu klären. Ich nickte und versuchte mich auf seine monotone Stimme zu konzentrieren. Dr. Weydrich hatte mir die deutsche Übersetzung zugeschickt, und ich hatte sie teilweise sorgfältig gelesen, teilweise – vor allem die mir übertrieben umständlich scheinenden Paragraphenanhänge – überflogen. Manches schien mir als juristischem Laien unverständlich, aber ich vertraute dem alten Fuchs.
Die Textpassagen rauschten an mir vorüber; es ging um die Summe, die ich für meine Exklusivrechte zahlte, um den Umfang der Rechte, um die Zahlungsmodalitäten, die Einzelheiten der Verrechnung bei Währungsschwankungen, Lieferbedingungen … es nahm kein Ende. Man sollte nicht meinen, wie kompliziert ein an sich einfacher Geschäftsvorgang werden kann, wenn Juristen sich der Sache annehmen!
Meine Gedanken schweiften ab, kreisten um den muskulösen Unterarm, der dicht neben mir auf einer Sessellehne ruhte. Ich meinte fast, die Wärme zu spüren, die von ihm ausging. Der Arm war kräftig behaart, aber die Hand wirkte trotz der Arbeitsspuren auffallend gepflegt. Die langen Finger zuckten vor unterdrückter Ungeduld, als müsse er sich mühsam beherrschen.
Als die Finger sich plötzlich zur Faust ballten, blinzelte ich überrascht und horchte auf. Was hatte ihn so erbost?
Ungerührt verlas der kleine Anwalt, dass ich mit Auszahlung der Summe mein vertraglich zugesichertes Kontingent in Anspruch nehmen konnte und im Falle von nicht ausreichender

Lieferkapazität als Kompensation das sofortige Zugriffsrecht auf das gesamte Sortiment hatte.

»Unter Umständen könnte das bedeuten, dass außer meiner Mandantin niemand anderer mehr beliefert werden darf«, erläuterte er und schaute bedeutsam über den Rand seiner Lesebrille. »Ist Ihnen das klar, Mr. Abernathy?«

»Ja«, knurrte er wütend, so dass offensichtlich wurde, dass dieser Fall durchaus eintreten konnte.

Wieso hatte er sich darauf eingelassen, schoss es mir durch den Kopf. War seine eigentliche Produktionskapazität so niedrig? Oder hatte der alte Fuchs unseren Teil mit voller Absicht so hoch angesetzt?

Dieser Abernathy musste ganz schön in der Klemme stecken, dass Dr. Weydrich einen solchen Passus hatte durchdrücken können. Er legte mir damit *Purple Passion* mehr oder weniger zu Füßen. Wenn ich gierig oder bösartig genug wäre, könnte ich Abernathy zu einem bloßen Lieferbetrieb von meinen Gnaden degradieren. Zumindest für die Zeit, bis er mit meinem Geld seine Erweiterung ausgebaut hatte, und ich war sicher, dass diese Spanne so kurz sein würde wie möglich.

Mit einem mir neuen Anflug von Überheblichkeit sagte ich demonstrativ gelangweilt: »Ich bin sicher, dass Mr. Abernathy und ich als vernünftige Menschen akute Probleme in gegenseitigem Einvernehmen lösen werden. Sehen Sie das nicht auch so, Mr. Abernathy?«

Sein Kopf fuhr herum, er fixierte mich, als sei ich eine Zielscheibe. »Wieso nehmen Sie diesen Passus dann nicht heraus?«, fragte er in gedehntem Tonfall und bohrte seinen metallischen Blick in meinen.

Ich schüttelte den Kopf, hielt aber dem Blick stand. »Mein Anwalt hat mir dringend nahe gelegt, Änderungen keinesfalls zu akzeptieren.« Eine Spur Spott schlich sich in meine Stimme, als ich hinzufügte: »Es wäre ausgesprochen unklug, eine gute Position aufzugeben. Würden Sie das an meiner Stelle tun?« Er war so ehrlich, den Blick abzuwenden.

»Von Änderungen welcher Art auch immer kann ich nur dringend abraten«, meldete sich der Anwalt etwas verwirrt zu Wort. »Es dürfte im Interesse beider Seiten liegen, die Abläufe nicht noch weiter zu verzögern.«

Wir sprachen beide gleichzeitig.

»Änderungen stehen überhaupt nicht zur Debatte«, sagte ich entschieden.

»Machen wir einfach weiter«, sagte mein zukünftiger Partner.

Der restliche Teil verlief eintönig, bis der Anwalt uns feierlich um unsere jeweilige Unterschrift bat. Ich gab mir insgeheim Mühe, meinen Namen schwungvoll und selbstbewusst zu schreiben. Mark Abernathy kritzelte seinen betont beiläufig und brachte es doch fertig, meinen Schriftzug zu dominieren. Das ordentliche *Verena Naumann* verblasste gegen die kühne Silhouette, in der nur das *M* und das *A* einigermaßen klar erkennbar waren.

»Normalerweise stoßen wir bei einem Vertragsabschluss auf das Geschäft an. In der Zeit können die Sekretärinnen die Unterlagen fertig machen. Aber vielleicht ziehen Sie es vor, dass wir Ihnen die Verträge zuschicken?«, fragte der Anwalt unsicher.

»Nein, ich brauche das Zeug so schnell wie möglich«, entschied Abernathy. »Ich warte.«

»Ich auch«, sagte ich schnell, obwohl es mir eigentlich lieber gewesen wäre, alles direkt an Dr. Weydrich schicken zu lassen. Aber die Gelegenheit schien mir günstig, meinen neuen Geschäftspartner etwas näher kennen zu lernen.

Er war nicht gerade von der gesprächigen Sorte. Also ergriff ich die Initiative und versuchte es mit höflicher Konversation.

»Ich bin schon sehr gespannt auf Ihre Ausstellungsstücke auf der Flower Show«, sagte ich. »Es muss schrecklich mühsam sein, alles auf diese wenigen Tage hin vorzutreiben. Lohnt sich der Aufwand denn überhaupt?«

Er stieß gequält die Luft aus, und einen Moment dachte ich, er würde mich einfach ignorieren.

»Waren Sie schon einmal dort?«, fragte er zurück. Es war offensichtlich, dass es eine rhetorische Frage war, deshalb sparte ich mir die Antwort.

»Diese Show ist für uns das, was die großen Modemessen in Paris und Mailand für die Bekleidungsindustrie sind«, fuhr er in einem beleidigend herablassenden Tonfall fort. »Kämen Sie auf die Idee, *Dior* oder *Armani* oder einen von den anderen zu fragen, ob sich ihr Aufwand lohnt?«

Ärgerlich über seine überhebliche Art gab ich spitz zurück: »Mit *Dior* und *Armani* mache ich keine Geschäfte, aber mit Ihnen.«

Ein seltsamer Funke glomm in dem kalten Grau auf. »Und das lassen Sie mich auch keinen Moment vergessen, was? – *Lohnt sich der Aufwand denn überhaupt?*«, äffte er mich nach. »So kann nur jemand fragen, der keine Ahnung hat.« Er hob sein Glas, über dem Rand funkelte offener Spott in seinen Augen. »Wenn Sie morgen in der Schlange stehen, dann werden Sie sehen, dass eine Menge Menschen der Ansicht sind, dass es sich unbedingt lohnt.«

Ich gab ihm Recht, als ich am nächsten Morgen etwa 100 Meter vor dem Haupteingang in der Schlange stand, die auf Einlass wartete. Eine halbe Stunde vor der Eröffnung war ich losgegangen und hatte mich gewundert, dass die Stadtpolizei praktisch alle Straßen der Umgebung gesperrt hatte. Ungläubig beobachtete ich, wie Menschenmassen strömten, wo sonst Autos fuhren. So viele konnten gar nicht Platz auf dem Gelände haben!

Neugierig musterte ich die Besucher. Die meisten schienen von außerhalb gekommen zu sein. Geduldig aussehende Männer in Tweedsakkos und braunen oder grauen Cordhosen, Rücksäcke auf dem Rücken. Frauen mit Sonnenhüten und Programmheften in bequemen Laufschuhen. Einige besonders Modemutige trugen sogar Turnschuhe, was zu den adretten Vorstadtkostümen nicht so recht passen wollte.

Die Schlange vor mir geriet in Bewegung, und Schritt für Schritt ging es voran. Was für ein Glück, dass ich auf Jonathan gehört hatte und nicht, wie ursprünglich geplant, erst im Laufe des Vormittags aufgebrochen war!

Weiter vorne konnte ich bereits die dunkelblauen Uniformen der Sicherheitskräfte erkennen und öffnete meine Handtasche, um meine Eintrittskarte herauszuholen. In dem Moment bemerkte ich aus dem Augenwinkel eine bekannte Gestalt, die quer über die Rasenfläche auf den Sondereingang für Aussteller zustrebte. Ich erkannte ihn sofort, obwohl er heute statt der verblichenen Jeans einen modischen Anzug trug. In diesem Aufzug sah Mark Abernathy einfach unerlaubt gut aus.

Ohne nachzudenken sprintete ich ihm hinterher und erreichte ihn kurz vor dem Tor. »Hallo«, keuchte ich. Der Rücken unter dem feinen Zwirn versteifte sich. Betont langsam drehte er sich um und begrüßte mich unwillig.

»Wir haben ganz vergessen, eine Zeit auszumachen«, erinnerte ich ihn und versuchte unauffällig eine Spur des Geruchs zu erschnuppern, der mich gestern so fasziniert hatte. »Ich hätte gerne so schnell wie möglich einen groben Überblick.«

»Selbstverständlich, so schnell wie möglich.« Seine Stimme klang sarkastisch. »Leider habe ich jetzt eine Verabredung. Aber ab mittags bin ich jederzeit an meinem Stand anzutreffen.« Er nickte mir kurz zu und verschwand hinter dem grün gestrichenen Holztor.

Die Umstehenden hatten höflich gewartet, dass ich meinen Platz in der Reihe wieder einnahm. Die ältere Dame vor mir nahm sich sichtlich ein Herz und fragte schüchtern: »Entschuldigen Sie, aber kennen Sie diesen jungen Mann gut?«

»Nicht direkt – nur geschäftlich«, schränkte ich ein. »Wieso?«

Sie holte tief Luft und sagte bedauernd: »Schade! Sie passen so unglaublich gut zusammen. Wie Sie dort nebeneinander standen ... Bitte entschuldigen Sie meine Aufdringlichkeit.«

Sie nickte mir entschuldigend zu und wurde gleich darauf von ihrer Nachbarin in ein Gespräch verwickelt. Wir passten also gut zusammen? Ich hatte eben eher den Eindruck gehabt, er würde liebend gerne auf unsere Bekanntschaft verzichten. Und mich reizte seine Arroganz bis aufs Blut. Hatte sie unsere gegenseitige Abneigung mit etwas anderem verwechselt?

In Gedanken versunken passierte ich die Sperren und wurde augenblicklich abgelenkt von dem Bemühen, mich im Menschenstrom zu behaupten. Man konnte sich nur treiben lassen und versuchen, im richtigen Moment an den Rand des Gehwegs zu gelangen, um sich an einen Firmenstand zu retten wie auf eine Insel in der Brandung.

Der Lageplan, den Jonathan mir neben meinen Teller mit Rührei und Schinken gelegt hatte, half mir nicht weiter. Ich vermutete mich in der Allee, die vom Haupteingang zum Themseufer führte. An beiden Seiten reihten sich die Verkaufs- und Präsentationsstände aneinander, hauptsächlich Gartengeräte, Samen, Gärtnerzubehör, aber auch einige

Kunstausstellungen von nichts sagend hübschen Aquarellen bis hin zu interessanten Bronzeskulpturen.
Im Schutz eines lebensgroßen Pferds aus Kunststein zog ich den Plan zu Rate und stellte fest, dass ich am Ende der Allee auf die Straße der Schaugärten für die Prämierung stoßen müsste. Also wieder hinein ins Getümmel. Und richtig: Am unteren Ende teilte sich die Menge in zwei Schlangen, die entweder durch ein Tor mit der Aufschrift *Slow Track* oder *Fast Track* gingen.
Ersteres bedeutete, dass man zwar unmittelbar an den einzelnen Gärten vorbeigehen durfte, sich dieses Schlendern aber aufgrund der Menschenmassen ewig hinzog. Auf dem *Fast Track* – der aus drei Laufgängen in drei unterschiedlichen Höhen bestand – schien es tatsächlich eine Spur schneller zu gehen, doch ich merkte bald, dass man auch hier nur schrittweise vorankam. Von der obersten der drei Brücken hatte ich aber immerhin einen guten Blick auf die Gärten – und auf die Ordnungskräfte, die mit Megaphonen versuchten, die Menschen anzufeuern: »*You're on the Fast Track – please move!*«
Die Gartenflächen von absolut identischer Größe waren nach den unterschiedlichsten Themen gestaltet. Angestellte liefen hin und her und verteilten Beschreibungen, Pflanzpläne, Reklameblätter in die Menge. Man musste nur die Hand ausstrecken.
Besonders gut gefiel mir ein exotischer Garten, dessen Mittelpunkt ein mit roten und schwarzen Begonien bepflanzter künstlicher Vulkan war. Die auffälligen Farben imitierten überraschend gut die Magmaströme.
Es gab einen Strandgarten, einen verlassenen Garten, einen Küchengarten, sogar einen Gefängnisgarten – was auch immer sich die Gartenplaner dabei gedacht hatten.
Angetrieben von den »*Please move*«-Rufen stiegen die Be-

sucher vor mir widerwillig von der Aussichtsplattform. Ich nutzte den Abstieg, um mir schnell einen groben Überblick über das restliche Gelände zu verschaffen. Den Höhepunkt der *Chelsea Flower Show*, die *Grand Marquee*, wollte ich mir bis zuletzt aufsparen. Erst gegen Tagesende, wenn die auswärtigen Besucher zu ihren Zügen und Bussen aufbrechen mussten, hatte man laut Jonathan die Möglichkeit, dort auch einmal stehen zu bleiben.
Um die *Grand Marquee*, einen riesigen Zeltbau, gruppierten sich weitere Stände zur Gartengestaltung, -möblierung und -verschönerung. Ich begann zu zweifeln, ob ich alles an einem Tag erfassen konnte. Gut, dass ich eine Dauerkarte hatte!

Meine schmerzenden Füße und mein knurrender Magen verdeutlichten mir zwei Stunden später, dass mein Körper Bedürfnisse hatte, die befriedigt werden mussten.
Die Champagner-Lounge ließ ich links liegen, das Publikum dort zahlte die horrenden Preise auch für das Privileg, unter sich bleiben zu dürfen. Wenn ich schon in London war, mussten es natürlich Fish & Chips sein! Beim erneuten Anstehen überlegte ich, dass es ein so diszipliniertes Warten wahrscheinlich nur in England gab; in jedem anderen Land würde solch exzessives Schlangestehen sicher zu Tumulten führen.
Ich nahm nur Fish & Chips, obwohl ich kurz mit dem Gedanken spielte, die *Peas* für einen erstaunlich günstigen Preis dazuzunehmen, und tat es dann den vielen erschöpften Menschen gleich, die sich einfach auf den Rasenflächen niederließen, wo ein Plätzchen frei war. Um der Authentizität willen hätte ich natürlich auch Essig über meine Chips schütten müssen, aber es tat mir um die knusprigen Kartoffelschnitten Leid. Während ich mit dem Holzgäbelchen mühsam in meinem Fischfilet stocherte und versuchte, mit diesem unpas-

senden Gerät etwas davon in meinen Mund zu balancieren, beobachtete ich mit Grausen eine ältere Frau neben mir, die ihre Chips in eine giftgrüne Matsche tauchte und sie dann genüsslich verzehrte.
Es brauchte einige Sekunden, bis mir klar wurde, dass dieser unappetitliche Brei die Peas sein mussten. Glück gehabt …
Viel Zeit zum Erholen blieb mir nicht; sogar die Plätze auf dem Rasen schienen heiß begehrt. Ich entsorgte meinen Müll in einem überquellenden Plastiksack und überließ meinen Sitzplatz einem älteren Herrn.

Es wurde schon kühler, als die Gänge in der *Grand Marquee* sich endlich so weit geleert hatten, dass ich mich hineintraute.
Der Anblick übertraf alle meine Erwartungen. Wie verzaubert wanderte ich durch einen Dschungel von etwa fünfundzwanzig Quadratmetern, der geradezu überquoll vor Farnen aller Art, von baumhohen bis zu winzigen Exemplaren in Steinritzen. Bewundernd stand ich vor einem Wald aus übermannshohem Rittersporn und Riesenbällen, die aus Duftwicken zusammengesteckt worden waren, steckte meine Nase andächtig in alle die riesigen Lilienblüten, die ich erreichen konnte, und staunte über die Fachkenntnisse und die Technik, die es ermöglichten, sämtliche Frühjahrszwiebelblumen gleichzeitig zum Blühen zu bringen.
Die Rosenspezialisten trumpften mit eindrucksvollen Anlagen auf, in denen man zwischen alten Rosenbüschen geradezu verschwinden konnte. Üppig blühende Fuchsienberge ragten an den Ecken auf und erleichterten die Orientierung.
In der überwältigenden Fülle fielen die Spezialisten durch Bescheidenheit auf:
Auf einem Tisch von der Größe eines normalen Küchentisches

hatte ein Primelzüchter seine Prachtexemplare auf Würfeln aus schwarzem Samt aufgebaut. Die Angestellten trugen schwarze Bowler-Hüte und vermittelten den Eindruck, etwas überaus Kostbares anzubieten. Vermutlich taten sie das auch. Ich erinnerte mich, in einem Katalog Leberblümchen aus japanischer Zucht für mehrere hundert Euro gesehen zu haben. Die meisten Menschen bleiben bei ihrer Sammelleidenschaft aber im Normalbereich. Auch ich hätte nicht ernsthaft mit dem Gedanken gespielt, die unwahrscheinlich schöne, weinrot gefleckte Cattleya zu erstehen, die ein paar Tische weiter für eine astronomische Summe angeboten wurde. Aber ich hatte ja noch eine andere Möglichkeit. Der Züchter sprach zwar etwas heiser, war aber durchaus entgegenkommend, als er merkte, dass ich nur privat züchtete. Wir würden in Verbindung bleiben, und wenn er Überschuss hatte, würde er mir geeignete Samen verkaufen. Wenn ich Glück hatte, konnte ich in einigen Jahren ein ähnliches Exemplar besitzen! Beschwingt von dieser Aussicht bog ich um die Ecke – und sah als Erstes die nahezu schwarze Riesenblüte einer Strauchpäonie. Dahinter nickten tief dunkelrote Cosmeablüten, und aus einer Ampel hingen mitternachtsblaue Lobelien. Das musste *Purple Passion* sein!

Unwillkürlich hielt ich Ausschau nach meinem unwilligen Geschäftspartner.

»Wieso haben Sie so lange gebraucht? Ich hatte schon fast angefangen zu hoffen, Sie hätten mich vergessen.«

Ich fuhr herum und fühlte peinlich berührt, wie als Reaktion auf seinen Anblick eine verräterische Wärme unaufhaltsam an meinem Hals hinauf und über mein Gesicht zog. Er hatte die Anzugjacke ausgezogen und die Hemdsärmel bis zu den Ellenbogen aufgekrempelt. Seine muskulösen Unterarme, auf Brusthöhe verschränkt, befanden sich genau vor meiner

Nase, und ich musste den Impuls unterdrücken, sie anzustarren.
Obwohl ihm das hellblaue Hemd mit der dunkelblauen Krawatte ausgezeichnet stand, schien er sich doch nicht ganz wohl darin zu fühlen. Vielleicht war es auch die stickige Luft hier drinnen, jedenfalls hatte er den Knoten gelöst und sie hing locker herab, ein überflüssiges Requisit seiner morgendlichen Inszenierung. Seine dunklen Haare wirkten freundlich zerzaust, doch die grauen Augen blickten kühl und spöttisch von oben auf mich herab.
»Tut mir Leid, dass ich Sie warten ließ«, gab ich zuckersüß zurück. »Aber jetzt können Sie mir ja in aller Ruhe zeigen, was ich gekauft habe.«
Die elegant geschwungenen Brauen hoben sich arrogant. »Sind Sie da nicht etwas voreilig? Bevor Sie nicht mehr ordern, als ich liefern kann, greift der Passus nicht.«
Ich hatte eigentlich gemeint, dass er mir einfach nur seine Züchtungen vorführen sollte, und setzte schon zu einer Richtigstellung an, als er ohne mich anzusehen weitersprach: »Wieso sind Sie eigentlich so versessen auf meine Pflanzen? Ihr deutscher Anwalt muss Himmel und Hölle in Bewegung gesetzt haben, mich dermaßen in die Enge zu treiben.«
»Bilden Sie sich da nicht etwas zu viel ein?«, fragte ich spöttisch. »Für mich klang es eher danach, dass sie wie eine reife Pflaume bereithingen: hoher Finanzbedarf, ungenügende Rücklagen, kaum hypothekentaugliche Sicherheiten, und dazu ein Sortiment, dass hohe Rendite verspricht«, zählte ich auf. »Die ersten drei Punkte sind schlecht für Sie – der letzte ist vielversprechend für mich.«
Er knirschte deutlich hörbar mit den Zähnen. Offenbar mochte er es nicht, wenn man ihn auf seine Fehler hinwies.
Insgeheim aber war ich überrascht. Dr. Weydrich hatte keine

übermäßige Anstrengung seinerseits erwähnt. Sobald ich zurück in Deutschland wäre, würde ich ihn danach fragen.

»Ihre Ware ist aus kaufmännischer Sicht hochinteressant«, gestand ich ihm zu, wobei ich *kaufmännisch* betonte. »Die Leute zahlen Wahnsinnspreise, nur weil Schwarz gerade in Mode ist.«

An seiner Schläfe begann gut sichtbar eine Ader unter der Haut zu klopfen. Er bildete sich ganz entschieden zu viel ein auf sein Schickimicki-Zeug. Es wurde Zeit, ihm einen Dämpfer zu versetzen.

»Mir persönlich sind richtige Farben lieber, kräftig bunte«, fügte ich also übertrieben aufrichtig hinzu, »aber damit kommt man auf keinen grünen Zweig.«

»Vermutlich bevorzugen Sie Primeln und Sonnenblumen in Knallgelb, Akelei, Stiefmütterchen und Iris in süßlichem Hellblau und Mohn in Grellrot«, schnaubte er verächtlich. »Ich wette, über ihrem Sofa hängt ein Riesendruck von Monets Seerosen.«

Dummerweise hatte er damit einen Treffer gelandet. Sie hingen zwar nicht über meinem Sofa, sondern im Flur neben der Garderobe, um dort einen Riss im Putz zu verdecken, aber ich mochte sie. Sie waren so beruhigend.

Meine Reaktion war den scharfen Augen nicht entgangen. »Wusste ich es doch«, nickte er zufrieden mit seiner Einschätzung meiner Präferenzen. »Es hätte mich auch gewundert, wenn Sie einen … individuelleren Geschmack hätten.«

Eingebildeter Affe! »Man muss die Dinge nicht mögen, um sie zu verkaufen«, zog ich mich auf sicheres Terrain zurück. »Und ihr schwarzes Zeug ist aus nicht nachvollziehbaren Gründen derart in Mode gekommen, dass die Leute bereitwillig Mondpreise zahlen. Mein persönlicher Geschmack ist da unwichtig.«

Die bläuliche Ader zeichnete sich inzwischen deutlich sichtbar gegen die braune Haut ab.
»Haben Sie überhaupt irgendeine Ahnung von Pflanzenzüchtung, oder sind Sie nur bei Ungewöhnlichem so ignorant?«
»Ich muss nichts von Pflanzen verstehen. Mich interessieren nur die finanziellen Möglichkeiten«, stellte ich klar – und merkte auf einmal, wie viel Spaß es mir machte, meine Rolle als zickige Dollarprinzessin zu spielen. Dem Bild zu entsprechen, das mein Gegenüber sich von mir machte, war eine bedeutend bessere Tarnung als jedes Kostüm oder jede Uniform. Ich trug sie quasi unsichtbar.
Die echte Verena hätte niemals jemanden wie Mark Abernathy herausgefordert. Und wäre auch nie so erfolgreich damit gewesen: Momentan schien er mir gefährlich nahe daran, die Beherrschung zu verlieren. Vielleicht war es besser, ein wenig Entgegenkommen zu zeigen.
»Schauen wir uns Ihre Pflanzen doch einfach einmal gemeinsam an«, schlug ich versöhnlich vor. »Tun Sie etwas gegen meine Ignoranz.«
Er reagierte nicht gerade begeistert, nickte eher mürrisch und meinte: »Also gut, möglicherweise hilft es ja …«
Wie ein Eisbrecher schob er sich durch die Massen, die seinen Stand umlagerten, und ich folgte seinem breiten Rücken, kräftig und solide wie ein Baumstamm, zur Vorderseite, die als Hauptschauseite konzipiert war.
Ein älterer Angestellter winkte ihm verzweifelt zu. »Warten Sie einen Moment«, sagte er hastig und kämpfte sich zu ihm durch. Ich versuchte, mich nicht abdrängen zu lassen, trat unter einen überhängenden Busch, den ich für einen dunklen Perückenstrauch hielt, und betrachtete Abernathys Lieblinge mit kritischem Blick.
Wie Monika gesagt hatte: wirklich schwarz war keine die-

ser Pflanzen, obwohl zumindest manche Buntnessel-Spielart mit bloßem Auge so erschien. Am nächsten kamen dem Ideal vermutlich die fast schwarzen Lupinen und das kriechende Gras *Ophiopogon*. Aber reines Schwarz ist als Farbe in der Pflanzenwelt nicht vorgesehen. Wenn man genauer hinsieht, ist es immer nur eine Schattierung einer anderen Farbe. Bei Akeleien, Petunien, Primeln und Stiefmütterchen war es ein tiefes Dunkelviolett. Bei den Sonnenblumen und dem Laub des Schneefelberichs eher ein Dunkelbraun, während das satte Purpur bei Bartnelken und Mohn im Sonnenlicht geradezu glühte. Auch das Basilikum *Purple Ruffles* mit seinen gerüschten Blättern würde nur im Halbdunkel schwarz erscheinen. Bei seiner Spielart des Neuseelandflachs, dem Schlangengras und der Tradescantie *Purple Heart* war die Grundfarbe eine Mischung aus Braun, Rot und Violett – schwer einzuordnen. In dem durch die Zeltplanen gedämpften Sonnenlicht wirkten die Farben etwas stumpf, aber ich konnte mir vorstellen, dass sie in der Dämmerung oder auch in der Mittagssonne einen spektakulären Anblick boten. In Gedanken kombinierte ich das Schlangengras mit Madonnenlilien, den dunklen Mohn mit schneeweißen und goldenen Iris, die Tradescantie mit meinen zartfarbenen Orchideen – ja, die Effekte, die sich damit erzielen ließen, würden sicher Aufsehen erregen.

Mark Abernathy hatte die Probleme seines Mitarbeiters offensichtlich gelöst und wandte sich nun wieder seinem eigenen zu: mir. »Meine Favoriten sind diese hier.« Er packte meinen Ellenbogen, und zog mich vor den Korb mit den blauschwarzen Duftwicken im Zentrum des Standes. »Riechen Sie einmal«, befahl er.

Gehorsam näherte ich meine Nase dem luftigen Kuppelbau – und war überrascht von der Stärke des süßen Duftes. Ich hätte von diesen düsteren Blumen keinen solchen Duft erwartet.

»Ein paar Zweige davon in die Vase und das ganze Zimmer duftet.«
»Sie haben tatsächlich einen wundervollen Duft«, gab ich zu. »Hängt der mit der Farbe zusammen, oder haben Sie den als Extrabonus eingebaut?«
Abernathy musste lachen. Dabei veränderte sich sein Gesicht völlig: Das finstere Grau verwandelte sich in ein strahlendes Graublau, als die Lachfältchen ihr Dasein rechtfertigten. Der verkniffene Zug um den Mund löste sich. Er hatte einen schönen Mund.
»Bei meinem *Black Monk* kommt er von einem Großelternteil. Ich habe die echte sizilianische Duftwicke mit hineingenommen, und es hat sich gelohnt. Daher der leicht violette Ton bei älteren Blüten.«
Er wies auf eine Schale mit Bartnelken. »Die sind auch so ein Fall. Eine Auslese, bei der ich dann den Geruch verstärken konnte durch Einkreuzen von – aber das verstehen Sie ja doch nicht. Sehen Sie den Purpurton bei schräg einfallendem Licht?« Mit einem langen Arm rückte er die Schale etwas zurecht und fuhr fort: »Seltsamerweise sind manchmal gerade die dunkelsten Blütenfarben mit dem stärksten Duft gekoppelt. Bartnelken gibt es in allen Rot- und Rosatönen bis hin zu Weiß, aber diese Sorte hier riecht am besten.«
Er zog vorsichtig einen Stängel aus dem Gesteck und hielt ihn mir unter die Nase. Er hatte Recht: Ein so starker Duft war mir an Bartnelken bisher noch nicht aufgefallen. Von weitem hatte ich den Blütenbusch für schmutzigschwarz gehalten, aus der Nähe aber glühte im Hintergrund der samtigen Blütenblätter ein feuriges Purpurrot.
»Wie schön«, entfuhr es mir unbedacht.
Mark Abernathy warf mir einen kurzen Seitenblick zu, tat aber so, als habe er es nicht gehört. Ich riss mich zusammen.

Begeisterung gehörte nicht zu meiner Rolle! Aber es fiel mir zunehmend schwer, meine gelangweilte Miene beizubehalten. Besonders die orientalischen Christrosen-Hybriden mit der Unterpflanzung aus tiefviolett glänzendem Günsel stellten meine Selbstbeherrschung auf eine harte Probe.

»Das ist ja alles ganz schön und gut, aber mir fehlt da etwas. Wo haben Sie denn nun Ihre wirklich schwarzen Pflanzen? Zu Hause versteckt?«, fragte ich schließlich, ganz clevere Geschäftsfrau.

»Vielleicht«, antwortete er so abwesend, dass ich fast sicher war, er hatte mir überhaupt nicht zugehört. Sein Blick ruhte intensiv auf mir, nachdenklich. Ich begann mich unbehaglich zu fühlen.

»Wollen Sie morgen mit mir lunchen?«, fragte er auf einmal so unerwartet, dass ich im ersten Moment meinen Ohren nicht traute. »Wir sollten uns wirklich ein klein wenig besser kennen lernen, wenn wir schon Geschäfte miteinander machen, finden Sie nicht?«

Mein Herzschlag beschleunigte sich, noch ehe er fertig gesprochen hatte. Es war verrückt, aber die Vorfreude darauf ließ kleine Raketen durch meine Adern flitzen. Bemüht, mir nichts anmerken zu lassen, akzeptierte ich so gelassen wie möglich.

»Wir treffen uns am besten hier am Stand. Schaffen Sie es bis eins? Sonst treffe ich Sie am Eingang«, bot er überraschend an.

»Nicht nötig«, lehnte ich sein Angebot ab und verabschiedete mich. »Ich werde hier sein. Bis morgen.«

Das Gelände hatte sich überraschend schnell geleert. Die Gruppen uniformierter Ordnungshüter mit ihren altertümlich anmutenden, voluminösen Funkgeräten statt der kleinen

Headsets der privaten Securityleute musterten mich, aber es war mir gleichgültig. Ich fühlte weder meine schmerzenden Füße noch die blauen Flecken von den diversen Ellenbogenkämpfen.

Etwas von meinem Gefühlszustand musste sich an der Oberfläche abzeichnen, denn Jonathan warf nur einen Blick auf mich, nachdem ich bei ihm geklingelt hatte, und diagnostizierte: »Du hast einen interessanten Mann getroffen!«

Er schloss die Tür hinter mir, führte mich in die Küche, drückte mich auf einen Stuhl und befahl: »Erzähl mir alles. Wer ist er?«

»Sagt dir der Name Mark Abernathy etwas?«

Seine Augenbrauen schossen hoch, er starrte mich ungläubig an: »Natürlich – wer kennt ihn nicht? Den hast du doch gestern erst getroffen. Das ging aber schnell! Liebe auf den ersten Blick, was?«

Mein Schnauben als Antwort war sicher nicht sehr damenhaft, aber es drückte perfekt meine Gefühle aus.

»Eieiei, das scheint interessant. Lass hören!«, forderte Jonathan begeistert.

Also berichtete ich von dem ungemütlichen Termin in der City, Abernathys schwierigem Charakter, seiner Unhöflichkeit, seiner übertriebenen Empfindlichkeit, seiner scharfen Zunge, seinen bösartigen Interpretationen ... »Und morgen treffen wir uns zum Lunch«, beendete ich meinen Bericht.

Jonathan murmelte etwas Unhörbares, wandte sich ab und schenkte jedem von uns ein Glas Orvieto ein. »Das muss man begießen«, murmelte er gedankenverloren. »Hier, trinken wir auf eine unerwartete Wendung.«

Seine Reaktion kam mir merkwürdig vor. Ich setzte mein Glas ab und fragte argwöhnisch: »Was genau stimmt nicht mit diesem Mark Abernathy? Du weißt mehr über ihn, oder?«

Jonathan zuckte mit den Schultern und machte sich wieder daran, das hellgrüne Kraut zu schneiden, mit dem er vorher beschäftigt gewesen war.
»Was heißt schon wissen? Man munkelte nur, er sei nicht an Frauen interessiert. Eine Art Frauenhasser. Schau, schau …«
Der Duft, der vom Schneidebrett zu mir herüberwehte, erregte meine Aufmerksamkeit. Ich hatte heute nicht viel gegessen, und die Aussicht auf ein leckeres Abendessen ließ mir das Wasser im Munde zusammenlaufen.
»Was schneidest du da? Ich glaube nicht, dass ich diesen Geruch kenne.«
Jonathan grinste herablassend und erwiderte: »Nachdem ich *dich* achtundvierzig Stunden kenne, Liebes, bin ich mir da absolut sicher! Es ist frischer Koriander. Wir essen heute asiatisch. Lass dich überraschen.«

Das Abendessen schmeckte sehr gut, aber aus irgendeinem Grund war ich nicht imstande, den exotischen Speisen die Aufmerksamkeit zu schenken, die sie verdient hätten. Jonathan machte sich einen Spaß daraus, mich nach allen Details des Zusammentreffens mit Mark Abernathy auszufragen: von unserem ersten Aufeinandertreffen in der Kanzlei bis zu unserer Verabredung für morgen Mittag.
Etwa bei der Stelle, an der ich ihm gestand, dass die Exotik der ungewöhnlichen Pflanzen mir tatsächlich gefiel, schien ihm eine Idee zu kommen, und er fragte: »Hast du schon einmal arabischen Mokka mit Koriander probiert?«
»Natürlich nicht!«
Jonathan erhob sich mit der trägen Eleganz, die für ihn so typisch war und verkündete: »Dann wird es höchste Zeit! – Ich lasse mir meine spezielle Mischung immer aus dem Libanon schicken, weil ich Koriander bevorzuge, und hier bekommst

du nur die mit Kardamom. Komm mit in die Küche, Liebes, es dauert etwas länger.«
Das tat es wirklich. Jonathan öffnete eine Blechdose mit auffälligen arabischen Schriftzeichen und hielt sie mir unter die Nase. »Hier, riech einmal. Wie findest du es?«
Ich schnupperte vorsichtig. »Hauptsächlich riecht es nach zu stark gerösteten Kaffeebohnen«, befand ich naserümpfend. Der starke Kaffeegeruch überdeckte beinahe eine zarte, blumige Beinote.
Jonathan lachte. »Warte ab, wenn sie gemahlen sind!« Mit diesen Worten griff er nach einer fein ziselierten, orientalischen Messing-Kaffeemühle, füllte eine Hand voll seiner Spezialmischung hinein und begann langsam und gefühlvoll die Kurbel zu drehen.
»Füll schon mal die Kupferkasserolle zur Hälfte mit kaltem Wasser und gib fünf ordentliche Löffel Zucker dazu.«
»Das wird aber grässlich süß werden«, wandte ich ein.
»Mein Freund in Beirut nahm immer zehn Löffel. – So … was riechst du jetzt?« Er hatte das fein gemahlene Pulver ins Wasser geschüttet und wedelte mir mit einer Hand den aufsteigenden Duft zu.
»Viel besser! Der Kaffee riecht nicht mehr so angebrannt, eher … exotisch.«
»Du wirst sehen, er schmeckt auch so«, versprach Jonathan und konzentrierte sich darauf, die schwarze dickliche Flüssigkeit dreimal bis knapp unter den Rand der Kasserolle aufwallen zu lassen. Mit einer geschickten Drehung des Handgelenks goss er zwei goldene Mokkatässchen drei viertel voll und reichte mir eines.
»Jonathan Dunnets Spezialmischung. Nun, was sagst du dazu?«
Ich probierte vorsichtig einen Schluck und erwartete insge-

heim eine abscheulich süße Brühe, aber ich wurde angenehm überrascht. Der Zucker nahm dem scharf gerösteten Kaffee seine Bitterkeit, und der Koriander verband sich mit dem eigentlich so unverwechselbaren Kaffeegeschmack zu einer perfekten neuen Komposition. Meine Überraschung musste sich in meinem Gesicht gespiegelt haben, denn Jonathan verzog spöttisch den Mund und meinte: »Eigentlich müsste ich zutiefst beleidigt über dein Misstrauen sein! Hast du wirklich erwartet, ich würde dir etwas anbieten, das deine unerfahrenen Geschmacksknospen überfordert?«

»Es gibt Dinge, die schmecken einfach nicht jedem«, verteidigte ich mich. »Und eigentlich mag ich Kaffee überhaupt nicht. Aber dieser ist ganz anders als normaler Kaffee – viel besser!«

»Das will ich doch hoffen!« Jonathans Empörung enthielt mehr als nur eine Spur Arroganz. »Erstens ist es Mokka, und zweitens ist es *mein* Mokka! – Aber zurück zu unserem Problem von vorhin. Was wirst du anziehen?«

»Die Frage habe ich mir auch schon gestellt!«, seufzte ich. Meine Reisetasche enthielt einige Jeans, leichte Pullover und Shirts, darunter die farbenfrohen vom Resteständer der *Seidenraupe*, den sportlichen Hosenanzug, den ich am Tag zuvor beim Notar getragen hatte, und einen ausreichenden Vorrat an Unterwäsche. Nichts davon schien für morgen geeignet.

»Ich hab's«, Jonathan schnippte triumphierend mit den Fingern. »Morgen Vormittag gehe ich mit dir zu *Steinberg & Tolkien*. Da finden wir etwas dem Anlass Angemessenes.«

Steinberg & Tolkien entpuppte sich als eine wahre Secondhand-Fundgrube. In den Kellerräumen reihten sich Ständer an Ständer, geordnet nach Jahrgängen und Epochen mit Kleidungsstücken von heute bis hin zu einem kleinen Ständer mit

Originalteilen aus der viktorianischen Ära. Vorsichtig strich ich über den zerschlissenen Spitzeneinsatz eines Vormittagskleides und versuchte mir vorzustellen, wie die Trägerin wohl gewesen sein mochte. Schüchtern, unglücklich, arrogant? Was hatte sie sich vom Leben erwartet, was mochte aus ihr geworden sein?

»Komm hier herüber«, unterbrach Jonathan meine Gedanken. »Das müsste dir wunderbar stehen. Und es passt zu einer Verabredung mit dem schwarzen Mark.« Er zog ein Kleid vom Fünfzigerjahre-Ständer und hielt es mir hin.

»Wow«, entfuhr es mir, ehe ich mich zurückhalten konnte. Das leichte Sommerkleid mit tiefem Ausschnitt und weit schwingendem Rock war über und über bedruckt mit Maiglöckchensträußen.

»Du hattest schon immer ein gutes Auge. Sag mir Bescheid, wenn du bei mir anfangen willst«, dröhnte es von der Wendeltreppe. Das fragile Metallgestell schaukelte bedenklich, während eine Frau, deren Körper dem Volumen der Stimme in nichts nachstand, vorsichtig Stufe für Stufe herunterstieg. Eine üppige Hortensie, nur mühsam mit Hilfe moderner Miederwaren gebändigt.

Sie zwinkerte mir zu, drückte Jonathan an ihren monströsen Busen und ermunterte mich, das Kleid anzuziehen. »Anprobieren kostet nichts, Schätzchen. Und auf Jonathans Rat würde ich hören!«

Die Umkleidekabine war voll gestopft mit Theaterrequisiten: Federboas, Zylinder, künstliche Blumen. Vorsichtig schlüpfte ich aus meinen Jeans und dem Pullover und ließ das Kleid an mir herabrutschen. Es saß wie angegossen.

»Na also, das ist doch perfekt. Was ist mit Petticoats und Schuhen, Jane. Hast du etwas Passendes da?«

Jane hatte, aber ich weigerte mich, mehr als einen der volumi-

nösen Unterröcke zu tragen. Die weißen Ballerinas aus weichem Leder waren allerdings erstaunlich bequem.
In dem dunklen, etwas staubigen Ambiente des Ladens – der halbblinde Spiegel tat wohl ein Übriges – kam ich mir unwirklich vor: Diese bildschöne junge Frau konnte doch nicht ich sein!
»Aber so kann ich nicht auf die Straße gehen«, wagte ich einzuwenden. »Ich sehe aus, als wäre ich einem Audrey-Hepburn-Film entstiegen.«
»Na und?«, entgegnete die Walküre ungerührt. »Du bist in Swinging London, Schätzchen. Hast du noch nichts davon gemerkt? Hier läuft jeder herum, wie es ihm Spaß macht und wie er es sich leisten kann, und es wäre einfach blödsinnig, wenn du dieses Kleid nicht nehmen würdest.«
»Es ist wie für dich gemacht!«, ergänzte Jonathan strahlend. »Sieh dich an – alles stimmt.«
»Ich mache dir einen Sonderpreis.«
Schließlich gab ich ihren vereinten Überredungskünsten nach, und Jonathan, der sich mit Feuereifer in seine selbst gestellte Aufgabe gestürzt zu haben schien, beratschlagte sich mit Jane, wohin er mich für ein »anständiges Make-up« bringen könnte. »Und schnell muss es gehen. Viel Zeit haben wir nicht mehr, aus diesem Rohdiamanten etwas zu machen.«
»Ich möchte aber kein Make-up«, widersprach ich. »Ich habe noch nie welches benutzt, und ich will nicht angemalt aussehen …«
»Rede keinen Unsinn, Schätzchen«, schnitt Jane mir das Wort ab. »Jede Frau braucht Make-up. Die eine mehr, die andere weniger. Geh mit ihr nach nebenan, Jonathan. Samantha hat Stil und Geschmack.«
Janes Behauptung hielt ich angesichts der magersüchtigen Blondine, die uns wenig später die Tür öffnete, für ein krasses

Fehlurteil. Es stellte sich allerdings schnell heraus, dass sie gar nicht Samantha, sondern die Putzfrau war.
Samantha, eine distinguierte Kamelie in den Mittdreißigern, lauschte Jonathans Erläuterungen mit höflich seitwärts geneigtem Kopf. Dann bat sie mich, vor einem mitleidlos erleuchteten Spiegel Platz zu nehmen, hüllte mich in einen bodenlangen Frotteeumhang und musterte mich stumm und konzentriert. Ich wurde immer nervöser. Was für eine grässliche Situation: gemustert zu werden wie auf dem Pferdemarkt!
Schließlich fällte sie ihr Urteil: »Kein Fond de Teint – nur einen Spezialpuder, der die Haut mattiert. Für die Lippen ein leicht bräunliches Lipgloss. Mascara und Lidschatten in einem matten Olivgrün. Vielleicht noch eine Spur Rouge. Aber keinesfalls zu viel Farbe, sonst sieht sie billig aus.«
Ich warf Jonathan einen leicht verzweifelten Blick zu. Er zwinkerte zurück. *Warte ab*, schien er zu sagen.
Und wirklich: Obwohl ich nicht hätte sagen können, was genau sie getan hatte – als Samantha endlich ihre Pinsel sinken ließ, sah ich umwerfend aus!
Die Künstlerin lächelte eine Spur herablassend und erklärte, wenn man die einzelnen Farben sehen könnte, sei es ein schlechtes Make-up. »Wie beim Kochen: Wenn man ein Gewürz herausschmeckt, hat man etwas falsch gemacht.« Sie lächelte Jonathan komplizenhaft im Spiegel zu, während sie mir die Kosmetikartikel einpackte.
Der erwiderte ihr Lächeln abwesend, während er mich kritisch von Kopf bis Fuß betrachtete und zufrieden nickte.
»Der Vormittag hat sich gelohnt. Ich wollte schon immer Professor Higgins spielen und einen Rohdiamanten veredeln.«

Kapitel 5

Dark Mark

Der veredelte Rohdiamant näherte sich seinem Zielort nur zögerlich. Einerseits umgab mich das neue Outfit wie ein Schutzschild, in dem es mir leicht fiel, neue Schritte zu wagen. Andererseits schreckte ein Teil meines Ichs vor dieser Zurschaustellung zurück. Selbst der Wechsel zu Jeans und Shirts war im Grund nur ein Wechsel von einer Uniform zur anderen gewesen: Beide hatten mich in meine jeweilige Umgebung integriert, mir sozusagen den passenden Stallgeruch verliehen, um nicht aufzufallen.

In diesem ungewöhnlichen Kleid aber stach ich zum ersten Mal deutlich von meiner Umgebung ab. Selbst mit magentafarbenen Haaren und einer Hundekette hätte ich auf dem Weg zur Flower Show eher eine Chance gehabt, einem Gegenstück zu begegnen.

Wenigstens interessierte sich hier tatsächlich niemand für das Aussehen seiner Mitmenschen. Vermutlich wäre ein Marsbewohner nur als besonders modemutig eingestuft worden.

Zunehmend sicherer werdend schob ich mich – mit Hilfe der gestern gewonnenen Erfahrung und unter Einsatz der Ellenbogen – durch die Menge. Die *Grand Marquee* war allerdings so überlaufen, dass dort auch diese Technik nicht mehr weiterhalf. Zentimeterweise ging es voran. In England musste es wirklich unerschöpfliche Massen von Blumen-Begeisterten geben.

Purple Passion war erwartungsgemäß umlagert. Ich blieb hinter einer Rankwand voller Clematis stehen und beobachtete Mark Abernathy von weitem. Heute trug er eine schwarze Lederhose und ein weites, tief dunkelrotes Hemd, dessen Ärmel er wieder bis zu den Ellenbogen hochgekrempelt hatte. Die dunklen Farben verliehen seiner Erscheinung etwas Finsteres. Er neigte den Kopf zu seinem Gesprächspartner, einem eifrig kritzelnden Glatzkopf, und runzelte unwillig die Stirn. In diesem Moment hätte ich ihm nicht gerne gegenübergestanden. Im nächsten Moment aber warf er den Kopf zurück und lachte, dass seine Zähne blitzten. Der Glatzkopf – offensichtlich ein Reporter – steckte mürrisch seinen Block wieder ein und ging Kopfschüttelnd weiter.

Ich verließ meine Deckung, und obwohl er mir inzwischen den Rücken zugewandt hatte, drehte Abernathy sich plötzlich um, als hätte er meinen Blick gespürt. Das Aufblitzen der Silberaugen signalisierte Erkennen – und Erstaunen. Als ich näher kam, verzog sein Mund sich zu einem stummen Pfiff.

»Volle Kriegsbemalung – es wird gefährlich«, kommentierte er anerkennend.

Ich fühlte, dass ich wieder errötete. Das passierte mir bei ihm viel zu häufig, und so sagte ich schnell: »Ziehen Sie bitte keine falschen Schlüsse! Ich bin später noch verabredet.«

»Keine Angst, ich käme nie auf den Gedanken, dass Sie sich für mich so zurechtmachen. Wer ist denn der Glückliche?«

Die Frage überrumpelte mich. »Ich wüsste nicht, was Sie das anginge«, wies ich ihn zurecht.

»Hatten wir uns nicht vorgenommen, uns besser kennen zu lernen?« Die unschuldige Miene konnte das süffisante Grinsen nicht ganz überdecken. »Oder habe ich das missverstanden?«

»Ich frage Sie ja auch nicht, wen Sie mit Ihrem Chippendale-Look beeindrucken wollen«, schoss ich zurück.

Er hob die Brauen und schüttelte tadelnd den Kopf. »Das geht

jetzt aber zu weit. – Außerdem ist es ein unpassender Vorwurf: Diese Hose ist zum Strippen ganz und gar ungeeignet.«
Unwillkürlich senkten sich meine Augen auf das erwähnte Kleidungsstück, das sich eng um seine Hüften schmiegte. Trotz seiner lässigen Körperhaltung zeichnete sich die Oberschenkelmuskulatur deutlich unter dem weichen Leder ab. Es zeigte ganz entschieden mehr von ihm als die Jeans oder der Anzug. Wollte er mich provozieren?
Ein unauffälliger Mann mittleren Alters drängte sich zu uns durch und nickte mir zu. »Hier, Chef«, mit diesen Worten reichte er Abernathy eine *Sainsbury*-Papiertüte.
»Danke. Also, bis später, und mach keine Zusagen, die wir nicht halten können«, erinnerte Mark ihn, drehte sich um und begann, uns einen Weg nach draußen zu bahnen. Ich hielt mich in seinem Kielwasser, bemüht, niemanden zwischen mich und den weinroten Rücken vor mir zu lassen. Ich reichte ihm knapp bis zu den Schultern, konnte also nicht sehen, wohin er mich führte. *Vermutlich zu einer der Wiesen,* dachte ich – und stutzte, als wir plötzlich vor dem Ausgang zum Themseufer standen.
Zielstrebig verließ Abernathy das Gelände der *Flower Show.* Erst auf dem Gehweg sah er sich nach mir um und versprach geheimnisvoll: »Es ist nicht weit.« Tatsächlich bogen wir bereits nach wenigen Minuten in eine enge Gasse zwischen hohen Ziegelmauern. Verwittert und von Schlingpflanzen überwuchert, wie sie war, musste sie ihr Geheimnis schon lange behüten. Der Eingang lag gut getarnt zwischen zwei hohen Eiben: ein kleines, zweiflügliges Tor aus liebevoll geschmiedetem Eisen. Dahinter schaukelte ein junger Mann auf einem Plastikhocker, kaute hingebungsvoll an einem Kaugummi und hielt uns lässig zwei Eintrittskarten hin.
Hingerissen von dem versteckten Park achtete ich nicht auf

Mark Abernathy, bis er mich anstieß und sagte: »Zuerst das Essen. Mit vollem Magen streitet es sich besser.«
Er führte mich nicht über den Hauptweg, sondern bog seitwärts ab auf einen überwucherten Pfad, der an einem japanisch anmutenden Wasserbecken endete. Von einer etwas wackeligen Holzbank aus hatte man einen schönen Ausblick auf die sich in der Wasseroberfläche spiegelnden Päonien und Iris. Hohe Bäume und ein Meer aus blühenden Büschen ließen vergessen, dass wir uns mitten in London befanden. Sogar die typischen Großstadtgeräusche waren kaum noch zu hören.
»Wo sind wir hier?«, fragte ich ihn.
»Im *Chelsea Physic Garden*. Übrigens einer der ältesten botanischen Gärten Europas. Die Apothekerzunft von London hat ihn Mitte des 17. Jahrhunderts hier angelegt als Forschungs- und Lehrgarten für medizinische Zwecke. Er ist erst seit etwa zwanzig Jahren zwei Tage die Woche für Besucher geöffnet – und während der Show. Aber das wissen viele nicht.«
Während er sprach, hatte er eine weiße Tischdecke auf der Sitzfläche der Bank ausgebreitet und begann nun, die Delikatessen aus der schlichten Papiertüte darauf zu verteilen: Lachsbrötchen, Sandwichs, Shrimpssalat, Käsetörtchen, Kresseschnittchen und winzige Dessertkuchen in Bonbonfarben.
»Darf ich zu Tisch bitten? Ich hoffe, der Prosecco hat mir den Transport nicht übel genommen.« Kaum hatte er die Worte ausgesprochen, zeigte der spritzende Schaum, dass er das sehr wohl getan hatte. Glücklicherweise hielt Abernathy die Flasche in die entgegengesetzte Richtung, und die Fontäne prasselte auf die Seerosenblätter.
»Ein Opfer für die Goldfische«, meinte er trocken. »Hoffentlich haben sie ihren Spaß daran. – Der Rest ist für uns.« Damit reichte er mir ein Glas und hob seines, um mit mir anzustoßen. »Auf erträgliche Zusammenarbeit – ich hoffe,

die gute alte englische Tradition des Picknicks wirkt besänftigend! Nehmen Sie eins von diesen wunderbaren Brötchen und erzählen Sie mir, wie Sie auf die Idee gekommen sind, mein friedliches Leben aufzumischen.«
Seine Stimme klang ausnahmsweise freundlich und nicht herausfordernd, und während ich meinen ersten Bissen, um Zeit zu schinden, so gründlich kaute, wie die Gesundheitsapostel es fordern, überlegte ich hektisch, was ich preisgeben sollte und was nicht.
»Geben Sie sich einen Ruck! Ich kann mir keinen Anwalt in Deutschland leisten, bin also ziemlich im Nachteil Ihnen gegenüber.«
Er biss in sein Sandwich, ohne mich aus den Augen zu lassen. Irgendwie erinnerte er mich an ein Raubtier, das seine Beute belauert. Was hatte er vor?
»Wahrscheinlich können Sie sich nicht erinnern, dass vor über einem Jahr eine kleine deutsche Gärtnerei namens *Blütenzauber* bei Ihnen angefragt hat, ob Sie sie beliefern würden?«, begann ich.
Er runzelte die Stirn, rieb sich kurz das Genick und nickte dann. »Ich … ich glaube ja. Ziemlich holpriges Englisch. Was ist damit?«
»Diese kleine Gärtnerei gehört meiner besten Freundin, und als ich davon hörte, dass Sie nicht einmal geantwortet haben, fand ich das ziemlich schäbig«, sagte ich tugendhaft.
»Wenn wir uns nicht gemeldet haben, muss der Brief irgendwie im Büro untergegangen sein. Aber Sie wollen mir doch nicht erzählen, dass Sie diesen ganzen Aufwand betrieben haben, um mich wegen Ihrer Freundin zur Rede zu stellen?«
Die Ungläubigkeit in seiner Stimme mahnte mich, es nicht zu übertreiben.
»Nicht nur. Wenn es sich nicht aus wirtschaftlichen Grün-

den lohnen würde, wären Sie für mich uninteressant«, gab ich zu und biss herzhaft in ein Krabbensandwich. Zufrieden mit mir beobachtete ich ihn, wie er einen großen Schluck trank und nachdenklich die japanische Iris betrachtete. Im Profil beherrschten seine kräftige Nase und das ausgeprägte Kinn das Gesicht. Die dichten Augenbrauen signalisierten seine Stimmung wie ein Paar Wetterfahnen. Waren sie gerade geschwungen wie Vogelflügel, war er ausgeglichener Stimmung wie vorhin, als er sich von seinem Angestellten verabschiedet hatte. Zogen sie sich zusammen und schienen sich zu sträuben, wurde es gefährlich. Das hatte ich bei seinem Gespräch mit dem dicken Reporter beobachtet. Hoben sie sich zu Rundbögen, kündigte das nach meiner kurzen Erfahrung eine spöttische Bemerkung an.

Der Mund war von perfekter Schönheit – oder besser, wäre es gewesen, wenn er die Lippen nicht gewohnheitsmäßig zusammengepresst hätte, als müsse er sich zum Schweigen zwingen. Der verkniffene Zug und die hervortretenden Wangenmuskeln sprachen von eiserner Selbstbeherrschung.

»Wieso ist Ihre Freundin nicht hier?«, fragte Abernathy plötzlich und sah mir scharf in die Augen. »Wenn sie die Fachfrau ist, wäre es an ihr, mit mir die Einzelheiten zu klären.«

Die Frage war berechtigt.

»Weil sie sich dummerweise letzten Sonntag das Bein gebrochen hat.«

Er verdrehte die Augen himmelwärts. Ich konnte ihm nachfühlen, was er dachte: Sicher malte er sich aus, um wie viel einfacher es mit jemand anderem als mir gewesen wäre.

Es war unvernünftig, sich verletzt zu fühlen, aber auf einmal wurde mir seine demonstrative Abneigung zu viel. »Beruhigen Sie sich«, sagte ich patziger als nötig. »Wenn Sie mir die Pflanzenlisten und möglichen Liefermengen geben, wird mei-

ne Freundin entscheiden, was wir ordern. Mit etwas Glück müssen Sie mich nie wiedersehen.«
»Wie kommen Sie darauf, dass ich das nicht will?« Die schwarzen Bögen hoben sich verblüfft. »Ihre Gesellschaft ist ausgesprochen … anregend!« Herausfordernd strich sein Blick über mein Gesicht. Ich spürte ihn auf meinen Haaren, wie er über mein Gesicht wanderte, den Hals hinunter und das Dekolleté auslotete, das mehr von mir zeigte, als ich es gewohnt war.
Der Wind löste eine Haarsträhne aus meinem lockeren Knoten, und Abernathy hob eine Hand, um sie wieder hinter mein Ohr zu streichen. Er berührte mich nur ganz kurz, aber der Augenblick genügte. Elektrische Ströme rasten durch meinen Körper, verwirrten mich. Unsicher, wie ich reagieren sollte, überspielte ich meine Befangenheit, indem ich so tat, als sei die Wahl zwischen Käsetörtchen und Dessert eine schwierige Angelegenheit, die höchste Konzentration erforderte.
»Was mich noch interessieren würde: Wie kommt eine so bemerkenswert geschäftstüchtige Lady wie Sie in unsere Branche? Pflanzen stehen heutzutage nicht gerade im Brennpunkt der Geschäftswelt. Nicht einmal meine.«
Die Frage war schwer zu beantworten. Ich suchte fieberhaft nach einer plausiblen Antwort.
»Haben Sie schon irgendwo eine solch fantastische Gunnera gesehen?«, rief er plötzlich bewundernd aus. Automatisch schaute ich auf die Uferstaude, die wie ein überdimensionaler Rhabarber das Ufer beschattete.
»Also … zugegeben, ein schönes Exemplar, aber ich habe schon imposantere …«
Abernathy grinste triumphierend. »Aha!«, schnitt er mir das Wort ab. – »Sie kennen sich besser aus, als Sie zugeben! Den

Verdacht hatte ich schon gestern Nachmittag. Wieso spielen Sie mir vor, nichts von Pflanzen zu verstehen?«
»Wären Sie dann nicht schrecklich enttäuscht gewesen?«, fragte ich ironisch zurück.
Er zog einen Mundwinkel hoch. »Gut, ich gebe zu, ich hatte ziemlich feste Vorstellungen von Ihnen. Und ich habe mich offensichtlich geirrt. – Nehmen Sie ruhig das letzte Lachsbrötchen. Sie scheinen Ihnen zu schmecken.«
Rasch zog ich meine Hand zurück und griff mir stattdessen einen Dessertkuchen, nur um feststellen zu müssen, dass er mich perfide ausgetrickst hatte. Das letzte Lachsbrötchen verschwand hinter seinen weißen Zähnen.
»Ich finde, Sie sollten mir wenigstens sagen, welche Rolle Sie in diesem ganzen Hin und Her spielen«, sagte er kauend. »Ihrer Freundin gehört die Gärtnerei, Ihnen die Lizenz. Wer von Ihnen ist nun eigentlich mein Geschäftspartner?«
»Beide«, antwortete ich kurz und bündig und erläuterte: »Ich bringe die Lizenz als meinen Geschäftsanteil in unser gemeinsames Unternehmen mit ein.«
»Heißt das, Sie haben noch keine weiteren Verträge abgeschlossen?«, wollte er wissen.
Ich zögerte mit einer Antwort. Natürlich hatten wir uns bereits im Vorfeld bemüht, eventuelle Interessenten anzusprechen, aber über Optionen war das nicht hinausgegangen. Ohne die Unterschriften, die mein Abkommen mit Abernathy besiegelten, hatte ich einfach nicht den Mut besessen, feste Lieferverträge abzuschließen. Was, wenn in letzter Minute etwas dazwischengekommen wäre? Dann könnten wir nicht liefern, kämen in finanzielle Schwierigkeiten, müssten *Blütenzauber* aufgeben … Auch Alfons hatte weise erklärt, man solle das Fell des Bären erst verteilen, wenn er erlegt wäre: »Und wenn wir erst nächstes Jahr voll einsteigen können, ist

das schließlich auch keine Katastrophe. Bis sich diese Mode wirklich durchgesetzt hat, sitzen wir sonst nur auf unnötig großen Vorräten.«
Aber mir war ebenso wie Abernathy klar, dass ohne bestehende Lieferverträge unsererseits die Gefahr für ihn, in die Ecke gedrängt zu werden, praktisch nicht mehr bestand. Bis nächstes Jahr konnte er problemlos mithalten.
Die wackelige Rückenlehne knirschte bedenklich, als er sich fröhlich pfeifend zurücklehnte und die langen Beine weit von sich streckte. Seine Zufriedenheit ärgerte mich.
»Fühlen Sie sich lieber nicht so sicher«, warnte ich ihn. »Die großen Gärtnereien mögen konservativ sein, aber die deutschen Baumärkte reagieren unter Umständen schneller, als man denkt.«
Es war eine durchschaubare Bosheit, und er würdigte sie keiner Antwort, grinste mich nur wissend an und legte beiläufig seinen Arm auf die Rückenlehne. Die Hauptpflanzzeit war fast vorüber. Die Zeit spielte auf seiner Seite.
»Sie sollten noch etwas an Ihrem Stil feilen«, riet er mir. »Dieses Zögern – ganz zu schweigen von der unnötigen Bemerkung eben –, das passt nicht zu Ihrem Image der eiskalten Geschäftsfrau.«
Während er sprach, strichen seine Fingerspitzen kaum spürbar über meine Schulter. Ich konnte die Wärme seines Körpers neben mir deutlich fühlen, obwohl wir zwei Handbreit voneinander entfernt saßen. Sie durchdrang meine Kleidung, meine Haut. Etwas in mir schrie danach, ihrer Verlockung nachzugeben, mich an ihn zu schmiegen und seine Nähe auszukosten. Ein anderer Teil von mir – und eindeutig der stärkere – hielt meinen Rücken steif wie ein Brett.
Der Moment verstrich ungenutzt. Mark Abernathy seufzte fast unhörbar und begann, die Reste des Picknicks einzu-

packen. »Wie lange bleiben Sie noch in London?«, fragte er, ohne aufzublicken, im Konversationston.
»Zwei Tage. Eigentlich wäre ich lieber schon heute zurückgeflogen, aber ich habe erst für übermorgen einen Platz bekommen, und ich wollte mich natürlich auch noch ein wenig in London umsehen …«, antwortete ich vor lauter Unsicherheit unnötig ausführlich.
»Hätten Sie dann Lust, mich morgen Abend auf den Empfang des Staudenzüchterverbandes zu begleiten?«
Die leichthin gestellte Frage überraschte mich.
Mein Herz hüpfte unkontrolliert.
Ein ganzer Abend mit ihm!
»Sehr gerne«, erwiderte ich, schwindlig vor Vorfreude. »Das wird sicher sehr … interessant.«
Er warf mir einen mehrdeutigen Blick zu. »Wir wollen es hoffen«, meinte er trocken. »So«, damit stopfte er die Überreste unseres Picknicks in einen halb verrosteten Blechmülleimer und warf einen Blick auf seine Armbanduhr. »Was halten Sie von einer kurzen Führung durch dieses botanische Juwel? Es wäre schade, die Gelegenheit nicht zu nutzen.«

Nachdem ich mich nicht mehr unwissend stellen musste, konnte ich die sachkundige Führung ehrlich genießen. Nicht nur den floristischen Teil: In den alten Gewächshäusern nutzte ich die räumliche Enge, um Mark Abernathy so nahe wie möglich zu kommen und seinen Körperduft tief einzuatmen. Im Felsengarten beobachtete ich die elegante Gestik seiner Hände, während er mir die einzelnen Pflanzen zeigte. In der Freilandsammlung der pharmazeutisch genutzten Pflanzen lauschte ich seiner Stimme, prägte mir jede Nuance ein, ohne wirklich aufzunehmen, was er eigentlich sagte.
Das Orchideenhaus beherbergte eine Ehrfurcht gebietende

Sammlung uralter Exemplare und Sorten. Auf einigen der kaum noch leserlichen Namensschilder entdeckte ich den Namen *Abernathy.*
»Ein Vorfahre von mir hat den Grundstock hierfür aus dem malaiischen Archipel mit nach England gebracht«, erklärte mein Begleiter bescheiden, als ich ihn danach fragte.
Augenblicklich war ich wie elektrisiert. »Gibt es noch alte Exemplare in der Gärtnerei?«, fragte ich geradezu gierig.
Er betrachtete mich amüsiert. »Wieso?«
»Weil viele dieser alten Spielarten inzwischen an ihren natürlichen Standorten ausgerottet sind. Ich züchte selbst Orchideen und würde schrecklich gerne mit solchen Samen experimentieren!«, erklärte ich ihm aufgeregt.
Abernathy schmunzelte wie ein guter Onkel, der gleich die Schokolade aus der Tasche ziehen wird. »Na so was! Da tauchen ja interessante neue Seiten an Ihnen auf! – Wir haben tatsächlich noch eine spezielle Sammlung. Hauptsächlich dunkel blühende Sorten. Ich hatte eigentlich geplant, sie ebenfalls über *Purple Passion* anzubieten, weil sie gut ins Sortiment passen, aber ich bin einfach noch nicht dazu gekommen, mich mit ihnen zu beschäftigen.«
»Dass ausgerechnet bei Ihnen solche Schätze schlummern ...«
»Das Leben ist ungerecht, nicht wahr?«, stimmte er mir mitfühlend zu, lachte und führte mich auf verschlungenen Pfaden sicher zum Ausgang zurück.
»Wollen Sie noch mit zum Stand kommen und die Sortimentsliste gleich mitnehmen, oder müssen Sie sich beeilen?«
»Wieso beeilen?«, fragte ich erstaunt.
»Ihre Verabredung.« Sein attraktives Gesicht verzog sich zu einer Grimasse übertriebenen Erstaunens. »Sie haben doch

nicht etwa Ihr Rendezvous vergessen, für das Sie sich so fein gemacht haben?«

»Keineswegs«, sagte ich so würdevoll wie möglich. »Ich habe nur nicht angenommen, dass Sie sich dieses für sie unwichtige Detail gemerkt haben.«

»Oh, ich habe ein gutes Gedächtnis für Details«, versicherte er. »Das braucht man als Züchter. Am besten hole ich Sie morgen kurz vor acht ab. Wo wohnen Sie?«

»Bei Jonathan – Dunnet. Warten Sie, ich habe die Adresse hier irgendwo ...« Ich kramte hektisch in meiner unübersichtlichen Handtasche.

»Sie wohnen bei Jonathan Dunnet? *Dem* Jonathan Dunnet?« Die Überraschung in seiner Stimme ließ mich aufblicken.

»Ja, wieso nicht?«, bestätigte ich ungeduldig. Es irritierte mich, dass die beiden so ähnlich aufeinander reagierten. »Er ist ein guter Freund eines Freundes – nein, nicht, was man denken könnte. Die beiden haben sich vor ewig langer Zeit kennen gelernt und den Kontakt gehalten. Jonathan ist ein reizender Mensch, kein bisschen eingebildet, und ...«

»Schon gut, Sie müssen ihn nicht verteidigen«, beschwichtigte Abernathy mich. »Sie können aufhören zu suchen. Jeder Taxifahrer weiß, wo Jonathan Dunnet wohnt.«

Ich ließ die Handtasche sinken und starrte ihn misstrauisch an. »Was wollen Sie damit sagen?«

Er seufzte und erklärte dann mit deutlichem Widerwillen: »Ein ziemlich primitives Massenblatt hat die letzte Saure-Gurken-Zeit damit gefüllt, prominenten Homosexuellen nachzuspüren. Wo verkehren sie, wo wohnen sie und so weiter. Die Taxifahrer bekamen Prämien für Hinweise. Und Dunnet fährt ja nur Taxi. Für die Fahrer waren er und einige andere Männer wahre Goldesel. Sie haben ihnen regelrecht aufgelauert, wie später herauskam.«

Widerlich! Der arme Jonathan tat mir jetzt noch Leid. »Und? Was war weiter?«
»Was soll weiter gewesen sein? Das Übliche: Es hat ein oder zwei als Unfälle deklarierte Selbstmorde gegeben, aber die meisten Betroffenen sind untergetaucht und haben gehofft, dass der nächste Skandal sie in Vergessenheit geraten lässt. – Was auch geschah«, bemerkte er trocken. »Und nun genug von unerfreulichen Geschichten. Hier – eine kleine Erinnerung, damit Sie mich bis morgen nicht vergessen.« Mit diesen Worten zog er einige Stiele aus dem *Black Monk*-Arrangement und reichte sie mir. Ihr süßer Duft stieg mir in die Nase, und ich beschloss im Stillen, mir eine private Ecke für sie anzulegen. Sie waren absolut fantastisch.
Ehe ich ihm danken konnte, hatte er mir schon geschäftsmäßig knapp zugenickt und war in einer Gruppe pastellfarbener Strohhüte untergetaucht.

Jonathan erwartete mich mit der übertriebenen Besorgnis eines unerfahrenen Kindermädchens. »Und? Wie war es?«, bedrängte er mich, sich die Hände an der adretten Servierschürze abwischend. »Komm in die Küche und erzähl mir alles. Was hat er zu dem Kleid gesagt?«
»Er fand es offensichtlich übertrieben, also habe ich ihm erzählt, ich hätte anschließend eine Verabredung«, erwiderte ich, bei der Erinnerung immer noch erbost.
»Was? Tickt der noch ganz richtig?« Jonathan war zutiefst empört. »Am besten erzählst du hübsch der Reihe nach. Wo habt ihr gegessen?«
Ich stellte die Blumen rasch in ein Glas mit Wasser, hockte mich auf die freie Ecke des Küchentischs und beobachtete Jonathans flinke Finger, die den Salatkopf in kleine Stücke zupften.

»Wir waren im *Chelsea Physic Garden* picknicken, und anschließend hat er ihn mir gezeigt«, fasste ich den Nachmittag kurz zusammen und griff nach einer Cocktailtomate. Jonathans scharfer Blick schoss für einen Moment von seiner Tätigkeit zu mir herüber, zu den Blumen, die ich auf die Anrichte gestellt hatte, und konzentrierte sich wieder auf den Salatkopf.

»Hmm … was habt ihr denn gegessen?«

»Lachsbrötchen, Sandwichs, Shrimpssalat, Kresseschnittchen, Käsetörtchen und Prosecco«, zählte ich brav auf.

»So, so.« Jonathan hob nachdenklich die Brauen. »Das klingt, als hätte er sich viel Mühe gemacht. Einfach so?« Der ostentative Zweifel in seiner Stimme war zugleich unausgesprochene Frage. Ich tat gar nicht so, als verstünde ich nicht, worauf er hinauswollte.

»Ich bin mir nicht sicher. Wir streiten eigentlich immer. – Es kann sein, dass ich falsch reagiert habe. Aber … ich weiß überhaupt nichts mehr«, seufzte ich unglücklich. Ich wollte Jonathan nicht von dem aufregenden Moment erzählen, in dem Mark mein Ohr berührt hatte. Aber der wissende Blick, den er mir zuwarf, zeigte, dass er mehr von meinem Geisteszustand ahnte, als mir lieb war.

»Immerhin hat er mich gefragt, ob ich ihn morgen Abend zum Empfang der Staudenzüchter begleite«, versuchte ich abzulenken.

»Na also, dann hat er ja doch noch nicht aufgegeben. Und du hast zugesagt?« Es war mehr eine Feststellung als eine Frage. Ich nickte.

»Magst du ihn?« Jonathans schlichte Frage brachte mich in echte Bedrängnis. Mochte ich ihn? Ja, es war ein berauschendes Gefühl, in Mark Abernathys Nähe zu sein, mit ihm die Klingen zu kreuzen … aber gleichzeitig ängstigte mich gerade die Intensität dieser Empfindung. Er zog mich magnetisch an, und die Stärke dieser Anziehung ließ mich paradoxerweise erst recht zurückschrecken. Die Unsicherheit darüber, auf was ich im Begriff war mich einzulassen, ließ mich zwischen Wollen und Wünschen hin und her schwanken. Wollte ich den Mann wirklich – oder wünschte ich mir nur etwas, weil ich tief in meinem Inneren sicher war, es nicht bekommen zu können?

»Du magst ihn«, beantwortete Jonathan seine eigene Frage und nickte weise mit dem Kopf. »Sonst wärst du nicht immer noch unsicher, ob du jetzt ins kalte Wasser springen sollst oder nicht.«

Ich musste lachen. »Woher kennst du dich so gut mit konfusen Gefühlen aus?« Meine unbedachte Frage bereute ich in dem Augenblick, in dem ich Jonathans traurige Augen sah. Ich hatte unwissentlich an alte Wunden gerührt. »Es tut mir Leid«, murmelte ich und hätte mir am liebsten die Zunge abgebissen.

»Schon gut, es ist lange her«, sagte er wehmütig. »Aber ich verstehe dich besser, als du denkst. Hast du das Foto auf der Kredenz gesehen? Als Sebastian und ich uns kennen lernten, war ich noch nicht sicher, was ich wollte. Deshalb machte es mir Angst, dass er es so genau zu wissen schien. Ich werde nie sein Gesicht vergessen, als ich ihm sagte, wir müssten auf unsere Familien Rücksicht nehmen und uns trennen. Er wusste genau, dass ich das nur vorschob.« Jonathan hing einen Moment seinen Erinnerungen nach, bevor er weitersprach. »Zwei Monate später verunglückte er mit dem Motorrad in Schottland. Die Polizei sagte, dass es ein Unfall war, aber ich habe nie aufgehört mich zu fragen, ob das wirklich stimmte …«

Wieder schwieg er einen Augenblick. »Und das Ironische an

der Geschichte ist, dass mir erst da klar wurde: er wäre der Richtige für mich gewesen. Wir waren wie zwei Hälften eines Ganzen – aber es war zu spät.« Unauffällig wischte er sich mit einem makellosen Hemdsärmel über das Gesicht und wandte sich energisch der Salatsauce zu. »Wasch dir die Hände, Liebes, und komm essen. Ich bin sofort fertig«, verkündete er, das Thema abschließend.

Natürlich kam er spätestens bei den Erdbeeren in Mascarponecreme wieder auf sein neues Lieblingsthema zurück. »Du brauchst ein anständiges Kleid für den Empfang.«
Ich war der Ansicht, dass mein Maiglöckchenkleid ausreichend wäre, aber Jonathan widersprach energisch. »Du kannst doch nicht in demselben Kleid erscheinen, in dem dich der größte Teil der Anwesenden schon am Tag zuvor gesehen hat! Das geht einfach nicht. Morgen gehen wir wieder zu Jane – keine Widerrede!«
Mein Sträuben hätte vielleicht ein wenig heftiger ausfallen können, aber ich musste zugeben, dass ich im Grunde nichts dagegen hatte, ein weiteres Kleid zu kaufen. Zwei Kleider in zwei Tagen – welche Extravaganz. Aber wie ich mich selbst erinnerte: ich konnte sie mir leisten. Warum sollte ich mir diese Extravaganz also versagen?

Janes Augen blitzten begeistert, als sie uns in der Ladentür erspähte. »Braucht deine junge Freundin vielleicht ein Abendkleid? Ich habe gerade vorhin eines hereinbekommen, da habe ich gedacht: das wäre genau das richtige Kleid für diese Lady!«, begrüßte sie uns.
»Was nützt es, gegen das Geschick sich aufzulehnen?«, murmelte Jonathan ironisch.
»Was redest du für einen Unsinn?«, fragte Jane irritiert.

»Dante, meine Liebe, Dante Alighieri – das ist kein Unsinn, nur ein Sonett. Lass dich nicht verwirren. Du sagtest, du hättest etwas Passendes da?«

Und tatsächlich: Das Kleid, das Jane uns triumphierend präsentierte, entlockte Jonathan einen bewundernden Pfiff. »Da haben wir tatsächlich Glück gehabt. Und du hattest Recht – es ist wie für Verena geschaffen.« Es musste aus den Zwanzigerjahren stammen. Granatrote, plissierte Seide, die den Körper umschloss, nachzeichnete. Der schlichte Schnitt war angelehnt an antike Frauengewänder: zwei schmale Bahnen kreuzten sich über der Brust, einen unanständig tiefen Ausschnitt freilassend, und fielen eng anliegend bis zu den Knöcheln. An der rechten Seite gab ein kniehoher Beinschlitz der Trägerin die nötige Bewegungsfreiheit.

»Kein Mann könnte dem Anblick widerstehen«, verkündete Jane pathetisch, als ich schüchtern aus der Kabine trat.

Die junge Frau im Spiegel trug das rote Kleid, als sei es ihr auf den Leib geschneidert worden. Die plissierte Seide schmiegte sich an ihren Körper, zeichnete seine Konturen nach, die schlanke Taille, den üppigen Busen, die langen Beine.

Ich sah aus wie ein Filmstar in einem alten Hochglanzmagazin!

»Ausgezeichnet«, nickte Jonathan. »Was du hierzu aber unbedingt brauchst, ist Schmuck. Jane, hast du etwas Passendes da, das du ihr leihen könntest?«

Jane wäre nicht Jane gewesen, wenn sie diese Herausforderung nicht mit Bravour gemeistert hätte. In ihrem unerschöpflichen Fundus fanden sich ein Collier samt Ohrringen und Armband in Strass und Markasit, schwarze Satinhandschuhe und eine Samtstola.

Als sie allerdings mit einem Paar glitzernder Abendsandalen in der Hand auftauchte, weigerte ich mich strikt. »In denen kann ich keinen Schritt laufen, geschweige denn tanzen. Ich bin Absätze nicht gewöhnt.« Wir einigten uns auf ein Paar schlichte schwarze Pumps mit niedrigem Absatz.

»Es geht mich ja wirklich nichts an, aber kannst du eigentlich tanzen?«, fragte Jonathan in entschuldigendem Ton, als wir zufrieden und erschöpft von unserer Tour in seine Wohnung zurückkehrten.

»Natürlich, ich war über zehn Jahre in einer Ballettschule«, entgegnete ich beleidigt, als mir auch schon aufging, dass Jonathans Frage durchaus berechtigt war. Ich beherrschte zwar die klassischen Figuren, aber ich hatte immer nur Ballett getanzt. Gesellschaftstänze wurden an der Schule nicht gelehrt. Also rollten wir den Teppich im Flur zusammen, und Jonathan versuchte, das Versäumte in einer Art Crashkurs nachzuholen. Obwohl ich ihn mochte und ihm vertraute, bereitete mir die körperliche Nähe zu ihm seltsamerweise Probleme. Es machte mich nervös, einem Mann so nahe zu sein, dass unsere Körper sich bei einigen Figuren berührten. Anfangs versuchte ich so weit wie möglich zurückzuweichen, bis Jonathan mich stirnrunzelnd darauf hinwies, dass man normalerweise nicht mit einem Sicherheitsabstand von einem halben Meter tanzte. »Ich habe nicht vor, dich in die Nase zu beißen – entspann dich und achte auf deine Füße!«

Ich befolgte seinen Rat und konzentrierte mich auf die Schritte. Und tatsächlich: Nach einiger Zeit schaffte ich es, meinen Körper dem Rhythmus der Musik und Jonathans geschickter Führung zu überlassen.

»Es wird besser – du fühlst dich nicht mehr an, als hättest du einen Besenstiel verschluckt«, stellte er befriedigt fest. »Denk dran: nicht verkrampfen, weich bleiben. Führen sollte der Mann, also lass ihm das Vergnügen.«

Die Tanzstunde begann gerade mir Spaß zu machen, als Jonathan mich schon ins Bad scheuchte. Seine Vorsicht war berechtigt, denn meine ungeübten Finger kämpften verzweifelt darum, den Effekt, den Samantha so mühelos hingewischt hatte, auch nur annähernd zu erreichen. Nachdem ich zum dritten Mal von vorne begonnen hatte, klopfte er besorgt an die Badezimmertür und reichte mir fürsorglich eine Tasse Tee und einen Teller mit Gurkenschnittchen hinein: »Damit du wenigsten eine Grundlage hast.«

Die melodische Türklingel kündigte Mark Abernathy an, und prompt verschmierte ich die Wimperntusche in einem breiten, schwarzen Streifen. Verdammt, warum war ich so nervös?

Jonathans Stimme mischte sich mit Marks, aber ich konnte nicht verstehen, was sie sprachen. Es klang nach höflichem Smalltalk. Fast wäre mir Alfons' kostbare Rosenessenz ins Waschbecken gefallen. Ich tupfte ein paar Tropfen davon auf die Schläfen, hinter die Ohren und nach einem Moment des Zögerns zwischen meine Brüste. Der blumige, verführerische Duft umgab mich wie ein kostbares Parfüm.

Hastig befestigte ich die schweren Ohrgehänge; die komplizierte Schließe des Colliers hakte jedoch, und so begnügte ich mich damit, die Handschuhe überzustreifen und eilte schließlich ins Esszimmer, wo die beiden Männer mir einträchtig entgegenblickten. Ich registrierte mit Genugtuung, dass Abernathys Augen sich weiteten, als er mich in meinem granatroten Abendkleid sah.

»Guten Abend, Mr. Abernathy. Entschuldigen Sie, dass ich Sie warten ließ. – Jonathan, könntest du …?« Ich hielt ihm bittend das Collier hin.

Er nahm es, zögerte dann einen Augenblick und warf schließlich Mark einen fragenden Blick zu: »Vielleicht möchten Sie ihr behilflich sein?«

Ohne zu zögern nahm er das Schmuckstück, kam dann zu mir herüber und begrüßte mich mit einem altmodischen Handkuss. »Auf einen solchen Anblick warte ich gerne!«, murmelte er, ohne mich aus den Augen zu lassen, trat hinter mich, und im nächsten Moment fühlte ich warme Finger an meinem Hals. Das Collier glitt kalt und schwer über meine Haut, aber ich nahm nur die Wärme der Berührung in meinem Nacken wahr. Das Ganze dauerte nur Sekunden. Trotzdem stellten sich die kleinen Härchen auf meiner Haut auf, ein leichter Schauer überlief mich.

»Dann wünsche ich viel Spaß.« Jonathan zwinkerte mir aufmunternd zu. »Und denk daran: Immer auf die Füße achten!«

Ehe ich mich versah, saß ich im Taxifond neben Mark Abernathy. »Ihr Freund Jonathan macht wirklich einen sehr netten Eindruck«, stellte er etwas steif fest. »Aber was hat er damit gemeint, dass Sie auf die Füße achten sollen?« Ich musste kichern. »Er war so nett, mit mir zu üben, weil ich ewig lang nicht getanzt habe.« Ich sah keinen Grund, wieso ich erläutern sollte, dass es sich bei meiner tänzerischen Erfahrung um Ballett handelte. So klang es besser.

»Dann bin ich gespannt auf heute Abend«, meinte mein Begleiter mit einem leicht skeptischen Unterton, »ich nämlich auch nicht. Und ich habe nicht geübt ...«

Der Empfang der südenglischen Staudenzüchter entpuppte sich als eine gesellschaftliche Veranstaltung ersten Ranges. Bereits der Portier in seiner historischen Uniform schüchterte mich mit seiner steinernen Miene ein. An Mark Abernathys Arm meisterte ich die lange, geschwungene Prunktreppe ins Obergeschoss aber ohne peinliche Zwischenfälle und stand plötzlich in einem Saal von fürstlichen Ausmaßen. Die Bühne, auf der – wie man an den Instrumentenkästen sehen konnte – später die Kapelle spielen würde, war noch für diverse Redner mit Pult, Leinwand und Projektoren versehen. Riesige Blumengestecke in allen Farben prangten an den Längswänden und trennten die für die Teilnehmer in Gruppen aufgestellten kleinen Tische. Das Büfett war gleich neben dem Eingang aufgebaut. Den Innenbereich hatte man als Tanzfläche freigelassen. Von der Größe zu urteilen, die man ihr zugestanden hatte, waren die Staudenzüchter eifrige Tänzer.

»Hallo, Mark, schön dich zu sehen«, brummte ein grauhaariger älterer Mann, dessen schwarzer Anzug an den Aufschlägen etwas glänzte, und schüttelte ihm herzlich die Hand. »Wie geht es zu Hause?« Er schien nicht mehr als ein oberflächliches »Danke der Nachfrage, den Umständen entsprechend« zu erwarten, schüttelte bedauernd den Kopf und verschwand nach einem neugierigen Blick auf mich in der Menge.

Was bedeutete »den Umständen entsprechend«? Ich hätte gerne gefragt, aber sowohl meine Erziehung als auch Abernathys abweisende Haltung hielten mich davon ab.

Schrittweise kämpften wir uns zu den reservierten Tischen an der hinteren Wand durch. Einige Paare und einige Grußaufträge weiter wusste ich, dass seine Eltern John und Millicent hießen, seine Großmutter noch lebte und sich offenbar bester Gesundheit erfreute und dass die Familie Abernathy über einen großen Bekanntenkreis verfügte. Ich verlor den Überblick, wie viele Hände ich geschüttelt und wie viele Male ich »Nice to meet you« gemurmelt hatte.

Abernathy stellte mich stets als »my German partner« vor, und ich erntete zahlreiche neugierige Blicke. Einige davon offen feindselig, einige ablehnend, einige befremdet, als sei man überrascht, mich hier zu sehen.

Was hatte Abernathy sich dabei gedacht, mich hierher einzuladen? Es war offensichtlich, dass seine Bekanntschaft mich nicht gerade mit offenen Armen empfing. Ich begann schon, meine unbedachte Zusage zu bedauern, und legte mir in Gedanken die passenden Worte zurecht, mit denen ich seine Gedankenlosigkeit oder besser Rücksichtslosigkeit kritisieren würde, sobald wir endlich an unserem Ziel angelangt wären.

»O nein, nicht die!«, hörte ich meinen Begleiter gerade noch stöhnen, als auch schon eine Naturkatastrophe in Kobaltblau und Gold über uns hereinbrach.

»Mark, mein Junge, ich habe dich schon überall gesucht. Hier, das musst du unbedingt ausprobieren ...« Mit diesen Worten zog sie einen mehrfach gefalteten Briefumschlag aus dem voluminösen Goldlamébeutel, den sie wie eine Trophäe vor sich her trug. »Ich habe sie von einem Exemplar, das mein Gärtner für viel versprechend hält. – Ich weiß, ich weiß, es gibt schon viele dunkle Taglilien, aber diese ist etwas Besonderes. So blüht sie ...« Blitzschnell zog sie ein abgegriffenes Foto aus den Tiefen des Beutels und hielt es Mark unter die Nase. Der nahm es ihr mit einem gemurmelten »Erlauben Sie?« aus den dicken, ringgeschmückten Fingern und betrachtete es mit mäßigem Interesse. Ich sah von der Seite her nur die unscharfe Aufnahme eines grünen Büschels mit einigen dunklen Flecken.

»Sehr interessant, Lady Sandworth! Vielen Dank für die Saatprobe«, versuchte Mark sich ihr zu entwinden. Aber die Dame dachte gar nicht daran, ihr Opfer fliehen zu lassen. Stattdessen packte sie ungeniert seinen Ärmelaufschlag und fragte mit einem anzüglichen Augenzwinkern in meine Richtung: »Willst du mir gar nicht deine kleine Freundin vorstellen? Ich bin sicher, Millie ist entzückt von ihr ...?« Dem falschen Tonfall nach würde das Gegenteil der Fall sein. Als bisher Einzige schien sie nichts von unserer Geschäftsbeziehung zu wissen, sondern mich für eine neue, unbekannte Freundin zu halten. Aber Mark Abernathy zuckte mit keiner Wimper, als er mich dichter neben sich zog und mit gelangweilter Stimme murmelte: »Darf ich Ihnen Verena Naumann vorstellen, Lady Sandworth?« Ihre sorgfältig gezupften und dunkel gefärbten Augenbrauen schossen hoch und die wässrigen Augen blitzten boshaft. »Na so was! Das klingt deutsch.« Sie reichte mir herablassend eine dickliche, feuchte Hand und näselte »How do you do?«, nur um Abernathy dann an mir vorbei zu fragen: »Spricht sie Englisch, oder wie verständigt ihr euch?«

»Meist sprechen wir nicht«, strahlte ich sie an und bemühte mich um einen möglichst starken Akzent. Mein Kavalier zog scharf den Atem ein, und sein Griff um meinen Ellenbogen wurde unangenehm fest. »Einen schönen Abend noch, Lady Sandworth. Ich werde Ihre Grüße ausrichten.«

Als ich zurückblickte, stand sie immer noch mit offenem Mund auf derselben Stelle und starrte uns nach.

»Mussten wir ausgerechnet der begegnen?«, seufzte Abernathy und führte mich entschlossen zu einem der kleinen Tischchen. Seine Schultern zuckten von unterdrückter Heiterkeit, als er mir den Stuhl zurechtrückte. »So sprachlos habe ich die alte Fregatte noch nie erlebt! Wo haben Sie nur diesen absolut scheußlichen Akzent aufgeschnappt?«

»Im Stanstead-Express. – Warum haben Sie mich hierher geschleift? Die Hälfte der Leute, denen Sie mich vorgestellt haben, hätte mich am liebsten sofort wieder vor die Türe gesetzt«, sagte ich anklagend.

Ein dunkler Hauch überzog seine glatt rasierten Wangen. »Es tut mir Leid, dass sie das so deutlich gezeigt haben. Ich habe bisher wohl ein bisschen zu viel auf Sie und Ihre Geschäftstüchtigkeit geschimpft«, entschuldigte er sich verlegen. Aber Mark Abernathy wäre nicht er selbst gewesen, wenn er sich

allzu lange zerknirscht gezeigt hätte. »Wir sollten uns besser am Büfett anstellen, solange die Leute noch nüchtern sind«, schlug er vor. »Dieses beeindruckende Kleid könnte sonst zu Problemen führen …« Er ließ vielsagend seine Augen über die sich deutlich abzeichnenden Kurven meines Oberkörpers wandern. »Engländer sind so etwas nicht gewöhnt.«
Ich warf einen ostentativen Blick in die zwischenzeitlich gut gefüllte Halle: »Das sieht man!«
Abernathy schmunzelte. »Wenn die Mehrheit der Damen Sie gerade zum Teufel wünscht, haben Sie sich das selber zuzuschreiben! Sie wirken, wie eben einer italienischen Oper entstiegen.«
Erschreckt sah ich an mir hinunter. War das Kleid doch zu gewagt? Amüsiert glitzernde Augen fingen meinen Blick ein. »Missverstehen Sie mich nicht! Sie sehen großartig aus, aber absolut ungewöhnlich. Gar nicht deutsch …«
Da war er wieder, dieser Schauer, der über meinen Nacken lief. Und es war mir mit einem Mal gleichgültig, was die Leute hier im Saal von mir denken mochten. Solange Mark Abernathy mein Aussehen für großartig hielt, war die Meinung der anderen irrelevant. In seinen Augen spiegelte sich eine dunkelhaarige, exotische Schönheit, die nichts mehr mit der alten Verena Naumann gemeinsam hatte, die immer so verzweifelt versucht hatte, unauffällig zu sein.
Ich warf den Kopf zurück und lachte, unempfindlich gegen die Blicke von den Nachbartischen. Heute Abend war ich entschlossen, alles auszukosten. Ich fühlte mich wie Aschenputtel in seinem traumhaften Ballkleid. Niemand kannte mich, für ein paar Stunden würde ich in die Rolle der Femme fatale schlüpfen und alles tun, was ich mir wünschte zu tun.
»Gehen wir zum Büfett«, sagte ich und erhob mich mit der geschmeidigen Anmut, auf die unsere Ballettlehrerin so viel

Wert gelegt hatte. Ein Leichtsinn hatte von mir Besitz ergriffen, der mir zu Kopf stieg wie Alkohol.

Ich kann mich nicht erinnern, wie die Delikatessen schmeckten, die wir uns ungeniert auf die Teller gehäuft hatten. Ich aß sie genauso achtlos, wie ich den Prosecco trank, den Abernathy bestellte.

Sein gebräuntes Gesicht schien in der zurückhaltenden Beleuchtung im Kontrast gegen das weiße Hemd noch dunkler, seine Schultern in dem schwarzen Tuch noch eindrucksvoller, und das zerbrechliche Weinglas ließ seine Hände noch riesiger erscheinen. Ich bewunderte die Präzision, mit der diese großen, maskulinen Hände das lächerlich kleine Besteck handhabten, die Anmut, die sie unpassenderweise dabei ausstrahlten. Diese Hände konnten genauso gut schwere Balken bewegen wie winzige Sämlinge.

Einmal ertappte ich mich erst, als er fragend die Brauen hochzog und offensichtlich auf eine Erwiderung wartete, dabei, dass ich überhaupt nicht zugehört hatte; meine Aufmerksamkeit hatte einzig und allein seinem faszinierenden Mund gegolten, den beim Lächeln aufblitzenden Zähnen, dem kleinen Grübchen, das sich dabei in seiner rechten Wange bildete.

»Entschuldigung, ich war gerade abgelenkt«, murmelte ich.

»Und ich hatte den Eindruck, dass sie gebannt an meinen Lippen hängen«, sagte er Kopfschüttelnd. »Da sieht man wieder, wie man sich täuschen kann. – Ich fragte gerade, ob Sie außer Orchideen noch andere Spezialgebiete haben?«

»Fuchsien und Prachtstauden«, antwortete ich achtlos.

Er verzog in stummer Anerkennung das Gesicht. »Ich habe das Gefühl, Sie haben mich ganz schön an der Nase herumgeführt! Wie sind Sie dazu gekommen – stammen Sie aus einer Gärtnerfamilie?«

Die bloße Vorstellung von Mutters makelloser Erscheinung zwischen feuchten Beeten und erdverschmierten Tontöpfen brachte mich zum Lachen. Ich schüttelte den Kopf. »Nein, meine Mutter hasste alles, was in ihren Augen ›Schmutz‹ war. Sie beschäftigte sich nur mit Geldanlagen. Und von meinem Vater weiß ich so gut wie nichts.«
Überrascht suchte er sichtlich nach den passenden Worten. »Sie sagen ›hasste‹. Lebt Ihre Mutter nicht mehr?«
»Sie starb vor einem halben Jahr«, erwiderte ich kurz angebunden und hoffte, dass er mit der Fragerei aufhörte. Eine Femme fatale in granatrotem Plissee hat keine banale Vergangenheit. »Ich möchte nicht darüber reden«, setzte ich daher entschlossen hinterher, griff nach meinem Glas und schüttete den Inhalt schneller hinunter, als klug war.
»Es tut mir Leid. Lassen Sie uns von etwas anderem sprechen.« Abernathy goss mir nach und hob sein Glas. »Auf einen schönen Abend mit einer schönen Frau!« Dann wandte er sich suchend um: »Kellner, bitte noch eine Flasche von dem Prosecco hier!«
Mit dieser Hilfe überstanden wir diverse Grußworte und Kurzvorträge. Ein Päonienspezialist referierte über wiederentdeckte japanische Sorten, ein französischer Asternzüchter stellte in kaum verständlichem Englisch seine Neuheiten vor, und ein untersetzter Holländer schwärmte von den Farnen, die er von einer Neuseelandreise mitgebracht und akklimatisiert hatte. Keines der Themen interessierte mich besonders. Die übrigen Gäste anscheinend ebenfalls nicht. Aus lauter Langeweile trank ich mehr, als ich eigentlich beabsichtigte. Unmerklich wurde die Welt zu einem erstaunlich fröhlichen Ort. Als die Kapelle endlich ihre Instrumente aufbaute, musste ich über den dicken Cellisten kichern, der so gut zu seinem Instrument passte.

»Ich bin gespannt, wie gut Dunnet mit Ihnen geübt hat«, wisperte Mark mir zu, während die Musiker begannen, ihre Instrumente zu stimmen. Meine Handflächen wurden feucht, und der Magen krampfte sich nervös zusammen. In einigen Minuten würde ich Abernathy so nahe sein, wie vor einigen Stunden Jonathan. Panik stieg in mir auf, als er sich leicht verbeugte und mir auffordernd die Hand hinstreckte. »Darf ich bitten?«

Die Musik schwoll langsam hinter dem Geräuschpegel der Gespräche an. Ich sah mich um. »Können wir noch ein bisschen warten, bis mehr Leute auf der Tanzfläche sind?«, flüsterte ich.

»Bis wir dort sind, werden wir in der Menge überhaupt nicht mehr auffallen«, versprach Mark und dachte nicht daran, sich wieder hinzusetzen. Ich gab nach – und er behielt Recht: Die schmeichelnde Walzermusik hatte auf die meisten Gäste eine geradezu magnetische Wirkung. Ältere Herren führten ihre silberhaarigen Damen mit einer anrührenden Begeisterung, die sie jünger erscheinen ließ.

Mark legte seine Rechte leicht auf meinen Rücken. Ich spürte, wie ihre Wärme durch den dünnen Kleiderstoff drang, sich in meine Haut fraß wie ein schwelendes Feuer. Ich konzentrierte mich auf meine Schritte, wie Jonathan es mir geraten hatte, und überließ mich ihm und der Musik. Er führte gut. Ich musste nur loslassen, die Kontrolle abgeben. *Du bist die optische Umsetzung der Musik*, hatte unsere Ballettlehrerin mir immer eingeschärft. *Dein Körper ist das Instrument, das du beherrschen musst, um dich von ihr beherrschen zu lassen.*

Aber es war nicht nur die Musik, der ich mich überlassen musste; das wäre mir vermutlich nicht schwer gefallen. Es war der Körper dicht vor mir, dessen Wärme ich langsam überall zu spüren meinte, der mir seinen Willen aufzwang. Ich stolperte in einer komplizierten Drehung, aber der feste Arm in meinem Rücken drückte mich sicher gegen eine nach Wäschestärke riechende Hemdbrust.

»Du riechst so gut«, hauchte eine heisere Stimme an meinem Ohr. »Als ob man einen Rosengarten im Arm hielte – und bisweilen bist du genauso stachlig …«

Die Musik schmeichelte mehr, als dass sie forderte. Die Walzer, die ich als Ballettelevin tanzen musste, hatten immer meine volle Aufmerksamkeit verlangt. Ich hatte nicht das Gefühl gehabt, von der Musik getragen zu werden wie hier. Es war mehr eine ängstliche Angespanntheit gewesen: nur keinen Takt zu langsam, bloß keinen Fehler machen. Übermütig ließ ich mich nun hineingleiten in diese neue Art zu tanzen. Mein Körper wurde weich, reagierte auf jeden Druck von Marks Fingern, wurde zu seinem Instrument, und ich genoss es, mich tragen zu lassen wie ein Schmetterling im Wind.

»Entweder hat Dunnet Wunder vollbracht oder du bist die geborene Tänzerin«, lobte Mark, als wir schwindlig und ein wenig außer Atem zu unserem Tisch zurückkehrten. »Tanzen macht durstig. Soll ich noch einen Prosecco kommen lassen, oder möchtest du lieber etwas anderes?«

»Wir bleiben bei Prosecco!«

Lag es an dem ungewohnten Alkohol oder an der Atmosphäre? So glücklich wie heute Abend hatte ich mich noch nie gefühlt! Wir ließen kaum einen Tanz aus, und in den Pausen kehrten wir nur kurz an unseren Tisch zurück, um etwas zu trinken. Ich fand Gefallen daran, dass mir beim Walzer schwindlig wurde. Mark hielt mich ja, und ich klammerte mich dann an seine beruhigend solide Smokingjacke, bis ich wieder gerade stehen konnte. Einmal sah ich auf der anderen

Seite der Tanzfläche das kobaltblaue Monster und winkte ihm fröhlich zu. Es ging mir so gut – ich wollte zu allen freundlich sein.

Es fiel mir gar nicht auf, dass der Saal sich allmählich leerte. Erst als Mark in mein Haar flüsterte: »Ich fürchte, wir müssen jetzt auch gehen«, fiel mir auf, dass wir das letzte Paar auf der Tanzfläche waren und der Bandleader bereits begonnen hatte, die Noten einzusammeln.

Bedauernd traten wir in die kühle Nachtluft hinaus. Eine frische Brise, die vom Wasser her wehte, ließ mich erschauern.

»Ist dir kalt?«, fragte Mark und legte mir den Arm um die Schultern.

Ich weiß nicht mehr, wie es dazu kam.

Plötzlich hielt er mich in den Armen.

Und küsste mich hart und fast verzweifelt.

Sein Kinn war rau wie feines Sandpapier, und er schmeckte nach dem Weingummi, das die Garderobiere ihm angeboten hatte. Seine Zunge stahl sich in meinen Mund, und ich umklammerte seine Taille so fest ich konnte. So für immer stehen bleiben! Hände glitten fahrig über meine Schultern, er löste widerwillig seinen Mund von meinem, fuhr zärtlich mit den Lippen über meine Augenlider, meine Brauen, und fragte schließlich heiser: »Kommst du heute Nacht mit zu mir?«

Ich nickte nur, weil mir die Frage so überflüssig schien. Ich wäre ihm überallhin gefolgt.

Im Taxi saßen wir eng aneinander geschmiegt, die Hände verschlungen.

Mein Herz klopfte wild in meinem Hals, als er seine Wohnungstür aufschloss und mich in den dunklen Flur zog. Das rötliche Licht der Straßenlaternen überzog sein Gesicht mit einem geheimnisvollen Glanz. Wir machten kein Licht; ich folgte ihm stumm in sein Schlafzimmer, in dem ein großes Futonbett den Raum dominierte. Kein Vorzeigeschlafzimmer – überall Haufen getragener Kleidung. Er ging mir voraus und bahnte uns einen Weg zwischen Jeans, Unterwäsche und Schuhen.

Am Bett blieb er stehen und drehte sich zu mir um. Ich schluckte nervös.

»Hast du Angst?«, fragte er leise. »Ich auch, glaub mir!« Aber dann streckte er die Arme nach mir aus, ich schmiegte mich an ihn, und seine Wärme löste die Erstarrung. Ich war es, die ihm die Jacke über die Schultern streifte und einen Hemdknopf abriss, weil es mir nicht schnell genug ging. Ich wollte ihn ganz und gar, seinen Körper sehen, berühren, schmecken, mit ihm verschmelzen. Etwas Wildes in mir brach aus seinem unterirdischen Verlies und brachte mich dazu, unter ihm seltsame kehlige Laute auszustoßen, bis er mich mit einem leidenschaftlichen, endlosen Kuss verstummen ließ.

Meine Wildheit fand in ihm ein Gegenstück. Als Mark in mich eindrang, schrie ich auf, weil das intensive Gefühl so ungewohnt war, fast erschreckend. Ich öffnete die Augen und sah ihn über mir schweben, ein dunkles Gesicht mit weiß blitzenden Zähnen. Er bewegte sich sehr langsam, und plötzlich fand ich in seinen Bewegungen einen Rhythmus, der mich in seinen Bann zwang, mich emporschraubte und endlich in einem Funkenregen zerspringen ließ.

Als ich wieder zu mir kam, lag Mark schwer atmend auf mir. Ich genoss sein Gewicht, das mich tief in die Matratze drückte, obwohl ich kaum Luft bekam. Unsere Körper schienen verschmolzen zu sein und lösten sich nur schwer voneinander, als Mark sich aufseufzend neben mich rollte und an seine Schulter zog.

Wir sprachen nicht. Was hätte man auch Passendes sagen

können? Mit fehlten die Worte, um meine Gefühle beschreiben zu können.
Ehe mein Atem sich wieder normalisiert hatte, war er eingeschlafen. Ich lag noch länger wach und versuchte, diesem wunderbaren Gefühl nachzuspüren, aber schließlich schlief ich ebenfalls ein.

Das blecherne Scheppern der Müllabfuhr weckte mich. Im ersten Moment durchzuckte mich Panik. Wo war ich? Zum Glück ließ die Desorientierung rasch nach. Ich fühlte neben mir einen schlafwarmen Körper, hörte leises Schnarchen und sah auf dem Fußboden mein rotes Abendkleid, achtlos zusammengeknüllt.
Im Schlaf wirkte er jünger. Der verbissene Zug um Mund und Wangen hatte sich gelöst. Jetzt konnte man ahnen, wie der junge Mark ausgesehen haben musste. Am liebsten hätte ich ihm über die von Bartstoppeln dunkel schattierten Wangen gestrichen, mich an seinen Rücken geschmiegt und ihn mit einem leichten Biss ins Ohrläppchen geweckt.
Aber was wäre, wenn er nicht freudig überrascht wäre?
Er hatte gestern Abend eine Menge getrunken. Wir hatten beide eine Menge getrunken. Vielleicht war das die Erklärung hierfür.
Die bloße Möglichkeit, neben einem unangenehm berührten Mark im Bett zu liegen und sich gegenseitig versichern zu müssen, dass es alles nichts zu sagen hätte, trieb mich dazu, vorsichtig vom Futon zu gleiten, meine Kleider zu ergreifen und mich im Bad anzuziehen.
Im Spiegel sah mir ein blasses Gesicht mit verschmierter schwarzer Wimperntusche entgegen. Die schwarzen Spuren konnte ich mit etwas Duschöl entfernen, gegen das blasse Gesicht war nichts zu machen. Ich sah aus wie ein übernäch-

tigtes Groupie. In meiner Hast verzichtete ich sogar auf eine Dusche, rieb mich nur mit einem nassen Waschlappen ab. Einen Moment spielte ich mit dem Gedanken, ein Hemd und eine Hose von Mark zu leihen, damit ich nicht im Abendkleid quer durch die Stadt fahren müsste. Aber dazu hätte ich ins Schlafzimmer zurückgehen müssen. Also verzichtete ich darauf, schlich auf Zehenspitzen durch den Gang und zog so leise wie möglich die Wohnungstür hinter mir zu.
Erst im Treppenhaus fiel mir ein, dass ich ihm wenigstens einen Zettel hätte hinterlassen können. Zu spät.

Es war nicht so einfach, in den morgendlich leeren Straßen ein Taxi zu finden. Erst nach einer Viertelstunde traf ich auf eins, das einen späten Partygänger vor seinem Haus absetzte. Erschöpft sank ich in den Fond und freute mich auf ein ausgiebiges Bad in Jonathans orientalischem Badezimmer.

Kapitel 6
Küchengeheimnisse

Als ich aus dem Wagen stieg, war die Straße bis auf einen einzelnen Zeitungsausträger verlassen. Im Aufzug suchte ich nach dem Wohnungsschlüssel, den Jonathan mir mitgegeben hatte, und versuchte so leise wie möglich die Tür aufzuschließen. Jonathan lag sicher noch im Tiefschlaf. Ich hatte Zeit genug, mich in einen präsentablen Zustand zu versetzen, ehe ich ihm gegenübertreten musste – dachte ich.

Gerade hatte ich mit der Präzision eines Einbrechers die Tür ins Schloss gezogen, als lautes Klirren und ein unterdrückter Fluch aus der Küche mich zusammenfahren ließen. Fassungslos starrte ich auf Jonathan, der neben dem Herd kniete und mit der linken Hand versuchte, die Scherben der Tasse aufzusammeln, die er fallen gelassen hatte. Die Rechte, die in einer Schlinge vor seiner Brust hing, steckte in einem Angst einflößenden Verband.

»Jonathan, was ist passiert? Was hast du mit deiner Hand gemacht?«, fragte ich und zog ihn hoch. »Lass liegen, ich räume das schon weg.«

Er verzog sein blasses Gesicht zu einem schiefen Grinsen, während er auf den Stuhl sank, den ich ihm hinschob, und sagte: »Ich habe überhaupt nichts mit meiner Hand gemacht. Das musst du die Skinheads fragen.«

»Bist du überfallen worden?«, fragte ich besorgt.

»So nennt man das ja wohl«, erwiderte er in schärferem Ton, als ich je von ihm gehört hatte, und das verdeutlichte nur, dass er ziemliche Schmerzen haben musste.

»Kann ich dir irgendwie helfen? Hast du ein Schmerzmittel? Ich hole es dir.« Er tat mir schrecklich Leid. Die scharfen Linien in seinem rundlichen Gesicht passten nicht zu ihm. Jonathan wirkte so müde und leblos, dass ich in der Sorge um ihn völlig vergaß, dass ich ebenfalls etwas mitgenommen aussehen musste.

»Schmerzmittel haben sie mir reichlich mitgegeben«, er wies mit dem Kopf auf eine Papiertüte neben sich. »Ich wollte gerade Tee machen, aber ich bin mit der linken Hand nicht sehr geschickt. Sei so gut und mach uns beiden eine schöne Tasse Tee – dann werden wir gemeinsam unsere Wunden lecken und uns gegenseitig trösten.«

Ich hätte wissen können, dass mein Zustand seiner scharfen Beobachtung nicht entgangen war.

»Weißt du, wer die Kerle waren?«, fragte ich, während ich das Wasser aufsetzte und den Tee in das Teenetz löffelte.

Er zuckte fatalistisch mit den Schultern: »Irgendwelche Skinheads. Der Arzt in der Notaufnahme meinte, ich könnte mir eine Anzeige sparen – die Polizei würde die nur als Zeitverschwendung betrachten. Großstadtrisiko. Ich könnte froh sein, dass ich so gut davongekommen wäre.«

Ich war empört. »Du meinst, die Polizei würde nicht einmal *versuchen*, sie zu finden?«

»Wahrscheinlich nicht«, bestätigte Jonathan mit sichtlich erzwungener Gelassenheit. »Es würde heißen, dass man mit solchen Dingen rechnen müsste – in meinen Kreisen. Als ob es unter Schwulen üblich wäre, sich gegenseitig die Hand zu brechen!«, fügte er verbittert hinzu.

»Wieso haben sie dir die Hand gebrochen?«, fragte ich verständnislos.

»Ach, sie hätten mir vermutlich noch mehr gebrochen. Der Anführer stand nur darauf, damit ich nicht weglaufen konnte. Ich hatte das Glück, dass ein paar Träger vom Fischmarkt

vorbeikamen …« Er verstummte. Beide malten wir uns aus, was passiert wäre, wenn diese Männer nicht eingeschritten wären. Sie hatten ihn sogar, wie Jonathan weiter berichtete, in das nächstgelegene Krankenhaus gebracht, wo eine starke Quetschung und der Bruch eines Mittelhandknochens festgestellt worden waren.
Seine ungeschickte Art, die Teetasse mit der linken Hand zu halten, verdeutlichte, dass er für die nächste Zeit ziemlich hilflos wäre. »Hast du jemanden, der hier einziehen und dir helfen könnte?«
Jonathan grinste etwas schief und meinte, da sei schon jemand, der nur darauf wartete – aber eigentlich würde er den nicht so gerne bei sich einziehen lassen. »Das Problem ist: Wie werde ich ihn wieder los?«, erläuterte er mir seine Bedenken.
Eigentlich war ich darauf eingestellt gewesen, heute Nachmittag zurückzufliegen, zurück in mein sicheres Nest bei *Blütenzauber*, in meine überschaubare Welt ohne große Probleme oder Überraschungen. Aber ich stand nicht nur in Jonathans Schuld, ich mochte ihn auch sehr gerne. Und er brauchte mich. Zum ersten Mal in meinem Leben brauchte jemand mich wirklich. So konnte ich ihn auf keinen Fall allein lassen.
Ich holte tief Luft und fasste meinen Entschluss. »Gut, dann werde ich hier bleiben, wenn es dir recht ist«, verkündete ich mit fester Stimme.
»Und ob es mir recht ist!« Jonathan wirkte ausgesprochen erleichtert. »Ich hatte nur Hemmungen, dich direkt zu fragen. Du siehst nämlich eigentlich aus, als könntest du es nicht erwarten, hier wegzukommen.«
Vor Jonathan konnte man nichts verbergen.
»Lass mir Zeit, zu duschen und mich umzuziehen, dann versuche ich mich an einem Frühstück«, versprach ich, seine letzte Bemerkung ignorierend.

Statt des im Taxi noch erhofften luxuriösen Bades duschte ich so rasch wie möglich und kehrte in Jeans, ein Handtuch um den nassen Kopf gewickelt, zu ihm zurück. Jonathan saß immer noch am Küchentisch, grau im Gesicht, und bemühte sich, mit der linken Hand das Fläschchen mit den Schmerztabletten zu öffnen. Sein Anblick überzeugte mich, dass mein spontaner Entschluss richtig gewesen war. Er hatte es zwar geschafft, sich eine bequeme Hausjacke im Kimonostil überzuziehen, aber das satte Weinrot betonte seine ungesunde Blässe und ließ ihn älter und kränker aussehen.

Ich nahm ihm sanft den Behälter aus der Hand, schraubte ihn auf und stellte ihm ein Glas Wasser hin.

»Danke, Schwester Verena. – Meinst du, du könntest uns ein paar Toasts rösten? Du solltest auch etwas essen.«

Obwohl ich keinen Appetit hatte, briet ich Rühreier mit Schinken, steckte ein paar Scheiben Toastbrot in den Toaster und setzte mich dann ihm gegenüber. Der eigentlich appetitliche Duft, der von meinem Teller aufstieg, bereitete mir Übelkeit. Mein Magen weigerte sich, Essen aufzunehmen. Das kannte ich von früher: Wenn ich sehr aufgeregt war oder vor etwas große Angst hatte, konnte ich einfach keinen Bissen hinunterbringen. Ich legte die Gabel wieder hin und schob den Teller unauffällig ein Stück von mir weg.

»Vielleicht ist es besser, du erzählst mir, was dich bedrückt«, sagte Jonathan leise. »Habt ihr gestritten?«

»Nein! Ich meine, wir haben nicht gestritten … aber ich kann einfach nicht darüber sprechen.« Ich brachte es wirklich nicht über mich. Es war albern, geradezu psychotisch – in einer Zeit, in der kein Problem zu intim war, um es in Talkshows zu besprechen, konnte ich nicht über meine Beziehung zu Mark reden, von der ich nicht einmal zu sagen wusste, ob es überhaupt eine Beziehung war?

Die kostbaren Stunden mit ihm kamen mir inzwischen unwirklich vor. Ein Traum, der sich nicht erfüllen konnte. Es war einfach unwahrscheinlich, dass mir so etwas widerfahren sollte. Sicher war Mark inzwischen froh, dass ich so dezent verschwunden war ... aber in meinem Inneren hoffte ich so unvernünftig wie verzweifelt, dass es vielleicht doch nicht nur der Alkohol und unsere aufgestauten Triebe gewesen waren. Dann würde er vielleicht anrufen, mich bitten, meinen Aufenthalt zu verlängern, damit wir uns besser kennen lernen könnten ... Dafür hatte er allerdings nicht mehr viel Zeit. Er wusste, dass ich heute Mittag abreisen wollte. Er wusste, wo ich mich aufhielt. Sicher war es nicht schwierig, Jonathans Telefonnummer herauszufinden. Inzwischen musste er aufgewacht sein. Wenn er nicht anrief, bedeutete das, er war froh mich los zu sein.
Ich spürte, wie meine Augen feucht wurden, und ich zwinkerte, aber sie flossen bereits über. Eine dicke Träne zog ihre Spur über meine Wange.
»So schlimm kann es doch gar nicht sein«, versuchte Jonathan mich zu trösten und reichte mir ein sauberes Stofftaschentuch. »Als ihr beiden gestern Abend aufgebrochen seid, sah die Sache in meinen Augen ganz gut aus. Was ist denn schief gegangen?«
Die simple Frage öffnete die Schleusen endgültig. Ich legte den Kopf auf die Arme und schluchzte hemmungslos wie seit Jahren nicht mehr. Jonathan saß schweigend bei mir, strich mir nur hin und wieder über die Hand, wie um zu zeigen, dass er da war, bereit mir beizustehen, sobald ich ihn brauchte.

Als ich endlich meine verschwollenen Augen wischte und mir energisch die Nase putzte, war das Rührei kalt geworden.
»Ich frage dich besser nicht noch einmal, wenn das solche

Tränenströme auslöst«, meinte Jonathan mitfühlend. »Aber was soll ich tun, wenn Abernathy demnächst vor der Tür steht? Ihn hereinlassen? Ihn zum Teufel schicken? Weißt du, das sollte ich wissen ...« Er hob vielsagend seine bandagierte Hand. »Ich möchte nicht unvorbereitet einem eventuell wütenden abgeblitzten Liebhaber gegenübertreten.«

»Er kommt bestimmt nicht«, schniefte ich unsicher.

Jonathan schaute skeptisch, enthielt sich jedoch eines Kommentars und erinnerte mich nur daran, dass ich Monika informieren müsste, dass sie mich nicht am Flughafen abholen bräuchte.

Das Flugticket musste ich verfallen lassen. Glücklicherweise war der finanzielle Verlust nicht gravierend – Monika hatte äußerst günstige Sonderpreise ergattert, und Jonathan bestand stur darauf, mir den neuen Rückflug zu buchen »sobald ich dich entbehren kann«.

Monikas erste Reaktion war Besorgnis: »Du bist doch nicht ernsthaft krank? Du klingst so verschnupft.«

Ich beruhigte sie, redete mich mit einer leichten Erkältung heraus und erzählte von dem Überfall auf Jonathan und seiner gebrochenen Hand.

»Aber selbstverständlich bleibst du, solange er dich braucht. Wir kommen hier sehr gut zurecht.« Monika reagierte, wie ich es von ihr erwartet hatte. »Stevie hat sich prima eingearbeitet, Alfons findet kaum noch was zu meckern. Und ich bin auch schon wieder am Rumhumpeln. Mit den Krücken geht das ganz gut. – Wie bist du denn mit diesem Abernathy zurechtgekommen?«

Bei der Erwähnung seines Namens überlief es mich heiß, aber ich bemühte mich um eine gelassene Stimme, als ich sagte: »Kein Problem. Erst war es ein bisschen schwierig, aber es wird schon klappen. Ich schicke dir den Katalog mit meinen

Anmerkungen, dann kannst du in aller Ruhe mit Alfons aussuchen und bestellen.«

»Wahnsinn! Reni, du bist Klasse! – Wie ist er denn so?«

»Das erzähle ich dir später«, wich ich aus und beeilte mich, das Gespräch zu beenden.

Jonathan beobachtete mich von seinem Platz auf dem roten Sofa aus mit besorgtem Blick. Meine Haare mussten inzwischen halb trocken sein. Geistesabwesend nahm ich das Handtuch herunter und schüttelte meine Mähne.

»Du siehst überhaupt nicht deutsch aus«, stellte Jonathan fest. »Eher italienisch oder spanisch – jedenfalls mediterran.« Vor nicht einmal zwölf Stunden hatte jemand das Gleiche zu mir gesagt, und in der dunklen Stimme hatten Bewunderung und etwas Undefinierbares mitgeklungen. Jonathans Bemerkung war hingegen eine rein sachliche Beobachtung.

»Mein Vater war aus Sizilien.« Ich hörte die Spur Stolz darüber, dass ich es jetzt wusste, in meiner Stimme.

»Aha, das erklärt manches«, nickte er. »Bist du ihm sehr ähnlich?«

»Warte, ich habe ein Bild von meinen Eltern dabei.« Ich sprang auf, um es aus meinem Zimmer zu holen. Das Bild steckte in dem Bündel Briefe, die ich immer noch nicht geöffnet hatte. Entschlossen legte ich sie auf mein Bett. Es wurde Zeit, dass ich meinen Vater kennen lernte. Ich würde es nicht weiter hinausschieben. Heute Abend, sobald ich Ruhe hatte, würde ich sie endlich lesen.

Ich nahm das Foto und brachte es Jonathan, der das Paar nachdenklich betrachtete. »Leben sie noch?«, fragte er und sah zu mir hoch.

»Meine Mutter ist letztes Jahr gestorben. Mein Vater vor sechs Jahren.« Die Worte klangen in meinen eigenen Ohren so unbeteiligt, als redete ich von oberflächlichen Bekannten.

Ich hatte es aufgegeben, nach den Gefühlen tief in meinem Inneren zu suchen, die man zu haben erwartet, wenn die Mutter stirbt. Manchmal hätte ich mir gewünscht, um sie weinen zu können, aber ich empfand nur Leere.
Jonathan zog die Brauen hoch, klopfte auf einen Sessel in seiner Reichweite und sagte: »Erzähl mir von ihnen. Sie scheinen ein interessantes Paar gewesen zu sein.«
»An meinen Vater kann ich mich nicht mehr erinnern«, begann ich zögernd. »Ich weiß nur, was meine Tante mir erzählt hat.« Und dann breitete ich die ganze traurige Geschichte vor Jonathan aus.
Er unterbrach mich kein einziges Mal, nickte nur manchmal ermutigend, wenn ich nach einem passenden Wort suchte. Seltsamerweise machte es mir überhaupt nichts aus, Jonathan alles zu erzählen. *Wie einem Beichtvater,* dachte ich, *einem väterlichen Freund, der alles versteht, weil er schon so viel im Leben gesehen hat, dass ihn nichts mehr überrascht.* Indem ich alles in Worte fasste, auch meine eigenen Gefühle ausdrücken musste, konnte ich auf einmal zu meiner eigenen Überraschung die nötige Distanz aufbringen, um alles von einer höheren Warte aus zu betrachten. Von dort aus schien die Härte meiner Mutter auch Schwäche zu sein, die Unfähigkeit, Schmerzen und Enttäuschungen auszuhalten. Plötzlich tat sie mir unendlich Leid. Sie konnte nur Makelloses schätzen, aber dieser lebensferne Anspruch hatte einen schauerlich hohen Preis. Sie musste schrecklich einsam gewesen sein auf ihrer Flucht vor dem, was sie für mangelhaft hielt. War es wirklich so unvorstellbar für sie gewesen, meinem Vater zu verzeihen und statt eines ganzen Lebens nur eine Ehe neu aufzubauen? Alles oder nichts. An dieser Forderung musste jeder früher oder später scheitern. Jeder – außer meiner Mutter.
»Deine Mutter war eine bemerkenswerte Frau«, stellte Jona-

than bewundernd fest. »Eine solche Konsequenz und Härte findet man selten. Du bist so anders, dass man sich fragt, wie ihr miteinander ausgekommen seid. War es sehr schwer für dich?«

Eigentlich hatte ich früher nie darüber nachgedacht. Von klein auf war ich unsere Art zu leben gewohnt gewesen. Was hätte es für einen Sinn gehabt, sich dagegen aufzulehnen? Ich war kein geborener Rebell, ich arrangierte mich.

»Ich habe mich oft wie ein Bonsai gefühlt«, versuchte ich Jonathan meine Situation begreiflich zu machen. Ein solcherart geformter Baum wächst genau nach den Wünschen seines Besitzers. Er wird nicht groß, weil der ihm den Raum für die Wurzeln künstlich klein hält. Der Spezialdünger wird genau bemessen, und die Zweige krümmen sich in den Fesseln der Drähte, die die gewünschte Form vorgeben. Er lebt und ist zugleich ein künstlich erzeugtes Geschöpf. Und trotz seiner Verkrüppelung ist er fähig, einen Winter zu überstehen, im Frühjahr auszutreiben und unverdrossen Wurzeln zu treiben wie seine großen Geschwister.

»Was geschieht, wenn ein solcher Bonsai ins Freie gepflanzt wird – um bei deinem Bild zu bleiben?«, fragte Jonathan neugierig.

»Wenn er jung genug ist, wird er weiterwachsen wie ein normaler Baum. Aber es dauert seine Zeit.«

Wir schwiegen, beide in Gedanken versunken.

Jonathans altmodische Glassturzuhr mit ihrem Westminsterschlag ließ uns beide gleichzeitig hinsehen. Die Zeiger standen auf zwölf Uhr mittags. Jetzt säße ich, wenn alles wie geplant abgelaufen wäre, bereits im Stanstead-Express. Wir wechselten einen Blick. Kein Anruf.

Tut mir Leid, sagten seine Augen. »Wie machen wir es mit dem Kochen?«, fragte sein Mund. »Ich fürchte, ich muss dich bitten, eine Dose Mulligatawny-Suppe zu öffnen. Nicht sehr kunstvoll, aber ich denke, für unseren bescheidenen Appetit wird es ausreichen. Morgen Vormittag wollte ich sowieso nach Notting Hill auf den Markt. Da schauen wir, dass wir etwas Gescheites finden.«

Essen war mir im Moment völlig gleichgültig, aber ich war dankbar für die Ablenkung. Geschäftiger als nötig machte ich mich an die Aufgabe, nach seinen Angaben die Suppe mit kleinen Spritzern von Madeira zu aromatisieren, weißen Pfeffer hineinzumahlen und ein frisches Lorbeerblatt vom Balkon zu holen.

»Wie sieht Lorbeer aus?«, fragte ich hilflos. Ich kannte nur die trockenen Blätter aus dem Gewürzregal.

»Es ist wirklich erstaunlich, wie du es geschafft hast, um alle nützlichen Pflanzen einen Bogen zu schlagen!«, rief er mir hinterher. »Das Bäumchen im Versailles-Kübel gleich neben der Balkontür ist der Lorbeer. Und bring gleich noch etwas Liebstöckel mit, der sieht wie glatte Petersilie aus, genau gegenüber im Tontopf.«

Der kleine Hochstamm im weißen Holzkübel sah auf den ersten Blick recht langweilig aus. Eine grüne Kugel auf einem dünnen Stämmchen, wie sie zu Dutzenden vor den feineren Parfümerien stehen, manchmal mit Schleifen in den Farben des Hauses geschmückt. Erst als ich ein dunkelgrünes Blatt von einem hinteren Ast abknipste (»Niemals reißen!«, hörte ich Jonathan gerade noch rechtzeitig aus der Küche rufen) und daran roch, bemerkte ich den würzigen Duft, den es verströmte. Er unterschied sich deutlich von dem der Blattmumien, die Mutter zu den seltenen Gelegenheiten, wenn es bei uns Wild gab, mit in den Topf gelegt hatte.

Der Liebstöckel erinnerte tatsächlich an Suppenpetersilie mit seinen kräftigen, geschlitzten Blättern. Ich pflückte eine Hand voll, und sofort stieg mir ein Geruch nach *Maggi* in die Nase, als hätte ich eine der unverwechselbaren Flaschen geöffnet.

»Um Himmels willen – doch nicht so viel!« Jonathan gestikulierte geradezu entsetzt. »Man darf nur ganz wenig Liebstöckel verwenden, er schmeckt sonst durch.« Er beobachtete mich wachsam, während ich die Kräuter und Gewürze in die Suppe einrührte und sie dann in zwei Teller schöpfte. »Guten Appetit!«, wünschte er mir, ohne mich aus den Augen zu lassen.

Trotz meines inneren Widerwillens tauchte ich Jonathan zuliebe den Löffel in die hellgelbe, dampfende Flüssigkeit. Zu meiner Überraschung reagierte mein Körper anders als erwartet auf den appetitlichen Duft und Geschmack: Mein Magen, der sich bisher noch nie hatte überlisten lassen, änderte von einem Moment auf den anderen seine Meinung und knurrte vor Hunger.

Jonathan beobachtete zufrieden, wie ich den Teller leerte und schenkte mir wortlos mit der silbernen Suppenkelle nach.

»Gutes Essen hat in deinem Leben bisher keine große Rolle gespielt, nicht wahr?«

Ich musste ihm Recht geben. Essen war für Mutter etwas Lebensnotwendiges gewesen, aber nichts, für das sie sich besondere Mühe gegeben hätte. Bratwürste, Hackfleisch, hier und da Braten oder Fisch – alles nichts, was in ihren Augen mehr als Salz und Pfeffer verlangte. Meist gab es dazu Kartoffelbrei aus der Tüte, seltener Reis, Nudeln kamen nie auf den Tisch. Im Nachhinein verstand ich ihre Abneigung gegen etwas, das sie an meinen Vater erinnern musste.

Eine Zeit lang hatte ich in meiner botanischen Begeisterung essbare Kräuter mitgebracht, aber Mutter hatte die Nase darüber gerümpft. »Weiß du, welches Tier sich da verewigt hat?«, pflegte sie zu fragen und bestand darauf, sie so lange in heißem Wasser zu waschen, bis sie matt und kraftlos auf dem Schneidebrett lagen. Ich begnügte mich wieder mit den Salatsoßen aus den Tütchen. Wenigstens entsprachen die Mutters Vorstellungen von Hygiene.

Als ich älter wurde und meine Vorliebe für Pizza entdeckte, gönnte ich mir manchmal in der Mittagspause eine halbe aus dem Schnellimbiss gegenüber. Auch bei Monika wurde aus Zeitmangel wenig gekocht, und wenn, dann oft Fertiggerichte. Einen solchen Aufwand, wie ihn Jonathan betrieb, fand ich im Grunde unnötig, musste aber zugeben, dass die Ergebnisse ein Erlebnis waren – zumindest für meinen ungeübten Gaumen.

»Da du sowieso in der nächsten Zeit das Kochen übernehmen musst, gebe ich dir am besten eine Einführung in meinen Garten, damit du deine Helfer kennen lernst«, meinte Jonathan und winkte mich auf den Balkon. »Also – gleich hier haben wir einige Thymiansorten. Sie unterscheiden sich nicht sehr, aber der Zitronenthymian hat zusätzlich eine fruchtige Note.«

Ich zupfte einige der winzigen Blättchen ab und kaute bedächtig. Das Aroma war auffallend schwächer als bei getrocknetem Kraut.

»Richtig, gut beobachtet.« Jonathan schien zufrieden mit meiner Beobachtung. »Das Thymol entwickelt erst in trockenen Blättern sein volles Aroma. – Für Schmorgerichte bevorzuge ich daher getrockneten Thymian, aber für schnelle Pfannengerichte oder Salate nehme ich natürlich den frischen.«

Ich lernte verschiedene Minzsorten zu unterscheiden, kaute Kerbel und Bohnenkraut, stellte fest, dass französischer Estragon tatsächlich einen zarten Anklang an Marzipan hatte, und begeisterte mich für den herben Duft des hüfthohen Rosmarinstrauchs.

Jonathan nutzte meine neu entdeckte Begeisterung für Gewürzkräuter sofort aus. In einer verdeckten Ecke des Balkons stand ein geschickt durchkonstruierter Tisch für nötige Arbeiten. Hier ließ er mich mit den Worten »Ich muss es doch ausnutzen, wenn ich einmal eine richtige Gärtnerin dahabe« Basilikum, Dill und Majoran pikieren, das Zitronengras und die Schnittlauchballen teilen und neu eintopfen, Gartenkresse nachsäen und die Peperonipflanzen von Blattläusen befreien.

Die Arbeit beruhigte mich und tat mir gut. Die für den behutsamen Umgang mit den empfindlichen Sämlingen nötige Konzentration nahm meine gesamte Aufmerksamkeit in Anspruch, und als ich erst einmal in die vertrauten Arbeiten vertieft war, vergaß ich alles um mich herum.

Das schrille Klingeln des Telefons erschreckte mich dermaßen, dass ich die kleine Pflanzkelle fallen ließ. Scheppernd schlug sie auf den kostbaren spanischen Keramikfliesen auf. *Mark!*, war mein erster Gedanke, und eine Hitzewelle schoss mir durch den Körper, ließ mein Herz rasen und meinen Mund trocken werden.

Sei nicht blöde, rief ich mich dann selbst zur Ordnung. *Er ist es nicht, wieso sollte er jetzt anrufen?* Aber mein Herz klopfte weiter in einem wilden Stakkato, und ich lauschte stocksteif, um nur ja nicht zu verpassen, wenn Jonathan mich ans Telefon rief.

Er rief mich nicht. Stattdessen verriet mir der fast gurrende Tonfall, in dem er in den Hörer sprach, dass der Anruf ihm galt.

Warum war ich so enttäuscht? Ich hatte doch nicht ernsthaft damit gerechnet. Ich bückte mich, hob die Schaufel auf und beeilte mich, die Erdspuren mit dem kleinen Handfeger, den Jonathan vorsorglich bereitgestellt hatte, zu beseitigen.

Minuten später tauchte Jonathan in der Tür auf, ein unterdrücktes Funkeln in den Augen. »Kann ich dich für ein par Stunden allein lassen? Ich muss zu einer Besprechung …«
Ich nickte, ohne von meiner Tätigkeit aufzusehen.
»Und arbeite nicht die ganze Zeit. – Bis dann …«

Die auffrischende Brise vom Wasser her trieb mich bald in die Wohnung zurück, und als hätte ich die ganze Zeit nichts anderes vorgehabt, trugen meine Füße mich wie von selbst in mein Zimmer.
Das durch Zeit, Staub und diverse andere Dinge mitgenommene Briefbündel lag auffordernd mitten auf meiner Bettdecke. Ich setzte mich und nahm es so vorsichtig hoch, als erwartete ich, dass es zu Staub zerfiele.
Das Papier war zwar vergilbt und zerknittert, machte aber einen durchaus stabilen Eindruck. Weder die Jahre noch der Ort der Aufbewahrung hatten es übermäßig in Mitleidenschaft gezogen.
Behutsam löste ich die Verschnürung und drehte den obersten, an *Frau Margarethe Naumann* adressierten Umschlag mit dem gestochen scharfen Stempel *Annahme verweigert* unschlüssig in den Händen. Was wäre, wenn ich Dinge erführe, die ich nicht wissen wollte? Jahre der Erziehung kämpften mit brennender Neugierde. Ein anständiger Mensch las einfach nicht anderer Leute Briefe. Aber der Wunsch, mehr über meine Eltern und über die Hintergründe, die letztlich mein Leben bestimmt hatten, zu erfahren, siegte.
Der Umschlag öffnete sich fast von selbst. Mit zitternden Fingern zog ich das einzelne Blatt heraus. Die ungleichmäßige Schrift war an einigen Stellen verschmiert, als hätte der Schreiber versucht, Tropfen zu verwischen.

Meine geliebte Margarita,
wenn ich nur alles ungeschehen machen könnte! Glaube mir, ich würde alles dafür tun, was in meiner Macht steht. Was soll ich noch tun?
Du hast meinen Stolz verlangt, und ich habe ihn dir zu Füßen gelegt. Du hast meinen gesamten Besitz verlangt, und ich habe ihn dir ohne zu zögern überschrieben. Du hast die Scheidung verlangt, und ich willigte ein, obwohl ich es kaum ertragen kann. Du hast gesagt, dass meine Liebe dich beschmutzt, und ich begrabe sie tief in meinem Inneren, tief unter meiner Schuld, unter meiner Reue.
Aber ich flehe dich an, mir nicht unser Kind zu nehmen. Ein Leben ohne zu wissen, wie es meiner Piccolina geht, ohne ihre Wünsche, ihre Träume zu kennen – das ist die Hölle. Ich schwöre auf das Leben meiner Eltern, ihr nie ohne deine Erlaubnis nahe zu kommen, aber ich bitte dich inständig: Nimm mir nicht die Hoffnung, sie eines Tages in die Arme schließen zu können!
Ich bin zu allem bereit, was du forderst. Ich werde warten, solange es sein muss, in all der Demut, die Monsignore Rovegro mir auferlegt hat, aber bitte antworte mir!
Giuseppe

Die Verzweiflung, die aus den zittrigen Zeilen, den pathetischen Worten sprach, rührte mich. Hätte Mutter sich davon rühren lassen? Vielleicht war sie sich nicht sicher gewesen und hatte ihn deswegen lieber nicht angenommen.
Nachdenklich faltete ich das Schreiben wieder zusammen. Mein Vater hatte mich geliebt. Ich war ihm keineswegs gleichgültig gewesen. Und ich war mir ziemlich sicher, dass er meine Mutter ebenfalls geliebt hatte. Was mochte damals vorgefallen sein?

In der Hoffnung, in den übrigen Briefen eine Aufklärung zu finden, blätterte ich sie durch, um sie zu sortieren. Erstaunt stellte ich fest, dass sie allesamt nicht an meine Mutter, sondern an *Verena Naumann-Corvaio* adressiert und der Reihe nach nummeriert waren, als habe mein Vater erwartet, dass sie eines Tages komplett in meine Hände gelangen würden. Ich öffnete den ersten und las:

Meine über alles geliebte Tochter,
ich hoffe immer noch, dich eines Tages in die Arme schließen zu können, aber es wird nicht in nächster Zukunft sein, so viel ist mir inzwischen klar. Solange deine Mutter die Annahme meiner Briefe verweigerte, wusste ich wenigstens, wo ich euch in meiner Fantasie besuchen konnte.

Seit neuestem aber kommen die Briefe zurück mit dem Stempel »Empfänger unbekannt verzogen«. Ich habe meine früheren Schwiegereltern fragen wollen, deine Großeltern, aber sie haben nur wortlos aufgelegt. Sie können meine Stimme nicht ertragen – ich mache ihnen keinen Vorwurf. Halten sie mich doch für schuldig am Unglück ihrer Tochter, und, Gott vergebe mir, ich kann es nicht abstreiten.
Vielleicht werde ich eines Tages den Mut aufbringen, dir alles zu erzählen. Wenn nicht: Bitte verachte und hasse mich nicht! Ich bezahle einen schrecklichen Preis für einen Moment der Dummheit.
Monsignore riet mir, dir zu schreiben und die Briefe aufzubewahren – für den Fall, dass du irgendwann in der Zukunft etwas von mir wissen willst. Auch wenn das niemals der Fall sein sollte, will ich es tun – und wenn es nur

wegen der kurzen Zeit ist, in der ich mir einbilden kann, mit dir zu sprechen, indem ich dir schreibe.
Für heute muss ich Schluss machen. Es ist Zeit, zur Messe zu gehen. Ich gehe jetzt viel zur Kirche. Der gute Monsignore Rovegro ermutigt mich immer, auf Gott zu vertrauen und die Hoffnung nicht aufzugeben.
Wenn du wüsstest, wie oft ich die Bilder von dir hervorhole, dein kleines, lachendes Gesicht anschaue und mir einbilde, ich hielte dich wieder im Arm!

In Liebe
dein Vater

Mein Hals fühlte sich wie zugeschnürt an. Ich versuchte mich zu erinnern, was Tante Hilde mir erzählt hatte. Etwas von einem Unfall, in den mein Vater verwickelt gewesen war. Einem Unfall mit tödlichen Folgen – und er war nicht allein gewesen. Wie hatte Tante Hilde sie genannt? Ach ja: eine stadtbekannte lockere Dame.
War ein billiges Verhältnis wirklich der Auslöser für all das Unglück?
In der Hoffnung, mehr darüber zu finden, vertiefte ich mich in die übrigen Briefe. Zu meiner Enttäuschung enthielten sie nur wenige Informationen über Giuseppes tristes Leben. Er schrieb mehr über Verwandte: Jüngere Familienmitglieder wanderten nach Amerika oder Australien aus, ältere starben. Er schien eine Art Rechtsanwaltskanzlei geführt zu haben, denn manchmal erwähnte er Klienten, denen er ausnahmsweise eine Rechnung hatte stellen können. Das Geld reichte gerade für ihn und seine ältliche Verwandte, die ihm den Haushalt führte. War das die Dame gewesen, die dem Detektiv das Briefbündel mitgegeben hatte?
Ich hatte Mühe, den lebenslustigen jungen Mann von den

Fotos in diesen Alltagsschilderungen wieder zu erkennen. Er hatte das Leben eines Büßers gelebt. Der überwältigende Kummer, der aus den Briefen sprach, erschütterte mich. Direkt erleichtert darüber, es bald überstanden zu haben, griff ich nach dem letzten Umschlag.
Bereits die feste Schrift unterschied das Schreiben von den anderen.

Geliebte Tochter,
dies wird vermutlich mein letzter Brief an dich. Dottore Santino ist sich seiner Sache sicher: Ich habe nur noch sehr kurze Zeit zu leben. Irgendwie bin ich erleichtert.
Das Einzige, was mich traurig macht, ist die Gewissheit, dich nicht mehr wiederzusehen. Nun werde ich niemals erfahren, ob du mir ähnlich siehst, ob du inzwischen glücklich verheiratet bist, ob ich Enkelkinder habe.
Es ist an der Zeit, dass ich dir und Margarethe alles gestehe. Sie hat sich immer geweigert, mich anzuhören, deshalb hoffe ich, dass sie mir im Angesicht meines Todes endlich Glauben schenkt: Ich habe nie eine andere Frau als sie geliebt!
An jenem Tag, an dem alles zerbrach, hatten wir uns entsetzlich gestritten. Ich hatte sie angeschrien, weil sie sich weigerte, mich nach Italien zu begleiten, und mir auch verweigerte, dich mitnehmen zu dürfen. Ich wollte dich so gerne meiner Mutter zeigen, die damals im Sterben lag.
Ich ging zu Sieglinde, um mich sinnlos zu betrinken. Sieglinde war eine so genannte Hostess, aber sie war vor allen Dingen eine alte Freundin von mir. Wir tranken gemeinsam. Ihre Alkoholvorräte waren schnell aufgebraucht, und sie bat mich, mit ihr einkaufen zu fahren, in unserem Zustand. Es war Dummheit, absolute Verantwortungslo-

sigkeit, aber damals sah man diese Dinge nicht so streng wie heute.
Sie hatte einiges getrunken, und sie fuhr zu schnell. Ein Lastwagen nahm uns die Vorfahrt. Sieglinde wurde aus dem Wagen geschleudert. Sie war nicht sofort tot, sie starb in meinen Armen, während jede Menge Leute um uns herumstanden und sie anglotzten.
Ein Reporter war natürlich auch dabei.
Es war ein fürchterlicher Skandal, wildfremde Leute spuckten mich noch Wochen später auf der Straße an und beschimpften mich.
Ich wurde die ganze Nacht von der Polizei verhört, und als ich morgens nach Hause kam, hatte Margarethe bereits die Wohnung verlassen und war mit dir zu ihren Eltern gezogen. Sie wollte nichts mehr mit mir zu tun haben, also wurde alles Nötige von den Anwälten geregelt.
Liebste Margarethe, geliebtes Kind – ich habe niemals die Ehe gebrochen, nicht mit der armen Sieglinde und auch mit keiner anderen Frau. Bitte glaubt mir das! Ich habe im Angesicht des Todes nur noch den einzigen Wunsch, dass ihr beide, die ihr mir das Wichtigste auf dieser Welt wart, mir glaubt und verzeiht.
Meine liebe Verena, ich wünsche dir alles Glück der Welt.

Lebe wohl!
Dein Vater
Giuseppe Tomaso Renaldo Corvaio

Es war noch nicht einmal ein Verhältnis gewesen!
Ob Mutter auch so unbarmherzig gewesen wäre, wenn sie das gewusst hätte? Oder waren ihre rigorosen Entscheidungen eher durch die öffentliche Demütigung beeinflusst worden?

Mit Schaudern versuchte ich mir vorzustellen, wie es für die Beteiligten gewesen sein musste: die genüssliche Demontage einer Bilderbuchfamilie, das falsche Mitgefühl, die mitleidlose Hetzjagd der Lokalpresse. Und am Ende hatte Mutter die Entscheidung ihres Lebens getroffen, allein. Ich musste sie für ihren Mut bewundern, auch wenn ihre Härte ihrer Familie, ihrem Mann gegenüber mir unverständlich blieb. Wie viele Menschen mochte es geben, die mit einer solchen Konsequenz handelten?

Es wäre so viel einfacher für sie ohne mich gewesen, dass ich mich fragte, wieso sie sich nicht auch von mir getrennt hatte. Sie hätte mich bei ihren Eltern lassen können. Stattdessen hatte sie es vorgezogen, mich mit in ihr gläsernes Gefängnis zu nehmen, das mich erst nach ihrem Tod freigegeben hatte.

Ich fühlte mich ein wenig schwindlig, als ich die Briefe wieder zusammenschnürte. Vielleicht war ich einfach nur müde.

Die Wohnungstür klappte geräuschvoll zu, und ich hörte leise Schritte. Anscheinend war Jonathan von seiner Besprechung zurück. Vermutlich würde er sofort Tee verlangen. Ich vergewisserte mich mit einem kurzen Blick in den kleinen Spiegel neben der Frisierkommode, dass ich einigermaßen präsentabel aussah, und machte mich auf den Weg in die Küche.

Im Flur bemühte Jonathan sich ungeschickt, seinen Mantel mit einer Hand auf einen Bügel zu hängen.

»Lass mich das machen«, sagte ich schnell und griff danach. Erleichtert überließ er mir das Kleidungsstück und meinte: »Ich denke, es ist Zeit für einen Tee. Oder, wenn ich dich so ansehe, vielleicht besser – einen Brandy? – Bist du in Ordnung? Du siehst so schrecklich blass aus.«

»Alles in Ordnung«, beruhigte ich ihn. »Ich bin nur müde.«

»Du solltest dich etwas hinlegen – nicht, dass du mir um-

kippst. In meinem gegenwärtigen Zustand wäre ich da ziemlich hilflos.« Er hob vielsagend die Brauen. Ich fühlte mich immer noch schwindlig – wahrscheinlich tatsächlich die Müdigkeit. Mehr als drei Stunden hatte ich kaum geschlafen.
Und so kam es, dass wir einträchtig auf dem Sofa lümmelten und aus riesigen Kristallschwenkern Brandy schlürften. Er schmeckte erstaunlich gut. Ich hatte noch nie Brandy getrunken und deshalb erwartet, etwas fürchterlich Brennendes hinunterschütten zu müssen, wie ich es in Filmen gesehen hatte, aber Jonathan hielt mein Handgelenk fest und bremste mich: »Halt, langsam, das ist doch kein Schnaps! Was glaubst du, wieso er aus solchen Riesengläsern getrunken wird? Damit man die Blume genießen kann. – Wonach riecht er?« Liebevoll hielt er das Glas zwischen den Fingern, ließ die goldbraune Flüssigkeit kreisen und schnupperte begeistert mit geschlossenen Augen.
Ich tat es ihm nach. Der Brandy roch würzig mit einem Hauch von Früchten. »Er riecht nach Kirsche«, stellte ich überrascht fest.
Jonathan nickte genießerisch, ohne die Augen zu öffnen. »Hmm, richtig erkannt. Das ist mein Lieblings-Cherrybrandy. Den teile ich nur mit wenigen Menschen. – Und jetzt nimm einen kleinen Schluck. Was schmeckst du?«
Die Wärme, die sich in meiner Mundhöhle und Kehle ausbreitete, war angenehm weich. Das leichte Brennen ging fast sofort in sanftes Glühen über, das nur langsam verebbte.
»Ich kann es nicht beschreiben, aber es schmeckt mir«, urteilte ich abschließend.
Jonathan kicherte. »Das kann man bei einer solchen Kostbarkeit auch erwarten. Trink ihn mit Andacht, es ist meine letzte Flasche.«
Als wir unsere Gläser geleert hatten, schenkte er nach. Ange-

nehme Wärme breitete sich in meinem Körper aus. Plötzlich hatte ich Mühe, die Augen offen zu halten. Meine Lider wurden so schwer, dass sie mir immer wieder zufielen, sobald ich nicht aufpasste.
»Ich glaube, ich muss mich wirklich etwas hinlegen«, entschuldigte ich mich bei Jonathan, taumelte mehr, als dass ich ging, in mein Zimmer, riss mir nur die Kleider vom Leib und schlüpfte unter die Bettdecke.

In dieser Nacht träumte ich von meiner Mutter: Sie war in unserem Haus eingeschlossen und klopfte verzweifelt von innen an die Tür. Ich stand draußen und wusste nicht, was ich tun sollte. Ich hatte keinen Schlüssel. Er musste innen stecken. Wieso schloss sie nicht einfach auf? Sie sollte aufhören, an die Tür zu hämmern, ich ertrug es nicht! Verzweifelt hielt ich mir die Ohren zu, um es nicht mehr hören zu müssen. Dabei verfing sich eine Hand in meinen Haaren, und der plötzliche Schmerz weckte mich.
Jemand klopfte tatsächlich beharrlich an meine Zimmertür, und einen Moment später rief Jonathan besorgt: »Wenn du nicht gleich antwortest, komme ich einfach hinein. Hörst du?«
»Schon gut«, rief ich verschlafen. »Tut mir Leid, ich habe geträumt.«
»Komische Träume hast du!« Seine Stimme hatte einen spitzen Unterton. »Kommst du frühstücken? Wir sollten nicht zu spät los auf den Markt.«
Als ich wenig später, immer noch etwas verschlafen, in die Küche kam, saß Jonathan bereits am sauber gedeckten Tisch – in einem frischen Hemd und mit gebundener Krawatte. Auf der Warmhalteplatte standen Eier und Schinken. Der Tee in der Kanne dampfte.

Misstrauisch sah ich mich um.
»Du kannst dich ruhig setzen.« Nur eine kaum wahrnehmbare Röte auf Jonathans Wangen verriet einen Anflug von Verlegenheit. »*Er* ist schon wieder gegangen.«
Wie tief hatte ich geschlafen, dass ich nichts von seinem Besuch mitbekommen hatte? Und: Wer war *er*? »Warum hast du uns nicht bekannt gemacht?«, fragte ich neugierig, während ich uns von dem lockeren Rührei und dem wunderbar krossen Schinkenspeck auflegte. »Ich hätte ihn gerne kennen gelernt. – Mmh, kochen kann er jedenfalls besser als ich! Ist es derselbe, den du fürchtest, nicht wieder loszuwerden?«
»Ich frage dir auch keine Löcher in den Bauch«, knurrte Jonathan.
Offensichtlich hatte ich eine Grenze überschritten. Erschreckt wurde mir bewusst, wie sehr ich im Umgang mit ihm meine anerzogene Zurückhaltung abgelegt hatte. Jonathan war innerhalb dieser kurzen Zeit für mich eine Art Vaterersatz und großer Bruder geworden. Wie einem Kind, das keine Scheu gegenüber einem geliebten Verwandten kennt, war mir das Gefühl für die nötige Distanz abhanden gekommen. Ich sagte, was mir in den Sinn kam, ohne eingeschalteten Filter. Die Zurechtweisung hatte ich mehr als verdient. Wie hatte ich nur so taktlos sein können?
Jonathan bemerkte mein Erschrecken und lächelte versöhnlich. »Du hast Recht«, lenkte er ein. »Er kocht tatsächlich wunderbar.« Damit war das Thema erledigt, und ich hütete mich, es wieder anzuschneiden.

Eine halbe Stunde später standen wir unten vor dem Haus und warteten auf unser Taxi. Mit schöner Selbstverständlichkeit hatte mein distinguierter Buchsbaummann aus einem versteckten Winkel im Flur eine jener auf ein Rollgestell

montierten Einkaufstaschen hervorgeholt, wie sie zu Hause nur alte Damen im äußersten Notfall benutzen. Und dieses war noch dazu ein besonders scheußliches Exemplar in einem orange-pinkfarben-violett karierten Muster.
»Mit dem Ding willst du unter Leute gehen?«, fragte ich so entsetzt wie ungläubig.
»Aber selbstverständlich«, entgegnete er ungerührt. »Glaubst du, ich will mir die Arme ausrenken? Außerdem darf ich dich darauf hinweisen, dass ich momentan sowieso nur einen benutzen kann.«
Gott sei Dank kannte mich hier niemand, dachte ich, während ich wenig später hinter ihm hertrottete. Der Markt zog sich über mehrere Straßen hin, ein Stand neben dem anderen. Jonathan wusste genau, bei wem er kaufen wollte, obwohl er manchmal kurz stehen blieb, um hier eine Fleischauslage und da einen Obststand näher zu begutachten.
Eine alte Frau auf einem Klappstuhl, die aus einem Blecheimer zu ihren Füßen kleine Sträuße aus Bartnelken und Vergissmeinnicht anbot, zog meine Aufmerksamkeit auf sich. Ein Strauß bestand aus besonders dunklen Blüten, fast schwarz stach er gegen die rosafarbenen und weiß gesprenkelten ab. Er zog mich magisch an. Die Alte hielt mir einen hübschen Bund in Bonbonfarben hin, aber ich schüttelte den Kopf und wies auf den dunklen.
Sie rümpfte die Nase, murmelte heiser etwas von Unglücksblumen, nahm das Geldstück und drückte mir hastig die Blumen in die Hand.
Ich sah durch den Strauß hindurch ein Gesicht, rötlich überhaucht vom Licht der Straßenlaternen und wie gemeißelt im letzten Augenblick der Anspannung.
»Kommst du?« Jonathan winkte hektisch von der anderen Straßenseite. »Pass auf, dass wir uns nicht verlieren.« Ein

kurzer Blick streifte den Blumenstrauß, aber er enthielt sich jeden Kommentars. Stattdessen zog er mich zu den Buschbohnen an einem Gemüsestand und erklärte mir, dass man die Frische am zuverlässigsten an den Stängeln beurteilen könne. »Diese hier sind heute Morgen gepflückt. Das siehst du an den noch feuchten Stielen. – Wir nehmen ein Kilo«, sagte er zu dem geduldig wartenden Verkäufer.

Nach zwei Stunden in der quirligen Menschenmenge schwirrte mir der Kopf. Jonathan dagegen wirkte regelrecht belebt durch die Auseinandersetzungen um das zarteste Lammfleisch, die reifste Mango, den knackigsten Salat, die aromatischsten Tomaten, die frischeste Sahne. Damit er wenigstens mit der einen Hand ungehindert kneifen, drücken, betasten konnte, hatte ich das Wägelchen übernommen und zog es hinter ihm her wie ein ergebener indischer Diener.
»So, ich denke, jetzt haben wir alles«, stellte er endlich befriedigt fest. »Lass uns heimfahren.«
Mit Grausen dachte ich an den Weg zurück durch all die Menschenmassen, die sich zwischen den bunten Ständen hindurchschoben. Aber Jonathan leitete mich in eine finster wirkende Seitengasse, und nach wenigen Metern standen wir wieder auf einer belebten Durchgangsstraße. An dieses Nebeneinander konnte ich mich nur schwer gewöhnen. Vielleicht war es die Assoziation mit Jack the Ripper und nebelverhangenen Edgar-Wallace-Filmen, dass die Londoner Seitengassen mir unheimlicher vorkamen als in Deutschland. Sie wirkten so abschreckend wie eine eigene, abweisende Welt mit ihren rußgeschwärzten Mauern und den vernagelten Türen und Fenstern der leer stehenden Wohnungen. Bog man dann um eine Hausecke in der Erwartung, in einer Sackgasse zwischen Mülltonnen zu landen, stand man auf einmal unversehens

auf dem Bürgersteig zwischen einem noblen Einrichtungsgeschäft und einer Boutique. Als wäre man durch einen Spiegel in eine andere Welt getreten.

Der Taxifahrer war so nett, uns den Einkaufswagen bis an die Haustür zu bringen, wobei er mir seltsam neugierige Blicke zuwarf. Im Lift schaute ich an mir hinunter. »Habe ich einen Schmutzfleck im Gesicht, oder wieso hat dieser Mann mich so komisch angesehen?«

Jonathan kicherte. Dabei sah er aus wie ein Kobold. »Nein, nein – es liegt nicht an dir. Oder besser: nicht speziell an deiner Person. Es war nur verwirrend für den guten Mann, uns wie ein normales, gutbürgerliches Paar vom Einkaufen kommen zu sehen.« Er kicherte immer noch, als wir oben die Einkäufe versorgten.

Unter seinem strengen Blick putzte ich gerade die Bohnen für den Lammeintopf, während er mir einen Vortrag über die Vorzüge von Frischgemüse hielt, als die Türklingel uns aufschreckte. Meine wilden Spekulationen wurden allerdings schnell enttäuscht. Eine schrille Frauenstimme sagte anklagend: »Jonathan, was soll das? Du lebst jetzt mit einer Frau zusammen? Tu mir das nicht an, das kann ich den Zuschauern wirklich nicht verkaufen! Du musst dich schon entscheiden …«

Ich hörte Jonathan beruhigend murmeln, und da standen sie auch schon in der Küchentür. *Eine gefärbte Gerbera*, schoss es mir durch den Kopf. Mit mehr Mut als Geschmack eingefärbte Gerbera sind seit einigen Jahren sehr in Mode. Man kann sie passend zur Wohnungseinrichtung, zum Kostüm, in Firmenfarben haben. Von der natürlichen Blüte blieb unter der färbenden Chemie nicht viel übrig. Wie bei dieser Frau: Zu straff spannte sich die Haut über den hohen Wangenknochen, und der leichte Mandelschnitt der Augen ließ weniger Rückschlüsse auf interessante Gene zu als auf die Fähigkeiten des Operateurs. Oder besser gesagt: den Mangel daran.

Das maskenhaft schöne Gesicht wurde zusätzlich durch die gewagte Blauschattierung des Lidschattens, den Hauch Kirschrosa auf den Wangen und die magentafarbenen Lippen koloriert. Nahezu weiß gebleichtes Wattehaar umrahmte die Farbenpracht wie die Perücke eines Rauschgoldengels. Das weißblau gestreifte Kostüm schien sie aus dem Fundus von *Denver Clan* entliehen zu haben. Ich musste ihr allerdings zugestehen, dass sie die aberwitzig hohen Absätze ihrer silbernen Pumps mit Bravour meisterte.

»Aha – und kannst du mir bitte erklären, was *das* ist?«

Ich war etwas beleidigt, denn sie betonte das *das*, als sei ich eine neuartige Kakerlakenart.

Jonathan tat ungerührt und sagte so gelassen, als träfen wir uns auf einer Party: »Darf ich vorstellen: Das ist Wendy, meine Produzentin. Wendy, sei nett zu Verena: Sie kocht für mich.«

Wendys hauchdünn gezupfte Augenbrauen zogen sich zu einem anmutigen Bogen weit in ihre glatte Stirn. »Ach ja, und was sonst noch?« Ihre Skepsis schien mit Händen greifbar zu sein.

»Und wenn wir fertig sind, betrinken wir uns und fallen übereinander her«, versicherte ich ihr mit zuckersüßem Lächeln. »Sie würden nicht glauben, was Jonathan alles fertig bringt – mit nur einer Hand …«

Sie starrte mich an, unsicher, ob sie mich ernst nehmen sollte.

»Genug, genug. Bitte, Wendy, benimm dich nicht so grässlich unhöflich. Verena ist eine Freundin aus Deutschland, die während der *Chelsea Flower Show* mein Gast war und sich netterweise bereit erklärt hat, mir in den nächsten Tagen zur Seite zu stehen.« Er hob vielsagend den rechten Arm mit der bandagierten Hand. »Wenn das nicht passiert wäre, wäre sie schon längst wieder abgereist.«

Wendy schaute besänftigt und streckte mir eine manikürte Hand mit gefährlich langen Nägeln hin. »Nehmen Sie's mir nicht übel, aber ich habe einen solchen Schock bekommen, als Miles mich fragte, ob ich schon das Neueste von Jonathan wüsste …«

Jonathan runzelte die Stirn: »Was hat Miles damit zu tun?«

»Du weißt doch, mein Lieber, dass Miles glühend an allem interessiert ist, was mit dir zu tun hat. Irgendeiner seiner Spitzel hat ihm offenbar eine echt heiße Story verkauft. Soll ich unseren Anwalt auf ihn hetzen?«

Jonathan schüttelte den Kopf und hob abwehrend die Hände: »Bloß nicht! Damit bekäme dieser Schmierfink genau die Aufmerksamkeit, die er möchte. Soll er doch schreiben, was er will.«

Wendy schien nicht völlig überzeugt, bestand aber nicht darauf, sondern lenkte ab, indem sie fragte, ob wir etwa ein neues Rezept ausprobierten. »In dem Fall lade ich mich nämlich sofort zum Essen ein«, erklärte sie fröhlich.

»Ich wünschte, wir wären schon so weit, aber im Augenblick bin ich mit Verena erst bei den Grundlagen. Wir kochen gerade den Lammeintopf, den wir damals für die Hausfrauensendung entwickelt haben. Erinnerst du dich?«

»Na, und ob! Das war unser erster Erfolg.«

Die beiden schwelgten in ihren Erinnerungen, während ich darüber rätselte, wer dieser ominöse Miles sein mochte und wieso er Jonathan hinterherspionierte.

Mit einem erschreckten »Huch, ich habe gar nicht gemerkt, wie spät es geworden ist«, verschwand Wendy, beziehungsweise ließ sich von Jonathan an die Tür bringen. Ich füllte die fertig geputzten Bohnen in eine Edelstahlschüssel und fragte, kaum dass er sich wieder blicken ließ: »Wer ist denn dieser komische Miles, und was hat er gegen dich?«

Über sein Gesicht glitt ein Schatten, aber er sagte ruhig: »Nimm dir ein Brett und schneide schon einmal die Zwiebeln in hübsche schmale Segmente, wie du eine Tomate schneiden würdest – ich erzähle es dir gleich.« Er verschwand kurz auf dem Balkon und kam mit zwei Lorbeerblättern wieder. »So, die werden mit dem gewürfelten Fleisch und den Zwiebeln angebraten.« Leicht aufseufzend lehnte er sich an die Kühlschranktür und musterte gedankenverloren das Etikett der Flasche Wein, in dem das Lammfleisch später schmoren sollte.

»Miles, Sebastian und ich waren am College gut befreundet. Das ging so lange gut, bis der gute Miles uns eines schönen Tages am Fluss erwischte. Zu sagen, er war angewidert, wäre untertrieben. Fehlte gerade noch, dass er uns angespuckt hätte. Es war eine hässliche Szene ...« Jonathan unterbrach sich, öffnete die Flasche, goss sich ein Glas ein und schüttete es hinunter, als wolle er die Erinnerung wegspülen. Ich verneinte, als er fragend ein Glas hochhielt, und wartete, dass er fortfuhr. Er musste sich sichtbar zwingen und seine Stimme klang leicht gepresst. »Von dem Tag an schnitt er uns so offensichtlich, dass einige Lehrer sogar begannen nachzufragen. Aber die Angst, zum Gespött der Schule zu werden, weil er nichts gemerkt hatte, hielt Miles zurück. Vielleicht hatte er auch Befürchtungen, man könnte ihn einer ähnlichen Neigung verdächtigen – nichts hätte Miles schlimmer gefunden als auch nur den Hauch eines solchen Verdachts!

Als Sebastian starb, schrieb er mir eine Art Beileidsbrief. Schwülstiges Zeug vom Zorn Gottes gegen unsere widernatürliche Art und ähnliche Nettigkeiten. Er wäre gerne bereit, mir beizustehen, wenn ich ›meine unnatürliche Ader‹ bekämpfen wollte. Ich sollte Sebastians Tod als Warnung sehen.«

»Und was hast du darauf geantwortet?«, fragte ich schockiert.

Jonathan schnaufte kurz durch die Nase: »Ich war so wütend wie noch nie in meinem Leben. Ich habe mir die scheinheiligen Beileidsbezeugungen eines mittelmäßigen Spießers verbeten und ihm seinen Brief mit zurückgeschickt. – Wenn ich damals gewusst hätte, dass Miles einmal der Starreporter dieses Revolverblatts werden würde, hätte ich es ein wenig diplomatischer formuliert – vielleicht …«, schränkte er selbstkritisch ein. Sonderbar abwesend begann er dann, in einer Schublade nach einem Löffel zu suchen.

»Habt ihr euch seitdem denn nie wieder getroffen? Du bist beim Fernsehen, er ist bei der Presse – da gibt es doch jede Menge Berührungspunkte.« Steckte dieser Miles womöglich auch hinter der Kampagne, von der Mark mir erzählt hatte?

Das ironische Lächeln auf Jonathans Gesicht beantwortete meine Frage: »Miles und ich geben uns große Mühe, uns nicht zu begegnen.«

Der Lammeintopf erforderte nicht allzu viel Aufmerksamkeit. Während das Fleisch mit etwas gewürfeltem Schinkenspeck und den Zwiebeln im Rotwein schmorte, legte ich unter Jonathans Anleitung die weiteren Zutaten bereit: die geputzten Bohnen, einen Zweig Bohnenkraut und eine Hand voll gehackten Dill. Aus dem Topf begann es köstlich zu duften. Aber Jonathan gönnte mir keine Pause. Die Mango zu schälen und zu zerstückeln erwies sich als unerwartet schwierig.

»Sie ist so schrecklich glitschig«, klagte ich, als sie mir zum

dritten Mal aus den Fingern rutschte und über den Küchentisch schlitterte. Jonathan seufzte ungeduldig, hielt sie geschickt mit seiner unverletzten Hand fest und meinte: »Nur gut, dass ich im Studio nicht mit echten Anfängern kochen muss. Mach dir keine Gedanken, wenn du sie zerquetschst. Wir pürieren sie sowieso für das Parfait. Ich hole schon mal die Minze. – Und sag mir bitte Bescheid, wenn du kein Parfait mehr sehen kannst. Ich fürchte, in meiner Begeisterung für die neue Eismaschine werde ich etwas einseitig.«
Ich versicherte ihm, dass dieser Punkt noch lange nicht erreicht sei, und meinte das ehrlich. Es begeisterte mich, was man alles aus einem Schüsselchen Fruchtmus, Zucker und dieser Maschine herstellen konnte. Jonathans Experimente mit der Zugabe von Sahne, Crème fraîche, Eischnee oder Joghurt waren immer ein Genuss.

Satt und zufrieden saßen wir später vor unseren leer gegessenen Tellern, tranken den letzten Schluck, bevor ich gehen würde, das Parfait aus dem Tiefkühlfach zu holen.
»Es war köstlich. Wie bist du darauf gekommen – auf das Kochen, meine ich?«, fragte ich mein Gegenüber.
»Keine lange Geschichte – kurz zusammengefasst habe ich schon als Junge gerne in der Küche meiner Großmutter herumgelungert und ihr geholfen. Später habe ich meine Vorlieben dann einfach verfeinert. Man kann süchtig nach Geschmackserlebnissen werden, wusstest du das? Außerdem ist es etwas, das einen auch in den eigenen vier Wänden beschäftigt. Andere sammeln Briefmarken oder Eisenbahnen oder züchten Orchideen«, er blinzelte mir zu, »ich koche eben.«
Bevor ich weiterfragen konnte, klingelte das Telefon. Da ich nicht mehr mit einem Anruf von Mark rechnete, konnte es

nur ein Gespräch für Jonathan sein; also beeilte ich mich, mit den Tellern in die Küche zu verschwinden, um ihm ein wenig Privatsphäre zu gönnen. Zu meiner großen Überraschung rief er mich zurück und wedelte mit dem Hörer: »Es ist für dich. Monika.«

Überrascht meldete ich mich und fragte, was los sei.

»Tja, das würde ich auch gerne wissen«, gab sie zurück. »Sag mal, was läuft da für eine undurchsichtige Sache zwischen dir und diesem Abernathy?«

»Wieso? Was meinst du?«, fragte ich verwirrt zurück. Allein die Erwähnung seines Nachnamens ließ meinen Puls ansteigen und meine Handflächen feucht werden.

»Lass die Spielchen, Reni. Ich dachte, du vertraust mir?« Es klang deutlich verletzt, und das versetzte mir einen Stich.

»Ich spiele keine Spielchen, Mike, ehrlich nicht«, beteuerte ich. »Was meinst du mit *undurchsichtiger Sache*?«

Monika schnaufte spöttisch auf und ließ den Knaller platzen: »Na, ich nenne es undurchsichtig, wenn du so tust, als hättest du diesem Herrn gerade mal kurz die Hand geschüttelt – und dann fragt er nach dir, als hinge sein Seelenheil von meiner Antwort ab. Und als ich ihm sage, dass du gar nicht hier, sondern noch in London bist, da wurde er ganz still. Und dann fragte er, so richtig förmlich: Wissen Sie vielleicht, wo sie sich aufhält? Da stimmt doch etwas nicht!«

Der Hörer wurde auf einmal so schwer in meiner Hand, als wäre er aus Blei. Mark hatte nach mir gefragt!

»He, bist du noch da? – Was läuft da zwischen euch beiden? Wenn ich dich nicht so gut kennen würde, könnte man meinen, du hättest ihn erst flach- und danach abgelegt. Hast du …? – Schon gut, du musst mir nicht alles sagen. Nur eins: Muss ich mir Sorgen machen?«

»Nein – um Himmels willen, nein! Es ist nicht, wie du

denkst …«, stammelte ich, zwischen der Peinlichkeit, dass ihre drastische Bemerkung Jonathans scharfe Ohren erreicht haben könnte, und dem Drang, sie auszuhorchen, hin- und hergerissen. Letzterer siegte. »Hast du es ihm erzählt? Und hat er sonst noch etwas gesagt?«
Monika machte spöttisch »Tztztz« und ließ sich mit der Antwort Zeit. »Du solltest bei Geschäftspartnern etwas vorsichtiger sein. Es ist nämlich deutlich schwieriger, ihnen aus dem Weg zu gehen. – Natürlich habe ich ihm gesagt, dass du immer noch bei Jonathan wohnst. Hätte ich sagen sollen, ich weiß es nicht?«
»Nein, natürlich nicht. – Aber, Mike, hat er noch irgendetwas gesagt? Über mich?«, fügte ich fast unhörbar hinzu. Die verräterische Dringlichkeit in meiner Frage vibrierte geradezu zwischen uns.
»Wenn du meinst, ob er sich in irgendeiner Weise über Verena Naumann geäußert hat: nein. Das musste er auch gar nicht. Interessant war, was er *nicht* gesagt hat.« Monika schwieg bedeutungsvoll und wartete offensichtlich auf eine Reaktion von mir.
»Ja?«, flüsterte ich atemlos.
»Na, normalerweise hätte er dich einfach grüßen lassen oder etwas gesagt wie ›kann ich sie kurz sprechen?‹ oder etwas Ähnliches. Stattdessen hat er mich tödlich erschreckt, weil er nach dir fragte, als ob Gott weiß was davon abhinge, und der komische Ton – also das war schon irgendwie seltsam. Der Mensch ist doch nicht gefährlich, oder? Mach keinen Scheiß, Reni, ja?«
»Ich versuchs«, versprach ich kleinlaut. »Aber ich kann dir ehrlich nichts sagen, ich weiß doch selbst nicht, was ich davon halten soll.«
»Wenn Stevie nicht gerade mit vorwurfsvollem Blick in der

Tür stehen und darauf warten würde, mich zu meinem Untersuchungstermin zu fahren, kämst du mir nicht so leicht davon! – Gib mir doch kurz Jonathan.«
Wie in Trance reichte ich den Hörer weiter, zwischen totaler Konfusion und Euphorie hin- und hergerissen.
Jonathan grinste von einem Ohr zum anderen. Er schien im Gegensatz zu mir die Situation zu genießen. »Hallo, Mike, mein Liebes«, säuselte er. »Mach dir keine Sorgen. Verena geht es hervorragend. Ich bringe ihr gerade die Grundzüge der feinen Küche bei, und wenn wir so weit sind, werden wir diesen Mr. Abernathy zum Essen einladen. – Na hör mal, willst du mich beleidigen? – Ja, ich habe ein Auge auf sie. – Wir werden sehen. Gut Ding will Weile haben, sagt ihr nicht so? – Danke. Und schöne Grüße an Alfons. Gute Nacht.«
Ich starrte ihn argwöhnisch an, als er behutsam den Hörer auflegte.
»Wieso hast du ihr das gesagt?«, verlangte ich zu wissen.
»Was denn?« Die Unschuld in seinem Blick war zu arglos, um echt zu sein.
»Das mit der Einladung zum Essen.«
Das fröhliche Gesicht verzog sich zu einer Maske ungläubigen Erstaunens, als er nachfragte: »Was hast du dagegen? Ich dachte, nichts wäre dir lieber, als diesen Herrn wiederzusehen.«
Ich senkte den Blick auf die zerknüllte Serviette zwischen meinen Fingern und begann nervös, die eine Ecke zu einer Spitze zu zwirbeln.
»Ja, natürlich, aber ich weiß nicht …«
»Was weißt du denn?«, unterbrach er mich. »Das scheint mir das Problem zu sein. Wenn du eine Entscheidung treffen musst, hoffst du, dass andere sie für dich treffen.«
Und der Hausverkauf? Der Vertrag mit Abernathy?, wollte

ich trotzig erwidern. Aber der Trotz blieb mir im Hals stecken. Jonathan hatte im Grunde Recht. Ich hatte Entscheidungen immer gerne vor mir hergeschoben in der vagen Hoffnung, es werde sich alles von selbst regeln, beziehungsweise jemand oder etwas würde sie mir abnehmen. Aber Mutter war nicht mehr da. Die bequemen Aspekte der Abhängigkeit waren genauso Vergangenheit wie die unangenehmen.

»Und diese Geschichte mit Abernathy«, fuhr Jonathan unbeirrt fort, »das ist wieder solch eine Nummer. Der gute Mann lehnt sich weit aus dem Fenster, und ich musste dich fast schon in seine Arme schieben. Da du eine Nacht mit ihm verbracht hast, gehe ich einmal davon aus, dass er dir nicht ganz gleichgültig ist – aber was tust du? Erzähl mir nicht, dass du dich *nicht* einfach aus dem Staub gemacht hast!«

Heiße Röte schoss mir ins Gesicht, und ich wich seinem entrüsteten Blick aus. Jonathan war jetzt so richtig in Fahrt.

»Ja, das habe ich schon vermutet, als ich dich in aller Herrgottsfrühe hier hereinschleichen sah. Was, in drei Teufels Namen, hast du dir dabei gedacht?«

»Ich wollte ihn nicht in Verlegenheit bringen«, verteidigte ich mich schwach. Selbst in meinen eigenen Ohren klang es an den Haaren herbeigezogen. Jonathan studierte mich fassungslos mit herunterhängendem Unterkiefer. Schließlich klappte er den Mund wieder zu. »War es so schlimm?«, bohrte er nach.

Meine Verlegenheit steigerte sich in ungeahnte Höhen, als mir aufging, was seine Frage implizierte. Ich erstickte fast an dem gerade noch verständlichen »Nein, es war wundervoll«, aber das konnte ich einfach nicht auf Mark sitzen lassen.

»Ja, warum bist du denn dann verschwunden?«, insistierte Jonathan argwöhnisch.

»Ich hatte Angst, er wäre zu betrunken gewesen, um zu wis-

sen, was er tat«, versuchte ich, meine wirren Gefühle verständlich zu machen.
Ein Schimmer von Verständnis flackerte über seine Züge. Er lehnte sich zurück und nickte nachdenklich. »Ich beginne zu ahnen, worum es ging. Du hast so panische Angst vor Zurückweisung, dass du ihr lieber zuvorgekommen bist. Hast du ihm wenigstens eine Nachricht hinterlassen?«
Traurig schüttelte ich den Kopf. Wie oft hatte ich mir seitdem gewünscht, nicht ganz so kopflos geflüchtet zu sein! Jonathan pfiff leise durch die Zähne.
»Jetzt hast du ein Problem. Ist dir klar, dass es für ihn eine ausgesprochene Demütigung war, dass das Mädchen, mit dem er die Nacht verbracht hat, einfach abgehauen ist? Er dürfte sich seitdem mit der Frage herumschlagen, wie schlimm er versagt hat ...«
Es wurde immer schrecklicher. »Vielleicht sollte ich mich lieber auf meine Pflanzen beschränken.«
»Unsinn – mit ein wenig gutem Willen lässt sich auch solch eine verfahrene Situation wieder einrenken.« Jonathan kaute auf seiner Unterlippe und überlegte angestrengt. »Dass er sich bei Monika nach dir erkundigt hat, ist ein gutes Zeichen. Ich denke, ich liege richtig mit der Vermutung, dass er immer noch interessiert ist. Dass du es bist, ist mehr als klar.« Er streifte bedeutungsvoll die dunklen Bartnelken, die ich auf den Esstisch gestellt hatte, weil ich das Parfüm der Duftwicken in meinem Zimmer nicht verfälschen wollte; sie begannen zwar bereits zu welken, aber ihr süßer Duft hing noch im Raum.
»Ich werde mir einen Plan ausdenken«, verkündete Jonathan siegessicher. »Aber jetzt brauche ich meinen Verdauungsmokka. Traust du dir zu, ihn unter meiner Anleitung hinzubekommen?«

»Natürlich! Es sah nicht schwierig aus«, erwiderte ich und ging ihm voraus in die Küche. Es war dann doch komplizierter, den genauen Zeitpunkt abzupassen, an dem die dampfende Flüssigkeit kurz vor dem Überkochen war, und die Kupferkasserolle nicht bereits beim ersten Blubbern hochzureißen. Jonathan war gnadenlos und ließ mich so lange üben, bis die vorschriftsmäßigen drei Male zu seiner Zufriedenheit aufgewallt waren.

Erschöpft ließ ich mich auf den Stuhl ihm gegenüber sinken und nippte genießerisch an dem duftenden Gebräu. »An dieses Koriandерzeug könnte ich mich wirklich gewöhnen«, seufzte ich.

Kapitel 7

Überraschungsbesuch

In dieser Nacht weckten mich laute Stimmen. Eine von ihnen gehörte Jonathan, die andere war mir unbekannt. Eine helle, junge Stimme, die vor Verzweiflung und Zorn heiser klang. Jonathans beruhigendes Gemurmel schien seinen Zweck zu verfehlen, denn ich hörte ganz deutlich, wie der Fremde ihn anschrie: »Warum erlaubst du mir nicht, dich so zu lieben, wie ich möchte? Immer stößt du mich zurück, schickst mich weg. Diese Heimlichkeit ertrage ich einfach nicht mehr!«
Die gedämpfte Antwort schien ihn noch mehr in Rage zu versetzen. Es polterte, und Jonathan sagte ungehalten und deutlich: »Was soll das? Mein Mobiliar zu zertrümmern ist nicht gerade eine Empfehlung, dich hier einziehen zu lassen!«
Lautes, heftiges Schluchzen und die flehentliche Bitte: »Lass mich bei dir bleiben, ich tu auch alles, was du willst!« Schritte in Richtung von Jonathans Schlafzimmer. Dann klappte eine Tür zu, und es kehrte wieder Ruhe ein.
Ich lag noch eine Weile wach und rätselte über diesen Ausbruch nach, dessen Zeugin ich unfreiwillig geworden war. Was war das für eine seltsame Beziehung zwischen Jonathan und dem Unbekannten? Wenn es sein Freund war, wieso wollte er ihn nicht bei sich wohnen lassen? Und wenn es nur ein Gelegenheitsgeliebter gewesen war, wieso hatte die Verzweiflung in seiner Stimme so schrecklich echt geklungen, als er sich beklagte, dass Jonathan ihn immer zurückstieße?

Am nächsten Morgen saß mir Jonathan am Frühstückstisch so ungerührt gegenüber, als sei die dramatische Auseinander-

setzung eine Einbildung von mir gewesen. Den Blick auf die Teetasse gesenkt, sagte ich leise: »Heute Nacht habe ich Stimmen gehört. Du hattest Besuch?«
»Ja«, erwiderte er so brüsk, dass ich um ein Haar nicht weiter darauf eingegangen wäre. Aber ich wollte unbedingt verstehen, was dahintersteckte. Jonathan wirkte immer so ungemein souverän – der nächtliche Wortwechsel passte überhaupt nicht zu ihm.
»Der arme Junge«, murmelte ich in der Erinnerung an die abgrundtiefe Verzweiflung, die aus der hellen Stimme geklungen hatte. Mein Gegenüber warf mir einen scharfen Blick zu, seufzte resigniert und legte das Messer hin.
»Also gut! Da du sowieso mehr mitbekommen haben dürftest, als mir lieb sein kann … Ich habe ihn gern, aber er ist so verdammt anspruchsvoll und anhänglich, dass ich ihn manchmal nicht ertragen kann. Ich brauche meinen Freiraum. Er erinnert mich an Sebastian – aber er ist nicht Sebastian. Er ist ein Surrogat, wie künstliches Aroma: ähnlich, aber nicht gleichwertig.«
Erschreckt sah ich auf. Gewollt oder ungewollt, die Worte klangen grausam, und es passte nicht zu Jonathan, grausam zu sein. Jedenfalls nicht zu dem Jonathan, den ich kannte.
Wie schrecklich, ein zweitklassiger Ersatz für jemand anderen zu sein, dachte ich. *Wie sehr muss dieser Mann Jonathan lieben, um so eine Demütigung zu ertragen!*
»Er scheint sehr an dir zu hängen.«
Jonathan schwieg dazu. Es blieb mir nichts anderes übrig, als zu akzeptieren, dass das Thema dieser seltsamen Beziehung damit für ihn erledigt war. Also schwieg ich ebenfalls und versuchte, das Gehörte einzuordnen.
Wir schraken beide auf, als die Türklingel überraschend anschlug. »Wahrscheinlich der Briefträger«, meinte Jonathan,

legte die gelbe Leinenserviette neben seinen Teller und ging zur Tür.

Ich hörte Stimmen von einer Frau und einem Mann. Also nicht der Briefträger.

»Kommst du bitte her?«, rief Jonathan mit einer so seltsamen Stimme, dass ich mich beeilte, ihm zu Hilfe zu kommen.

Er stand an die geschlossene Wohnungstür gelehnt, als wäre er auf eine Stütze angewiesen, und sah eine Spur blasser aus als gewohnt. Das Paar ihm gegenüber wirkte überhaupt nicht bedrohlich. Beide mussten die siebzig schon weit überschritten haben, aber Landluft und Bewegung hatten ihnen die Elastizität der unermüdlich Beschäftigten erhalten. Die Frau trug das unvermeidliche pastellblaue Kostüm in dem Blau der Waldhyazinthen, die in England *Bluebells* genannt werden und für manche das Urbild der blauen Blume der Romantik darstellen. Ihre zierliche Figur passte zu dem Bild der Blütenpflanze, der kleinen Schwester der Prachthyazinthe. Die Kombination mit unprätentiösen Schnürschuhen und dem schmalkrempigen, farblich abgestimmten Strohhut wies sie als Angehörige des gut situierten ländlichen Bürgertums aus. Ihre hellblauen Augen blinzelten mir freundlich zu.

Der Mann schien eine Spur jünger, sein volles, leicht gewelltes Haar zeigte nur vereinzelte graue Strähnen. Dunkelbraune Cordhosen und eine moosgrüne Windjacke ließen mich sofort an Entenjagd und Pirschgänge in der Morgendämmerung denken. Ein Haselnussstrauch, gedrungen, aber zäh.

»Verena, darf ich dir meine Eltern vorstellen«, sagte Jonathan mit schwacher Stimme.

Mrs. Dunnet streckte mir ihre Hand entgegen und nickte zustimmend, als ich sie bat, mich einfach mit dem Vornamen anzusprechen. Mr. Dunnet dröhnte begeistert: »Na, siehst du Annie – ich hab's ja immer gesagt: Der Junge fängt sich.

Und dann so ein nettes Ding – lass dich umarmen, Mädel! Du machst einen alten Mann sehr, sehr glücklich!«

Ich öffnete schon den Mund, um den offensichtlichen Irrtum aufzuklären, als Jonathans warnender Blick und sein fast unmerkliches Kopfschütteln mich ihn wieder schließen ließen. Was wurde hier gespielt?

Automatisch nahm ich ihnen die Jacken ab, hängte sie in die Garderobe und nickte beruhigend, als Jonathan mich etwas nervös bat, seinen Eltern eine Tasse Tee ins Wohnzimmer zu bringen.

Sie saßen steif auf dem roten Sofa, auf dem ich vorgestern meinen ersten Brandy getrunken hatte. Mrs. Dunnet erklärte Jonathan gerade, dass sie von dem Überfall in der Zeitung gelesen hatten, und Mr. Dunnet darauf bestanden hätte, sich persönlich ein Bild vom Zustand seines Sohnes zu machen. »Und als dieser unangenehme Mensch Edward sogar im Pub darauf ansprach – Reporter können ausgesprochen lästig sein –, beschlossen wir, ein paar Tage nach London zu fahren. Du hättest uns wirklich anrufen können«, fügte sie mit deutlichem Vorwurf hinzu.

»Ach, Mum, es ist doch nichts Ernstes. Ich wollte euch nicht unnötig beunruhigen«, entschuldigte Jonathan sich mit leiser Renitenz.

»Wie ist es eigentlich passiert? Der Reporter deutete an, du wärst überfallen worden. London ist nicht mehr, was es einmal war! All die Ausländer.« Mr. Dunnet setzte zu einer längeren Tirade über die Überfremdung der Hauptstadt an, wurde aber von einem strengen Blick seiner Frau gebremst. Der deutliche Seitenblick auf mich erinnerte ihn daran, dass auch ich Ausländerin war. Er klappte augenblicklich seinen Mund wieder zu, trank einen Schluck Tee und fragte mich strahlend, wie ich seinen Sohn kennen gelernt hätte. Die Frage war

unverfänglich genug, aber ich schaute trotzdem unsicher zu Jonathan. Ich wollte keinen Fehler machen.
Jonathan nuschelte etwas von längerer Bekanntschaft, und sein Vater betrachtete mich so wohlwollend, dass es mir allmählich peinlich wurde.
»Na, und wann wollt ihr zwei denn nun Ernst machen? Du wirst auch nicht jünger, mein lieber Junge.«
Unerwartet sprang Mrs. Dunnet auf, griff nach meiner Hand und verkündete fröhlich, sie werde mir in der Küche helfen. »Ihr Männer könnt euch derweil einen kleinen Vormittagsdrink genehmigen.« Ehe ich mich versah, stand ich Jonathans Mutter allein in der Küche gegenüber. Sie musterte mich schweigend, aber nicht unfreundlich.
»Setzen Sie sich, meine Liebe«, sagte sie endlich. »Ich danke Ihnen, auch in Jonathans Namen, dass sie die Farce mitgespielt haben. Verzeihen Sie mir meine Neugierde, aber was machen Sie hier eigentlich wirklich?«
Ich zögerte mit einer Antwort. Was sollte ich erzählen, was besser verschweigen?
»Ich weiß Bescheid«, half sie mir aus meiner Verlegenheit. »Und mir ist absolut klar, dass sie nicht die Freundin sind, die Edward in Ihnen sieht.« Ein müder, trauriger Ausdruck huschte über ihr Gesicht. »Weiß Gott, ich habe Jahre gebraucht, bis ich diese Hoffnung begraben habe. Ich hätte so gerne Enkelkinder durch unser Haus toben sehen.« Sie schaute sich in der Küche um, wie jemand, der sie zum ersten Mal sah. Den Blick fest auf die Spüle gerichtet fuhr sie leise fort: »Da ich also weiß, dass sie nicht meine zukünftige Schwiegertochter sind – in welcher Funktion sind Sie hier?«
»Zuerst war ich hier nur als Gast. Jonathan hat mich netterweise eingeladen, während der *Flower Show* bei ihm zu wohnen. Eigentlich Monika und mich – das ist meine Freundin,

und die wiederum ist gut mit Alfons befreundet. Der kennt Jonathan seit vielen Jahren, seit er zu seinem Praktikum in Deutschland war«, erklärte ich und überlegte, ob die komplizierten Verhältnisse noch einigermaßen übersichtlich waren. Mrs. Dunnet nickte ermutigend und bat mich, ruhig weiterzuerzählen. Ich fuhr fort: »Leider hatte Monika unmittelbar vor unserer Abreise einen Skiunfall, deswegen musste ich alleine fahren. An dem Morgen, an dem ich wieder abreisen wollte, hatte Jonathan diesen …« Ich verstummte, unsicher, wie ich mich ausdrücken sollte. »Jonathan ist mit nur einer Hand ziemlich gehandikapt. Und ich war ihm lieber als – jemand anderes«, schloss ich etwas lahm.
Mrs. Dunnet lächelte mir zu und nickte. »Ich verstehe. – Es tut mir Leid, dass wir Sie einfach in diese Rolle gedrängt haben, aber es bedeutet Edward so viel. Würde es Ihnen viel ausmachen, sie noch ein wenig länger durchzuhalten?«
Was sollte man darauf erwidern? Wo sollte das hinführen?
Mrs. Dunnet griff nach einem silbernen Teelöffel und begann, ihn nervös zwischen den Fingern zu drehen. »Jonathan vertraut Ihnen, also tue ich es auch«, stieß sie mit offensichtlicher Überwindung heraus. »Edward wird nicht mehr lange begreifen, was um ihn herum vorgeht. Unser Arzt … unser Arzt hat viele komplizierte Ausdrücke benutzt, die ich nicht verstehe, aber es läuft darauf hinaus, dass er wie ein Kind nur noch in seiner eigenen Welt leben wird. Es ist Ihnen sicher aufgefallen, dass er …« Sie suchte nach Worten.
Das war es, was mich so irritiert hatte! Mr. Dunnet strahlte eine Art kindlicher Unschuld aus, eine Art beschränkter Wahrnehmung, die nur das zur Kenntnis nahm, was zu seiner Erwartung passte, und alles andere ausblendete. Ein Mann mit seiner Lebenserfahrung hätte wissen müssen, dass seine Annahme gänzlich unglaubwürdig war. Aber er war

eben kein Mann mehr mit der Erfahrung von siebzig Jahren. Mitleid wallte in mir auf. Und Bewunderung für diese kleine Frau.

»Natürlich spiele ich Jonathans Verlobte, solange Sie es möchten«, versicherte ich ihr.

»Danke, meine Liebe.« Sie tätschelte leicht meinen Arm. »Allzu lange werden Sie diese Rolle nicht spielen müssen. Ich möchte Edward so bald wie möglich nach Suttonfield zurückbringen. Aber er war nicht zu halten, als dieser verd... Reporter versuchte, ihn wegen Jonathan auszuhorchen. Meist vergisst er alles über Nacht, aber manchmal ist es wie verhext: Dann hat sich etwas in ihm festgesetzt und er ist nicht davon abzubringen.« Sie lachte ein wenig zittrig. »Diese Zielstrebigkeit habe ich als Erstes an ihm geliebt, als wir uns kennen lernten. Heute verfluche ich sie manchmal.«

Eine Zeit lang schwiegen wir. Ich wusste nicht, was ich hätte sagen sollen, und sie schien in Gedanken versunken.

»Es fällt mir schwer, danach zu fragen, aber wissen Sie, ob mein Sohn endlich jemanden gefunden hat, der ihm das gibt, was er sucht?«

»So vertraut sind wir nicht«, wehrte ich ab.

»Ich hätte Sie nicht fragen sollen, verzeihen Sie mir«, sagte sie leise. »Aber seit dem schrecklichen Unfall dieses armen jungen Mannes werde ich das Gefühl nicht los, dass Jonathan sich die Schuld daran gibt und einfach nicht darüber hinwegkommt. Wissen Sie, die beiden waren am College unzertrennlich. Sie haben sogar zusammen Theater gespielt.« Sie verzog das Gesicht, als hätte sie auf eine Zitrone gebissen, und fuhr fort: »Ich kann mich noch gut daran erinnern, wie Edward sich schrecklich darüber aufgeregt hat, dass man den beiden die Hauptrollen in *Romeo und Julia* gegeben hat. Er konnte den Jungen nicht ausstehen, hielt ihn für verweichlicht und dekadent und fürchtete das, was man einen schlechten Einfluss nennt. – Ich möchte nur, dass Jonathan glücklich ist. Würden Sie ihm das bei Gelegenheit sagen? Ich kann mit ihm nicht darüber sprechen.«

Jonathans Vater war nur mit Mühe davon abzubringen, uns alle zum Lunch in ein teures Restaurant auszuführen, »zur Feier des Tages«, wie er es nannte. Mit vereinten Kräften schafften wir es, ihn zu überreden, diese Feier zu verschieben, bis Jonathan wieder beide Hände gebrauchen konnte.
Mit Rücksicht auf den alten Herrn und seine eingefahrenen Gewohnheiten ging ich, mit einer umfangreichen Liste ausgestattet, zu dem Delikatessenhändler an der Ecke und kaufte alles für einen klassisch-englischen Lunch. Zufrieden belegte Edward Dunnet seine Toastscheiben dick mit dem orangefarbenen Cheddar, löffelte eingelegte Zwiebeln darüber und verbreitete sich über die Unsitte der zunehmend exotischeren Speisen. »Das nenne ich ein ordentliches Essen! Nicht solche Albernheiten wie diese kontinentalen Langbrote. – Wann wirst du mit Verena das Brautkleid besorgen, Annie? Ich denke, ihr solltet es bei *Harrod's* kaufen. Ist zwar nicht mehr britisch, aber da hast du damals deines gekauft. Vielleicht haben sie dort noch so etwas Ähnliches?«
Das peinliche Schweigen hielt unangenehm lange an. Schließlich fiel es sogar Mr. Dunnet auf. Er blickte hoch und sagte befremdet: »Was schaut ihr alle so, als hätte ich etwas Komisches gesagt. Heiratet man heute etwa nicht mehr im Brautkleid?«
»Doch, Vater, doch!« Jonathan legte ihm beruhigend die Hand auf den Unterarm. »Aber weißt du, wir wollten nicht so eine große Sache daraus machen. Schließlich bin ich nicht mehr der Jüngste, wie du mich gerne erinnerst …«

Mr. Dunnet machte einen enttäuschten Eindruck. »Und ich habe mich so darauf gefreut, euch am Altar stehen zu sehen, mit jeder Menge Brautjungfern und Blumen und weinenden Tanten …«

»Edward«, mahnte Jonathans Mutter sanft. »Du musst es schon ihnen überlassen. Es ist ihre Entscheidung, nicht deine.« Aber ich sah sie unauffällig eine Träne wegzwinkern.

Als sich die Tür hinter ihnen schloss, stieß Jonathan einen tief empfundenen Seufzer der Erleichterung aus. »Uff, Ende der Vorstellung. – Ich danke dir!« Er umarmte mich übertrieben übermütig und küsste mich brüderlich auf die Wange. »Du hast Talent. Soll ich dich bei einer Castingshow unterbringen?«

Seine aufgesetzte Fröhlichkeit überdeckte nur unzureichend die Traurigkeit, die er normalerweise so gut verbarg.

»Untersteh dich!« Ich stieß ihn in die Seite. »Vergiss nicht, dass du sie für heute Abend eingeladen hast. Überleg dir lieber, was ich Besonderes kochen soll.«

Jonathan verdrehte die Augen. »Du solltest dich hören! *Ein* gelungener Lammeintopf, und schon wird sie größenwahnsinnig. – Lass mich überlegen, nichts zu Exotisches. Vielleicht Kartoffeln mit Rosmarin und ein schönes blutiges Roastbeef …« Vor sich hin murmelnd, versank er in seiner Einkaufsliste. Als er sie mir reichte, wagte ich mich behutsam an das heikle Thema.

»Deine Eltern gefallen mir. Ich glaube, sie hängen sehr an dir.«

»Wirklich? Ich habe den Eindruck, mein Vater hängt mehr an seinem Bild vom lieben Jonathan als an Jonathan, wie er nun einmal ist.« Der bittere Zug um seinen Mund ließ etwas nach, und er lächelte wehmütig. »Er hat immer versucht, mir alle

jungen Damen der Umgebung in die Arme zu schieben. Das war vielleicht peinlich!«
»Er hat es sicher gut gemeint.« Keiner von uns sprach aus, was wir beide dachten.

In der Hektik der Vorbereitungen hätte ich beinahe vergessen, mich umzuziehen. Jonathan scheuchte mich fünf Minuten vor dem erwarteten Eintreffen seiner Eltern in mein Zimmer, mit dem Hinweis, mich zu beeilen, damit das Roastbeef nicht zäh würde.
Das Stimmengemurmel im Flur spornte mich zu größter Eile an. Ich schlüpfte gerade in mein Maiglöckchenkleid, als eine Stimme mich erstarren ließ, die eindeutig nicht zur Familie Dunnet gehörte.
Was …
Was machte Mark Abernathy hier?
Hatte ich Halluzinationen, oder war es tatsächlich seine dunkle, klare Stimme, die darum bat, kurz mit Frau Naumann sprechen zu dürfen?
»Was wollen Sie von meiner Schwiegertochter?« Edward Dunnets fröhliche Stimme klang auf einmal seltsam bedrohlich.
»Dad, bitte!« Jonathan klang leicht entnervt. »Die beiden kennen sich geschäftlich. Abernathy hat sicher noch ein paar Details zu klären. Geht bitte vor ins Esszimmer und öffnet schon mal den Champagner. – Ich bringe Sie zu ihr, Abernathy, hier entlang.«
Ich umklammerte die Türklinke, während die Schritte näher kamen. In meinem Kopf drehte sich alles. Wie sollte ich Mark diese ganze Situation erklären?
Ein kurzes Klopfen, und schon schoben sich die beiden ins Zimmer. Jonathan wie immer aus dem Ei gepellt, Mark zerzaust und mit finster gerunzelter Stirn. Ein Blick auf seine

düster zusammengezogenen Brauen genügte, um mir seinen ausgesprochen wütenden Allgemeinzustand klar zu machen. »Ich hätte gerne die eine oder andere Erklärung«, fauchte er, ohne mich zu begrüßen, so erbost, dass ich bis ans Fenster zurückwich. In dieser Verfassung schien er geradezu gefährlich. Waren Monikas Bedenken gerechtfertigt? Er machte mir Angst, und wenn ich Angst habe, bin ich zu keinem klaren Gedanken mehr fähig, geschweige denn zu einer vernünftigen Reaktion. Ich brauchte alle meine Willenskraft, um nach außen hin ungerührt zu erscheinen, auch wenn ich das Fensterbrett hinter mir umklammerte und mir wünschte, einfach verschwinden zu können. Er machte einen Schritt auf mich zu, und ich zuckte so heftig zusammen, dass ich die kleine Vase mit den braunen Duftwicken vom Fensterbrett stieß. Das Glas rollte, ohne zu zerbrechen, ein Stück über den Teppich und blieb vor seinen Füßen liegen. Automatisch senkte er den Blick – und erkannte die Blumen sofort. Der harte Zug um seinen Mund verschwand, während er sich bückte und sie aufhob. Wir starrten uns an. Es kam mir endlos vor, aber es waren vermutlich bloß Sekunden.

»Entschuldigt, wenn ich mich einmische, aber wir haben nicht viel Zeit.« Jonathan strich nervös seinen faltenfreien Jackenärmel glatt. »Wenn ich Ihnen das Ganze erklären dürfte? Glauben Sie mir, ich habe keinen Grund zu lügen, auch wenn es verrückt klingt …«

Marks Brauen schossen interessiert hoch, als er etwas herablassend sagte: »Ich bin überaus gespannt.«

»Die Sache fing mit einem Missverständnis an«, begann Jonathan.

»Es erleichtert mich, das zu hören«, murmelte Mark sarkastisch. »Klären Sie mich auf!«

»Dummerweise haben meine Eltern von diesem Überfall auf

mich erfahren und beschlossen, persönlich nachzuschauen, wie es mir geht. Mein Vater denkt, Verena und ich sind verlobt, und um ihm eine Freude zu machen, hat sie eingewilligt, ihn in diesem Glauben zu lassen.«

»Das erklärt zwar nicht alles, aber vieles«, räumte Mark ein. »Und wie lange soll das so gehen? Ich meine, auch auf dem Land sind Sie bekannt. Irgendwann werden Sie ihrem Vater reinen Wein einschenken müssen. Warum nicht gleich und sich das Theater sparen?«

Jonathan studierte das Teppichmuster. Offensichtlich fiel ihm dieser letzte Teil besonders schwer. Also nahm ich allen Mut zusammen und sagte leise: »Jonathans Vater hat so etwas wie Alzheimer. Er wird nicht mehr lange verstehen, was um ihn herum vorgeht.«

Marks Gesicht blieb unbewegt, aber in seinen Augen flackerte Mitgefühl auf. Er nickte langsam und meinte bedächtig: »Sie erfüllen ihm seinen letzten Wunsch? – In Ordnung, ich werde warten. Aber nicht lange. Wann kann ich mit Verena unter vier Augen sprechen? Wir haben einiges miteinander zu klären«, fügte er mit einem einschüchternden Seitenblick auf mich hinzu.

Jonathan atmete erleichtert auf. »Ich denke, das wird sich morgen einrichten lassen. Wenn Sie so lange warten können?«

»Ich bin um Punkt zehn Uhr hier«, versprach, oder besser: drohte, Mark und marschierte aus meinem Zimmer. Jonathan berührte kurz meinen Arm und flüsterte besorgt: »Alles in Ordnung?«

Ich nickte und folgte Mark in den Flur. Dort erwartete uns ein etwas kleinlauter Mr. Dunnet. Kerzengerade aufgerichtet entschuldigte er sich in aller Form bei Mark für seinen Mangel an Höflichkeit – und bat ihn zu meinem Entsetzen, mit uns zu Abend zu essen.

»Die beiden haben für ein ganzes Regiment gekocht. Tun Sie mir den Gefallen.«
Mark war so überrumpelt, dass er nicht sehr glaubwürdig etwas von einer Verabredung stotterte. Prompt wurde diese Ausrede als solche beiseite gewischt: »Zieren Sie sich nicht, junger Mann. Das Mädel wird sich freuen, wenn sie nicht nur Dunnets um sich hat. Hol ihm noch ein Gedeck, Kind.«
Wäre die Situation eine andere gewesen, hätte ich es durchaus amüsant gefunden, Jonathan und Mark wie Schuljungen herumkommandiert zu sehen. Sie wechselten hilflose Blicke, dann zuckte Mark fatalistisch mit den Schultern und gab nach.
Der alte Herr bestand auf einer Sitzordnung, die Jonathan als Hausherrn an das Tischende verbannte, während er neben mir Platz nahm und Mark höflich Jonathans Mutter den Stuhl zurechtrückte. Ihre hellen Vogelaugen schossen zwischen uns dreien hin und her und beobachteten uns. Ich war mir sicher, dass sie bereits messerscharf die richtigen Schlüsse gezogen hatte.
Die Silbereiche überragte die Waldhyazinthe um mehr als einen Kopf, den er respektvoll senkte, um ihr zuzuhören. Jonathans Vater widmete sich hingebungsvoll seinem gut gefüllten Teller, und ich nutzte seine Ablenkung, um Mark mit Blicken zu verschlingen. Nichts erinnerte mehr an den wütenden jungen Mann von vorhin: Seine Miene drückte nichts als freundliches Interesse aus, während Annie Dunnet über die Frostschäden des unerwarteten spätwinterlichen Kälteeinbruchs in Suttonfield sprach. Sehnsüchtig starrte ich ihn an, malte mir aus, wie diese Augen im Dunkeln geschimmert hatten, die Zähne aufblitzten, wenn er die Lippen zu einem Lächeln verzog …
Ein leichter Tritt ans Schienbein riss mich aus meinen Träu-

mereien. Erschreckt sah ich zu Jonathan hinüber. Was sollte das? Eine stumme Warnung erinnerte mich an meine Umgebung.

»Vater wollte wissen, was du beruflich machst«, soufflierte Jonathan.

»Entschuldigung!« Ich nahm mich zusammen. »Die Schilderungen der Pflanzenschäden haben mich so interessiert, dass ich gerade abgelenkt war.«

Mark sah nicht auf, aber ich meinte die Anspannung zu spüren, mit der er mich belauerte. Es machte mich nervös. Ein solch intensives Interesse an mir war ich nicht gewöhnt. Also stürzte ich mich mit ein wenig übertriebenem Eifer in eine Kurzfassung meiner Bankkarriere und die noch frische als Gärtnerin und Floristin.

»Schade, dass du nicht bei der Bank geblieben bist. Es ist immer gut, jemanden in der Familie zu haben, der sich mit Geld auskennt«, stellte Jonathans Vater bedauernd fest. »Blumen sind ja ganz nett, aber ich kann mit dem Zeug nicht viel anfangen. Annie macht ein fürchterliches Theater um ihren Garten, und ich ertrage es geduldig, dass sie mich ständig zu irgendwelchen Blumenausstellungen mitschleppt, aber für mich ist das nichts. Ich sitze lieber und genieße die Natur, wie der liebe Gott sie gemacht hat«, gestand er. »Und Sie sind auch in dem Geschäft, Abernathy?«, wandte er sich an Mark.

»Aber Edward!«, seine Frau wirkte geradezu entsetzt. »Wir haben Mr. Abernathy doch erst vor zwei Tagen im Frühstücksfernsehen gesehen. Er ist berühmt für seine schwarzen Blüten. Der Salbei *Midnight Passion* vorne am Briefkasten ist von ihm.«

»Wirklich?« Mr. Dunnet wirkte verwirrt. »Vermutlich habe ich nicht aufgepasst. Kann ja vorkommen. Das dunkle Ge-

strüpp ist mir jedenfalls schon aufgefallen, sieht irgendwie pervers aus – nehmen Sie es mir nicht übel, Abernathy.«
Marks Gesicht war bar jeden Ausdrucks. Wenn er sich beleidigt fühlte, war ihm jedenfalls nichts anzumerken. »Jedem das seine«, erwiderte er ungerührt. »Mich fasziniert eben das Ungewöhnliche. Bei Pflanzen und Menschen …«
Wollte er mir zu verstehen geben, dass er mich für ungewöhnlich hielt? Oder sollte das eine Art Erklärung sein, wieso er so schnell klein beigegeben und die ungewöhnliche Einladung akzeptiert hatte?
Irritiert wünschte ich, über etwas mehr Erfahrung mit menschlichen Reaktionen zu verfügen. Es war ja nicht so, als hätte ich das Leben eines Kaspar Hauser geführt, aber der lockere, gesellschaftliche Umgang miteinander war schon schwierig genug. Bei Jonathan fühlte ich mich akzeptiert wie von einem großen Bruder, der die jüngere Schwester geduldig erträgt und ihr großzügig seine Lebenserfahrung zur Verfügung stellt. Mark hingegen pflegte mich regelmäßig zu verunsichern. Er schien mir undurchschaubar, unberechenbar. Seine fordernde Art erschreckte mich. Aber genau das war es auch, was mich unwiderstehlich anzog, gestand ich mir ein, während ich in seinen Zügen zu lesen versuchte und mir dabei so hilflos vorkam wie ein durchschnittlich gebildeter Mitteleuropäer, der einen walisischen Text entziffern soll.
»Na ja, schön und gut.« Mr. Dunnet ließ sich nicht von seinem einmal gewählten Thema abbringen. »Aber es gibt doch genug anderes, was ebenfalls ungewöhnlich ist. Warum züchten Sie nicht blaue Rosen oder blaue Bohnen?« Er kicherte stolz über sein Bonmot.
»Weil das wiederum in meinen Augen perverse Zuchtziele sind«, entgegnete Mark gelassen. »Der blaue Farbstoff ist in Rosen nicht vorgesehen, also kann man ihn mit den heute

bekannten Methoden auch nicht einbauen. Und selbst wenn man es könnte – daran hätte ich kein Interesse.«
»Stellt euch vor, wie schrecklich es wäre, wenn alle Blumen jede beliebige Farbe haben könnten«, gab Annie Dunnet zu bedenken. »Das hätte nichts mehr mit Natur zu tun. – Jonathan, mein Lieber, schneide mir doch noch eine Scheibe von diesem vorzüglichen Roastbeef ab und schenke Mr. Abernathy von dem Wein nach. Sein Glas ist leer.« Es gelang ihr, mit unverfänglichen Themen das Gespräch locker dahinplätschern zu lassen, bis Mr. Dunnet mit der Hartnäckigkeit, die ihn auszeichnete, wieder auf »perverse« Farben zu sprechen kam.
»Wie sind Sie nur auf diese verrückte Idee mit schwarzen Blüten gekommen? Ich meine, ein blauer Salbei ist doch schön genug. Wieso muss es ein schwarzer sein? Ich mag diese düsteren Farben nicht – wie dieser Strauß da, zum Beispiel.«
Automatisch sahen alle zu dem Beistelltischchen, auf das er mit ausgestrecktem Zeigefinger wies, wo die Bartnelken vom Markt in der Messingschale, die ich für sie ausgesucht hatte, exotisch und kostbar wirkten.
»Sie hatten einen so wunderbaren Duft«, verteidigte ich die geschmähten Blütenköpfe.
»Das hat man oft. Je unscheinbarer die Blüte, desto stärker und süßer der Duft«, bestätigte Mark und wirkte auffällig zufrieden.
»Mag sein – aber ich finde sie trotzdem grässlich. Wieso sind Sie so versessen auf sie, Abernathy?«, beharrte Mr. Dunnet.
Vier fragende Augenpaare richteten sich auf Mark. Ich war noch interessierter als die anderen an seiner Antwort. Es musste eine Geschichte dazu geben.
Er zuckte nachlässig mit den Schultern und meinte leichthin: »Sie verkaufen sich gut, der Markt war reif für sie – und

ich hatte noch einen züchterischen Grundstock von meinem Großvater. Das ist alles.« Sein Mund klappte in der unmissverständlichen Art eines Menschen zu, der zu diesem Thema kein Wort mehr zu sagen gedenkt.
»Das wäre jeder für sich allein ein guter Grund. Gratulation zu Ihrem Erfolg!« Jonathan hob sein Glas und prostete ihm zu. »Ich wünschte, ich hätte auf ein Kochbuch von Granny zurückgreifen können. Es hätte mir einiges erspart.« Und er begann amüsant über diverse Küchenkatastrophen zu plaudern.

Zu meiner großen Überraschung ging Mark noch vor dem Dessert. Gerade war ich in der Küche damit beschäftigt, die pinkfarbene Masse des Rosenparfaits auf einer gekühlten schwarzen Schale aufzuhäufen und mit kandierten Rosenblättern zu verzieren, als ich Jonathans Stimme hörte, wie er sagte: »Also bis morgen dann. Seien Sie pünktlich.«
Die Enttäuschung traf mich heftig. Schließlich war ich ungeheuer stolz auf mein Werk, das unter Jonathans Anleitung zustande gekommen war. Ein junger Mann mit Baseballkappe hatte am Nachmittag den Korb mit den betörend duftenden Blütenblättern in Purpurrot an die Wohnungstür gebracht.
»Wollen wir wie im alten Rom Rosenblätter auf die Gäste herabregnen lassen?«, fragte ich Jonathan verständnislos. Sein Vater würde diese Überspanntheit sicher nicht zu schätzen wissen.
»Ehe du wilde Vermutungen anstellst, bring sie lieber in die Küche«, sagte er bloß. Dort ließ er mich mit geheimnisvollem Lächeln die Blütenblätter mit dem lauwarmen Sirup übergießen, den wir vorher gekocht hatten, und sie luftdicht verschließen. Erst kurz vor Marks Erscheinen hatte ich die klebrige Masse vorsichtig durch ein Sieb in die Eismaschine

gefüllt, wobei ich versuchte, mit einem Löffel möglichst viel rote Farbe auszudrücken. In die dunkelrosafarbene Brühe kamen noch der Saft einer Limette und ein Hauch frisch zerstoßener Koriandersamen. Daraus hatte die Eismaschine im Lauf der letzten Stunde eine cremige Sorbetmasse gerührt, die aussah wie Himbeereis – und roch wie ein ganzer Rosengarten!

»Er lässt dir seine besten Gute-Nacht-Wünsche ausrichten, Liebes«, verkündete Jonathan, während er in die Küche schlenderte. »Nun, bist du zufrieden?«

Ich brauchte einige Sekunden, bis mir aufging, dass die Frage sich auf das bonbonfarbene Dessert bezog.

»Hoffentlich ist es das Richtige für deine Eltern«, meinte ich zweifelnd, während ich die Dekoration vervollständigte.

»Wenn ich ihnen erzähle, dass du es höchstpersönlich mit wunden Fingern gerührt hast, werden sie es lieben«, erwiderte Jonathan lächelnd. »Ein wenig Zugeständnisse müssen sie schon machen.«

Mrs. Dunnet hatte die Zwischenzeit genutzt und ihren Mann zur Heimkehr überredet. »Ich denke, wir werden morgen nach Hause fahren«, verkündete sie. »Hier stören wir mehr, als dass wir nützen.« Jonathans gemurmelten höflichen Protest ignorierend, sagte sie zu mir: »Ich habe mich wirklich gefreut, dich kennen zu lernen. Du bist genau das Mädchen, das ich mir immer für meinen Jungen gewünscht … habe. – Darf ich dir einen Rat geben? Wenn du merkst, dass sich etwas richtig anfühlt, dann lass dich nicht beirren.« Mit diesen Worten schaute sie mir bedeutungsvoll in die Augen.

Ich verstand sie sehr gut und hätte mich beinahe an meinem Sorbet verschluckt. War es mir wirklich so deutlich anzusehen?

Mr. Dunnet starrte seine Frau verständnislos an: »Was soll

der Unsinn?«, fragte er kopfschüttelnd. »Natürlich fühlt es sich richtig an, wenn sie unseren Sohn heiratet! Du scheinst ein wenig übermüdet zu sein, meine Liebe. Wir sollten jetzt wirklich ins Hotel zurückfahren. In unserem Alter braucht man seinen Schlaf.«
Beide umarmten mich zum Abschied herzlich: Mr. Dunnet als zukünftige Schwiegertochter, Mrs. Dunnet als Mitverschworene.
»Ich komme mir unglaublich mies vor«, stöhnte ich, als Jonathan und ich ins Esszimmer zurückkehrten, um das Geschirr abzuräumen.
»Das musst du nicht«, beruhigte Jonathan mich nüchtern. »Denk daran, welche Freude meinem Vater die Vorstellung bereitet hat, ich würde endlich heiraten. Ich habe gar nicht gewusst, *wie* wichtig es ihm ist«, fügte er ehrlich erstaunt hinzu.

Am nächsten Morgen bestand Jonathan darauf, die Zeit von Marks Besuch zu nutzen, um seinen Hausarzt aufzusuchen. »Vielleicht komme ich mit einem leichteren Verband wieder. Es tut schon kaum noch weh«, äußerte er optimistisch.
Kaum war die Tür hinter ihm zugefallen, merkte ich, wie meine Nervosität zu einer Art Panik ausuferte. Angespannt lief ich von einem Zimmer ins andere, zupfte hier an einer perfekten Gardine, las da ein Stäubchen vom Boden auf – und zuckte heftig zusammen, als er auf die Minute pünktlich an der Wohnungstür klingelte. Mechanisch wischte ich meine feuchten Handflächen an den Jeans ab, die ich bewusst angezogen hatte, um keine Erinnerungen an das weich fließende Ballkleid zu wecken. Der purpurrote Pullover, der meinen südländischen Farben schmeichelte, bedeckte meine Arme und

reichte mir fast bis auf die Oberschenkel. Jonathan hatte gequält die Augen geschlossen, als ich darin am Frühstückstisch erschienen war, und ausführlich seiner Erleichterung darüber Luft gemacht, dass ihn niemand aus seiner Bekanntschaft mit diesem Monstrum sähe. Ich war etwas gekränkt, denn er beleidigte meinen Lieblingspullover, aber ich musste zugeben, dass er zwei Größen kleiner vermutlich besser gepasst hätte. Aber erstens hatte es ihn nur in dieser Größe gegeben, und zweitens war ich ganz zufrieden, dass in ihm meine Oberweite nicht so auffiel. Jonathan hatte verächtlich etwas über die »Feigheit vor dem Feind« gemurmelt und angekündigt, so schnell wie möglich mit mir einen Einkaufsbummel zu unternehmen, aber ich fühlte mich in dieser alles andere als verführerischen Bekleidung sicherer.
Jetzt war ich allerdings trotzdem einen Moment lang versucht, in mein Zimmer zu flitzen und mir rasch etwas anderes überzuziehen, aber das ungeduldige Klingeln machte deutlich, dass ich Mark besser nicht unnötig warten ließ.
Verlegen bat ich ihn einzutreten. »Kann ich dir etwas zu trinken anbieten?« Dass meine Stimme dabei atemlos klang, hörte ich selbst, konnte es aber nicht ändern.
Mark hatte sich für seine Verhältnisse sorgfältig zurechtgemacht: Seine dunklen Haare lagen noch gerade gebürstet, und von den frisch rasierten Wangen streifte mich ein Hauch seines Rasierwassers. Er trug wieder seine Lederhosen, aber diesmal mit einem Poloshirt in Moosgrün. Er sah großartig aus. Ich starrte auf seine breiten Schultern und das Muskelspiel seines Rückens, während er wie selbstverständlich das Sakko in sandfarbenem Hahnentritt-Muster an die Garderobe hängte. Dann wandte er sich mir zu.
Seine Augen waren zwar zu schmalen Schlitzen zusammengekniffen, aber seine Stimme klang erstaunlich sanft, als er

gedehnt sagte: »Und nun zu uns. – Schau nicht so ängstlich. Vielleicht sollten wir uns setzen. Hier ging es entlang, wenn ich mich richtig erinnere?«
Ich fühlte mich trotz weicher Knie und verzweifelter Magenkrämpfe ins Wohnzimmer geführt und in eine Sofaecke gedrückt. Auch Mark suchte nun verlegen nach Worten, während er im Zimmer umherwanderte und schließlich am Fenster stehend mit gepresster Stimme fragte: »Wieso bist du so fluchtartig aus meiner Wohnung verschwunden? Habe ich dir irgendeinen Grund dazu gegeben?« Er schien noch etwas hinzufügen zu wollen, schwieg aber.
Ich erinnerte mich an Jonathans Analyse seiner Empfindungen und wand mich innerlich vor Peinlichkeit, aber es half nichts. Wenn ich Mark nicht sofort wieder verlieren wollte, musste ich ehrlich antworten.
»Nein, du hast mir nicht den geringsten Grund dazu gegeben«, brachte ich wegen der Trockenheit in meinem Mund etwas krächzend heraus. »Ich dachte nur …«
Wie würde er reagieren, wenn ich zugab, ihn für so betrunken gehalten zu haben, dass er nicht mehr wusste, was er tat? Und würde er verstehen, dass ich aus Angst vor dem geflüchtet war, was ich am Morgen in seinen Augen zu lesen fürchtete? Jonathans Reaktion hatte mir verdeutlicht, dass meine Gedankengänge für andere nicht unbedingt logisch waren. Dass sie, im Gegenteil, völlig andere Schlüsse aus meinem Verhalten ziehen könnten. Was, wenn Mark mich für schlichtweg neurotisch hielt und nichts mehr mit mir zu tun haben wollte? All meinen Mut zusammennehmend, stürzte ich mich in die wirre Erklärung.
Als ich verstummte, kniff ich die Augen zusammen, weil ich nicht sehen wollte, wie Mark ging. So fest hatte ich mich in diese Erwartung verrannt, dass ich erstaunt die Augen aufriss,

als das Polster neben mir plötzlich einsank und ein muskulöser Arm sich um meine Schultern legte.
»In einem hast du bei diesem ganzen Unsinn Recht«, sagte Mark erstaunlich ruhig und freundlich. »Ich habe mich nicht im Griff gehabt. – Nein, nicht was du denkst. Ich hatte vielleicht einen Kleinen in der Krone, aber nicht genug, um nicht mehr zu wissen, was ich tat. Aber ... aber ich hätte nicht so ungeduldig sein dürfen.« Er wand eine meiner Haarsträhnen um seine Finger und spielte damit, während er fortfuhr: »Ich bin nicht gerade das, was man einen Frauenheld nennt. Und jemandem wie dir bin ich noch nie zuvor begegnet. Als ich dich das erste Mal sah, hast du wie eine Eisprinzessin gewirkt – kühl bis ins Herz. Beim Picknick hatte ich dann das Gefühl, du würdest jeden Augenblick flüchten. Dein Entgegenkommen an dem Abend hat mich dann einfach überrumpelt.«
Ich errötete heftig, als ich an mein wenig zurückhaltendes Verhalten dachte, und er zog mich enger an sich.
»Versteh mich nicht falsch.« Er grinste bei der Erinnerung. »Es gab nichts, was ich lieber getan hätte, als mich überrumpeln zu lassen! Aber uns beiden wäre eine Menge Aufregung erspart geblieben, wenn ich dich wie ein Gentleman nach Hause gebracht und mich mit einem angemessenen Gutenachtkuss verabschiedet hätte.« Er seufzte und kitzelte mich mit der Haarsträhne am Ohr. »Weißt du, was es mich gekostet hat, deine Freundin nach dir zu fragen? Und dann später hier einfach aufzukreuzen?«
Ich griff nach seiner Hand und hielt sie fest. »Es tut mir wirklich Leid, dass ich vergessen habe, dir eine Nachricht zu hinterlassen«, sagte ich zerknirscht. »Ich verspreche, es nicht wieder zu tun.«
Mark schnaufte gespielt empört auf: »Das will ich hoffen! Aber das nächste Mal werde ich dafür sorgen, dass du keine

Entschuldigung hast, so sang- und klanglos zu verschwinden.« Seine Hand glitt zu meinem Kinn und drehte sanft mein Gesicht zu seinem. Einen Moment versank ich in dunkel glitzernden Augen, dann senkte sich sein Mund auf meinen, und ich sah und dachte überhaupt nichts mehr. Es gab nur noch seine Wärme, seine festen Lippen, die sich auf meine pressten, und seine Zunge, die in meinen Mund drängte.

Erst nach geraumer Zeit riss er sich schwer atmend los und sah aus schmalen Augen auf mich hinab. Benommen und eine Spur scheu lächelte ich ihn an – und war erleichtert, dass die schmalen Augen sich entspannten und ein reuiges Grinsen sich auf seinen Zügen ausbreitete.

»Wenn wir jetzt nicht aufhören, landen wir allen guten Vorsätzen zum Trotz doch in deinem Bett! Meine Selbstbeherrschung hat ihre Grenzen.« Er vergrub sein Gesicht an meinem Hals und sog tief den Atem ein: »Mmhh – weißt du, dass ich jedes Mal an dich denken musste, wenn ich Rosenduft in die Nase bekam? Und das Ende Mai …« Widerwillig löste er sich von mir und wechselte in den Sessel mir gegenüber. »Meine Großmutter hat eine Lieblingsrose, deren Blüten haargenau den gleichen Farbton haben wie dieser Sack von einem Pullover. Sie ist so stachlig, dass es ausgesprochen gefährlich ist, ihr nahe zu kommen, aber sie duftet berauschend und blüht so üppig, dass man über ihre schlechten Eigenschaften hinwegsieht. Irgendwie erinnerst du mich an diesen widerspenstigen Busch«, meinte er nachdenklich.

Teilte Mark meinen Tick, Menschen mit Pflanzen zu vergleichen? Konnte das überhaupt ein Zufall sein? »Und du erinnerst mich an eine Silbereiche«, verriet ich ihm lächelnd.

Er warf den schönen Kopf zurück und lachte lauthals. »Wie schmeichelhaft – aber als Kind hatte ich tatsächlich mein Versteck auf einer Silbereiche. Sie steht noch immer, weil ich es nicht übers Herz bringe, sie fällen zu lassen, obwohl sie inzwischen eins meiner Gewächshäuser so beschattet, dass ich langsam Probleme bekomme.« Sein Gesicht wurde plötzlich wieder ernst, als er fragte: »Verena ... ich würde dich gerne meiner Großmutter vorstellen. Besteht eine Chance, dass Dunnet sich einen anderen Betreuer sucht und du für ein paar Tage mit nach Somerset kommst? Ich muss schleunigst zurück.« Die vollen Lippen verzogen sich ironisch. »Meine Leute müssen mich für verrückt halten: Kaum aus London gekommen, bin ich nach ein paar Telefonaten wie ein Wahnsinniger wieder zurückgerast. Aber ich wollte dich unbedingt sehen. In dem Moment, als deine Freundin mir erklärte, dass du immer noch in der Stadt warst, hätte ich sie küssen und dich erwürgen können.«

»Das würde ihrem Freund Stevie nicht gefallen«, neckte ich ihn. »Monika hat mich übrigens streng angewiesen, mich auf nichts Riskantes einzulassen. Sie war sich nicht sicher, ob du nicht auch ... etwas Riskantes bist.«

Ein reumütiger Blick streifte mich. »Deine Freundin hat allen Grund, mich für nicht ganz zurechnungsfähig zu halten! Ich wundere mich, dass sie mir verraten hat, dass du immer noch bei Dunnet wohnst.«

»Na ja, ganz wohl war ihr dabei nicht! Sonst hätte sie mich nicht gewarnt. Aber unser wichtiger Lieferant Mark Abernathy wäre natürlich der Letzte, den sie verärgern würde.«

»Nimm dir ein Beispiel an ihr! – Wenn du mit mir aufs Land kommst, darfst du dir von den alten Orchideen welche aussuchen«, lockte er.

Ich musste lachen: »Ich würde auch ohne Bestechung wirklich gerne mitkommen, aber ich habe Jonathan versprochen, solange hier zu bleiben, wie er mich braucht. Ich kann ihn jetzt nicht im Stich lassen.«

Mark runzelte die Stirn. »Er hat doch sicher genug Bekannte, die sich um die Ehre streiten, ihn bekochen zu dürfen. Außerdem könnte er genauso gut essen gehen oder sich etwas kommen lassen.«

»Da kennst du Jonathans Ansprüche aber schlecht«, kicherte ich in Erinnerung an die sorgfältige Auswahl auf dem Portobello Road Market.

Mark seufzte resigniert. Doch dann hatte er eine Idee: »Na gut, dann müssen wir ihn wohl fragen, ob er mitkommt. – Und jetzt«, er richtete sich halb auf, griff nach mir und zog mich zu sich herüber auf seinen Schoß, »jetzt wollen wir doch wenigstens die Zeit nutzen, die uns bleibt. Ich habe einiges nachzuholen, bis er wiederkommt.«

Jonathan inszenierte seine Rückkehr auffallend geräuschvoll. Die Tür schlug so heftig zu, dass die Gläser in der Anrichte klirrten. Dazu pfiff er, ebenso laut wie falsch, den »River-Kwai-Marsch« – und rief als Zugabe noch mit Stentorstimme: »Ich bin wieder daha …!«

Als er beschwingt ins Zimmer tänzelte, hatten Mark und ich uns längst voneinander gelöst und saßen wieder äußerst schicklich auf getrennten Möbeln. Jonathans amüsierter Blick nahm unsere erhitzten Gesichter und zerwühlten Haare wahr, und sein Gesicht erstrahlte in einem zufriedenen, breiten Grinsen.

»Na, ihr Turteltäubchen, alles in Ordnung?«

Ohne uns Gelegenheit zu einer Antwort zu geben, hob er triumphierend seine rechte Hand und verkündete: »Bei mir auch. Zum Glück ist es nicht so schlimm, wie es zuerst aussah. Mein Arzt, der Scherzkeks, meinte, ich sollte in nächster Zeit Boxkämpfe meiden, aber Soßen rühren läge im Bereich des Möglichen.«

Jetzt sah ich es: Der Angst einflößende dicke Verband war verschwunden und durch einen leichten Stützverband ersetzt worden, der Jonathans Fingern deutlich mehr Bewegungsfreiheit erlaubte.

»Vermutlich wünscht ihr mich gerade zum Teufel, also werde ich mich in die Küche zurückziehen, denn ich habe jetzt so richtig Appetit auf einen kleinen Imbiss. Leisten Sie uns Gesellschaft, Abernathy? – Langsam wird das ja zur Gewohnheit«, fügte er eine Spur sarkastisch hinzu.

»Danke, sehr liebenswürdig, aber ich muss so schnell wie möglich zurück nach Somerset. Ich hätte Verena gerne mitgenommen, aber sie weigert sich, Sie jemand anderem zu überlassen. Darf ich also die Einladung erweitern und darauf hoffen, dass Sie mitkommen, Dunnet?«, fragte Mark kurz und direkt.

Jonathan spitzte die Lippen und wiegte bedächtig den Kopf. Das faunische Grinsen ließ ihn jünger erscheinen, übermütig.

»Soll ich jetzt edelmütig Verena mitschicken und sie bitten, mich meinem Schicksal zu überlassen – dass, wie sie weiß, in einem üppigen Frühstück und ähnlichen Perfektionen gipfelt –, oder soll ich mir den Spaß gönnen, mich als drittes Rad am Wagen mitschleppen zu lassen? – Welche Entscheidung! – Ich komme mit!«

»Gut.« Marks Ungeduld war nur zu deutlich herauszuhören. »Wann seid ihr reisefertig?«

»Nicht so hastig, Abernathy«, winkte Jonathan ab. »Für heute Nachmittag habe ich Verena einen Einkaufsbummel versprochen, und, wie Sie sehen, ist der auch dringend erforderlich.« Er nickte vielsagend in meine Richtung. »Außerdem hasse ich nichts so sehr, wie mich hetzen zu müssen. Ich mache Ihnen einen Vorschlag: Fahren Sie vor, und wir kommen morgen

gemütlich mit dem Zug nach. Sie können uns dann in Bristol abholen. Einverstanden?«
Es war Mark anzusehen, dass er uns lieber sofort in sein Auto gepackt und mitgenommen hätte, aber notgedrungen akzeptierte er Jonathans Angebot. »Obwohl es mir richtig Spaß gemacht hätte, Sie, Dunnet, auf den Notsitz meines kleinen Zweisitzers zu quetschen«, sagte er bedauernd, aber schon wieder mit einem Lächeln.
Ich schwebte im siebten Himmel. Ich hätte gleichzeitig singen, tanzen, weinen, lachen und die ganze Welt umarmen können. Unsere neu entdeckte Harmonie hüllte mich in einen Kokon aus geistiger Zuckerwatte. Wenn ich auch nichts lieber getan hätte, als mit Mark in sein Auto zu steigen, so sah ich doch ein, dass Jonathans Plan für uns alle am bequemsten war.
Wie lange unser Aufenthalt dauern sollte, darüber wurde kein Wort verloren, und auch ich machte mir keine Gedanken darüber. Schließlich waren Monika und Alfons bisher auch sehr gut ohne mich zurechtgekommen.
Etwas Ähnliches sagte Monika, als ich sie später anrief, um ihr unsere Reisepläne mitzuteilen. »Nicht, dass ich mich nicht für dich freuen würde – im Gegenteil! Aber ist das jetzt nicht alles etwas überhastet?«, wandte sie nur vorsichtig ein, deutliche Skepsis in der Stimme. »Schließlich kennt ihr euch doch kaum.«
»Genau das wollen wir ja ändern«, erwiderte ich fröhlich. »Ach, Mike, sei doch nicht so misstrauisch! Er möchte mich seiner Großmutter vorstellen.«
Monikas »Hm« klang nur teilweise überzeugt. »Ich wünschte, ich wäre bei dir«, meinte sie. »Du würdest vermutlich in Blaubarts Zimmer stolpern und es überhaupt nicht bemerken.«
Ihre Sorge rührte mich, also schluckte ich die spitze Erwide-

rung, dass sie mich nicht wie ein unmündiges Kind behandeln sollte, hinunter und sagte vernünftig: »Wenn es dich beruhigt: Jonathan kommt mit.«
»Phh! Als ob Jonathan viel davon verstünde!«
»Wenn jemand etwas von Mark und mir versteht, dann er!«, verteidigte ich ihn.
»Vielleicht verstünde *ich* ebenso viel, wenn du zur Abwechslung nicht so geheimnisvoll tätest! Immer diese Andeutungen und Ausflüchte! – Wer soll daraus denn schlau werden?«
Überrascht registrierte ich den beleidigten Unterton. Es sah Monika gar nicht ähnlich, beleidigt zu sein. »Mike … du bist doch nicht etwa eifersüchtig auf Jonathan?«
»Quatsch«, wehrte sie ab. »Na ja, vielleicht ein bisschen. Ich sitze hier mit Stevie und Alfons fest, und er kriegt die ganzen aufregenden Sachen hautnah mit, während du mir gegenüber auf Sphinx machst.«
Ich musste lachen. »Wenn ich dir *alles* erzählen soll, wird es eine teure Angelegenheit! Was willst du wissen?«
»Blöde Frage – alles über Mark Abernathy und dich! Wie war es, als ihr euch das erste Mal getroffen habt?«
»Er hielt mich für eine eiskalte Hexe und ich ihn für einen aufgeblasenen Wichtigtuer.« Ich versuchte, den Termin möglichst lebensnah wiederzugeben.
»Wahnsinn – da wäre ich für mein Leben gern dabei gewesen! Und wann habt ihr gemerkt, dass ihr euch beide geirrt habt?«
»Ich glaube, er war da etwas schneller«, sagte ich nachdenklich und rief mir den unergründlichen Seitenblick ins Gedächtnis, der meiner unbedachten Begeisterung über seine Schaupflanzung gegolten hatte.
Das Picknick und den Empfang fasste ich so kurz wie möglich zusammen, aber Monika ließ sich nicht so leicht abspeisen:

»Das muss ja ungeheuer romantisch gewesen sein, die Tanzerei und das alles. – In welchem Bett seid ihr dann letztendlich gelandet?«
»In seinem«, gab ich zu.
Erwartungsvolles Schweigen signalisierte mir Monikas gespannte Aufmerksamkeit. Seufzend gab ich nach und berichtete so knapp wie möglich von meiner morgendlichen Flucht.
»Und deswegen hat er so komisch gewirkt, als er bei dir angerufen hat.«
Monika stieß einen Pfiff aus. »Reni, wirklich! Du bringst Sachen fertig, auf die käme ich nicht einmal im Traum!«, befand sie. »Musst du alles immer so kompliziert machen? – Viel Glück!«

Kapitel 8
Blackthorn Hall

»So, das ist doch viel gemütlicher, als mit deinem ungestümen jungen Mann die Autobahn entlangzurasen«, stellte Jonathan zufrieden aufseufzend fest, als er sich in die Polster unseres Erste-Klasse-Abteils sinken ließ. Der freundliche junge Schaffner hatte sofort seine Hilfe angeboten, sobald er Jonathans verbundene Hand bemerkte, und unser Gepäck mit der Versicherung, es selbstverständlich auch wieder herunterzuholen, über unseren Köpfen verstaut. Abgesehen von Jonathans zwei voluminösen Koffern in extravagantem weinrotem Wildleder bestand es aus meiner praktischen Reisetasche aus unempfindlichem dunkelblauem Nylon und einem nagelneuen Hartschalenkoffer von beeindruckenden Ausmaßen, der meine Neuerwerbungen enthielt.

Die Ständer bei *Selfridges* hatten keine Wünsche offen gelassen. Jonathan zog die Atmosphäre dort jenen bei *Harrod's* vor. »Ganz gleich, wie gut es einmal war – jetzt trampeln da viel zu viele Touristen durch die Gänge«, hatte er verächtlich die Nase rümpfend erklärt.

Die aktuelle Sommermode meinte es gut mit mir. Die leuchtenden Farben, die andere blass wirken ließen, strahlten auf mir. »Beginnen wir mit diesem Top«, schlug Jonathan augenzwinkernd vor und hielt ein über und über mit Orchideen bedrucktes Teil hoch. »Was hältst du davon?«

»Ist es nicht ein bisschen zu auffällig?«, wandte ich ein.

Jonathan verdrehte die Augen. »Du hast eine tolle Figur – es wäre eine Schande, sie nicht angemessen zur Geltung zu bringen«, sagte er streng. »Denk daran, wie Abernathy dich

anschauen wird …« Er begann mir endlose Mengen von kurzen Röcken, knapp sitzenden Hosen und tief ausgeschnittenen Oberteilen in die Umkleidekabine zu reichen.
Nach meinen anfänglichen Bedenken gefiel mir der Anblick im Garderobenspiegel immer besser. Ich drehte mich zufrieden vor dem Spiegel und fand, dass ich in dieser Hose zwar Schwierigkeiten hatte, mich zu bücken, dafür aber richtig sexy aussah.
Jonathan wirkte ziemlich selbstgefällig, als er endlich sagte: »So! Ich finde, jetzt sollten wir uns dem Darunter widmen. – Ich will nur schnell sicherstellen, dass wir die Sachen auch wirklich rechtzeitig geliefert bekommen.«
Ein Stockwerk höher erstreckte sich ein endlos scheinendes Labyrinth aus Ständern voller Unterwäsche. Aus schierer Gewohnheit blieb ich am Rand eines Wühltisches stehen. Weiße, schwarze, rosa, hellblaue Baumwollunterhosen, praktisch und preisgünstig.
»Nein, Liebes!« Jonathans Stimme klang halb amüsiert, halb entsetzt. Entschieden zog er mich weiter. »Glaub mir, das da ist nicht der Stoff, aus dem Männerträume sind!« Weiter hinten begannen die Ständer immer frivolere Ware zu enthalten: zarte Spitze, schimmernden Satin, kunstvolle Stickereien. »Hier bist du richtig.«
Zum ersten Mal in meinem Leben stand ich in einer Garnitur aus schwarzer Spitze vor einem mannshohen Spiegel und malte mir aus, wie Mark Abernathy wohl auf einen solchen Anblick reagieren würde. Würden seine langen Finger genüsslich über die durchscheinende Spitze gleiten, die so fein war, dass die sich sehnsüchtig aufrichtenden Brustwarzen deutlich zu erkennen waren? Und würden seine Augen sich weiten, wenn er den winzigen glitzernden Schmetterling entdeckte, der vom Stringtanga unsichtbar gehalten über meinen

Pobacken schwebte? Meine Rückseite konnte es durchaus mit denen der Pin-up-Modelle aufnehmen, deren großformatige Fotos ich an den Zeitungskiosken gesehen hatte, befand ich. Die schlanke Taille ging in üppig geschwungene Hüften und einen anmutig gerundeten Po über. Ich würde noch einige dieser Stringtangas nehmen, entschied ich, und überließ mich bei der Auswahl Vorstellungen von großen, sanften Händen, die sie mir ausziehen würden.

Anschließend kauften wir diverse Pullover und Blusen bei *Marks & Spencer*. »Denk daran, die Etiketten herauszutrennen«, hatte Jonathan mich ermahnt. »Keiner will es zugeben, aber sie haben die besten Kaschmirpullover.«

Ich ließ mich folgsam in jeden Laden führen, den Jonathan für empfehlenswert hielt. Nur vor der vornehmen Parfümerie verweigerte ich ihm die Gefolgschaft. »Ich habe mich so an Alfons' Rosenessenz gewöhnt, dass ich dabei bleiben will«, sagte ich energisch – und erinnerte mich an eine samtige Stimme, die mir *Du riechst so gut* ins Ohr geflüstert hatte.

Ganz zum Schluss hatte Jonathan darauf bestanden, mir einen originalen *Burberry*-Regenmantel »für das englische Wetter« zu schenken. Das gute Stück hing jetzt neben meinem Sitz, und hin und wieder strich ich ehrfürchtig über sein dezent kariertes Innenfutter aus Kaschmir.

Ich fühlte mich ausgesprochen wohl in meinen Neuerwerbungen, auch wenn es alles Kleidungsstücke waren, die ich mir noch vor ein paar Tagen kaum an mir hätte vorstellen können. Die Veränderung, die mir am stärksten bewusst war, saß allerdings an meinen Füßen, und ich konnte mich nicht an ihr satt sehen. »Höchst unwahrscheinlich, dass sich die Schuhe plötzlich in Luft auflösen«, brummte Jonathan gutmütig, als er mich bei einem meiner Kontrollblicke ertappte.

Als ich die Pumps im Schaufenster sah, hielt das Taxi gerade an einer roten Ampel. Ich starrte wie verzaubert auf die eleganten Schuhe in kirschrotem Nappaleder. Mit den abgerundeten Spitzen, den schmalen Riemen über dem Spann und den halbhohen geschwungenen Absätzen erinnerten sie mich an die Schuhe, die ich als Sechsjährige unbedingt hatte haben wollen und die Mutter mir so entschieden wie entsetzt verweigerte. »Nur über meine Leiche«, hatte sie damals gesagt.
Wir waren nur noch ein oder zwei Ecken von Jonathans Wohnung entfernt, und ich tat etwas so Verrücktes, dass ich mich immer noch über mich wunderte: Ich stieg einfach aus, obwohl Jonathan mir hinterherrief, auf ihn zu warten. Magisch angezogen von diesen Schuhen marschierte ich, ohne mich noch einmal umzusehen, in den Laden. Erst die piekfeine Umgebung brachte mich auf den Gedanken, dass ich vielleicht etwas zu voreilig gehandelt hatte. Aber ich wollte diese Schuhe!
Und so probierte ich mein erstes Paar Manolo Blahniks an, als Jonathan keuchend und außer Atem hereinstürzte, um mich vor meinem eigenen Wahnsinn zu retten. »Ich habe das Taxi angewiesen, so lange um den Block zu fahren, bis wir hier fertig sind.« Ich nickte, hörte ihm aber überhaupt nicht zu. Das schmiegsame Leder umfing meine Füße wie ein Handschuh. Sie waren überraschend bequem, nichts drückte oder beengte. Versuchsweise ging ich ein paar Schritte in ihnen. Sie fühlten sich einfach *richtig* an. Wie hatte Mrs. Dunnet gesagt? *Wenn sich etwas richtig anfühlt, dann lass dich nicht beirren!* Zwar hatte sie dabei sicher nicht an Schuhe gedacht, aber ich wollte mich jetzt trotzdem nicht beirren lassen.
»Diese verrückten Schuhe stehen dir wirklich gut«, gab Jonathan widerwillig zu.
»Es kommt nicht oft vor, dass ein Modell so gut zu einem Fuß

passt«, bestätigte die Verkäuferin. »Dieser Schuh könnte für Sie maßgefertigt sein, so gut sitzt er.« Genau wie der ganze Laden hatte sie zu viel Stilgefühl, um hinzuzufügen, was jede normale Verkäuferin, die ich kannte, gesagt hätte – »Lassen Sie sich diese einmalige Chance nicht entgehen!« –, aber ich verstand sie auch so.

Die Schuhe kosteten so viel wie alles andere zusammen, aber ich kaufte sie trotzdem. Jonathan musterte mich mit einer Mischung aus Überraschung, Nachdenklichkeit und erfreutem Erstaunen, hielt jedoch den Mund, während er neben mir zur nächsten Ecke trottete, wo unser Taxi wartete.

Bis spät in die Nacht hatten wir gepackt. Vor Aufregung konnte ich nicht einschlafen – und so hörte ich die Wohnungstür, leise Schritte und Stimmengemurmel. Ich widerstand sowohl dem kindischen Bedürfnis, die Tür einen Spalt zu öffnen und einen Blick auf den geheimnisvollen Gast zu werfen, als auch der Ausrede mit dem Glas Wasser.

Der Schnellzug nach Bristol ratterte eher gemächlich dahin. Waren die verrußten Ziegelmauern und bröckelnden Betonwände der verkommen wirkenden Außenbezirke Londons, durch die die Bahngleise führten, mir besonders hässlich erschienen, so machten die Postkartenidyllen der ländlichen Ortschaften, durch die wir nun fuhren, das mehr als wett. Meine Begeisterung über die in allen Farben leuchtenden Vorgärten und die niedrigen, schiefergedeckten Häuser, die sich wie auf impressionistischen Gemälden zu dekorativen Weilern zusammenfanden, ließ mich wie gebannt aus dem Zugfenster starren, um möglichst viel davon in mich aufzunehmen. Hätte ich die Fähigkeit besessen, zu malen, was ich sah, hätte man mir vermutlich vorgeworfen, Kitschbilder zu produzieren.

Jonathan blätterte unbeeindruckt in der Zeitung, die er sich am Bahnsteig aus einem der Kästen gezogen hatte. Wieso er sich ausgerechnet ein so aggressiv aufgemachtes Blatt ausgesucht hatte, wurde mir erst klar, als er es erleichtert aufatmend zusammenfaltete und in den Abfallbehälter fallen ließ.
»Was hast du gesucht?«, fragte ich halb neugierig, halb besorgt.
Er winkte ab. »Blöde Angewohnheit von mir. Wenn ich an diesem Zeug vorbeikomme, kann ich einfach nicht widerstehen nachzuschauen, ob Miles wieder über etwas geifert. Dass er die Gelegenheit nicht nutzt, mein Missgeschick als Aufhänger für eine neue Kampagne zu nehmen, wundert mich.« Seine Stimme klang bitter.
»Hast du deswegen eingewilligt mitzukommen?« Es schien mir nur vernünftig, dass er untertauchte.
Jonathan grinste schief und zwinkerte mir verschwörerisch zu: »Sag es aber nicht weiter! – Außerdem habe ich deiner Freundin versprochen, auf dich aufzupassen. Deswegen habe ich diesen Abernathy überprüfen lassen … und mir scheint, er hat einen, sagen wie einmal, äußerst interessanten Hintergrund.«
Ich glaubte, mich verhört zu haben. »Du hast was?«, keuchte ich ungläubig.
»Ich habe Erkundigungen über ihn eingezogen«, wiederholte Jonathan ungerührt. »Oder besser: einziehen lassen. Ich habe nur ein paar Telefonate geführt.« Ausgesprochen zufrieden mit sich schlug er die Beine übereinander, lehnte sich bequem zurück und fragte aufreizend: »Willst du gar nicht wissen, was ich herausbekommen habe?«
Der Schock ließ nur langsam nach, während die Bedeutung seiner Worte allmählich in mein Bewusstsein sickerte.
In Jonathans Selbstzufriedenheit schlich sich eine Spur Be-

sorgnis: »Tut mir Leid, dass dich das so durcheinander bringt. Hier – nimm einen Schluck!« Damit zog er einen edel schimmernden Silberflachmann aus der Brusttasche, öffnete ihn und hielt ihn mir unter die Nase. Der Duft des Cherrybrandys weckte mich aus meiner Erstarrung.

»Was hast du herausgefunden?«, flüsterte ich und schob die Flasche ungeduldig beiseite.

»Bist du sicher, dass du nichts willst? Na gut.« Jonathan verschloss den Flachmann wieder und drehte ihn unschlüssig hin und her, ehe er ihn umständlich wegsteckte.

»Jonathan!«, warnte ich. »Schlimm genug, dass du hinter meinem Rücken Nachforschungen über meinen ... über Mark eingeholt hast. Aber nun rede endlich!«

»Schon gut, ich will dich ja gar nicht auf die Folter spannen. Ich überlege nur, womit ich anfangen soll. – Also: Dein Mark hat die Gärtnerei direkt von seinem Großvater übernommen, als der ziemlich plötzlich unter ungeklärten Umständen verstarb. Der Coroner befand auf Unfall, aber es gab Gerüchte ...«

»Was meinst du mit Gerüchten?«, bohrte ich nach.

»Die gleichen wie immer in solchen Fällen: dass es Selbstmord gewesen sein könnte – oder dass jemand nachgeholfen hätte. Der alte Abernathy ertrank in einem Teich auf seinem eigenen Anwesen. Als man ihn fand, war er bereits kalt.«

»Wie schrecklich! Und was hat Mark damit zu tun?«

»Vermutlich nichts. Zu dem Zeitpunkt war er ein verheißungsvoller Student der Botanik. Er brach das Studium ab und stürzte sich in die Leitung der Gärtnerei. Seine Großmutter und er haben sie zu dem gemacht, was sie jetzt ist. Sein Großvater war ein guter Gärtner, aber kein Geschäftsmann.«

»Und weiter?«

Jonathan studierte nachdenklich seine Fingernägel. »Was damals hinter vorgehaltener Hand kursierte, war, dass Marks Vater sich nicht gerade vorbildlich verhalten hat. John Abernathy war der Ansicht, dass die Firma ihm zustände, obwohl er sich vorher nie dafür interessiert hatte, und er machte kein Geheimnis aus seiner Überzeugung, ungerecht behandelt worden zu sein. Es heißt, er hätte sogar versucht das Testament anzufechten!« Jonathan rümpfte verächtlich die Nase.
»Wieso wollte er die Firma, wenn er sich nicht für sie interessierte?«, fragte ich.
Jonathan warf mir einen mitleidigen Blick zu: »Um sie zu verkaufen natürlich! Zu der Zeit waren wilde Grundstücksspekulationen gang und gäbe, und das Gelände der Gärtnerei wäre ein Vermögen wert gewesen.«
»Mark hat sich also für die Tradition entschieden und nicht für das schnelle Geld«, stellte ich fest. Ich erinnerte mich an seine ablehnende Reaktion auf dem Ball und fragte: »Weißt du auch, wie es mit der Familie weiterging?«
Jonathan verzog das Gesicht: »Dazu habe ich nicht besonders viel herausfinden können. Irgendwie hat Mark Abernathy es geschafft, seinen Vater zufrieden zu stellen. Vermutlich kostete es ihn eine schöne Stange Geld, aber offiziell leben seine Eltern heute ihrer angeschlagenen Gesundheit wegen in Plymouth.«
Ob solche Familienprobleme den verkniffenen Zug um Marks Mund verursacht hatten? Es musste schwer sein, damit zu leben, dass die eigenen Eltern einen als Feind betrachteten. – Hatte er sich vielleicht sogar gefragt, ob die Haltung seines Vaters und das Gerücht, jemand hätte beim Tod seines Großvaters nachgeholfen, etwas miteinander zu tun hatten? Die Frage lag so offensichtlich auf der Hand, dass man ihr kaum ausweichen konnte.

»Wie du siehst, kann unser Aufenthalt durchaus interessant werden«, unterbrach Jonathan meine Gedanken. »Auf die alte Sophia Abernathy bin ich unheimlich gespannt. Ich kenne nur ein einziges Zeitungsfoto von ihr. Für das Fernsehen war der Fall nicht spektakulär genug. Hier, ich habe eine Kopie machen lassen, weil ich sie so faszinierend finde.« Er reichte mir die unscharfe Schwarz-Weiß-Kopie eines Fotos. Die alte Dame, die darauf zu erkennen war, fixierte ihr Gegenüber mit den gleichen finster zusammengezogenen Rabenflügelbrauen wie ihr Enkel. Das gleiche klassisch geschnittene Gesicht. Die Familienähnlichkeit war nicht zu übersehen, obwohl sie ihre grau melierten Haare in einer Art Pagenkopffrisur trug. Sie wirkte, als wollte sie dem Betrachter ihren altmodischen Stockschirm in die Brust rammen wie ein Schwert. Offenbar hatte sie sich durch den Fotografen belästigt gefühlt.

»Verstehst du, wieso ich einen ungewöhnlichen Aufenthalt erwarte?« Zufrieden räkelte er sich auf seinem Sitz.

»Warum hast du so lange gewartet, mir das alles zu erzählen?«, fragte ich anklagend.

»Weil ich mich nur ungenau erinnerte, dass es um Dark Mark einmal Gerüchte gegeben hatte, und ich dich nicht unnötig beunruhigen wollte. Erst gestern Abend hat mein Informant mir Genaueres mitteilen können«, rechtfertigte Jonathan sich etwas beleidigt.

»Aber diesen Spitznamen hat er doch wegen seiner Züchtungen, oder?« Jetzt wollte ich alles ganz genau wissen.

Jonathan nickte. »Den hat ihm eine Jungreporterin verliehen, die er abblitzen ließ. Schon vier Jahre später war er der Liebling der Gartenarchitekten und der Star sämtlicher *Flower Shows* zwischen London und Glasgow. Die Damen waren alle ganz wild auf Dark Mark: Unter seinen Verehrerinnen gab es wahrscheinlich nicht nur Trophäenjägerinnen, die es auf ein besonderes Exemplar für ihre ... Sammlung abgesehen hatten – aber er schien, so oder anders, nicht interessiert zu sein. Vielleicht musstest du mit deiner komischen Art kommen, um ihn zu erobern.« Er lächelte mir entschuldigend zu und sagte nachdenklich: »Ihr passt irgendwie gut zusammen.«

Als wir aus dem Zug ausstiegen, betrachtete ich, Jonathans Informationen im Hinterkopf, Mark mit anderen Augen als bisher. Er stand etwas abseits am Ende des Bahnsteigs und wirkte so abweisend, dass alle Passanten einen großen Bogen um ihn schlugen. Ich ließ die Lenkstange des Kofferkulis los, auf den der hilfsbereite Schaffner unser Gepäck gestapelt hatte, und winkte heftig mit dem Ende meines roten Schals. Marks Augen fingen das Signal auf – und im gleichen Moment ging ein solches Leuchten über sein Gesicht, dass er um Jahre jünger schien.

Ohne den Blick voneinander zu lösen, bewegten wir uns zielsicher aufeinander zu. Es war ein Wunder, dass ich niemanden überrollte. Vielleicht war das auch Jonathans Verdienst, der neben mir herlief und immerzu rief: »Achtung, defekte Bremsen!«

Mark stoppte das überladene Gefährt mühelos mit einer Hand und riss mich in seine Arme, als wären wir monatelang getrennt gewesen. Das Gesicht an seine Brust gepresst, bekam ich kaum noch Luft, aber ich umschlang ihn trotzdem so fest ich konnte. Genoss seinen Duft, der sich mit dem dezenten Waschmittelgeruch seines Hemdes vermischte. Die Umarmung lockerte sich, und eine heisere Männerstimme flüsterte: »Schau mich an!«

Ich hob den Kopf – und verlor mich in einem Paar dunkler Augen, die schwarzen Pupillen von einem silbernen Ring gerahmt. Dann senkten sich die dunklen Wimpern, und Mark sagte mit um Normalität bemühter Stimme: »Willkommen in Somerset. – Danke, dass Sie mitgekommen sind, Dunnet.« Er übernahm die schwierige Navigation unseres schwerfälligen Gepäckwagens und führte uns zu einem betagten Geländewagen.

Jonathan musterte das Auto misstrauisch. »Sind Sie sicher, dass er nicht plötzlich auseinander fällt?«, fragte er argwöhnisch.

Mark lachte. »Seien Sie nicht so undankbar! Ich habe extra diesen genommen, damit sie sich nicht auf den Notsitz quetschen müssen.« Damit schwang er Jonathans umfangreiche Koffer ohne sichtbare Anstrengung auf die hintere Ladefläche. Ich sah den guten Jonathan zusammenzucken, als das empfindliche Wildleder über die nur oberflächlich gesäuberte Plastikwanne schlitterte, aber er sagte keinen Ton, sondern kletterte eilig auf den Rücksitz. Mark führte mich zur Beifahrertür und nutzte die Gelegenheit, mir einen Kuss ins Genick zu hauchen, während er mir die Tür öffnete.

Nach Blackthorn Hall waren es noch gut zwei Stunden Fahrt. Jonathan stöhnte zuweilen theatralisch auf und behauptete, am nächsten Tag sicher von blauen Flecken übersät zu sein, aber ich ignorierte seine Klagen so gut wie möglich und genoss die Zeit. Die Gegend wies einige der bedeutendsten Gartenanlagen Südenglands auf, und Mark kannte sie alle: Hestercombe Gardens, Barrington Court, Montacute House. »Aber ich mag East Lambrook Manor am meisten. Margery Fish hat meine Großmutter oft um Rat gefragt bei ihrer Suche nach alten Gartensorten, und in ihren Gärten wachsen noch einige der alten Abernathy-Züchtungen. Von Zeit zu Zeit – wenn gerade keine Touristensaison ist – gehe ich hin und schau mir einfach ihre Pflanzensammlungen an und versuche mir vorzustellen, was sie in ihnen gesehen hat, was sie ihr bedeutet haben nach dem Tod ihres Mannes«, erzählte Mark und steuerte konzentriert an einer Gruppe Fahrradtouristen vorbei. »Für manche Menschen scheinen Pflanzen eine Art Ersatz für menschliche Nähe sein zu können – in unterschiedlicher Ausprägung natürlich.«

Damit trifft er genau ins Schwarze, dachte ich. *Zumindest, was mich betrifft.* Bei Jonathan war ich mir nicht so sicher. Er war mehr am praktischen Gebrauchswert seiner Kräuter und anderen Pflanzen interessiert. Aber meine Orchideen hatten für mich tatsächlich den Stellenwert von geliebten Wesen eingenommen, denen ich eine Art Individualität und Empfinden zugesprochen hatte. Dass sie mir seit der Begegnung mit Mark nicht fehlten, hätte mich beunruhigen müssen. Stattdessen schob ich sie in den Hintergrund meiner Gedanken. Aber das hatte ich eigentlich schon seit längerem getan. Seit dem Tag, an dem ich sie in Alfons Gewächshaus gestellt hatte, waren sie mir nahezu unmerklich immer unwichtiger geworden. Nicht, dass ich sie vernachlässigt hätte, aber ihre Versorgung, die Beschäftigung mit ihnen wurde eine Art Routine. Es war nicht mehr der Höhepunkt meines Tages, sondern ein Teil, den ich ohne größeres Bedauern anderen überlassen hatte. Und bei unserem letzten Gespräch hatte ich Monika nicht einmal nach ihnen gefragt! Mark Abernathy hatte sie mühelos verdrängt. Wenn ich jetzt meine Gedanken schweifen ließ, tauchte unweigerlich ein bestimmtes Gesicht auf – keine Blume.

»Wie lange muss ich mich noch durchschütteln lassen?«, beklagte sich Jonathan vom Rücksitz. »Gut, dass ich kein Gebiss habe – das wäre inzwischen locker. Ihr solltet eure Straßen etwas besser in Schuss halten hier draußen.«

»Gleich sind wir da«, tröstete Mark ihn in dem Tonfall, den

Erwachsene quengelnden Kindern gegenüber anschlagen. »Da vorne geht schon die Zufahrt ab.«

Blackthorn Hall lag am Ende einer von Schlehenhecken gesäumten Zufahrt und schien mir so perfekt, dass ich unbewusst den Atem anhielt, weil ich erwartete, es würde sich jeden Moment auflösen wie eine 3-D-Simulation. Der goldfarbene Hamhill-Stein, aus dem es gebaut war, leuchtete in der Nachmittagssonne, und der Schiefer auf dem Dach schimmerte grünlich. Es war kein großes Haus, aber wunderbar proportioniert. Vom Kiesrondell mit einem Seerosenbecken führte eine kleine Freitreppe zu der zweiflügeligen Haustür. Glaseinsätze mit Schlehenzweigen im Tiffany-Stil nahmen die Gestaltung der Zufahrt wieder auf. Eine üppig blühende, leuchtend rote Kletterrose umrankte den Türrahmen.

Kaum war der Wagen auf dem knirschenden Kies ausgerollt, als sich auch schon die Tür öffnete und Sophia Abernathy erschien, auf einen altmodischen Krückstock gestützt. Der war auch das einzig Altmodische an ihr: Sie musste um die achtzig sein, aber in ihren Jeans, dem ausgefransten Flanellhemd und den lehmverkrusteten Turnschuhen hätte man sie von hinten für eine ungestüme junge Frau halten können. Von vorne erinnerte sie mich allerdings eher an einen alten, ehrwürdigen Wildrosenstrauch: wild und ein wenig unordentlich, die älteren Zweige mit Flechten überwuchert, in der Blüte jedoch von geradezu majestätischer Schönheit.

»Na, das wurde aber auch langsam Zeit«, begrüßte sie uns ungnädig. »Ich habe schon vor einer Ewigkeit mit euch gerechnet! Hat es einen Unfall auf der Autobahn gegeben, oder was war los?«

Ich hörte den durchgeschüttelten Jonathan hinter mir entrüstet aufkeuchen, sah Marks süffisantes Grinsen und wusste die Antwort, bevor er gleichmütig erwiderte: »Nein, ich bin mit

ihnen die lange Strecke über Land gefahren, damit sie einen Eindruck von der Gegend bekommen. – Darf ich dir Verena Naumann und Jonathan Dunnet vorstellen? – Verena, Dunnet: meine Großmutter, Sophia Abernathy.«
Ihre kleine Hand griff fest zu: »Willkommen auf Blackthorn Hall. Mark erzählte mir, Sie seien Spezialistin für Orchideen. Sie müssen nachher unbedingt einen Blick auf den Strunk werfen, den ich zu meinem letzten Geburtstag von einem wohlmeinenden Idioten bekommen habe. Bin gespannt auf ihr Urteil. – Mr. Dunnet, unsere Köchin Rosie hofft, sie werden ihr die Spezialmischung verraten, mit der sie im Fernsehen immer diese schöne Kruste hinbekommen. Und ich hoffe es auch, denn ich habe glasierte Ochsenbrust mehr als satt!«
Damit drehte sie sich um, ohne uns Zeit für eine Erwiderung zu lassen, winkte uns herrisch, ihr zu folgen, und stapfte die anmutig geschwungene Holztreppe ins Obergeschoss voraus.
Ich griff eilig nach meiner Reisetasche und folgte ihr, sicherheitshalber ohne mich umzuschauen, denn ich war mir nicht sicher, ob ich angesichts Jonathans ungewohnter Sprachlosigkeit ernst bleiben konnte.
»Hier ist Ihr Zimmer, meine Liebe.« Sie stieß eine hell gebeizte Türe in ein sonnendurchflutetes Zimmer auf. Die zartgrünen Musselinvorhänge vor den Sprossenfenstern bauschten sich in der leichten Brise. Auf den gewachsten Holzdielen lag ein chinesischer Wollteppich mit Rosenmuster. Es roch ein wenig nach Möbelpolitur, Lavendel und den dunkelroten Rosenblüten in der kleinen Porzellanschale auf dem Nachttisch. Das altmodische Bett mit dem hohen Kopfteil, die weiße Leinenbettwäsche, der Kirschholzsekretär mit dem zierlichen Hepplewithe-Stuhl – alles wirkte, als sei die Bewohnerin vor hundert Jahren unerwartet weggerufen worden und würde

jeden Augenblick zurückkehren. »Gefällt es Ihnen?«, fragte Sophia Abernathy nicht unfreundlich.
Ich nickte, sprachlos vor Begeisterung.
»Gut. – Marks Zimmer ist gleich nebenan, Mr. Dunnet hat das Zimmer dort hinten und hier, gleich gegenüber, ist das Badezimmer. Dinner gibt es um sechs Uhr, unten im Speisezimmer. Bis später.« Fast brüsk drehte sie sich auf dem Absatz um, und Sekunden später hörte ich das Tock-Tock ihres Stocks auf den Treppenstufen.
Ich schaute aus einem der beiden Fenster meines Zimmers und bewunderte die Aussicht auf einen kleinen Naturteich voller Seerosen, als lautes Gepolter Mark, Jonathan und unser Gepäck ankündigte.
»Was haben Sie in Ihren Koffern, Dunnet? Ein paar Eisenpfannen? Ihre Kochbibliothek? Oder bloß das Nötigste?«, keuchte Mark und setzte die auffälligen Stücke vor Jonathans Zimmer ab. »Sie brauchen ja wohl keine Hilfe beim Auspacken?« Entschieden schob er Jonathan und seine beiden Koffer in den Raum und schloss die Tür.
»Puh«, er wandte sich zu mir um und lächelte. »Ich bin gleich bei dir.«
Mein Herz begann wie verrückt zu klopfen, als er den Koffer abstellte, die Tür hinter sich schloss und sich mit dem Rücken dagegenlehnte, um mich in aller Seelenruhe von Kopf bis Fuß zu betrachten.
»Ich hatte noch gar keine Gelegenheit, deinen neuen Stil zu bewundern. Sehr schick. Dunnet hat ein gutes Auge – nicht nur für Essbares, das muss man ihm lassen. Aber am besten gefällst du mir in dem roten Kleid …« Seine Augen blitzten, während er langsam auf mich zukam, die Arme ausgebreitet. Ich warf mich hinein, ungeduldig darauf bedacht, ihm möglichst nah zu sein. Wir standen eine ganze Weile einfach so

eng umschlungen, ohne uns zu rühren. Sein kräftiger Herzschlag unter meinem Ohr, die feinen, dunklen Haare auf seinen Unterarmen, das raue Leder seines Gürtels, sein Atem in meinem Haar – ich sog jedes Detail in mich auf.

»Ich muss leider noch in die Gärtnerei«, flüsterte er, das Kinn auf meinen Scheitel gestützt.

»Nimm mich doch mit«, schlug ich ebenso leise vor.

»Nein, lieber nicht.« Er schüttelte bedauernd den Kopf. »Du würdest mich nur ablenken, und ich muss ein paar wichtige Entscheidungen treffen. Ein anderes Mal. Außerdem erwartet Großmutter sicher, dass du auspackst, dich frisch machst und danach in aller Ruhe mit ihr Tee trinkst.«

»Davon hat sie nichts gesagt.« Faszination hin, Faszination her, mit der Ehrfurcht gebietenden Sophia Abernathy alleine Tee zu trinken und Konversation zu treiben war nichts, auf das ich besonders versessen war.

»Sie wird dich schon nicht beißen«, versprach Mark und zog meine Hände an seine Lippen. Die altmodische Geste löste erstaunliche Gefühle in meinem Inneren aus. Elektrische Entladungen liefen entlang der Nervenbahnen unter der Haut meine Arme hoch und das Rückgrat hinunter, um sich in meinem Bauch zu sammeln und einen dicken Knoten zu bilden. Mit einem heiseren »Bis später« ließ Mark meine Hände sinken, drückte sie noch einmal und wandte sich zum Gehen. Ich sah ihm nach und bewunderte die lässige Eleganz, mit der er die Treppenstufen hinunterlief.

Energisch machte ich mich dann daran, den Inhalt meiner Reisetasche und des Koffers in den kleinen Kiefernholzschrank neben der Tür zu räumen. Dabei lenkte mich der große Spiegel im Innenteil eines Türflügels ab. Was mochte Sophia Abernathy über die auffällig modisch gekleidete junge Frau denken, die ich dort sah? In dieser Aufmachung wirkte ich so viel selbstsicherer, als ich mich fühlte, dass ich meinem Spiegelbild die Zunge herausstreckte, um ihm zu zeigen, dass ich mich von ihm nicht beeindrucken ließ.

Sollte ich mich umziehen? An der engen Jeans, die ich für die Bahnfahrt angezogen hatte, war nichts auszusetzen. Aber vielleicht fand Sophia Abernathy das hautenge Orchideen-Top, das den Brustansatz frei ließ, doch etwas zu aufreizend. Und ich wollte Marks Großmutter gegenüber nicht den Eindruck erwecken, jemand zu sein, den sie als »lockeren Vogel« bezeichnen würde.

Unentschlossen inspizierte ich die Neuerwerbungen und entschied mich schließlich für eine schlichte weiße Polobluse. Damit konnte ich nichts falsch machen.

Ich ging über den Gang ins überraschend gut ausgestattete Badezimmer. Offenbar hatten die Abernathys Sinn für modernen Komfort wie die Handtuchwärmer, die ergonomisch geformte Badewanne und die Duschkabine mit den verstellbaren Düsen bewiesen. Ich hatte das Gefühl, gut hundert Jahre übersprungen zu haben, nur indem ich von einem Zimmer ins andere wechselte.

Die Seife duftete zart nach Freesien, die dunkelgrünen Frotteehandtücher waren so dick und flauschig, wie es nur die teuren fertig bringen. Ich gab meiner Neugier nach und öffnete den Spiegelschrank über dem Waschbecken. Wie bei Mutter und mir teilten die beiden ungleichen Bewohner sich offenbar die Ablagen zur Hälfte: Mark die beiden oberen, Sophia die beiden unteren.

Marks Rasierzeug nahm auf seinen Ablageflächen den größten Raum ein, daneben eine Schachtel Aspirin, Zahnseide, Pflaster und Jodsalbe. Ich verbot mir, die Flasche Aftershave herauszuholen und daran zu schnuppern.

Sophia schien eine treue Anhängerin von Naturkosmetik zu

sein: Die weißen, handbeschrifteten Tiegel trugen alle Aufschriften wie Lindenblütensalbe, Rosencreme, Hamamelisauszug. Dekorative Kosmetik schien sie nicht zu benutzen.
Ich stellte meinen schlichten Kulturbeutel auf eine freie Ablage, wusch die Hände, puderte die leicht glänzende Nase nach und bürstete meine Haare.
Und was nun? Sollte ich forsch nach unten gehen? Warten, bis man mich rief?
Zurück in meinem Zimmer versuchte ich mich nervös damit zu beschäftigen, dass ich alles noch einmal umräumte, was ich vorhin hastig in die Schrankfächer gelegt hatte. Das Klopfen an der Tür ließ mich erschreckt zusammenfahren. Sophia Abernathy musste schleichen können wie eine Katze. Ich hatte weder Schritte noch das Knarren von Holzdielen gehört.
»Mrs. Abernathy erwartet Sie zum Tee, Miss!«
Die leise, leicht verwaschen klingende Stimme kannte ich noch nicht. Ich öffnete die Tür – und stand überrascht einer Walküre gegenüber, zu der die kleine Stimme überhaupt nicht passen wollte. Verblüfft über ihre Ähnlichkeit mit einem Perückenstrauch, starrte ich sie sprachlos an – sogar ihre um den Kopf stehenden auberginefarben gefärbten Haare glichen den feinfaserigen Blütenständen des robusten Gehölzes.
»Sie sind also die junge Dame, wegen der so ein Theater war!« Mein Gegenüber schniefte leicht und schien zu meinen, dass ich die ganze Aufregung nicht wert gewesen wäre. »Ich soll Sie bitten, Mrs. A. auf der hinteren Terrasse Gesellschaft zu leisten«, wiederholte sie, drehte sich um und erklärte mit einem Blick auf das reich bestückte Teetablett in ihren Händen: »Das ist für Mr. Dunnet. Mrs. A. meint, er möchte sicher lieber auf seinem Zimmer bleiben.«
Das würde Jonathan vermutlich nicht, aber der Befehl war klar.

»Ich bin Rosie, die Köchin«, warf sie mir über die Schulter zu. »Ich soll Ihnen den Weg zeigen.« Der unfreundliche Tonfall wunderte mich. Ihr Benehmen hätte Mutter schlicht als unverschämt bezeichnet. Aber warum sollte diese wildfremde Frau, die ich zum ersten Mal traf, mir eine derart unverhohlene Abneigung entgegenbringen?

Jonathan nahm das Tablett zwar mit glänzenden Augen entgegen, seine Reaktion auf den »Zimmerarrest« jedoch war eher Entrüstung. Unbeeindruckt von seiner empörten Miene knickste Rosie wie ein Schulmädchen und fragte errötend, ob sie ihm nachher ihre Küche zeigen dürfe und ob er wohl bereit wäre, ihr den einen oder anderen kleinen Tipp zu geben? »Die Sachen, die Sie im Fernsehen immer weglassen«, nannte sie es.

»Aber gerne doch«, versicherte Jonathan ihr und fügte spitz hinzu: »Holen Sie mich einfach ab, wenn meine … Einzelhaft beendet werden darf.«

Rosie schien tatsächlich sanft zu erröten – und sauste dann mit wieselflinker Geschwindigkeit, die man der schweren Person gar nicht zugetraut hätte, vor mir her die Treppe hinunter. Sie führte mich unten durch das Esszimmer mit seinem riesigen Refektoriumstisch und der geschnitzten Anrichte auf ein paar Flügeltüren zu, vor denen sich ähnlich duftige Gardinen bauschten wie in meinem Zimmer. Unvermittelt hielt sie mitten im Schritt inne, deutete mit einer prankenähnlichen Hand auf die offen stehenden Türflügel und sagte: »Mrs. A. ist da draußen.«

Sophia Abernathy saß – nein: thronte – in einem geflochtenen Pfauensessel neben einem passenden Beistelltisch und goss gerade Tee in zwei chinesisch gemusterte Steinguttassen. Bei einer fehlte der Henkel, und die andere hatte abgeschlagene Stellen am Rand, aber sie behandelte sie, als seien sie unbezahlbare Raritäten. Die Jeans und das ausgefranste Hemd hatte sie mit einem wadenlangen Tweedrock und einer weißen Bluse vertauscht. Weder der Fleck auf der Manschette noch das leere Knopfloch mit dem abstehenden Faden, der einen fehlenden Knopf signalisierte, machten sie auch nur um ein Jota weniger beeindruckend.

»Setz dich, Verena. Ich darf doch Verena sagen?«

Mit einer königlichen Geste bedeutete sie mir, ihr gegenüber Platz zu nehmen, und reichte mir die Tasse mit dem abgeschlagenen Rand.

»Ich hoffe, er schmeckt dir. Rosie hat extra den Sonntagstee aufgebrüht«, eröffnete sie die Partie. Hellwache Augen nahmen mich unter die Lupe und registrierten jedes Detail zwischen meinen obersten Haarspitzen und den Sohlen meiner »Mut-Schuhe«. Schließlich nickte sie, offenbar zufrieden, und trank vorsichtig aus ihrer henkellosen Tasse. »Das sind die letzten beiden Tassen aus dem Service, das mein Mann mir zum dreißigsten Geburtstag geschenkt hat«, informierte sie mich. »Ich benutze sie nur selten.«

Ich murmelte ein paar Worte des Bedauerns und fragte mich im Stillen, wieso sie sich nicht davon trennen konnte. Bedeutete es ihr so viel? Und was beabsichtigte sie damit, es ausgerechnet jetzt zu benutzen? Was wollte sie mir damit mitteilen?

Nervös wartete ich ab. Wenn sie über das Wetter gesprochen, mich nach der Fahrt oder anderen unverfänglichen Dingen gefragt hätte, wäre ich höflich darauf eingegangen. Aber nach der verwirrenden Einleitung war mir völlig unklar, wie ich mich verhalten sollte.

Sophia überraschte mich, indem sie ihre Hände fest im Schoß faltete, tief Atem holte und sagte: »Ich bin eine alte Frau und kann es nicht leiden, um den heißen Brei herumzureden. Was bedeutet dir mein Enkel?«

Vor der Distanzlosigkeit dieser Frage zuckte ich im ersten Moment zurück, dann merkte ich, wie Ärger in mir aufstieg. Was ging sie das an, was Mark und mir selbst noch unklar war? Aufgebracht öffnete ich schon den Mund, um eine brüske Antwort zu geben, als ich die Anspannung in ihren Augen und um ihren Mund wahrnahm.
Sophia Abernathy war sicher eine mutige Frau, aber es hatte sie offensichtlich einige Überwindung gekostet, mir diese Frage zu stellen. Nach dem, was Jonathan mir im Zug erzählt hatte, war ihr Enkel alles, was ihr noch am Herzen lag. Die Sorge, die ich jetzt in den Tiefen der kühlen, grauen Augen erkennen konnte, rührte mich. Sie hatte ein Recht auf eine offene Antwort.
Aber ich konnte nicht einfach sagen: »Ich liebe ihn.« Dafür war es noch zu früh. Also gut, ich war verliebt, sogar bis über beide Ohren. Aber würde das reichen? Bei meinen Eltern hatte es nicht gereicht. Und ich war nicht mehr zwanzig. Ich würde nicht wieder den Fehler begehen, Liebe mit Verliebtheit zu verwechseln.
»Es … es ist nicht so einfach«, versuchte ich in widerspenstige Worte zu fassen, dass ich es nicht fertig brachte, zu sagen, was Mark mir bedeutete. Gefühle sind so schrecklich instabil. Ich wollte nicht über morgen oder gar übermorgen nachdenken. Ich wollte, dass die Zeit stillstand, wenn ich mit ihm zusammen war. Ich wollte eine Ewigkeit, um zu entdecken, was er dachte, fühlte, empfand. Und wenn ich mir ganz, ganz sicher sein konnte – dann würde ich diese drei besonderen Worte sage. *Ich liebe dich.*
»Ich glaube zu verstehen, wovor du Angst hast«, sagte Sophia und nickte erleichtert. »Und ich bin froh darüber, dass du mir nicht ein oberflächliches ›Ich liebe ihn‹ hingeworfen hast.« Sie lächelte mir zu, und das Strahlen in ihrem Gesicht

ließ sie plötzlich viel jünger und liebenswerter erscheinen. Sie war nicht mehr die Furcht einflößende, selbstherrliche Patriarchin, sondern eine warmherzige Frau, die gelernt hatte, sich mit einer harten Schale zu schützen. »Aber sag mir ... magst du ihn?«, beharrte sie.

Ich dachte an sein mitfühlendes Interesse, sein feines Gespür für meine Stimmungslagen, seine Sanftheit und seine Leidenschaft, als er mich geliebt hatte; seine Freundlichkeit den alten Dunnets gegenüber; seine ruhige Bestimmtheit, die er meiner unklaren Panik entgegengesetzt hatte; seinen Humor, der immer dann durchbrach, wenn man es nicht erwartete.

»Und wie!«, flüsterte ich in meine Teetasse. Ja, ich war bis über beide Ohren verliebt, aber bei aller Hochstimmung: Es machte mir schreckliche Angst. Meine erste und einzige Erfahrung auf diesem Gebiet war ein solches Desaster gewesen. Ich hatte mir nichts vorzuwerfen, aber ich schämte mich trotzdem. Die letzten Jahre hatte ich es vorgezogen, diese Episode einfach wegzuschieben, zu ignorieren. Aber meine jetzigen Gefühle konfrontierten mich wieder damit.

Es war das gleiche Herzklopfen, das auch Dieters Anblick damals in mir ausgelöst hatte. Die gleiche Sehnsucht nach Nähe, nach Intimität, einem anderen so nahe wie möglich zu sein.

Nachdem ich das alles kennen gelernt hatte, war es so viel härter gewesen, wieder darauf verzichten zu müssen, dass ich diese Erfahrung nicht ein zweites Mal durchmachen wollte.

Und es würde diesmal viel schlimmer werden, denn in der Nacht nach dem Ball hatte Mark Gefühle in mir geweckt, wie es Dieter niemals gekonnt hätte.

»Er mag dich auch«, riss Sophia mich aus meinen Gedanken. »Sehr sogar. Ich habe noch nie erlebt, dass er so durcheinander war«, sagte sie nachdenklich. »Ich frage mich ...« Sie brach

ab und starrte stirnrunzelnd auf den Teller mit den Kresseschnittchen.
Ich wartete geduldig und höflich, doch es fiel mir nicht mehr schwer. Die nervöse Anspannung war gewichen. Ich hatte keine Angst mehr vor Sophia Abernathy.
Sie nahm sich zusammen, bot mir eine zweite Tasse Tee an und sagte: »Du bist anders, als ich dich mir vorgestellt hatte. Ich habe immer befürchtet, eines Tages würde eine von diesen Hyänen, die seit Jahren hinter ihm her sind, Mark zur Strecke bringen. Es schien nur eine Frage der Zeit zu sein. Er ist auch nur ein Mann …« Die alte Dame lächelte mir vertraulich zu und verriet: »Ich hatte mich schon darauf eingestellt, dich zu hassen.« Ungerührt biss sie dann herzhaft in eine Kresseschnitte und fuhr mit vollem Mund fort: »Aber ich habe gleich gemerkt, dass du nicht so eine bist – trotz dieser Schuhe.« Sie blinzelte in Richtung meiner Manolo Blahniks. »Man darf nicht nach dem Äußeren gehen: Diesem Jonathan Dunnet würde man auch nicht zutrauen, dass er ein Ei kochen kann, so geschniegelt, wie er herumläuft. – Woher kennst du ihn eigentlich?«
Ein Schmunzeln unterdrückend befriedigte ich ihre Neugier. Ich fasste mich kurz, erzählte von meiner Vorgeschichte nur das Nötigste und schilderte ihr dafür ausgiebig meine Kochlektionen und Jonathans Einsatz für meine Garderobe.
Sophia nickte zustimmend: »Geschmack hat er, das muss man ihm lassen. – Ich muss zugeben, ich war alles andere als glücklich, auch noch einen bekannten Fernsehkoch beherbergen zu müssen. So etwas bringt den ganzen Haushalt durcheinander. Rosie spricht ununterbrochen davon, und heute Morgen hat sie prompt den Toast anbrennen lassen. Ich hoffe, sie fängt sich. – Wenn du Lust hast, zeige ich dir jetzt den Garten.«
Ihre Sprunghaftigkeit erinnerte mich an Mr. Dunnet, doch

die alte Dame war bei glasklarem Verstand. Sie hielt sich nur nicht mit langen Überleitungen auf. Wenn ein Thema für sie erledigt war, dann wechselte sie ohne Präliminarien zum nächsten. Ich merkte, dass mir das besser gefiel, als ich erwartet hätte.

Sophia Abernathys Sinn für das Wesentliche zeigte sich auch in der Konzeption des Hausgartens. Auf den repräsentativen vorderen Teil hatte sie die wenigste Mühe verschwendet. Klugerweise hatte sie die Proportionen des Hauses für sich wirken lassen und sie nur durch wenige Elemente wie das kleine Bassin im Rondell und den einzelnen Rosenstock hervorgehoben.

Im hinteren Teil begeisterte mich ein wunderschön angelegter Rosengarten, in dessen Zentrum ein weiß lackierter Pavillon mit einer schlichten Holzbank stand und dazu einlud, in den süßen Duftwolken zu schwelgen. »Hier dulde ich nur Sorten, die hervorragend duften«, erklärte Sophia stolz.

Zwischen den Lavendelbüschen und grünen Bergen aus Frauenmantel hatten sich zahlreiche Unkräuter eingenistet. Ich bückte mich automatisch, um ein Franzosenkraut in voller Blüte herauszuziehen, merkte in letzter Minute, was ich zu tun im Begriff war, und bat um Entschuldigung. Keinesfalls wollte ich aufdringlich oder gar übereifrig erscheinen. Aber Sophia lächelte seltsam zufrieden und sagte entschuldigend: »Ich komme leider nicht mehr nach mit dem Jäten. Und das Gemüse ist wichtiger. – Kennst du die *Rose de Resht*? Sie ist mein Liebling.«

Eine Rose war für mich immer eine perfekt geformte Blüte gewesen, ohne Leben, ähnlich den Callas: ideal geeignet für Imitate in Plastik. Bereits in London hatte ich meine abfällige Meinung revidieren müssen, aber die Ausstellungsstücke dort waren für den speziellen Anlass gezüchtet worden.

Man hatte keine Rücksicht auf ihre natürliche Entwicklung genommen. Sophias Rosen merkte man hingegen an, dass sie sich frei entfalten durften, wie ihre Natur es verlangte. Sie hatten nicht nur mit ihren gezierten Verwandten aus den Blumenläden wenig gemein, sie strotzten auch vor Vitalität, explodierten geradezu. Die warme Luft des Spätnachmittags verschmolz ihren Duft mit dem leichten Geruch der Frühsommerwiesen, einem Hauch Meeresbrise und etwas Süßem, das mir unterschwellig bekannt vorkam, das ich aber nicht einordnen konnte.

Wie ein kleiner Fußteppich hatten sich um die meisten Sträucher abgefallene Blütenblätter auf dem Boden gesammelt, manche fast lilafarben oder rötlich braun verfärbt, manche in dem gleichen Magenta wie am Strauch, manche in zu schmutzigem Weiß verblasstem Rosa. Auch an den Pflanzen variierten die Farben. Der erste Farbklecks an einer aufbrechenden Knospe unterschied sich von der prachtvollen Fülle der Blüten, die sich gegenseitig bedrängten, und von den bereits schütter werdenden älteren Blüten vom Vortag.

Ich betrachtete die Rose, mit der Mark mich verglichen hatte, natürlich genauer als alle anderen. *Rose de Resht* war ein kompakter, schön proportionierter Strauch mit kräftigen Zweigen, aus deren dichtem Laub perfekt geformte, zierliche Blüten in einem auffälligen Purpur leuchteten. Er reichte mir ungefähr bis zum Bauchnabel und wirkte, inmitten der ausladenden langen Triebe seiner Nachbarn, ausgesprochen ordentlich. Ich senkte meine Nase in einen dieser seidigen Bälle, atmete tief ein und schloss die Augen. Der intensive Geruch erinnerte an Alfons' Rosenessenz.

»Kommst du weiter? Ich will dir noch den Rest zeigen.«

Bedauernd folgte ich Sophia zu dem von Geißblatt überwucherten Torbogen in der Eibenhecke, die dem Rosengarten

Windschutz gab. Je näher wir dem Torbogen kamen, desto intensiver wurde der süße Duft, den ich nicht hatte einordnen können. Hinter der Hecke erstreckte sich der Küchengarten bis hinunter zu dem Seerosenteich, den ich von meinem Zimmer aus gesehen hatte.

Sophia bemerkte, dass ich begeistert schnupperte, und erklärte: »Ich mag ihn auch. Schade, dass er nur abends so duftet.« Sie warf einen kurzen Blick auf ihre Armbanduhr und fügte berichtigend hinzu: »Na ja, von jetzt bis etwa neun Uhr früh. Er ist etwas für Nachtschwärmer – und für Verliebte.«

Der Kräutergarten direkt hinter der Küchentür war mit Steinwegen aus dem gleichen Hamhill-Stein eingefasst, aus dem das Haus errichtet worden war. Die einzelnen Beete waren auch bei schlechtem Wetter alle sauberen Fußes zu erreichen. Er wirkte relativ frisch angelegt, zwischen den einzelnen Steinplatten der Wege hatte sich noch kaum Unkraut angesiedelt und in den großzügigen Beeten wirkten manche Pflanzen noch etwas verloren.

»Den hier verdanken wir Jonathan Dunnet«, sagte Sophia mit leicht grimmigem Unterton. Als ich sie fragend ansah, erklärte sie: »Seit Rosie die Kochsendungen von ihm sieht, hat sie manchmal komische Ideen. Früher hat sie mit dem gekocht, was hier sowieso wuchs. Aber auf einmal war das nicht mehr gut genug: Es muss jetzt *französischer* Estragon und *italienisches* Basilikum sein. Nichts als Arbeit macht das!« Sie wies mit der für sie charakteristischen Schroffheit auf einen Teil, in dem mühsam gepäppelte Basilikumsämlinge sich mühten, mit der kräftig wachsenden Petersilie Schritt zu halten. »Sogar solch ein albernes Lorbeerbäumchen musste her«, murrte sie und stieß missmutig mit der Fußspitze an den Kübel mit dem geschmähten Bewohner.

»Aber es ist doch sehr hübsch«, versuchte ich sie zu besänftigen. »Und außerdem schmecken viele Gerichte mit frischen Kräutern tatsächlich viel besser«, fügte ich mit der geballten Überzeugung der kürzlich Bekehrten hinzu.

»Pah! Ich bin siebzig Jahre ohne das ausgekommen. – Na ja, vielleicht schmeckt es wirklich ein bisschen besser«, gab sie zu.

Wir schlenderten weiter, zwischen langen Reihen von Buschbohnen, Kaiserschoten und Tomaten hindurch, vorbei an Perlenketten von verschiedenfarbigen Salatköpfen.

»Das sind ja Mengen!«, staunte ich.

»Das will ich hoffen! Was wir nicht selbst verbrauchen, verkaufen wir in der Gärtnerei. Bevor Mark mit diesem *Purple-Passion*-Zeug so gut ins Geschäft kam, war das ziemlich wichtig für uns. Jetzt haben wir es etwas zurückgefahren.«

Wir waren am Ende der bewirtschafteten Fläche angekommen, und ich ließ meinen Blick über den fast zugewucherten Teich gleiten. Ein Motiv von überwältigender Lieblichkeit: Die sich über die Wasserfläche erhebenden Blätter und Blütenknospen ließen nur kleine Wasserbereiche frei, in denen sich der blaue Himmel und die vereinzelten weißen Wattewolken spiegelten. Uralte Weiden am Ufer mit tief herab hängenden Zweigen rahmten das Bild ein. »Wenn sie blühen, muss es ein wundervoller Anblick sein«, sagte ich bewundernd.

Erst Sophias Schweigen machte mir bewusst, was ich da so gedankenlos gesagt hatte. Hatte Jonathan nicht erzählt, Marks Großvater sei ertrunken? War es etwa hier in diesem wunderschönen Feenteich geschehen?

»Ja, das ist es.« Ihre Stimme klang rau. Sie räusperte sich und sagte in normalem Tonfall: »Früher habe ich mich immer darauf gefreut. Es sind besonders schöne Exemplare, Toms Lieblinge. Er war stets auf der Suche nach ganz besonderen Farben. Deshalb habe ich es nicht übers Herz gebracht, den

Teich zuschütten zu lassen, wie mir von allen Seiten geraten wurde. Tom hätte es nicht gewollt.« Sie wandte sich energisch ab und drehte dem Teich den Rücken zu.
»Es tut mir so Leid! Wenn ich gewusst hätte ...«, stotterte ich.
Sophia nickte nur und wischte sich beiläufig über die Augen. »Schon gut. Es gibt Tage, da denke ich nicht mehr daran. Aber die Blütezeit ist wie eine Erinnerung. Wir haben ihn dort gefunden.« Sie wies in eine Richtung, in der die Blätter besonders groß und kräftig schienen. »Es war sein ausgesprochener Liebling. Vermutlich wollte er die Samen holen. Wenn Seerosen verblühen, versinken die Stiele mit den Samenansätzen unter Wasser. In einem Bassin kann man sie ernten, wann man will, aber in einem Naturgewässer muss man aufpassen.«
»Warum hat er denn niemanden mitgenommen?«
Diese Frage hatte sie sich im Lauf der Jahre wohl selbst unzählige Male gestellt. Sie hob die Schultern in einer hilflosen Geste: »Wenn ich das nur wüsste!«
Die wachsenden Schatten und der kühler werdende Wind zeigten, dass der Nachmittag zu Ende ging. Fröstelnd umfasste Sophia ihre Oberarme und sagte: »Lass uns zum Haus zurückgehen. Ich meinte es vorhin ernst, als ich sagte, dass ich deine Meinung über mein lästiges Geburtstagsgeschenk hören wollte.«
Die Orchidee kümmerte in einem zu großen Topf und in zu feuchtem Substrat. Ich bezweifelte, dass sich die Mühe des Umtopfens noch lohnte, denn vermutlich hatte sie bereits angefangen zu faulen, aber ich versprach sie am nächsten Tag in die Gärtnerei mitzunehmen und sie dort zu verpflegen.
Sophia dankte mir herzlich. »Es ist nämlich so, dass ich immer nach ihr gefragt werde. Und es würde die arme Daisy fürch-

terlich kränken, wenn ich ihr sagen müsste, ihre Orchidee sei eingegangen.«

Das Abendessen, feierlich Dinner genannt, entpuppte sich als eine äußerst zeremonielle Angelegenheit. Sophia, in altmodischer schwarzer Spitze und mit anderthalb Perlenohrringen – bei dem linken fehlte die tropfenförmige Perle, die beim rechten fast ihre knochige Schulter streifte –, empfing uns im Speisezimmer vor dem Kamin stehend. Das schlichte Leinenkleid in azurblau mit dem dazugehörigen bestickten Jäckchen, das wir für Gelegenheiten wie diese vorgesehen hatten, fand offenbar ihre Zustimmung. Sie nickte mir wohlwollend zu und sagte an Jonathan gewandt: »Ich muss mich dafür entschuldigen, Sie jetzt erst angemessen zu begrüßen. Aber Sie haben sicher Verständnis dafür, dass wichtige Familienangelegenheiten mich in Anspruch nahmen.« Die Wirkung der würdevollen Ansprache machte sie allerdings sofort zunichte, als sie sich ihm zuneigte und vertraulich flüsterte: »Ich hoffe, Sie sind inzwischen so weit wiederhergestellt, dass Sie Rosies Essen überstehen. Seien Sie so gut, und loben Sie es über den grünen Klee, auch wenn Sie es ungenießbar finden. Sonst ist sie die nächsten Wochen unausstehlich!«
Jonathan, elegant wie immer in seinem schwarzen Anzug, benahm sich zu meiner Erleichterung tadellos: Mehr als einen kleinen Anflug von Sarkasmus hörte selbst ich nicht aus seiner Versicherung heraus, sich in den vergangenen Stunden von den Strapazen der Reise völlig erholt zu haben.
Sophia nickte majestätisch. »Sehr hübsch gesagt, Mr. Dunnet! – Nehmen Sie sich einen Sherry. Mein Enkel wird jeden Augenblick herunterkommen.«
Mark erschien wenige Minuten später. Ich erkannte den Anzug von unserer zweiten Begegnung wieder. Besaß er keinen

anderen? Vermutlich nicht, entschied ich. Im Gegensatz zu Jonathan schien er sich im Anzug nicht wohl zu fühlen. Man sah ihm an, dass er die Krawatte als unangenehm empfand, sich beengt fühlte. Ich warf ihm einen mitfühlenden Blick zu. Er lächelte etwas gequält, als er auf mich zutrat und zurückhaltend auf die Wange küsste. »Glücklicherweise zwingt meine Großmutter mich nicht oft zu so einer förmlichen Verkleidung. Normalerweise bewahrt sie dieses Relikt auf dem Dachboden auf.« Er schnupperte misstrauisch. »Bilde ich es mir ein, oder riecht diese Krawatte tatsächlich nach Mottenkugeln?«

Sophia, die seine despektierliche Bemerkung aufgefangen hatte, runzelte finster die Stirn und bat Jonathan fast barsch, sie zu Tisch zu führen.

Rosies Essen war einfach wunderbar, aber ich hätte es auch wunderbar gefunden, wenn es nach Pappe geschmeckt hätte. Nach jedem Gang erschien die Köchin mit vor Verlegenheit dunkelroten Pausbacken, rang nervös die Hände und bat Jonathan inständig, ehrliche Kritik zu üben. Obwohl ihren Gerichten das Raffinement fehlte, das er selbst zelebrierte, klang sein Lob aufrichtig. »Vielleicht hier und da eine Spur – aber bloß eine Spur von …« Als er ihr versprach, am nächsten Vormittag ein paar seiner Tricks zu verraten, knickste sie wie ein Schulmädchen früherer Tage und strahlte über das ganze Gesicht.

»Viel hat nicht gefehlt, und sie hätte Ihnen die Hände geküsst, Dunnet«, bemerkte Mark trocken. »Dürfen wir euch dann eurem Portwein überlassen? Ich möchte Verena den Rosengarten zeigen.«

»Ach, die Jugend«, sagte Jonathan seelenvoll und griff nach dem Käsemesser. »Ich fand es vorhin ziemlich kühl. Passt auf, dass ihr euch nicht erkältet.«

Die Warnung war berechtigt. Ich fröstelte, sobald wir das Haus verließen, und das obwohl Mark mir seinen Arm um die Schultern geschlungen hatte und ich mich so eng wie möglich an seinen warmen Körper schmiegte.
»Vielleicht war es keine so gute Idee, aber ich wollte dich unbedingt in Ruhe und ohne Beobachter küssen«, murmelte er heiser und riss mich in seine Arme, sobald wir um die Hausecke gebogen waren.

Kapitel 9
Purple Passion

»Du fühlst dich wohl? Kein Kratzen im Hals, kein Anflug von Gliederschmerzen?«, erkundigte Jonathan sich übertrieben besorgt, sobald ich am nächsten Tag mit einem hastig gemurmelten »Guten Morgen« als Letzte ins Speisezimmer trat. Obwohl es ein Sonntag war, hatte Sophia schon gefrühstückt, wie ihr benutztes Gedeck zeigte, und Mark, der mir von seinem Platz aus ein verschwörerisches Lächeln zuwarf, leerte gerade seine Teetasse.

»Hatten wir nicht ausgemacht, dass ich dir heute Vormittag die Gärtnerei zeigen wollte? Was hat dich so lange aufgehalten?«, fragte er unschuldig.

Ich warf ihm einen vorwurfsvollen Blick zu. Er wusste ganz genau, dass ich in Gegenwart von Jonathan nicht erwähnen würde, dass er mich den größten Teil der Nacht wach gehalten hatte. Der Mond war bereits untergegangen und die ersten Vögel hatten angefangen, die Dämmerung anzukündigen, als er mit den Worten »Ein paar Stunden sollten wir noch schlafen« widerwillig in sein eigenes Zimmer zurückgekehrt war.

»Was haben Sie heute vor?«, wandte Mark sich an Jonathan, der mit gutem Appetit erstaunliche Mengen Würstchen, Rührei und Toast vertilgte. »Wir können Sie mitnehmen und im Ort absetzen. Von dort ist es ein netter Spaziergang zurück.«

»Danke, nicht nötig. Michael wird mich nachher mit seinem Motorrad abholen und nach London zurückbringen.«

Im ersten Moment traute ich meinen Ohren nicht, dann fiel mir plötzlich die nächtliche Auseinandersetzung ein, und ein

Puzzleteil rutschte an den richtigen Platz. »Michael? Ist das der …?«
»Ja, genau der!« Jonathan lächelte eine Spur verlegen und gestand: »Wir haben uns gestern Nacht ausgesprochen – das Telefon ist wirklich eine wunderbare Erfindung –, und er wird bei mir einziehen. Ich weiß nicht, ob es funktionieren wird, aber wir wollen es versuchen.« Er zwinkerte mir zu. Spontan sprang ich auf und fiel ihm um den Hals: »O Jonathan, ich freue mich ja so für dich!«
»Sachte, sachte, Liebes!« Er tätschelte mir freundlich die Schulter. »Für überschwängliche Glückwünsche ist es noch ein bisschen früh!«
»Ich wünsche Ihnen ebenfalls alles Gute, Dunnet«, sagte Mark etwas steif. »Haben Sie gesagt, Sie werden mit einem Motorrad abgeholt?«
»Ja, Michael möchte mir seine neue Maschine vorführen.«
»Du hast doch überhaupt nichts Passendes anzuziehen dabei, und mit deiner verletzten Hand kannst du dich nicht richtig festhalten«, wandte ich besorgt ein. »Wieso kann er dich nicht einfach im Auto abholen?«
Jonathan lächelte halb selbstironisch, halb wehmütig. »Ja, das wäre mir auch lieber gewesen, aber es lag ihm so viel daran, dass ich eingewilligt habe. Er bringt mir eine Ledergarnitur mit. Du brauchst dir also keine Gedanken um meine Anzüge zu machen!«
»Und Ihr Ungetüm von Koffer?« Mark hob zweifelnd die Brauen. »Wollen Sie es hinten draufschnallen?«
»Natürlich nicht!«, erwiderte Jonathan gelassen und konzentrierte sich darauf, sein Würstchen in annähernd gleich große Stücke zu schneiden. »Ich schicke so schnell wie möglich einen Boten, der mein Gepäck abholt – wenn es Ihnen nichts ausmacht«, fügte er höflich hinzu.

»Keineswegs.«
Die Zimmertür hinter mir wurde plötzlich aufgestoßen. Rosie fragte mürrisch: »Kann ich jetzt endlich abräumen?«
»Einen Moment noch, Rosie. Wir sagen dir Bescheid, wenn wir so weit sind«, sagte Mark freundlich. Ich drehte mich um, um ihr einen guten Morgen zu wünschen, und war direkt schockiert über den hasserfüllten Blick, den ich auffing, bevor sich die Lider mit den dünnen blonden Wimpern senkten. Also hatte ich mir ihre Abneigung gestern nicht eingebildet. Sie musste einen Grund haben, mich so zu verabscheuen. Aber welchen?
»Weiß Sophia schon, dass Sie abreisen?«
Um Jonathans Mund zuckte es. »Ich habe es ihr vorhin gesagt und wurde ausdrücklich für meinen Takt gelobt, mich dem jungen Paar nicht weiter aufzudrängen.«
Mark starrte ihn sprachlos an. Ich musste kichern. So unverblümt konnte nur Sophia sein!
»Schauen Sie nicht so ungläubig, Abernathy. Ihre Großmutter ist eine Frau, die sagt, was sie denkt, und ich bin unbedingt ein Bewunderer ihres Stils!« Mit diesen Worten schob er seinen Stuhl zurück und erhob sich. Feierlich zog er mich an seine makellose Brust und küsste mich gefühlvoll auf die Wangen. »Es hat Spaß gemacht, dich aufzupolieren, Liebes. Mach mir Ehre, ja?«
»Ich werde mir Mühe geben! – Ich wünsche dir alles Glück der Welt, du verdienst es!«, flüsterte ich ihm ins Ohr.
Er grinste schief und flüsterte genauso leise zurück: »Du auch!«
Dann streckte er Mark die Hand hin. »Danke für Ihre Einladung. Passen Sie gut auf sie auf, Abernathy! Und jetzt macht, dass ihr wegkommt: Ich hasse tränenreiche Abschiede!«

Rosie klapperte lautstark in der Küche, aber Sophia war nirgends zu sehen. »Sie ist oft für Stunden verschwunden«, sagte Mark sorglos. »Lass uns fahren.«
Er führte mich zu seinem klapprigen Lieferwagen und raste in halsbrecherischem Tempo die engen Feldwege entlang. Ich wagte gar nicht, mir vorzustellen, was passieren würde, wenn jemand uns entgegenkäme. Mein ungestümer Fahrer warf einen Seitenblick auf meine verkrampfte Gestalt, die Hand, die sich an den Türgriff klammerte, und grinste. »Keine Angst, hier fährt sonst keiner. Wir landen schon nicht im Graben!«
Trotz seiner Versicherung atmete ich dennoch erleichtert auf, als er schwungvoll vor dem Eingang stoppte. Die Gärtnerei lag außerhalb der kleinen Ortschaft; ich konnte ein paar hundert Meter weiter die niedrigen, grauen Steindächer sehen. Das Verkaufsgebäude wirkte, als hätte sich seit Jahrzehnten niemand mehr darum gekümmert. Der Putz blätterte in großen Stücken ab, die Fenstergitter und die Metallteile des Zauns waren mit dem überzogen, was man beschönigend »Edelrost« nennt, und Dachwurzpolster hatten praktisch die Aufgabe der Wellblechabdeckung übernommen.
»*Das* ist ›Purple Passion‹?« Ich konnte die Enttäuschung in meiner Stimme nicht unterdrücken. In meiner Vorstellung hatte ich den Schriftzug immer an einem gepflegten Cottage prangen gesehen, mit schmiedeeisernen Toren, weitläufigen Anzuchtquartieren und modernen Glashäusern, die in der Ferne durch die Bäume blitzten.
»Was hast du erwartet?« Mark wirkte erstaunt.
Ja, was hatte ich eigentlich erwartet? Er hatte Geldsorgen. Das wusste ich nicht nur wegen unseres Vertrages, sondern auch wegen der Erwähnung, dass seine Eltern ihn eine schöne Stange Geld kosteten. Und Sophia hatte gestern davon ge-

sprochen, dass sie sogar das Gemüse aus dem Hausgarten verkauft hatten, um über die Runden zu kommen. Ich holte tief Luft. »Ich weiß nicht. Aber ich hatte den Betrieb für größer gehalten. Bei deinem Ruf …«

»Enttäuscht? Warte ab, bis du unsere Mutterpflanzenquartiere gesehen hast. Ich habe jeden Penny, den ich erübrigen konnte, da hineingesteckt.«

Der winzige Verkaufsraum war leer bis auf die Theke und einen Eimer tiefvioletter Glockenblumen. Sein Büro gleich dahinter war nicht größer. Den Schreibtisch konnte man vor lauter Papier in allen Erscheinungsformen kaum erkennen. Das Telefon balancierte gefährlich weit oben auf einem Stapel aufgeschlagener Aktenordner. Auf zwei Holzstühlen davor häuften sich Packzettel, Lieferscheine und Bestellungen in wildem Durcheinander. Der Luftzug wirbelte die oberen Blätter auf den Boden, wo bereits einige Vorgänger lagen.

»Wie blickst du bei diesem Chaos noch durch?«, fragte ich entsetzt. Es schien unwahrscheinlich, dass irgendeine Bestellung angesichts dieser Form der Buchführung auch nur ansatzweise ordnungsgemäß abgewickelt werden konnte.

Mark runzelte bedrückt die Stirn. »Normalerweise kümmert sich Miles darum, aber die letzte Woche war er krank, und ich hatte einfach zu viel anderes zu tun. – Mir graut auch davor.«

Letzte Woche? Ich sah mich noch einmal um. Hier war mit Sicherheit seit geraumer Zeit nicht für Ordnung gesorgt worden. Seltsam. Warum hatte dieser Miles das alles so schleifen lassen? Er musste doch wissen, dass das Marks Probleme noch vergrößern konnte. Entschlossen fasste ich den Raum ins Auge. »Hast du für den Anfang ein paar saubere Kartons oder Kisten?«

»Du willst mir helfen?« Mark sah mich überrascht an.

»Natürlich. Gleich wirst du sehen, wie wertvoll ein Partner mit Erfahrung in Buchführung ist«, sagte ich aufmunternd. Unter meiner Anleitung begannen wir die losen Blätter in vier verschiedene Rubriken zu sortieren: Bestellungen, Packzettel, Lieferscheine, Rechnungen. Es dauerte seine Zeit, aber schließlich hatten wir wieder einen Überblick. Als wir alles Erledigte abgeheftet hatten, blieben ein relativ überschaubarer Stapel Bestellungen sowie ein beunruhigender Stapel unkontrollierter Rechnungen übrig. Besorgt musterte ich letzteren.

»Ihr müsst unbedingt die Bankauszüge holen und die noch ausstehenden Rechnungen anmahnen. So hohe Außenstände kannst du dir nicht leisten«, sagte ich besorgt, griff nach dem Block neonfarbener Post-it-Sticker und klebte einen auf das oberste Blatt. Dabei fiel mein Blick auf das unter den Papierbergen aufgetauchte Foto eines Mädchens in einem ausgesprochen geschmacklosen Rahmen aus dunkelroten Porzellanrosen. Ihr stark geschminktes Gesicht erinnerte mich vage an jemanden, aber ich konnte es nicht einordnen. Die laszive Haltung ließ jedenfalls keinen Zweifel an der beabsichtigten Wirkung auf den Betrachter. Es war kein Bild, das man auf den Schreibtisch stellte, wenn man zu dem Modell keine besondere Beziehung hatte.

»Wer ist das?«, fragte ich misstrauisch und zeigte auf diese Supermarktnelke.

»Wer? – Oh, das ist Jessica. Rosies und Miles' Tochter.« Er wühlte weiter in der obersten Schublade und schien nicht der Ansicht, dass weitere Erläuterungen angebracht wären.

Ja, die Augenpartie erinnerte an Rosie, allerdings verfremdete der unnatürlich dichte Kranz falscher Wimpern die Ähnlichkeit der blassblauen Augen. Und ihre Haare waren nicht rötlich lila gefärbt, sondern hellblond.

»Wieso hast du ein Bild von ihr auf deinem Schreibtisch stehen?«, fragte ich und hörte selbst, dass meine Stimme scharf klang. »Warst du mit ihr zusammen?«

»Mit Jess? Wie kommst du darauf?« Sein Erstaunen wirkte so echt, dass ich erleichtert ausatmete.

»Dieser kitschige Rahmen, und wie sie dasteht …«

Er warf einen kurzen Blick darauf, als wisse er nicht, wovon ich spräche, und sagte dann zerstreut: »Das da hat sie mir letztes Jahr zum Valentinstag geschenkt, und wenn ich es irgendwo verschwinden ließe, wäre Miles gekränkt.«

»Und dieses Jahr?«

Er sah auf. Verstehen dämmerte in seinen Augen, dann Erheiterung. »Du bist ja eifersüchtig!«

»Ein bisschen«, gab ich zu und verschwieg, dass ich am liebsten dieses provokant lächelnde Gesicht in Fetzen gerissen und in den übervollen Papierkorb befördert hätte.

»Irgendwie gefällt mir das«, murmelte er und kam auf mich zu, ohne mich aus den Augen zu lassen. »Aber du hast nicht den geringsten Grund, auf sie eifersüchtig zu sein. Sie ist für mich eher so eine Art kleine Schwester.«

Besänftigt schlang ich meine Arme um seine Hüften und hob das Gesicht, um mich küssen zu lassen. Ich war süchtig nach Marks Küssen. Kräftige Finger strichen zart über meine Schläfen, gruben sich in mein dichtes Haar. Feste Lippen fuhren leicht über meine Augenbrauen, die geschlossenen Augenlider, meine Nase entlang – bis er mir plötzlich einen scherzhaften Kuss auf die Nasenspitze gab und neckend sagte: »Weißt du noch, warum wir eigentlich hergefahren sind?«

Ich riss die Augen auf, sah geradewegs in sein grinsendes Gesicht und musste ebenfalls lachen.

»Ach, und ich dachte schon, es war nur ein Vorwand, um mich in diesen Alptraum von Büro zu locken.«

»Nein, das war ein angenehmer Nebeneffekt. – Wolltest du nicht unbedingt die alte Orchideensammlung sehen? Komm, ich bringe dich hin.«

Die Außenanlagen unterschieden sich deutlich von den vernachlässigten Gebäuden: Die Beete waren von akkurat angelegten Wegen umrahmt, säuberlich geschriebene Schilder wiesen die Pflanzen aus.

Wir ließen uns Zeit, schlenderten Hand in Hand die Wege entlang, und ich genoss die Sonnenwärme, den leichten Wind, der die unterschiedlichsten Blütendüfte mischte, und unsere ungestörte Zweisamkeit. Es war einfach perfekt. Staunend überließ ich mich einem Glücksgefühl, das mir unwirklich schien.

»Wie bist du eigentlich auf den Namen gekommen? *Purple Passion* klingt so gar nicht nach einer Gärtnerei«, fragte ich schließlich.

Mark räusperte sich bedächtig und bückte sich, um ein Grasbüschel aus dem Beet vor uns zu zupfen. »Versprichst du mir, es für dich zu behalten?«, fragte er zurück.

»Natürlich«, versicherte ich ihm und wartete neugierig.

Mark grinste und warnte mich: »Du wirst enttäuscht sein. Es ist garantiert nicht das, was du erwartest! – Also, pass auf: Als ich noch zur Schule ging, kam ich jeden Morgen an einer Art Nachtclub vorbei. Sämtliche Fenster im Erdgeschoss waren mit dunklen Samtportieren verhängt, und die Tür blieb natürlich immer fest verschlossen. Ein geheimnisvoller Ort für einen Schuljungen, der meine Fantasie mächtig anregte. Und er hieß *Purple Passion*. – Als ich später nach einem Namen für meine Gärtnerei suchte, der ungewöhnlich, aber einprägsam klang, aufregend und geheimnisvoll, fiel mir zwangsläufig wieder diese Jugenderinnerung ein.«

Ich musste lachen. »Du hast deine Gärtnerei nach einem Nachtclub benannt?«

»Wieso nicht? – Der Name klingt doch toll, oder?«

Wir waren vor dem großen Glashaus angelangt. Mark ließ mir den Vortritt. Neugierig sah ich mich um. Doch der Anblick, der sich mir bot, unterschied sich kaum von unserem *Blütenzauber*-Glashaus. Nur die teilweise dunkel gefärbten Blätter der Sämlinge und Jungpflanzen ließen erahnen, dass hier etwas Besonderes wuchs.

Im hintersten, abgetrennten Teil des Glashauses hatten die Orchideen sich im Laufe der jahrzehntelangen Vernachlässigung eine Art Dschungel erschaffen. Dank eines glücklichen Zufalls musste der Sammler mit den kostbaren Orchideen auch den extrem seltenen Pilz mitgebracht haben, den Orchideensämlinge in der Natur zur Entwicklung brauchen: Hier wuchsen neben den alten Pflanzen auch deutlich jüngere Exemplare, und ich glaubte sogar, einige Sämlinge zu entdecken.

»Das ist ja fantastisch«, staunte ich. »Wann war dieser Vorfahre von dir unterwegs?«

»Genau kann ich es leider nicht sagen«, sagte Mark bedauernd. »Ich vermute zur Zeit der Orchideensammler im 19. Jahrhundert. Vielleicht hat der *Physic Garden* noch Unterlagen. Denen hat er ja einen Großteil verkauft.«

»Aber die schönsten hat er behalten«, stellte ich fest.

»Die Schönste hat er gar nicht zu Gesicht bekommen!« Sein warmer Atem strich mir über den Nacken, und eine Hand stahl sich unter meinen gewagt kurzen Rock, glitt zwischen meine Schenkel. »Wusstest du, dass Orchideen im viktorianischen Zeitalter als extrem unanständig galten?«, flüsterte er an meinem Ohr, während er die andere Hand ausstreckte und eine purpurrote Rispe pflückte. Ein zarter Duft ging von ihr aus, der entfernt an Ananas erinnerte, fruchtig und süß. Mark

hielt mir die fleischigen Blüten vors Gesicht: »Kannst du dir vorstellen, was die Viktorianer daran so entsetzte?«
Er streichelte mit dem Zweig mein Gesicht, meinen Hals, öffnete die Knopfleiste meiner Bluse und führte ihn tiefer, über meinen nackten Brustansatz. Es fühlte sich seltsam kühl und glatt an – und irgendwie fleischig, lebendig.
»Dass sie sich so komisch anfühlen?«, riet ich versuchsweise; ich ließ ihn gewähren und merkte, wie mein Körper auf die Liebkosung reagierte.
Mark lachte leise und sinnlich, als er meinen BH öffnete, ihn mir mitsamt der Bluse abstreifte und mich zu sich umdrehte. »Schau noch mal genau hin! Bei diesen ist es besonders deutlich zu sehen.«
Und plötzlich sah ich, was er gemeint hatte: Der Fruchtstempel ragte phallusartig aus den breiten Blütenblättern empor, dick und kraftvoll, die Spitze samtig schimmernd, wie mit feinem Glitter überpudert.
»Oh, das meinst du …«, sagte ich errötend und konnte es nicht ändern, dass mein Blick unwillkürlich zu dem Pendant in seiner Hose wanderte.
Mark genoss sichtlich den Anblick meiner Brüste, deren Spitzen sich unter den Liebkosungen der dunkelroten Blütenblätter aufrichteten und zu festen, rosenholzfarbenen Beeren anwuchsen. Er streckte bedächtig die Hand aus, nahm eine der Beeren zwischen zwei Finger und drückte behutsam zu, zupfte daran. Ein elektrischer Impuls schoss von meiner Brust direkt in meinen Unterleib. Mein Inneres vibrierte geradezu. Mit neuartiger Unverfrorenheit griff ich nach dem Knopf seiner Jeans, zog den Reißverschluss herunter und tastete mich zunächst noch ein wenig unsicher vor, bis ich das Pochen unter meinen Fingern spürte. Mark zog scharf den Atem ein, und ich fühlte, wie seine Bauchdecke sich anspannte; dann

griff er genüsslich aufstöhnend nach unten, umschloss meine unerfahrene Hand mit seinen langen Fingern und lenkte sie, leitete sie an.

Wie konnte so ein harter, unnachgiebiger Körperteil mit derartig samtig weicher Haut bedeckt sein? Fasziniert erkundete ich ihn, zuerst vorsichtig, dann immer kühner.

»Das reicht – mehr halte ich nicht aus«, keuchte Mark schließlich, packte mich unvermittelt um die Taille, hob mich auf den stabilen Pflanzentisch hinter uns und stellte sich zwischen meine Schenkel.

Er küsste mich hungrig, während er behutsam in mich eindrang, mich ausfüllte, bis unsere Körper zu einem einzigen verschmolzen. Sein Geschmack, sein Geruch berauschten mich. Ich fühlte mich so schwindelig wie vor einigen Tagen, als wir zusammen getanzt hatten, und wieder überließ ich mich ihm, ließ mich führen. Meine letzte bewusste Wahrnehmung, bevor ich zitternd den Wellenkamm erreichte und mich fallen ließ, war Marks unnachgiebiger Griff, mit dem er mich fest an sich presste.

Blind und taub für meine Umgebung schwebte ich in rosaroten Wolken. Kaum nahm ich wahr, dass Mark einen heiseren Schrei ausstieß und sich in meinen Armen aufbäumte.

Allmählich nahm das Gewächshaus um mich herum wieder Gestalt an, und ich zuckte erschreckt zusammen, als ein Windstoß die Tür zuschlug.

»Keine Panik – wir sind heute ungestört«, sagte Mark beruhigend, strich mir die zerzausten Haare aus dem Gesicht und hauchte mir einen Kuss auf die Nasenspitze. »Vielleicht sollte ich das Gewächshaus überhaupt zur verbotenen Zone für alle anderen erklären, was meinst du?« Und dann fügte er breit grinsend hinzu: »Ich bin gespannt, was noch alles unter der Oberfläche der eiskalten Geschäftsfrau versteckt ist!«

Es war ein großartiger Tag. Mark hatte von Rosie einen Picknickkorb zusammenstellen lassen, und wir fuhren so lange durch die maigrünen Hügel, bis wir einen Platz gefunden hatten, der uns zusagte. Irgendwann zwischen dem Käse und den Schokoladentörtchen erzählte ich ihm von meinen Eltern, meinem seltsamen Aufwachsen und der Rolle, die meine Pflanzen für mich gespielt hatten. Erst, als er mich fest in die Arme nahm und mir wortlos ein Taschentuch reichte, bemerkte ich, dass ich weinte.

»Menschen sind mitunter ganz schön verrückt«, stellte Mark nachdenklich fest und strich mir beruhigend über die Schulter. »Aber wenn du nicht so wärst, wie du bist, hätte ich mich nicht in dich verliebt.«

Es dauerte einen Augenblick, ehe die Worte mein Bewusstsein erreichten, aber dann wurde mir geradezu schwindlig vor Freude. Mark Abernathy hatte mir tatsächlich eine richtige, echte Liebeserklärung gemacht! Ich weiß nicht, wieso es mich überraschte, denn mit Blicken, Gesten und Zärtlichkeiten hatte er es mir bereits letzte Nacht zu verstehen gegeben, aber ich hatte aus einem verschwommenen Grund heraus nicht erwartet, dass er zu solchen Worten fähig war.

Alles in mir drängte mich dazu, *»Ich liebe dich auch!«* zu sagen – aber ich brachte es nicht über die Lippen. »Und ich mich nicht in dich«, erwiderte ich stattdessen und vergrub mein Gesicht in seinem Hemd, das nach dieser herrlichen Mischung aus Mark und Wäschestärke roch.

»Was ist mit deinen Eltern?«, fragte ich neugierig, sobald ich wieder auftauchte. Der abweisende Gesichtsausdruck und der bittere Zug um den Mund ließen mich die Frage sofort bereuen. Aber ich hatte sie gestellt, und Mark schien entschlossen, darauf zu antworten.

»Mein Vater wollte sich nicht mit einem Kind belasten, als

er nach dem Tod meiner Mutter sofort wieder heiratete. Also schickte er mich zu seinen Eltern, und das ist das einzig Gute, das er je für mich getan hat. Sophia ist nicht nur meine Großmutter, sie hat mich auch aufgezogen. – Mein Vater hat sich erst wieder an die so genannten familiären Verpflichtungen erinnert, als er glaubte, ich hätte eine Goldmine geerbt …«

»Was hat Sophia dazu gesagt?«, konnte ich mich nicht zurückhalten zu fragen. Ich erinnerte mich an Jonathans Andeutung im Zug. Es schien so schwer vorstellbar, dass jemand wie sie einen solchen Sohn haben sollte.

Mark lächelte schwach. »Die Arme war fassungslos. Sie hatte sich jahrelang eingeredet, er wäre nur in schlechte Gesellschaft geraten und würde sich wieder fangen. Als sie merkte, dass damit nicht mehr zu rechnen war, schloss sie sich tagelang in ihrem Zimmer ein. Dann kam sie eines Morgens in ihrem Reisemantel heraus, fuhr weg, und als sie wiederkam, hatte sie meinen Vater so eingeschüchtert, dass mein Rechtsanwalt ihn mit einer vergleichsweise bescheidenen Summe abfinden konnte. – Frag mich nicht, wie sie das geschafft hat!«

»Sophia ist auf ihre Art genauso erstaunlich wie meine Mutter«, sagte ich nachdenklich.

Wir zögerten die Heimfahrt immer wieder hinaus, und so dämmerte es bereits, als wir endlich den Hohlweg nach Blackthorn Hall hinunterpreschten.

Sophia erwartete uns mit verschmitztem Grinsen. »Na, das muss ja ein ordentlicher Ausflug gewesen sein! Habt ihr euch gut amüsiert? – Für dich hat jemand angerufen«, sagte sie dann an mich gewandt. »Eine Mrs. Brightley. Wendy Brightley. Sagt dir der Name etwas? Die arme Frau klang ziemlich aufgeregt. Ich habe ihre Nummer auf den Block neben dem Telefon geschrieben. Am besten rufst du sie gleich zurück.«

Arm in Arm schlenderten die beiden ins Esszimmer voraus, während ich mit der ungewohnten Wählscheibe des antiquierten Telefons kämpfte. Was mochte Jonathans Produzentin von mir wollen? Es wunderte mich, dass sie sich überhaupt noch an mich erinnerte.

Das knappe »Hello« klang leicht verschnupft.

»Mrs. Brightley, Wendy? Hier spricht Verena Naumann, Jonathans … Hilfsköchin. Sie wollten mich sprechen?«

»Ja, ich wollte es Ihnen persönlich sagen. Jonathan …« Ihre Stimme versagte, und ich hörte sie unterdrückt schluchzen.

Mir wurde kalt. »Was ist mit Jonathan?«, flüsterte ich heiser.

»Er und Michael … Verena, es ist schrecklich! Sie hatten einen Unfall. Ein betrunkener LKW-Fahrer hat sie überrollt. Die Polizei sagte, sie hätten keine Chance gehabt. Sie müssen sofort tot gewesen sein.« Wendys tränenerstickte Stimme brach.

Um mich herum drehte sich alles, und ich konnte spüren, wie meine Kehle sich schmerzhaft verkrampfte, als Wendy schniefend fortfuhr: »Jonathan hätte nicht gewollt, dass Sie es aus der Zeitung erfahren. Er hat Sie sehr gern gehabt, hat in den letzten Tagen viel von Ihnen gesprochen. Der arme Michael war schon ganz eifersüchtig, und wir haben ihn alle noch damit aufgezogen …« Sie schluchzte laut auf. »Heute Morgen hat er so glücklich gewirkt. Er hat allen erzählt, dass Jonathan ihn gefragt hätte, ob er bei ihm einziehen wolle. Und jetzt das …«

Das stille Gesicht von Annie Dunnet tauchte vor meinem inneren Auge auf. »Wie geht es seinen Eltern?«, gelang es mir, mit gepresster Stimme zu fragen.

»Mrs. Dunnet ist sehr gefasst. Ich habe schon mit ihr gesprochen und ihr angeboten, dass der Sender sich um die Beisetzung kümmert. Sie hat übrigens nach Ihnen gefragt …«

Wendy schnäuzte sich energisch. »Ich habe ihr versprochen, dass ich Ihnen eine Benachrichtigung schicke, sobald der Beerdigungstermin feststeht. An Ihrer Stelle würde ich aber nicht hingehen. Die Presse wird sich nur so auf Sie stürzen, schließlich waren Sie die letzte Person, die man in seiner Nähe gesehen hat – die geheimnisvolle Unbekannte …«
Automatisch dankte ich ihr, legte auf, ging wie eine Schlafwandlerin ins Esszimmer, wo die fröhliche Unterhaltung in dem Augenblick abbrach, in dem ich in der Tür stand.
»Was ist los?«, fragte Mark besorgt und sprang auf, um mich in den großen Sessel neben Sophias zu ziehen.
»Schlechte Nachrichten?« Auch Sophia wirkte beunruhigt.
Ich holte tief Luft und sagte dann tonlos: »Jonathan ist tot.«
Es klang seltsam, so, als spräche ich den Text einer Rolle.
»Tot?«, entfuhr es Sophia. »Aber wie ist das möglich?«
»Ein Unfall?«, fragte Mark mit flacher Stimme.
Ich nickte stumm und versuchte die Betäubung abzuschütteln, die mich lähmte, aber das irreale Gefühl hielt unvermindert an. Ich versuchte zu begreifen, dass Jonathan tot war, aber der Gedanke schien so abstrakt zu sein wie eine Inszenierung. Buchsbäume werden uralt. Sie sterben nicht einfach so, von einem Tag auf den anderen!
Mutters Sterben war ein langsames gewesen, so langsam, dass ich manchmal glaubte, es nicht mehr ertragen zu können. Ihr Tod war ein erwarteter gewesen, vielleicht sogar ein ungeduldig erwarteter. Ich erinnerte mich noch gut an meinen ersten Gedanken, für den ich mich im gleichen Moment zutiefst schämte: »Endlich!« Jetzt starrte ich auf den Stuhl, von dem Jonathan mir heute Morgen noch fröhlich zugeblinzelt hatte, und fühlte zu meinem eigenen Entsetzen statt der Trauer, die ich erwartet hatte, Wut in mir aufsteigen. Wenn ich mich wenigstens von ihm hätte verabschieden können, ihm für al-

les danken. Ich fühlte mich … betrogen! Ein diffuses inneres Aufbegehren ließ mich wütend die Hände zu Fäusten ballen und ausrufen: »Es ist so unfair, so verdammt unfair!«
Mark nahm mich wortlos in die Arme und wiegte mich hin und her. Eine beruhigende Schaukelbewegung, mit der man Kinder zu besänftigen versucht. Ich spürte seinen Herzschlag unter meiner Wange und drängte mich an ihn, versuchte mit ihm zu verschmelzen, etwas von seiner Kraft und Ruhe aufzusaugen.
»Wie ist es passiert?«, murmelte er.
»Sie sagte, ein betrunkener LKW-Fahrer hat sie überrollt. Sie waren beide sofort tot.«
»Wenn es so schnell ging, haben sie vielleicht gar nicht mehr begriffen, was geschehen ist«, versuchte Mark mich zu trösten. »Und immerhin waren sie zusammen …«
»Genau darauf werden die Presseheinis sich stürzen«, sagte Sophia düster. »Dunnet war ein bekannter Mann in der Szene. Morgen werden sie in Massen hier umhertrampeln!«
Sie erhob sich schwerfällig wie die alte Frau, die sie eigentlich war, und ging zur Tür. »Es tut mir sehr, sehr Leid, meine Liebe. – Ich gehe und erzähle es Rosie.«
Der plötzliche Blitz erschreckte uns alle. Ich schrie auf. Er war so hell gewesen, dass ich jeden Augenblick mit ohrenbetäubendem Donner rechnete. Das Gewitter musste direkt über uns sein.
»Verfluchte Mistbande! Genau das habe ich befürchtet!«
Mark riss sich von mir los und stürzte zur Tür. Ich hörte ihn im Flur mit Sophia sprechen, die ebenfalls aufgebracht klang. Verwirrt sah ich mich um.
»Das war einer von diesen Schmierfinken! Wir haben ihn gerade noch verschwinden sehen. Ich frage mich, wie er so schnell Wind von der Sache bekommen hat«, knurrte Mark.

»Vermutlich hat er den Polizeifunk abgehört«, meinte Sophia erbost. »Morgen werden sie hier in Massen herumlungern. Wenn ich nur wüsste, was er fotografieren wollte.« Sie sah sich aufmerksam im Zimmer um. »Ich suche wohl besser meinen alten Schirm. Davor haben sie alle Respekt. – Denkt daran, alle Vorhänge vorzuziehen«, ermahnte sie uns, ehe sie Richtung Küche verschwand.

Es war ein trauriges Dinner. Jeder versuchte, nicht zu dem leeren Stuhl hinzusehen, auf dem Jonathan gesessen hatte.
»Komm, iss mit uns«, schlug Sophia der schniefenden Köchin vor. »Ich bin nicht in Stimmung für Förmlichkeit.«
Rosie schüttelte vehement den Kopf und schnüffelte in ein rosa geblümtes Taschentuch, das sie aus der Tasche ihrer wild gemusterten Schürze gezogen hatte. »Nein, danke, Mrs. A, mir ist sowieso nicht nach Essen. Ich muss immerzu an den armen Mr. Dunnet denken …« Laut aufschluchzend schlurfte sie in die Küche zurück.
Auch mir schnürte sich die Kehle zusammen, als ich mich bei den Erdbeeren, die es als Dessert gab, an meinen ersten Abend mit Jonathan erinnerte. Es schien lange, lange her zu sein, in einer anderen Zeit.
Bedrückt tranken wir unseren Portwein, nachdem Sophia darauf bestanden hatte, dass wir alle einen Schlummertrunk benötigten. »Warme Milch mit Honig wäre zwar besser, aber ich will Rosie nicht mehr als unbedingt nötig beanspruchen«, meinte sie. »Sie wird jetzt bereits zu Gin pur übergegangen sein.« Als sie mein Erstaunen bemerkte, fügte sie hinzu, als sei es die normalste Sache der Welt: »Rosie trinkt immer, wenn sie aufgeregt ist oder traurig. Solange es sich in Grenzen hält, sehe ich darüber hinweg.«
»Ich hoffe nur, dass sie sich bis morgen wieder gefangen hat«,

sagte Mark. »Vielleicht sollte ich besser Miles anrufen, damit er sie abholt. Nicht, dass sie mit dem Fahrrad stürzt …« Er klang besorgt.

Sophia warf ihm einen scharfen Blick zu. »Hast du Bedenken wegen der Journalistenmeute? – Rosie verabscheut sie noch mehr als ich. Und das will etwas heißen! Sie würde eher mit dem heißen Waffeleisen auf sie losgehen, als mit ihnen zu sprechen.« Müde zog sie das voluminöse Schultertuch zurecht und erhob sich. »Ihr solltet versuchen, so viel Schlaf zu bekommen wie möglich. Wir werden alle unsere Kräfte brauchen.«

Wir trennten uns vor meiner Zimmertür. »Sophia hat Recht«, flüsterte Mark in mein Haar. »Ich würde dich gerne die ganze Nacht im Arm halten, aber wir brauchen beide unseren Schlaf. Du siehst schon ganz übernächtigt aus.« Ich wollte mich an ihn klammern, aber er löste sich liebevoll, hauchte mir einen Kuss auf die Nasenspitze und schubste mich sanft in mein Zimmer. »Bis morgen.«

Ich war tatsächlich müde. Aber der Schlaf ließ auf sich warten. Ich dämmerte in einer Art Halbschlaf, der von Erinnerungsbruchstücken und Bildern belebt wurde. Immer wieder schrak ich hoch, weil ich meinte, Jonathans Zimmertür gehört zu haben.

Als ich von einem beharrlichen Klopfen an meiner Tür geweckt wurde, fühlte ich mich so benommen, als sei ich gerade erst eingeschlafen.

»Kommst du frühstücken?« Sophia klang dringlich, und ich beeilte mich so gut wie möglich.

Unten im Esszimmer stand Mark mit finster gerunzelten Brauen vor den verhängten Fenstern und spähte durch einen Spalt nach draußen. Der Schlossherr einer belagerten Festung vor einer Schießscharte.

Sophia saß am Tisch, vor sich eine aufgeschlagen Zeitung, deren Aufmachung sie als Blatt der Regenbogenpresse auswies. »Das ist übler, als ich befürchtet hatte«, sagte sie.
Mark drehte sich um, sobald er mich kommen hörte, und lächelte mir aufmunternd zu. »Wie fühlst du dich heute Morgen?«
»Mein Kopf fühlt sich an wie ein alter Luftballon, und ich habe immer noch das Gefühl zu träumen«, sagte ich und ließ mich auf den Stuhl neben Sophia sinken. »Was ist übler, als du befürchtet hattest?«
Wortlos schob sie mir die Zeitung zu.
»Noch nicht, lass sie doch erst in Ruhe frühstücken«, protestierte Mark, aber es war zu spät.

Trieb diese Frau ihn in den Tod?

stand in dicker, schwarzer Balkenschrift über einem unscharfen Foto, auf dem ich ziemlich deutlich im Profil zu erkennen war. Von Mark war nicht mehr als sein Arm und sein Haarschopf zu sehen, aber dafür ließ der reißerische Text keinen Zweifel an seiner Identität.

> Gestern Nachmittag starb der bekannte Fernsehkoch und Buchautor Jonathan Dunnet auf einer idyllischen Landstraße in Somerset. Er und Michael P., sein Studiokoch, wurden von einem Schwerlaster zerfetzt. Aus gut unterrichteten Kreisen wurde bekannt, dass die beiden mehr als Kollegen waren. Rätselhaft in dieser tragischen Geschichte ist die deutsche Frau, die seit einiger Zeit mit Dunnet zusammenlebte und sich als seine Verlobte bezeichnet haben soll. Wie passt diese Unbekannte ins Bild, die gerade ungeniert bei Mark Abernathy eingezogen ist, dem berüchtigten »Dark Mark«, der – wie wir

bereits vor einiger Zeit berichteten – in finanziellen Schwierigkeiten zu stecken scheint. Welche Rolle spielte diese Frau im Leben des vermögenden Jonathan Dunnet? War es wirklich ein Unfall? Die Tage vor dem Unfall soll Michael P. ausgesprochen deprimiert gewesen sein und von Selbstmord gesprochen haben.
Unser Reporter wird sich um weitere Hintergrundinformationen bemühen. Was steckt hinter diesem undurchsichtigen Spiel?
Wir schulden es unserem Freund Jonathan, seinen Tod nicht einfach hinzunehmen, sondern Fragen zu stellen. Berechtigte Fragen, die sich jeder von uns stellt.

»Das ist ja widerlich«, stellte ich angeekelt fest. »Können sie ihn nicht einmal jetzt in Frieden lassen?«
»Habt ihr in Deutschland keine solchen Zeitungen? Es geht doch nur darum, die aufregendsten Nachrichten zu bringen. Ob sie stimmen, dafür interessiert sich kein Mensch, also lassen sie unpassende Einzelheiten einfach weg«, versuchte Mark mich zu beruhigen.
»Aber die Sache ist tatsächlich ausgesprochen ärgerlich.« Verächtlich nickte Sophia in Richtung der aufgeschlagenen Zeitung. »Diese Art von Publicity ist das Letzte, was du im Augenblick brauchen kannst. Gerade jetzt, wo es endlich bergauf geht.«
»Wie schlimm ist es denn?«, wollte ich wissen und trat neben Mark, um ebenfalls einen Blick durch den Spalt zu werfen.
Er brauchte nichts zu sagen. Ich sah auch so, dass es sehr schlimm war: Die Fahrzeuge parkten bis in den Hohlweg hinein. Das Kiesrondell war praktisch zu einem Freilandstudio umfunktioniert worden. Männer mit Mikrofonen standen vor den Eingangsstufen und sprachen Kommentare in die Ka-

mera, stets bereit, auf das kleinste Lebenszeichen vom Hausinneren hin abzubrechen und sich auf ein unvorsichtiges Opfer zu stürzen.

Sprachlos starrte ich auf den Medienrummel.

»Sie sind schon im Morgengrauen angerückt«, informierte Mark mich. »Jetzt werden sie so lange warten, bis sie jemanden von uns zu Gesicht bekommen. Ich hoffe nur, dass man die alten Dunnets irgendwo versteckt hat.«

»Wie geht es weiter?«, fragte ich ratlos. »Wie lange wird das dauern?«

Mark zuckte fatalistisch mit den Schultern. »Das hängt davon ab, wann sich das nächste Großereignis abspielt. Sobald sich irgendwo ein lohnenderes Opfer bietet, ist der Spuk in Minutenschnelle vorbei.«

»Und uns bleibt ein zertrampelter Garten, jede Menge Abfall in den Büschen und die zweifelhafte Auszeichnung, für kurze Zeit im Mittelpunkt des öffentlichen Interesses gestanden zu haben«, fügte Sophia mit deutlichem Sarkasmus hinzu.

Ihre Bemerkung bewirkte, dass ich mich schuldig fühlte. Hätte ich mich nicht auf die Scharade eingelassen, wäre ich für die Presse jetzt uninteressant, eine der vielen Bekannten Jonathans, von denen sich sicherlich genügend bereit fänden, ihre mehr oder weniger intensive Bekanntschaft mit ihm auszuschlachten. Und wäre er nicht mir zu Gefallen mit hierher gekommen, dann hätte es keine Verbindung zu den Abernathys gegeben. Wären wir in seiner Wohnung geblieben, könnte er immer noch am Leben sein …

Mein Gesichtsausdruck musste etwas von meinen Empfindungen widergespiegelt haben, denn Mark legte mir tröstend beide Hände auf die Schultern und murmelte: »Du kannst nichts für diese Geschichte. Kein Mensch hätte mit so etwas rechnen können.«

»Nein«, stimmte Sophia ihm grimmig zu. »Manche Dinge passieren eben, und man ändert nichts daran, wenn man sich unnötig Vorwürfe macht. – Wenn ich denke, dass ich gerade angefangen hatte, Dunnet sympathisch zu finden …«

»Er war ein wunderbarer Freund«, bestätigte ich mit erstickter Stimme und versuchte, die aufsteigenden Tränen zu unterdrücken. Doch es gelang mir nicht: Die Leere in mir wurde durch Sophias Bemerkung mit einem Mal aufgerissen und machte einem so überwältigenden Verlustgefühl Platz, dass ich um Luft ringen musste. Am liebsten hätte ich meinen Schmerz hinausgeschrien.

Stattdessen biss ich mir auf die Unterlippe, bis ich Blut schmeckte, ballte die Fäuste und bohrte die Fingernägel in die Handfläche. Der körperliche Schmerz half mir, mich zu beherrschen, und drängte meine Trauer zurück, so dass ich relativ gefasst sagen konnte: »Ich habe ihn nicht sehr lange gekannt, aber er wird mir schrecklich fehlen.«

Mark zog meinen Kopf an seine Schulter, murmelte mitfühlend »Ich weiß« und hielt mich fest, während ich mit den Tränen kämpfte.

»Diese Saubande ist durch den Kräutergarten geschlichen«, verkündete Rosie, ließ geräuschvoll die Zimmertür hinter sich zufallen und warf mir einen giftigen Blick zu. Ich versuchte sie zu ignorieren und wandte den Kopf ab. Ihre offene Feindseligkeit konnte ich jetzt einfach nicht ertragen.

»Das war zu erwarten«, seufzte Sophia resigniert. »Ich hoffe, du hast dir nicht zu viel Mühe gemacht, Rosie. Wir haben alle keinen großen Appetit.« Gefasst griff sie nach der Teekanne und begann uns Tee einzugießen.

Ich beobachtete, wie die Milch in meiner Teetasse sich wolkig verteilte. Aus der zimtbraunen klaren Flüssigkeit wurde ein undurchsichtiges Beige.

Der erste Bissen Toast war der schwierigste. Er schmeckte wie trockenes Papier und schien den letzten Rest Feuchtigkeit aus meinem Mund aufzusaugen. Ich schluckte ihn entschlossen hinunter und räusperte mich vorsichtshalber.

»Was würden sie machen, wenn ich abreisen würde? Würden sie euch dann in Ruhe lassen?«

»Höchstwahrscheinlich.« Mark klang nachdenklich. »Du bist natürlich mit Abstand der dickste Brocken – entschuldige den Ausdruck.«

»Dann sollte ich wohl besser den nächsten Flug nehmen.«

»Kommt überhaupt nicht in Frage!« Sophia schien geradezu empört. »Wir werden das hier gemeinsam durchstehen.«

»Wir haben ja so einige Erfahrung darin«, stimmte Mark ihr zu.

»Ich finde, die Miss sollte abreisen«, meldete Rosie sich so entschieden zu Wort, dass wir sie alle entgeistert anstarrten. Es war nicht ihre Art, sich ungefragt in Gespräche einzumischen. »Wenn sie nicht mehr hier ist, wird es ganz schnell wieder ruhig sein.«

Zwei Paare Rabenflügelbrauen hoben sich, und die Köchin senkte errötend die Augen auf ihre Hände, die nervös die Schürze über ihrem Bauch glatt strichen. »Na, es stimmt doch! Ich habe auch die Schlagzeilen gelesen. Es geht denen doch vor allem um Mr. Dunnet und sie«, mit diesen Worten nickte sie mit dem Kinn in meine Richtung und bedachte mich mit einem zutiefst verächtlichen Blick.

»Wir werden nicht klein beigeben. Das wäre ja noch schöner!« Kampflustig hob Sophia ihr festes knochiges Kinn, finster entschlossen, jedem Reporter persönlich die Stirn zu bieten.

Mark beobachtete sie besorgt. »Versprich mir, dass du sie nicht wieder mit deinem alten Schirm bedrohst!«

Ich erinnerte mich an das verschwommene Zeitungsfoto, das Jonathan mir im Zug gezeigt hatte. Auch Sophia erinnerte sich offensichtlich daran, und ihr Gesicht verzog sich zu einem vergnügten Grinsen.

»Das hat toll gewirkt damals«, murmelte sie sehnsüchtig. »Keine Angst, mein Lieber. Ich werde mich beherrschen und ihnen aus dem Weg gehen.«

»Das kann ich nur hoffen!« Mark trank entschlossen seinen Tee aus. »Alles Weitere besprechen wir, sobald ich zurückkomme.«

»Wohin gehst du?«, fragte ich ängstlich. Es gefiel mir nicht, dass er uns allein lassen wollte.

»Ich muss kurz in die Gärtnerei – ein Termin, den ich nicht absagen kann.« Er lächelte. »Du bist selbst schuld – hättest du mir gestern nicht im Büro geholfen, wäre mir diese Verabredung entfallen.« Sein liebevoll neckender Tonfall konnte nicht über seinen besorgten Blick hinwegtäuschen, als er hinzufügte: »Versprecht mir, dass ihr euch von den Fenstern fern haltet und im Haus bleibt. Dann dürftet ihr vor unliebsamen Begegnungen sicher sein. Ein großer Teil der Meute wird sich an meine Fersen heften, wenn ich Richtung Gärtnerei verschwinde. Ich werde versuchen, sie dort zu beschäftigen.«

Sophia schien nicht sehr begeistert. »Sie werden dort alles kaputttrampeln«, gab sie zu bedenken.

Marks Zähne blitzten in einem äußerst bösartigen Lächeln auf. »Ich habe schon mit Miles telefoniert. Er hat sich Dorlings Hund ausgeliehen. Der sollte sie in gebührendem Abstand halten können.«

Sophia und ich standen am Fenster und beobachteten das Schauspiel, wie sich der Journalistenschwarm auf Mark stürzte, sobald sie ihn sahen. Er verschwand zwischen ihnen. Die Traube bewegte sich stetig in Richtung auf seinen alten Lieferwagen zu. Einige Reporter lösten sich aus der Gruppe und rannten zu ihren Wagen, um schneller die Verfolgung aufnehmen zu können. In dem Moment, in dem Mark einstieg und losfuhr, stob der restliche Schwarm innerhalb von Sekunden auseinander, wuselte durcheinander und versuchte ihm so schnell wie möglich hinterherzukommen. Lautes Hupen und unflätige Wortwechsel begleiteten den ungeordneten Aufbruch.

Wir atmeten erleichtert auf, sobald der größte Teil hinter den Hecken verschwunden war. Die wenigen zurückgebliebenen Reporter lehnten nachlässig an ihren Fahrzeugen, lasen Zeitschriften oder unterhielten sich. Sie wirkten nicht gerade begeistert von ihrer Wache. Vermutlich rechneten sie damit, dass wir uns weiterhin sicher versteckt halten würden.

»Weißt du was?« Sophia blinzelte mir zu. »Die wirken nicht besonders eifrig. Ich denke, wir können es riskieren und uns ein wenig Bewegung verschaffen. Ich halte es so eingesperrt nicht aus!«

Ich schaute unschlüssig durch die Vorhänge zu den Journalisten hinüber. »Ich weiß nicht … Wir haben Mark doch versprochen …«

»Ich will ja auch nicht in die Löwengrube steigen oder ein Interview geben.« Sophia machte eine unwirsche Handbewegung. »Ich würde nur gerne die Bohnen anhäufeln, den Salat freijäten und ein paar Karotten ziehen. Wenn du mir dabei hilfst, sind wir leicht fertig, ehe Mark zurück ist.«

Es klang verlockend. Das Wetter war so schön, dass man wirklich jede Minute ausnutzen musste, die man draußen verbringen konnte. Und sicher würde mich die Beschäftigung von dem ziehenden Schmerz in meinem Inneren ablenken.

»Mark hat gesagt, wir sollen im Haus bleiben, aber hinter dem Haus sind wir vor Blicken genauso gut geschützt«, setzte Sophia nach.
Ich ließ mich gerne überreden.

Sophia stattete mich mit Gummischuhen, Gartenhandschuhen und einer groben Gärtnerschürze aus, und wir schlichen uns unter Rosies missbilligenden Blicken durch die Küche hinaus.
An der frischen Luft atmeten wir beide freier. Mir war gar nicht bewusst geworden, wie bedrückend die Atmosphäre im Haus mit den verhängten Fenstern gewesen war.
Sophia nahm sich die Reihe Buschbohnen am hinteren Ende vor. Ich blieb in Hausnähe und begann mit dem Handgrubber behutsam die Erde um die kleinen Salatschösslinge zu lockern und die Unkräuter herauszuziehen, die um diese Jahreszeit mit einer erstaunlichen Geschwindigkeit wuchsen.
Zu Anfang arbeiteten wir stumm und gebückt, um möglichst unauffällig zu bleiben. Jedes Mal, wenn unsere Geräte an einen Kiesel klirrten, zuckten wir zusammen und sicherten wie scheue Rehe.
Die Konzentration auf diese Beschäftigung half mir, wie die Arbeit mit Pflanzen mir schon immer geholfen hatte. Ich wurde ruhig, die Verkrampfung in meinem Inneren löste sich langsam auf. Bilder von Jonathan zogen an meinem inneren Auge vorbei, doch sie waren nicht mehr wie Dolchstöße, sondern liebevolle Erinnerungen, die mich trösteten: Seine adrette Erscheinung, als er mich vom Bahnhof abgeholt hatte. Der exotische Weise aus dem Morgenland, der fürsorgliche ältere Bruder, der unsichere Sohn, der souveräne Fernsehmoderator. Er hatte so viele Facetten aufzuweisen gehabt. Und einige hatte er mir sicherlich noch vorenthalten. Wie sorgfältig hat-

te er es zu verhindern gewusst, dass ich den geheimnisvollen Michael zu Gesicht bekam!
Wären wir nicht so ungeduldig gewesen, in die Gärtnerei zu fahren, hätte ich jetzt vielleicht einen Eindruck von dem Mann, der Jonathan geliebt hatte. Inbrünstig hoffte ich, dass Jonathan in seinem letzten bewussten Augenblick glücklich gewesen war.

Als ich mich am Ende meiner Reihe aufrichtete, stand die Sonne beinahe senkrecht über uns. Ich wischte mir mit dem Handrücken den Schweiß von der Stirn und streckte meinen schmerzenden Rücken. *Ein schmerzender Rücken gehört zum Beruf*, sagte Alfons immer, wenn wir darüber klagten.
Sophia erwartete mich bereits, auf ihre Hacke gestützt. »Lass uns eine kurze Pause einlegen«, schlug sie vor. »Das gebückte Arbeiten macht mir mehr zu schaffen als früher. Möchtest du eine Limonade? Ich kann Rosie bitten, uns eine zu machen.«
»Lieber nicht!« Ich verzog das Gesicht. »Sie ist schon schlecht genug auf mich zu sprechen, da will ich ihr nicht noch zusätzliche Arbeit aufbürden!«
»Tut mir Leid, dass sie es so deutlich zeigt«, entschuldigte Sophia sich. »Sie hofft anscheinend immer noch darauf, dass Mark sich eines Tages ernsthaft in ihre Tochter Jessica verlieben wird, und bestärkt sie bei jeder Gelegenheit darin, sich ihm an den Hals zu werfen.«
»Wie alt ist Jessica jetzt? Ich habe ein Foto von ihr gesehen.«
»Siebzehn. Du wirst sie sicher noch kennen lernen. Sie hilft oft in der Gärtnerei aus.«
»Und was meint Jessicas Vater dazu?«
»Miles? – Miles hat keine eigene Meinung.«
»Und du?«, konnte ich nicht widerstehen zu fragen.

Sophia schüttelte nachdenklich den Kopf. »Nein«, sagte sie nachdenklich. »Sie wäre nicht die Richtige für ihn.« Sie lächelte mir vertraulich zu. »Er hat ja jetzt dich – und ich finde, ihr passt wunderbar zusammen.«

Etwas bewegte sich hinter der Hecke in Richtung Seerosenteich. Ich beschattete die Augen mit der Hand – und erkannte einen der Reporter. Gemächlich schlenderte er Richtung Wasser, wobei er gierig an einer Zigarette zog und den Rauch in weißlichen Wolken ausstieß.

Sophia hatte ihn noch nicht bemerkt, also legte ich bedeutungsvoll den Finger auf die Lippen und deutete auf die Gestalt. Sie hob den Kopf und versteifte sich sichtbar, sobald ihr Blick auf den hochgewachsenen Mann fiel. Eben hatte er das Ufer erreicht, nahm einen letzten tiefen Zug – und schnippte dann die Zigarette in einem eleganten Bogen mitten zwischen die dichten Blätter. Sobald seine Hände frei waren, griff er zu meinem Entsetzen an seinen Hosenbund und stellte sich in Positur.

Mit einem wütenden Fauchen, das einem ausgewachsenen Pumaweibchen zur Ehre gereicht hätte, stürzte Sophia durch das nächste Loch in der Hecke. Sprachlos vor Zorn schwang sie die leichte Hacke wie eine Keule, während sie auf ihn zustürmte.

Der Gesichtsausdruck des zu Tode erschrockenen Reporters wäre in einem anderen Zusammenhang komisch gewesen. In seiner ungeschickten Hast, seine Hose wieder zu schließen und gleichzeitig der schwer berechenbaren Waffe auszuweichen, stolperte er und fiel rücklings mitten in die Seerosenblätter. Es platschte weithin hörbar. Im kalten Wasser fing er sich so weit wieder, dass er lauthals um Hilfe rief, während er außerhalb von Sophias Reichweite hektisch im Wasser paddelte.

Wie gelähmt hatte ich das Drama verfolgt, das sich vor meinen Augen so rasend schnell entwickelt hatte, dass ich erst aus meiner Erstarrung erwachte, als trappelnde Schritte und laute Rufe bereits seine Retter ankündigten.
Die Meute bog gerade um die Hausecke, als ich mich noch verzweifelt abmühte, Sophia die Hacke zu entwinden und sie ins Haus zu ziehen. Das augenblicklich einsetzende Blitzlichtgewitter sprach für ihre schnelle Reaktion. Es war ja auch ein tolles Motiv: Sophia und ich mit unseren altmodischen Strohhüten, die sich allem Anschein nach um eine Gartenhacke zankten.
»Bitte, hierher schauen!« Sie umtanzten uns in einem teuflischen Reigen. »Nein, zu mir – hallo!« Ununterbrochen klickten die Auslöser, und die Linsen blendeten uns, sobald sich das gebündelte Sonnenlicht in ihnen spiegelte.
»He, seid bloß vorsichtig! Die Alte ist gemeingefährlich! Sie hat mir eben um ein Haar den Schädel eingeschlagen.« Der Reporter hatte es auch ohne Hilfe geschafft, aus dem Teich zu klettern. Allerdings zeigte seine mit Schlamm und Pflanzenteilen bedeckte Erscheinung, dass die Uferzone nicht für Badende konzipiert war.
Begeistert wanderten die Kameraaugen in seine Richtung. Er richtete sich auf, spuckte ein halb verrottetes Blatt aus und breitete in dramatischer Übertreibung beide Arme aus. »Diese Verrückte gehört eingesperrt! Schaut mich an: knapp dem Tod entronnen!«
»Unverschämtheit!«, schnappte Sophia, weiß vor Zorn. »Dieser … dieser Kerl da hat seinen Müll in meinen Teich geworfen, und dann wollte er ihn auch noch als Abort missbrauchen.«
Bei dieser Anschuldigung wandten sich alle Köpfe erneut dem verdreckten Mann zu. Ich wartete keinen Moment länger.

»Los, zum Kücheneingang«, zischte ich Sophia zu, und zu meiner Erleichterung reagierte sie sofort. Wie Hasen auf der Flucht warfen wir uns durch das Loch in der Hecke und rasten bereits auf den Hintereingang zu, als die Meute sich noch formierte.
»Schnell, schließ ab«, keuchte Sophia der entgeisterten Rosie zu und sank auf den nächsten Küchenstuhl.
Automatisch gehorchte die Köchin, starrte uns dann aber unter gerunzelten Brauen misstrauisch an. »Was ist denn jetzt wieder los?«
»Sophia ist auf einen Reporter losgegangen«, erklärte ich.
»Warum?« Ihr Blick ließ keinen Zweifel daran zu, dass sie die Schuld bei mir suchte.
»Der Mistkerl hat seine Zigarette in den Seerosenteich geworfen und dann …« Sophia brach plötzlich ab und verzog schmerzlich das Gesicht. »Au, verdammt, ich bin zu alt für so etwas! – Ich kriege keine Luft mehr …«
Ihre rechte Hand fuhr an ihren linken Oberarm, verkrampfte sich im weichen Wollstoff ihrer Strickjacke. Entsetzt bemerkte ich, dass ihre normalerweise gesunde Gesichtsfarbe zu kalkigem Weiß gewechselt hatte. Auf ihrer Oberlippe sammelten sich winzige Schweißtröpfchen. Obwohl sie die Lippen so fest zusammenpresste, dass sie zitterten, konnte sie das Stöhnen nicht unterdrücken, das tief aus ihrem schmalen Brustkorb drang.
»Einen Arzt!«, rief ich. »Gibt es hier einen Notarzt?«
Rosie wirkte wie betäubt. Wenn ich mich nur besser auskennen würde! Ungeduldig schüttelte ich sie an den überraschend kräftigen Schultern. »Rosie, wir brauchen unbedingt einen Arzt. So schnell wie möglich!«
Nach endlos scheinenden Sekunden nickte sie endlich und bewegte sich zielstrebig auf das Telefon in der Diele zu. »Und

sag bitte auch Mark in der Gärtnerei Bescheid«, rief ich ihr hinterher, während ich mich bemühte, Sophias zusammengekrümmte Gestalt auf das Sofa an der Wand zu betten.
Sie fühlte sich zerbrechlich an, leicht wie ein Vogel. Keine Spur mehr von dem wutschnaubenden Pumaweibchen. Diese winzige Person wirkte jämmerlich und schutzbedürftig. Ihre Augen waren geschlossen, aber die senkrechte Falte zwischen ihren Augenbrauen zuckte hin und wieder. Der Atem ging schwer, und ich horchte ängstlich auf jedes Anzeichen von Unregelmäßigkeit. Ich hielt ganz leicht ihre trockene Hand mit der dünnen Haut über den feinen Knochen und flehte sie stumm an, nicht zu sterben.

Es war die längste Viertelstunde meines Lebens, bis ich die Sirene des Krankenwagens näher kommen hörte. Der Kies spritzte, und tausende Steinchen prasselten dabei auf die in der Nähe stehenden Pressewagen. Wütende Stimmen, Laufschritte, und dann endlich zwei stämmige Träger mit einer Bahre und ein älterer Mann, der eine solche Ruhe und Kompetenz ausstrahlte, dass ich mich sofort erleichtert fühlte, ihm die weitere Verantwortung überlassen zu dürfen.
Er scheuchte Rosie und mich ins Esszimmer. Dort blieben wir wie angewurzelt stehen und warteten. Keine von uns setzte sich oder sprach. Wir vermieden sogar jeden Blickkontakt, als müssten wir damit auch unser Schweigen beenden. Jede von uns kauerte verschreckt in ihrem eigenen Kokon aus Angst und Sorge.
Marks Wagen kam kurz darauf schlitternd hinter dem Krankenwagen zum Stehen. Rosie stürzte zur Tür, ich folgte ihr auf den Fersen.
»Verdammt noch mal! Habe ich euch nicht gesagt, ihr solltet im Haus bleiben?«, fuhr er mich mit vor Zorn verzerrtem

Gesicht an. Seine Wangenmuskeln zuckten, und seine stahlgrauen Augen waren schneidend wie Messer. Ich trat unwillkürlich einen Schritt zurück.
»Sophia hielt es hier drin nicht mehr aus«, stammelte ich kindisch.
»Hast du nicht mehr Verstand, als eine alte Frau bei einem solchen Leichtsinn auch noch zu unterstützen?« Sein verkniffenes Gesicht, die ungewöhnliche Blässe zeigten das Ausmaß seiner Besorgnis um Sophias Zustand, aber trotzdem schmerzte der barsche Tonfall. Ich musste schlucken und umschlang meinen Oberkörper mit den Armen, wie ich es als Kind getan hatte, wenn niemand sonst mich in den Arm nehmen wollte.
»Woher hätte ich wissen sollen, dass dieser Mensch Sophia dermaßen aufregen würde?« Langsam stieg Ärger über die Ungerechtigkeit der Anschuldigung in mir auf. »Und woher hätte ich wissen sollen, dass sie Herzprobleme hat?«, verteidigte ich mich empört.
»Wo ist sie jetzt?«
Es interessierte ihn überhaupt nicht wirklich, was geschehen war. Er suchte nur einen Sündenbock, an dem er sich abreagieren konnte!
Resigniert deutete ich mit dem Kopf Richtung Küche.
Ohne einen weiteren Blick auf mich stürmte er dorthin. Riss die Tür auf, um sie sofort sehr behutsam wieder zu schließen. Seine laute Stimme mischte sich mit dem beruhigenden Bariton des Notarztes, der allmählich die Oberhand gewann, bis ich nur noch das melodiöse Auf und Ab hörte.
Als die Tür sich endlich knarrend öffnete, sah ich als Erstes den breiten Rücken eines Sanitäters. Behutsam hoben sie die Räder der Bahre über die Schwelle. Sophia wirkte winzig zwischen den Laken. Ihr Gesicht war immer noch erschreckend

blass, obwohl die senkrechte Falte zwischen den Augenbrauen sich gelöst hatte und sie ruhig atmete.
»Wie geht es ihr?«, flüsterte ich.
»Ihr Zustand ist so weit stabil. Wir transportieren sie jetzt nach Bristol ins Herzzentrum, dort ist sie in den besten Händen«, sagte der Notarzt beruhigend.
Marks Blick hing an ihrem Gesicht, als dürfe er keinen Wimpernschlag verpassen. Ohne uns anzusehen, sagte er kurz angebunden: »Ich fahre hinterher und bleibe erst einmal bei ihr im Krankenhaus.«
»Gibst du mir deine Handynummer?«, bat ich ihn. »Falls irgendetwas ist …«
Er runzelte ungehalten die Stirn und sagte abweisend: »Ich habe keins. Mag die Dinger nicht. Falls es hier Probleme gibt, ruft ihr am besten Miles an!«
Der freundliche Arzt schien zu spüren, dass Rosie und ich etwas mehr Zuspruch benötigten. Er lächelte uns professionell beruhigend zu, während er der Prozession nach draußen folgte. »Machen Sie sich nicht zu viele Sorgen! Die alte Dame ist zäh – sie ist bald wieder auf dem Damm.«
Wie von weither registrierte ich das Blitzlichtgewitter, die sonore Stimme des Arztes, die alle aufforderte, beiseite zu treten, und die beiden Wagen, die mit aufheulendem Motor davonrasten. Ich sah ihnen nach und kam mir verlorener denn je vor.

»Wollen Sie was essen, Miss?«
Die Stimme klang so unfreundlich wie Rosies, aber sie war nicht die von Rosie. Überrascht sah ich von dem Buch auf, das ich gerade zu lesen versucht hatte, und blickte genau in die feindselig zusammengekniffenen Augen des Mädchens vom Foto auf Marks Schreibtisch. Was machte Jessica hier?

Verblüfft sagte ich automatisch: »Nein, danke. – Sie sind Jessica, nicht wahr? Ich bin Verena Naumann …«
»Ich weiß!«, unterbrach sie meinen Begrüßungsversuch. »Sie sind die Deutsche, die Mark so viel Ärger gemacht hat.« Der schmallippige, grell geschminkte Mund verzog sich boshaft, während wir uns gegenseitig musterten. »Bilden Sie sich bloß nicht ein, dass Sie ihn einwickeln können mit Ihrem ganzen Geld! Sobald Mark Sie nicht mehr bei Laune halten muss, lässt er Sie fallen wie eine heiße Kartoffel.«
Das Ausmaß ihrer Bösartigkeit überraschte mich, aber ich wollte mir nichts anmerken lassen. »Um danach mit fliegenden Fahnen zu Ihnen zu wechseln?«, gab ich ironisch zurück. Die Spitze traf nicht. Ungerührt nickte Jessica, wobei ihre vor Haarspray steifen Haare auf und nieder hüpften. »Natürlich. Ich *gehöre* hierher.« Sie leckte sich die Lippen, eine Geste, die fast obszön wirkte. Das schlichte Statement strotzte vor Selbstbewusstsein und etwas an ihrer Überzeugung gefiel mir nicht. Wie konnte sie sich derart sicher sein? Brächte Mark so etwas fertig? Ich glaubte es nicht.
Aber ein winziger Zweifel blieb.
Die Behauptung, Mark spiele nur mit mir, hatte einen Nerv tief in meinem Inneren getroffen.
»Meine Mutter fühlt sich nicht gut«, fuhr Jessica ungerührt fort. »Aber deutsche Frauen sind ja angeblich so tüchtig, da kommen Sie sicher allein zurecht.« Mit diesen Worten drehte sie sich um und stolzierte aus dem Zimmer, wobei ihre in zu enge Hosen gezwängte Kehrseite aufreizend wackelte.
Nein, ich konnte mir nicht vorstellen, dass sie die Wahrheit gesagt hatte. Aber wie gut kannte ich Mark schließlich? Meine Erfahrungen mit Männern waren rudimentär. Nach Dieter hatte ich keinen mehr so nahe an mich herangelassen, dass er mir hätte wehtun können – bis jetzt. Ich verspürte plötzlich

den brennenden Wunsch, mich bei Jonathan auszusprechen. Jonathan hätte mir geduldig und verständnisvoll zugehört, behutsam alles zurechtgerückt und meine Ängste beschwichtigt.
Mein Schmerz um Jonathan mischte sich mit der Angst, der unbekannte, neue Mark könnte mich genauso verletzen wie Dieter. Nein, viel schlimmer, denn die Gefühle, die unmerklich in mir gewachsen waren, hatten nichts mit der jugendlichen Vernarrtheit von damals gemein.
Er hatte mich angefahren, als hätte er sich gerade noch zurückhalten können, mich zu schlagen – mich, nachdem es noch keinen Tag her war, dass er behauptet hatte, ich sei das Beste, was ihm in seinem Leben begegnet wäre. Konnte man so etwas sagen und es nicht ernst meinen? Hatte er es nur so dahingesagt – oder vielleicht doch voller Berechnung? Ich dachte an seine geschickten Händen, seine mitreißende Sinnlichkeit – er hatte Türen in mir aufgestoßen, von denen ich nichts geahnt hatte. Ich liebte ihn mit einer Leidenschaft, die mich selbst erschreckte, weil ich sie nicht in mir vermutet hatte. Aber liebte er mich?
Es war geradezu unheimlich still im Haus. Man konnte sogar die Wanduhr hören. Sie tickte, also stand sie nicht. Und doch fühlte es sich so an, als würde die Zeit nicht vergehen.
Wie eine Schlafwandlerin ging ich aus dem Zimmer, stieg die Treppe hinauf und öffnete die Tür zu dem Zimmer, das Jonathan bewohnt hatte. Sofort umgab mich die tröstliche Gegenwart seiner Spuren. Im Raum roch es noch nach seinem Rasierwasser, auf dem Boden stand sein ordentlich gepackter Koffer, und auf dem Tisch lag ein in Papier gewickeltes Päckchen, das den vertrauten Duft von Jonathans Kaffeemischung mit Koriander verströmte.
Rosie hatte die Bettwäsche noch nicht abgezogen. Ich setzte

mich aufs Bett und griff nach dem Kopfkissen, wie ein Trost suchendes Kind, vergrub mein Gesicht darin und versuchte, noch einen Rest von Jonathans Gegenwart zu spüren. Nie wieder würde ich sein lachendes Gesicht sehen, seine Art, spöttisch den Mund zu verziehen, bevor er eine seiner kleinen Bosheiten äußerte.

Endlich ließ ich den aufsteigenden Tränen freien Lauf. Und als wäre ein Damm gebrochen, überflutete mich der Kummer. Nicht nur über den Verlust von Jonathan – auch um meine Mutter, ihre Liebe zu mir, die ich nie als solche erkannt hatte, und den Vater, den ich niemals kennen lernen würde.

Irgendwann schlief ich vom heftigen Schluchzen erschöpft ein. In meinem Kopf tauchten seltsame Bilder auf. Meine Mutter, die mir verzweifelt etwas zu sagen versuchte. Ich konnte sehen, wie sie den Mund bewegte, aber ich hörte nichts. Marks Umrisse tauchten hinter ihr auf, und ich streckte die Arme nach ihm aus, aber er starrte mich nur finster an und machte keine Anstalten, näher zu kommen. Stattdessen trat er beiseite, und Jessica grinste mich höhnisch an, in seinen Arm geschmiegt.

Ich konnte den Anblick nicht ertragen, aber ich konnte auch nicht wegsehen. Ein Eisenring hatte sich um meinen Kopf gelegt und zog sich immer enger zusammen, bis ich vor Schmerz stöhnte.

»Was machst du hier?«, riss Marks Stimme mich aus dem Alptraum. »Ich habe dich schon überall gesucht.«

Ich versuchte die geschwollenen Lider zu öffnen, aber das grelle Licht war so unangenehm, dass ich sie schnell wieder schloss und den Kopf abwandte.

»Sophia geht es schon wieder ganz gut. Der Arzt meinte, sie

würde bis morgen schlafen.« Die Matratze sank ein, als er sich zu mir aufs Bett setzte und gedankenverloren begann, meine Rückseite zu streicheln.

»Gut«, sagte ich zutiefst erleichtert, hielt aber mein Gesicht abgewandt, weil ich nicht wollte, dass Mark mich so verheult sah. Meine Augen brannten, und die hämmernden Kopfschmerzen waren so stark, dass ich beide Handflächen an die Schläfen presste, um mir Erleichterung zu verschaffen.

»Ich hatte eigentlich erwartet, du würdest dich mehr freuen!« Er klang enttäuscht.

»Ich habe schreckliche Kopfschmerzen«, sagte ich gepresst und hoffte, dass Mark das verstehen würde.

Abrupt zog er seine Hand zurück. »Natürlich. – Ich hätte mir denken können, dass du immer noch sauer bist!«

»Ich bin nicht sauer! Ich habe Kopfschmerzen.«

»Dann werde ich dich sofort in Ruhe lassen, Madam Rührmichnichtan!«, sagte er beleidigt und stand auf.

Die Ungerechtigkeit seiner Anschuldigung, ich schöbe meine Kopfschmerzen nur vor, kränkte mich so, dass ich den Kopf aus den Kissen hob und vorschlug: »Du kannst ja zu Jessica gehen, dich ausweinen!«

Sein Rücken in der Türöffnung erstarrte, dann sackten die Schultern müde herab, und er sagte: »Verdammt, wenn du sowieso zickig bist, kann ich dir genauso gut einen Grund für deine Eifersucht geben.« Ich zuckte zusammen, als er die Zimmertür hinter sich zuschmetterte, und lauschte entsetzt über mich seinen sich entfernenden Schritten auf der Treppe nach.

Was hatte mich nur getrieben, etwas so Blödsinniges zu sagen? Am liebsten wäre ich Mark hinterhergelaufen, um mich zu entschuldigen, ihm alles zu erklären. Aber der Eisenreif umklammerte meinen Kopf, und die starken Schmerzen lähmten mich. Das Hämmern in meinen Schläfen wurde so stark, dass ich ins Bad taumelte, um mir von dem Aspirin aus dem Wandschränkchen zu holen. Ich schluckte drei Tabletten und kroch in mein Bett.

Kapitel 10

Trennungen

Der peitschende Regen, dessen Trommeln am Fenster mich weckte, passte zu meiner Stimmung. Wenigstens waren die Kopfschmerzen verschwunden. Im Badezimmerspiegel sah mir ein fleckiges, aufgedunsenes Gesicht entgegen. Ich erkannte mich selbst kaum wieder. So konnte ich mich Mark unter keinen Umständen zeigen! Entsetzt füllte ich das Becken mit kaltem Wasser und tauchte mein Gesicht so lange hinein, bis es wieder einigermaßen normal aussah. Die Lider waren noch leicht geschwollen und die Augen gerötet, aber sonst deutete nichts mehr auf meinen Tränenausbruch hin.

Marks Zimmer war leer, das Bett wirkte unbenutzt. Nervös stieg ich die Treppe hinunter, meine Schritte hallten dabei ungemütlich in der Stille des Hauses wider. Ein Blick aus dem Fenster zeigte, dass die Pressemeute verschwunden war. Auf dem Fußabtreter lag die Post, die der Briefträger durch den Briefschlitz in der Tür geschoben hatte. Automatisch bückte ich mich und hob sie auf. Zu meinem Erstaunen war einer davon an mich adressiert. Der schwarze Rand erinnerte mich daran, dass Wendy versprochen hatte, mir eine Einladung zur Trauerfeier für Jonathan zu schicken.

Auf dem Tisch im Esszimmer lag eine Nachricht: ein nachlässig aus einem Block herausgerissener Zettel mit Marks markanter Handschrift.

Komme abends wieder.
Rosie wird sich um alles kümmern.
M.

Enttäuscht zerknüllte ich das Papier zu einem Ball und warf es in den offenen Kamin. Nicht einmal ein »Ich hoffe, es geht dir besser«! Aber dann fiel mir ein, dass er mir die Kopfschmerzen ja nicht geglaubt hatte. Wie schnell er seine Schlüsse zu meinen Ungunsten gezogen hatte!

Bedrückt bereitete ich mir eine Kanne Tee, suchte mir die Zutaten für ein schlichtes Frühstück zusammen. Rosie fühlte sich offensichtlich nicht für mich verantwortlich. Von wegen: *Rosie wird sich um alles kümmern …* Der Papierball schimmerte hell in der dunkelgrauen Asche, und ich stand auf und holte ihn wieder heraus, strich ihn glatt. Auch wenn es nur ein paar Worte waren, waren sie immerhin von Mark geschrieben worden, und ich besaß sonst nichts Persönliches von ihm.

Der Stich, den die sachliche, ja direkt kalte Nachricht mir versetzt hatte, machte mir bewusst, wie verwundbar ich war. Ihm gegenüber war ich so wehrlos wie ein Einsiedlerkrebs ohne schützende Hülle, eine Schildkröte ohne Panzer. Er konnte mich mit einem einzigen Satz, einer einzigen ablehnenden Geste tief verletzen.

Und plötzlich konnte ich Mutters rätselhafte Entscheidung nachvollziehen. Sie hatte das ruhige Unglück den unaufhörlichen Hochs und Tiefs vorgezogen. Berechenbarkeit war ihr lieber gewesen als Ungewissheit. Die Wunden vernarbten, und mit der Zeit ließ der Schmerz nach, wich einer Art Kallusgewebe, wie beschädigte Pflanzen es bilden. Bäume können erstaunliche Substanzverluste verkraften. Die meisten jedenfalls – nur sehr schwächliche und kranke Exemplare sterben ab.

Ich liebe ihn so sehr, dachte ich verzweifelt, *dass ich nicht weiß, ob ich es ertragen könnte, wenn auch nur ein Funken Wahrheit in Jessicas Lügen steckt. Als er gestern Abend so wütend davonstürmte, ist er da tatsächlich zu ihr gegangen?*

Eigentlich glaubte ich es nicht, aber ein winziger Zweifel

steckte wie einer dieser hinterhältigen, kaum sichtbaren Dornen, die man mit der Pinzette nicht fassen und herausziehen kann, tief in mir.

Die Richtung, die meine Gedanken nahmen, gefiel mir nicht. In diesem stillen Haus, in dem das Ticken der Uhr im Esszimmer und ein gelegentliches Knacken der Holzdielen die einzigen Geräusche waren, wurde ich vor lauter Grübeln noch verrückt. Marks Unverständnis, meine eigene Unsicherheit und Jessicas boshafte Behauptung drehten sich in einer endlosen grausamen Spirale.

Ich musste weg von hier, in Ruhe nachdenken, im Kopf klar werden. Aber das schaffte ich in Blackthorn Hall nicht. Nicht hier, wo ich nicht wusste, was schlimmer war: Das Alleinsein mit meinen Ängsten oder die offene Feindseligkeit der Donnelly-Frauen.

Die Sehnsucht nach dem friedlichen Alltagseinerlei bei *Blütenzauber*, Monikas und Alfons' tröstlicher Nähe wurde plötzlich übermächtig. Mich dorthin zu flüchten, wieder an Vertrautes anzuknüpfen, schien mir nicht nur verlockend, sondern sogar vernünftig. Hier war ich im Augenblick überflüssig. Ich konnte weder Sophia im Krankenhaus beistehen noch Mark irgendwie helfen – in meinem emotionalen Ausnahmezustand schon gar nicht.

Mein Blick fiel auf Marks Nachricht. Ich würde ihm schreiben! Schreiben war besser als eine direkte Aussprache, weil man sich dabei nicht anschreien konnte. Außerdem sagte man bei solchen Gelegenheiten zu schnell Dinge, die man nicht hatte sagen wollen, und ehe man es sich versah, war es schlimmer als vorher. Das hatte ich schon ein paarmal in Filmen gesehen und mich gewundert, wie blödsinnig manche Menschen reagierten. Allmählich begann ich, mehr Verständnis für sie aufzubringen.

Nachdem ich den Entschluss gefasst hatte, verspürte ich die Erleichterung, die so oft mit einer Entscheidung Hand in Hand geht. Ich buchte einen Platz in der Abendmaschine, rief die Bahnhofsauskunft wegen der Zugverbindungen an und sprach Monika eine Nachricht auf den Anrufbeantworter. Es überraschte mich nicht sehr, dass niemand im Büro abnahm, denn es kam häufiger vor, dass alle verfügbaren Kräfte in den Freianlagen bedienen mussten. Ich hoffte nur, dass jemand ihn abhörte, bevor ich landete.
Mein Zeitplan würde mir sogar erlauben, mich von Jonathan zu verabschieden. Wendy hatte zu dem offiziellen Text, mit dem der Sender Freunde und Bekannte Jonathans für den übernächsten Tag einlud, die Visitenkarte eines Bestattungsunternehmens geheftet und in ihrer krakeligen Handschrift hinzugefügt:

Ich habe mit dem Bestattungsunternehmen gesprochen. Sie können ohne neugierige Zuschauer von ihm Abschied nehmen, wenn Sie dort Ihren Namen nennen.

Meine Sachen waren schnell gepackt. Der Brief an Mark dauerte bedeutend länger, weil ich immer wieder neu ansetzen musste. Es war überraschend schwierig, meine Gefühle einigermaßen treffend auszudrücken. Vielleicht, weil ich mir selbst über sie nicht ganz im Klaren war.
Seltsamerweise fiel es mir viel leichter, *Ich liebe dich* zu schreiben, als es ihm ins Gesicht zu sagen, und weil der Stift es quasi von selbst schrieb, wehrte ich mich nicht dagegen.

Lieber Mark,
du wunderst dich sicher über mich, dass ich einfach abgereist bin. Glaube mir, so einfach war es nicht für mich!

Aber ich hatte mehr Zeit zum Nachdenken, als gut für mich war.
Nach gestern Abend ist mir klar geworden, dass ich dich zu sehr liebe, um ertragen zu können, dass es für dich vielleicht nur ein Flirt war. Ich habe keine Erfahrung in solchen Sachen, deshalb habe ich schrecklich Angst davor, dass Jessica die Wahrheit gesagt hat und du mich nur verführt hast, um mich bei Laune zu halten – auch wenn das gar nicht nötig war. Ich würde nie etwas tun, was dir schadet.
Du hast mich aus meinem Schneckenhaus geholt, und ich kann immer noch nicht glauben, wie mich das verändert hat. Ich weiß, dass ich dich liebe, aber liebst du mich?
Verzeih, dass ich nicht den Mut habe, dir diese Frage direkt zu stellen, aber ich bin und bleibe ein Feigling. Und ich habe wirklich Angst vor meinen Gefühlen. Wir kennen uns erst so kurz, und doch brauche ich dich schon wie die Luft zum Atmen. Deine Zärtlichkeit, deine lachenden Augen, deine Stimme – ohne dich erscheint mir mein Leben – das Leben, das ich all die Jahre geführt habe – wie ein einziges graues Einerlei.
Im Augenblick weiß ich überhaupt nicht mehr, was mit mir los ist. Ich scheine keinen vernünftigen Gedanken fassen zu können, deshalb klingt dieser Brief vielleicht etwas seltsam. Nimm es mir bitte nicht übel, dass ich es einfach nicht mehr aushalte.
Du kannst mich jederzeit bei »Blütenzauber« erreichen, und ich werde dort auf eine Nachricht von dir warten. Komm zu mir. Oder gib mir ein Zeichen, dass ich zu dir zurückkommen soll.
Ich liebe dich, ich liebe dich, ich liebe dich,

Deine Verena

PS: Liebe Grüße an Sophia und gute Besserung! Ich werde an sie denken und ihr die Daumen drücken, dass sie so schnell wie möglich wieder fit ist!

Die barsche Stimme, die sich unter der Nummer des örtlichen Taxiunternehmens meldete, schien seltsam misstrauisch, als ich ihn fragte, wie schnell er mich nach Bristol bringen könnte. »Wieso fährt Mr. Abernathy Sie nicht hin?«, brummte sie. »Oder Miles?«

»Sie sind beide beschäftigt«, sagte ich irritiert. »Fahren Sie mich nun, oder soll ich jemand anderen anrufen?«

Fast widerwillig erklärte er sich bereit und versprach, mich rechtzeitig an meinem Zug nach London abzusetzen. Als er mich abholte, zog ich einfach die Haustür hinter mir zu.

In der Victoria Station stopfte ich mein Gepäck in ein Schließfach und machte mich auf den Weg zum Bestattungsunternehmen. Glücklicherweise war es nicht allzu weit, und so ging ich zu Fuß. Einerseits, um mich zu beruhigen, andererseits, um nach einem ansprechenden Blumenladen Ausschau zu halten. Plötzlich stockte ich vor einem Feinkostgeschäft: Im Schaufenster boten sie attraktiv gebundene Gewürzsträußchen an. *Das würde Jonathan gefallen,* schoss es mir durch den Kopf, und es passte so viel besser zu ihm als die üblichen Blumen. Ich kaufte ein besonders hübsches Bouquet aus glänzenden, dunkelgrünen Lorbeerblättern, Rosmarinzweigen, fedriger Eberraute und himmelblauen Boretschblüten. Der würzige Duft stieg mir in die Nase und erinnerte mich an die Stunden mit Jonathan in der Küche. *Vermutlich werde ich immer an ihn denken, wenn ich Lorbeerblätter rieche,* dachte ich wehmütig und lehnte dankend das Angebot der Verkäuferin ab, mir das Sträußchen als Geschenk einzupacken.

Ich trug es in der Hand, als ich die Eingangshalle von *Adam Smith & Sons* betrat. Der Türgong war noch nicht verklungen, als auch schon ein schwarz gekleideter, ernst blickender Herr aus einem Zimmer trat und mich mit gedämpfter Stimme fragte: »Womit kann ich Ihnen dienen, Madam?«
Wendy hatte mir den Weg geebnet. Sobald ich meinen Namen nannte, nickte er wissend und sagte mitfühlend: »Eine so tragische Geschichte! Darf ich Ihnen mein Beileid aussprechen? Wir haben Mr. Dunnet im großen Andachtsraum aufgebahrt. Wenn Sie mir bitte folgen wollen.«
Sein kerzengerade aufgerichteter schwarzer Rücken führte mich durch lange Gänge. Kein Außengeräusch war hier drinnen zu hören. Nicht einmal unsere Schritte: Lautlos gingen wir über dicke, dunkelgraue Läufer, die jeden Laut verschluckten. Die allgegenwärtige Stille zerrte an meinen Nerven, ich fühlte, wie meine Handflächen feucht wurden und mein Atem schneller ging.
»Hier, bitte sehr.« Er öffnete eine schwere Flügeltür, verbeugte sich und bedeutete mir einzutreten. »Ich warte hier, falls Sie einen Wunsch haben sollten«, sagte er würdevoll und wies auf einen schlichten Stuhl neben der Tür.
Die Atmosphäre des Raums wirkte nicht so niederdrückend, wie ich es erwartet hatte. Ich hatte mich auf eine ähnliche Erfahrung eingestellt wie bei der Beerdigung von Mutter. In dem eiskalten, zugigen Nebenraum der Friedhofskapelle hatte es nach kaltem Weihrauch, feuchtem Stein und den alten, abgeräumten Trauerkränzen gerochen, die gleich um die Ecke hinter einer Hecke zum Abtransport bereitlagen.
Die bodenlangen Vorhänge aus dunkelgrünem Samt passten farblich zum Teppichboden. Jonathan lag in einem schimmernd polierten Sarg aus hellem Holz. Rechts und links neben seinem Kopf hatte man in auf Säulen stehenden Vasen

wunderschöne Blumengestecke arrangiert. Der Duft der orientalischen Lilien hing schwer und süß im Raum. Mit fiel ein, dass ich seltsamerweise keine Ahnung hatte, welches seine Lieblingsblumen gewesen waren. Darüber hatten wir nie gesprochen, aber die Lilien passten zu ihm: Ihr sinnlicher Duft, ihre klare Form entsprachen seiner Eleganz und seiner Liebe zum raffinierten Genuss.

Jonathans Hände in schwarzen Handschuhen lagen über einer weißen Satindecke auf seiner Brust gefaltet. Sein Gesicht wies nicht die geringsten Anzeichen einer Verletzung auf, stellte ich erleichtert fest; dennoch wirkte es fremd und hart: Das war nicht mehr der Jonathan, den ich gekannt hatte. Dessen Gesicht immerzu in Bewegung gewesen war, dessen Augen stets gefunkelt, dessen Mund niemals einen derart strengen Ausdruck gehabt hatte. Fast war dieses Gesicht mir unheimlich, das eher einer Marmorbüste als meinen Freund glich.

Obwohl ich von Mutter wusste, wie Tote aussahen, traf es mich trotzdem. Vorsichtig schob ich das Gewürzbouquet zwischen die steifen Finger und zuckte instinktiv zurück, als ich dabei die sich eiskalt anfühlende Haut an seinem Handgelenk berührte. Vielleicht war es diese letzte Berührung, die mir deutlich machte, dass der Abschied tatsächlich endgültig sein würde.

»Adieu, Jonathan«, murmelte ich. »Ich wünsche dir, dass du jetzt glücklich bist!«

Nach einem letzten Blick ging ich hinaus. Der Mann in Schwarz sprang beflissen auf, ließ den Türflügel lautlos ins Schloss fallen und fragte: »Haben Sie noch einen Wunsch?«

Ich wusste nicht, wieso ich danach fragte, ob Jonathans Freund ebenfalls hier aufgebahrt wäre. Sein Gesicht verzog sich bedauernd. »Es tut mir Leid, er wurde bereits überführt. Seine Familie wollte ihn in aller Stille beisetzen.«

Auf dem Rückweg zur Victoria Station nahm ich wenig von meiner Umgebung wahr. *Warum hätte man die beiden nicht zusammen begraben können?*, dachte ich. Ob Michaels Familie das nicht gewollt hatte?

Vielleicht war es ganz gut, dass meine Sitznachbarin, eine ausgesprochen mitteilsame Endfünfzigerin, mir ihre ungeteilte Aufmerksamkeit schenkte, kaum dass ich unvorsichtigerweise zugegeben hatte, ebenfalls auf der *Chelsea Flower Show* gewesen zu sein. Ich konnte nicht widerstehen, sie danach zu fragen, wie sie die schwarzen Pflanzen von einem gewissen Mark Abernathy gefunden hatte, aber sie runzelte nur ablehnend die Brauen und sagte: »Schwarze Pflanzen? Wo waren die denn? Kann mich nicht erinnern, welche gesehen zu haben … aber ich interessiere mich auch nicht dafür. Wie gefielen Ihnen diese neuen Helleborus-Hybriden von Helen Ballard – die mit den goldgelben Staubgefäßen? Fantastisch, nicht?«

Ich murmelte, dass ich von Christrosen nicht viel verstünde, aber das half mir nichts. Anderthalb Stunden später wusste ich alles darüber!

Kapitel 11
Gärtnertricks

Das Flugzeug landete auf die Minute pünktlich, und zutiefst erleichtert verabschiedete ich mich von meiner Mitreisenden, die auf der anderen Seite des Bandes auf ihre Koffer warten wollte.

Etwas besorgt wanderte mein Blick über das Meer von Gesichtern hinter der Absperrung in der Ankunftshalle. Eine riesige rote Mohnblüte erregte meine Aufmerksamkeit, und tatsächlich: Monika lachte mich aus dem Arm von Stevie an, der mit dem anderen die Blume hoch über seinem Kopf schwenkte.

»Hallo, hier sind wir, Reni!«

Ich riss Koffer und Tasche vom Wagen, ließ ihn einfach stehen, und eilte so schnell wie möglich auf sie zu. »Mike!« – »Reni!« Wir fielen uns in die Arme, als hätten wir uns seit Monaten nicht gesehen.

»Na, du Weltreisende, lass dich einmal anschauen!« Mike schob mich von sich und betrachtete mich kritisch von Kopf bis Fuß: »Hmm, irgendwie hast du dich verändert. Du bist total stylish – aber das ist es nicht …«

»Sie sieht traurig und müde aus«, bemerkte Stevie mit seiner hellen, tragenden Stimme und legte den Kopf schief wie ein Gänseblümchen, das der Sonne folgt. »Hast du nicht gut geschlafen?«

»In gewisser Weise hast du Recht, Stevie«, sagte ich, umarmte ihn und ließ ihn dann mit dem Gepäck vorausgehen, während ich mit Mike, die geschickt mit ihrer Krücke hantierte, hinterherkam.

»Was meintest du eben damit?«, fragte sie beunruhigt. »Ir-

gendwelche Probleme mit Abernathy? Bist du deshalb so Hals über Kopf zurückgekommen?«
»Ach Gott, nein«, sagte ich so leichtfertig, wie ich es fertig brachte. »Mark und ich hatten einen heißen Flirt – mehr nicht. Aber Jonathan …« Ich schluckte. Es fiel mir schwer weiterzusprechen.
Monikas Hand stahl sich in meine, drückte sie fest. »Du machst mir Angst«, sagte sie leise. »Was ist passiert?«
Ich holte tief Luft und sprudelte damit heraus: »Jonathan ist vorgestern tödlich verunglückt, und gestern hatte Marks Großmutter einen Herzinfarkt!«
Monikas Augen weiteten sich, spiegelten die rasche Abfolge von Schock, Ungläubigkeit, Erschrecken. Sie blieb stocksteif stehen und schnappte nach Luft.
Besorgt griff ich nach ihrem Arm: »Tut mir Leid, Mike, ich hätte nicht so damit herausplatzen sollen!«
Sie antwortete nicht, setzte sich aber wieder in Gang. Stevie drehte sich um und mahnte: »Wartet doch damit, bis wir am Auto sind. Hier sind einfach zu viele Leute um uns rum!«
Stevies breiten Rücken vor Augen trotteten wir hinter ihm her, und erst als er mein Gepäck im Kofferraum und uns auf der Rückbank verstaut hatte, sprachen wir wieder.
»Erzähl!«, sagte Monika nur, und ich berichtete, was geschehen war. Allerdings vermied ich es nach Möglichkeit, Mark zu erwähnen. Ich beschränkte mich auf Jonathan und seinen Freund, den Verkehrsunfall, die Belagerung durch die Presse und Sophias Herzinfarkt. Unseren hässlichen Wortwechsel in der Nacht, meinen Brief und die heimliche Abreise verschwieg ich und ließ vielmehr den Eindruck entstehen, dass wir uns in aller Freundschaft verabschiedet hatten.
Mike und Stevie hörten mir aufmerksam zu, ohne mich ein einziges Mal zu unterbrechen.

»Wenn dieser Gärtner keine Zeit für dich hatte, war es wirklich unnötig, da für nichts und wieder nichts herumzusitzen«, gab Stevie mir Recht, sobald ich mit den Worten geendet hatte: »Ich hätte dort nur gestört, also bin ich abgereist.«
Monika ließ sich nicht so leicht Sand in die Augen streuen. »Fährst du wieder hin oder kommt er her …?«, insistierte sie.
Ich fühlte, wie meine Wangen zu glühen begannen, und war dankbar, dass die Dämmerung in die Dunkelheit einer mondlosen Nacht übergegangen war. Wenn Jessica tatsächlich Recht gehabt haben sollte und Mark nur mit mir gespielt hatte, wollte ich selbst vor meiner Freundin um keinen Preis wieder als das bemitleidenswerte Ding dastehen wie bei der armseligen, kleinen Affäre mit Dieter. Mein Stolz zog es vor, die Kaltschnäuzige zu spielen. »Ich denke weder noch …«
»Das verstehe ich nicht! Ich hatte den Eindruck, bei euch bahnte sich etwas Ernstes an.«
»Dann hast du dich eben geirrt!« Ich hörte selbst, dass meine Stimme unnötig patzig klang, und schämte mich im selben Moment dafür. »Ich bin mit den Nerven ziemlich runter«, entschuldigte ich mich, während ich nach meinem Taschentuch suchte und mich energisch schnäuzte. »Es war ein einziger Alptraum: Jonathans Tod und Sophias Anfall und die grässlichen Reporter …«
»Schon gut.« Monika tätschelte mir versöhnlich die Hand. »Tut mir Leid, wenn ich dich genervt habe. Du bist sicher total erledigt.« Um mich abzulenken, begann sie von der Gärtnerei zu erzählen: welche Jungpflanzen gut gediehen waren, wo wir Ausfälle zu beklagen hatten, was sie an Änderungen plante und was Alfons davon hielt. Ich war ihr dankbar für die Ablenkung, die mich zwang, meine Gedanken aus dem endlosen Kreis der Grübeleien und Vermutungen wieder auf das

Alltagsgeschehen zu richten, das mir mit seiner Normalität einen gewissen Trost spendete.
Mitten in der Nacht kamen wir an, und ich sah mein Heim der letzten Monate plötzlich aus einer gewissen inneren Distanz. War es wirklich erst zwei Wochen her, dass ich von hier aufgebrochen war, ängstlich, aber entschlossen, mich zu behaupten? Der vertraute Geruch der Holzdielen fiel mir plötzlich auf. Früher hatte ich ihn nie bewusst wahrgenommen. Das Poster mit den Seerosen von Monet, das den Riss im Putz verdeckte, erinnerte mich an Marks spitze Bemerkung über meine spießigen Vorlieben, mit der er mich am Stand so geärgert hatte, und mein Hals zog sich schmerzhaft zusammen. Verdammt, würde ich von jetzt an immer das Bedürfnis verspüren, in Tränen auszubrechen, sobald ich daran vorbeiging?
»Ich trage dir dein Gepäck noch schnell hoch«, bot Stevie an, »aber du solltest mit dem Auspacken bis morgen warten. Es ist verflixt spät!« Beide begleiteten mich bis an meine Zimmertür, und Monika umarmte mich, ehe sie flüsterte: »Morgen wirst du dich schon etwas besser fühlen – du wirst sehen!«
Alfons hatte unsere Ankunft nicht abgewartet. Er gehörte zu den Menschen, die abends früh schlafen gingen und dafür morgens erstaunlich leistungsfähig waren. Aber er hatte mir einen Begrüßungsstrauß auf den Nachttisch gestellt und einen krakeligen Zettel daneben gelegt: »Herzlich willkommen daheim!« Gerührt betrachtete ich die Blumen: Bartnelken in allen Schattierungen, die ihren typischen, warmen Duft verströmten. Natürlich waren auch dunkle dabei, aber zu meiner Erleichterung keine in dem samtigen Purpurschwarz, das ich an Marks Züchtung so bewundert hatte.

Die Stimme klang bekannt, wollte aber nicht zu den wirren Bildern passen, in denen ich Mark verzweifelt hinterherlief;

er verschwand ständig zwischen den dicken Baumstämmen eines fremdartigen Waldes, der immer dichter wurde. Wenn ich rief, er solle auf mich warten, drehte er sich um, lächelte herzzerreißend traurig und schien gleichzeitig mit dem nächsten Baumstamm zu verschmelzen.

»Wach lieber auf, Reni – das scheint kein angenehmer Traum zu sein!«

Die Hand, die mich entschieden an der Schulter rüttelte, holte mich aus dem unruhigen Halbschlaf. Ich riss die Augen auf und schaute in zwei besorgte Gesichter. Monika beugte sich über mich, Alfons stand in der geöffneten Zimmertür, und seine wirr um den Kopf stehenden Haare und der erschütterte Gesichtsausdruck verdeutlichten, dass Monika ihm bereits von Jonathan erzählt hatte.

Meine Wangen waren nass. Ich riss mich zusammen und lächelte ihnen beruhigend zu. »Ist schon okay. Ich habe nur schlecht geträumt.«

»Das ist ja auch kein Wunder, bei dem, was du mitgemacht hast!«, brummte Alfons, und sein knorriges Gesicht verzog sich mitfühlend. »Wir warten unten auf dich.«

Ich beeilte mich so gut wie möglich, und als ich in die Küche trat, bemühten sich drei Augenpaare, mich nicht zu auffällig zu mustern.

»Möchtest du ein frisches Brötchen?«, fragte Monika mich betont munter. Alfons goss mir wortlos eine Tasse von dem Tee ein, den er immer für uns beide aufbrühte. Monika und Stevie tranken Kaffee.

»Hier, probier einmal diese Kirschmarmelade. Die hat Mutti selbst gemacht.« Stevie schob mir eifrig ein großes Glas zu.

Ich spürte, wie mir wieder die Tränen in die Augen stiegen, und sagte gepresst: »Danke, ihr seid sehr lieb, aber ich glaube, ich kann nichts essen!«

»Dann trink wenigstens den Tee, solange er heiß ist«, drängte Alfons.
»Magst du vielleicht einen Toast?«, fragte Monika.
»Versuch's einfach mal«, schlug Stevie praktisch vor und legte mir eine fertig geschmierte Brötchenhälfte auf den Teller.
Ich gehorchte, und während ich langsam kaute, stellte ich fest, dass die Übelkeit, die ich verspürt hatte, allmählich verschwand und ich mich tatsächlich besser fühlte.
Alfons' scharfem Blick war das nicht entgangen, und mich unter seinen buschigen Brauen hervor musternd sagte er leise: »Jonathans Eltern kenne ich zwar nicht persönlich, aber ich möchte Ihnen ein Kondolenzschreiben schicken und Blumen zu seiner Beerdigung. Hast du die Adresse von diesen Bestattern, bei denen du warst?«
Ich nickte. »Natürlich. Ich hole sie dir sofort. Ich wollte auch noch an seine Mutter schreiben und ihr erklären, wieso ich nicht zur Beerdigung bleiben konnte.« Ich behielt für mich, dass ich ihr in erster Linie schreiben wollte, dass Jonathan an dem Morgen wirklich glücklich ausgesehen hatte; noch ein wenig erstaunt über sich selbst, aber voller Vorfreude. Sie sollte wissen, dass er wenigstens nicht einsam und unglücklich gestorben war. Er schien gefunden zu haben, was er so lange vergeblich gesucht hatte. Welch grässliche Ironie des Schicksals, dass er ausgerechnet zu dem Zeitpunkt sterben musste, an dem er endlich wieder bereit gewesen war, sein Leben mit einem anderen Menschen zu teilen!
»Armer Jonathan«, sagte Monika leise und wischte sich unauffällig über die Augen. »Und die armen Abernathys! Wenn ich mir vorstelle, wir hätten hier einen solchen Rummel …« Sie schüttelte sich vor Widerwillen.
Alfons hob abwehrend die Hand, als ich aufspringen wollte,

und sagte: »Setz dich wieder. Die Adresse kann noch ein paar Minuten warten. – Was ist mit Abernathy?«

Mein Herzschlag stockte, ich fühlte die Hitze in meinen Wangen und wusste, dass sie sich verräterisch röteten. »Was soll mit ihm sein?«

»Wie geht es mit euch weiter?«

»Wir werden aus seinem Katalog aussuchen, was wir haben wollen, es bestellen, und er wird es schicken«, sagte ich, ihn absichtlich missverstehend.

»Du weißt genau, dass ich euer Techtelmechtel meinte!«

»Oh, das! Unsere kleine Affäre ist meine Privatsache«, wehrte ich ab, stand auf und verließ fluchtartig die Küche, um die Visitenkarte zu holen.

In stillschweigender Übereinstimmung kam man nicht mehr auf dieses Thema zu sprechen. Sobald Alfons mit einem gebrummten »Bis später« und Stevie mit einem ausführlicheren Abschiedsritual verschwunden waren, fragte Monika beiläufig: »Willst du immer noch Teilhaberin bei *Blütenzauber* werden?«

Konsterniert schaute ich zu ihr hinüber. Sie sah mich nicht an, zupfte stattdessen an einem Fädchen vom Tischtuch.

»Natürlich! Wie kommst du darauf, dass ich es mir anders überlegt hätte?« Ich war gleichzeitig gekränkt und überrascht. Hielt sie mich für so unzuverlässig, dass ich Zusagen gab und brach, wie es mir gerade passte?

»Na ja, Stevie meinte, du wolltest dein Geld jetzt vielleicht lieber gleich in *Purple Passion* stecken.«

»Stevie ist ein Idiot.«

»Das weiß ich doch. Aber er ist ein süßer Idiot. Und manchmal ist er erstaunlich hellsichtig.« Ihr Lachen war ein bisschen zittrig, und erstaunt erkannte ich, dass Monika tatsächlich befürchtet hatte, ich würde sie im Stich lassen. Solch übertriebe-

ne Ängstlichkeit sah ihr überhaupt nicht ähnlich. Rasch griff ich über den Tisch und hielt ihre Hand fest. »Mike, du bist meine Freundin! Was ist los?«
Sie errötete bis unter die Spitzen ihrer fuchsroten Kaktushaare.
»Es gibt da eine kleine Änderung in meiner Lebensplanung, weißt du. Ich habe es den Männern noch nicht gesagt, aber … ich bin schwanger.«
»Was?«
»Ich bin schwanger, ich bekomme ein Kind. So etwas soll vorkommen.«
»Und was wirst du jetzt machen?«, fragte ich etwas dümmlich.
»Was man in einem solchen Fall macht: den Vater heiraten und eine Familie gründen.«
»Seit wann weißt du es?«
»Sie haben es bei den Blutuntersuchungen festgestellt.«
Impulsiv sprang ich auf und fiel ihr um den Hals. »Mike, ich freue mich so für euch. Stevie wird sicher begeistert sein.«
»Ja, das sicher, aber seine Familie ernähren kann er nicht …«
Deswegen war sie so besorgt gewesen! Ich musste kichern, als ich mir Stevie als Vater vorstellte. Trotz seines muskulösen Körperbaus hatte er mehr von einem Kind als einem erwachsenen Mann an sich. Ich hatte ihn nie richtig ernst genommen. Etwas von meinen Gedanken musste sich auf meinem Gesicht widerspiegeln, denn Monika setzte sich kerzengerade hin und sagte sehr ernst: »Viele Menschen nehmen Stevie nicht für voll. Sie halten ihn für gutmütig und ziemlich dämlich, aber ich liebe ihn. Er interessiert sich nicht für meine Vergangenheit, er liebt mich so, wie ich bin, und fragt nicht, wieso und warum. Und er würde nie grob zu mir oder einem anderen sein, der schwächer ist als er. Das ist so beruhigend.«

Gerührt und eine Spur beschämt fragte ich, ob sie bereits einen Hochzeitstermin geplant hätte. Sie schüttelte den Kopf. »Ich wollte erst abwarten, wie es mit uns und *Purple Passion* weitergeht.«
»Da kann ich dich beruhigen: Alle nötigen Verträge sind unterzeichnet.«
Bei der Erinnerung an den aufgebrachten Mark, wie er mir damals im Büro gegenübergetreten war, musste ich unwillkürlich lächeln. Es war ein ziemlich wehmütiges Lächeln.
»Du willst offensichtlich nicht darüber sprechen, und ich will dich auch nicht drängen, aber du kannst mir nicht weismachen, dass an dieser Sache nicht etwas faul ist.« Monika betrachtete mich ernst und ein wenig bekümmert. »Dafür kenne ich dich zu gut!«

Am Abend zogen Alfons und ich uns ins Hinterzimmer zurück und banden einen wunderschönen Kranz für Jonathan. Ich hatte Alfons von dem Gewürzsträußchen erzählt, mit dem ich von Jonathan Abschied genommen hatte, und wir verbrachten die halbe Nacht damit, Unmengen von Lorbeer, Rosmarin, Ysop, Wacholderzweigen und anderen geeigneten Gewürzen zu einem ungewöhnlichen Kranz zusammenzufügen. Es roch wie in Jonathans Küche, und ich hoffte insgeheim, dass dieses unkonventionelle Gebinde keinen Anstoß erregte.
Gleich am nächsten Morgen schickten wir ihn per Express an die Adresse von *Adam Smith & Sons* und legten unsere Briefe bei.

Was folgte, war die längste Woche meines Lebens, auch wenn wir mit der Regelung meiner Teilhaberschaft, den ersten Bestelllisten, Stevies Begeisterung über seine Rolle als zukünftiger Vater und dem Tagesgeschäft dieser für Gärtnereien anstrengenden Jahreszeit mehr als ausgelastet waren. Trotz der ruhelosen Tage lag ich nachts stundenlang wach – und bemühte mich nach Kräften, das fröhliche Kichern aus Monikas Zimmer zu überhören.

Von dem Wunsch getrieben, die seltsame Tragik der Beziehung meiner Eltern zu begreifen, den Elternteil kennen zu lernen, der mir angeblich so ähnlich gewesen war, las ich Vaters Briefe wieder und wieder, bis ich jedes winzige Detail über ihn auswendig wusste, das er mir je geschrieben hatte. Aber ich fand keinen Zugang zu ihm. Mir blieb unverständlich, wieso er sich so einfach hatte wegschicken lassen. Warum hatte er nicht gekämpft?

Ich versuchte ihn mir vorzustellen: ein wunderschöner, empfindlicher Basilikumbusch. Basilikum verträgt weder anhaltende Nässe noch tiefere Temperaturen noch andere Unannehmlichkeiten. Das berauschende Aroma hat seinen Preis. Basilikum kann unter widrigen Bedingungen nicht gedeihen.

Hätte Mutter ihm verziehen, wenn er ihr ebenbürtig an Härte und Zielstrebigkeit gewesen wäre? Wenn er nicht aufgegeben und abgewartet, sondern alles versucht hätte, sie zurückzuerobern? Müßige Überlegungen. Aber unmerklich hatte sich Mutters Bild in meinem Kopf verändert. Sie war nicht die Mistel gewesen, als die sie mir früher erschienen war. Im Gegenteil: Sie hatte ihr Bestes versucht, mir ein Klima zu schaffen, von dem sie glaubte, dass es mir förderlich wäre, mir optimale Entwicklungsmöglichkeiten böte. Nur ist wie bei wucherndem Efeu die Grenze zwischen »schützen« und »ersticken« manchmal nicht klar zu unterscheiden. Kein Müßiggang, keine Fantasien, dafür Gleichmäßigkeit und Beständigkeit. Vielleicht hatte die äußere Ähnlichkeit mit meinem

Vater ihr das Gefühl gegeben, ich sei ganz nach ihm geraten und sie müsste ein Gegengewicht zu der angeborenen Weichheit setzen? Dabei hatte sie nur völlig außer Acht gelassen, dass ich auch von ihr einige Charakterzüge geerbt hatte.
Einer davon, die Härte gegen sich selbst, zwang mich dazu, auch die unliebsamen Alternativen in Erwägung zu ziehen, um zu erklären, wieso Mark sich immer noch nicht gemeldet hatte. Ich sehnte mich so intensiv nach seiner Nähe, seiner Wärme, seinen Zärtlichkeiten, dass ich manchmal meinte, er müsse es doch über all die Kilometer hinweg spüren. Hatte ich allein das gesehen, was ich sehen wollte, und Gefühle in ihn hineinprojiziert, die nur meine eigenen widerspiegelten? Hatte Jessica die Wahrheit gesagt, und er hatte mich nur verführt, um jemanden, der ihm gefährlich werden konnte, zu entwaffnen?
Im Grunde meines Herzens war ich überzeugt davon, dass er mir gegenüber das Gleiche empfand wie ich für ihn – nur: Warum rief er dann nicht an? Oder kam mir hinterher?
Eine grausam beharrliche Stimme in meinem Kopf machte mich immer wieder darauf aufmerksam, dass Jessicas Behauptung durchaus plausibel war.
Ich schlief zu wenig, und wenn ich endlich in einen unruhigen Schlaf gesunken war, schreckte ich immer wieder aus Alpträumen hoch, ähnlich demjenigen, den ich in meiner letzten Nacht auf Blackthorn Hall geträumt hatte. Die anderen hielten sich auffällig damit zurück, mein blasses Gesicht, die dunklen Schatten unter den Augen, meine Unkonzentriertheit zu kommentieren.

Nach einer weiteren Woche wurde ich extrem nervös. Ich begann bei jedem Läuten des Telefons zusammenzuzucken und auf das Display zu starren in der Hoffnung, dort eine Num-

mer aufleuchten zu sehen, die mit 0044 begann. Die Postbotin erkannte ich nach einiger Zeit am Schritt. Ja, in manchen Momenten hegte ich sogar die wahnwitzige Hoffnung, Mark könnte mich überraschen wollen und plötzlich vor der Tür stehen.
Sogar die absolut schreckliche Möglichkeit, dass ihm etwas zugestoßen wäre, schlich sich in meine wirren Gedanken: Wie lange würde es dauern, bis man uns darüber informierte? Würden wir es überhaupt erfahren?
Verzweifelt vergrub ich mein Gesicht in den Händen. Langsam hatte ich das Gefühl, verrückt zu werden. So konnte es nicht weitergehen: Stolz hin, Stolz her – ich würde mich Mike anvertrauen.

»So ein Mist! Es gibt Ärger mit der *Weidenmeier*-Lieferung! Sie haben eben angerufen und gefragt, was bei uns los ist. Ob wir Lieferschwierigkeiten hätten«, riss Monikas Stimme mich aus meinen Gedanken. Mir wurde siedend heiß. Ich hatte den Lieferschein neulich auf meinem Schreibtisch liegen gehabt. Es ging um irgendein kleines Detail, das auf der Rechnung berücksichtigt werden sollte, ehe die Sendung zusammengestellt wurde.
»Alfons und Stevie schwören, sie hätten den Schein noch nicht zu Gesicht bekommen, aber ich weiß ganz genau, dass ich ihn letzte Woche fertig gemacht habe«, fuhr Monika verärgert fort. »Hast du ihn vielleicht irgendwo gesehen?«
»Warte mal«, murmelte ich schuldbewusst und begann hektisch, die Ablagekörbe hinter meinem Schreibtisch durchzusehen. Sie waren ungewöhnlich voll, irgendwie kam ich mit dem Abheften nicht nach. In dem Korb mit den erledigten Mahnungen wurde ich schließlich fündig. Monika betrachtete mich kopfschüttelnd und fragte bekümmert: »Sag mal, was

ist seit England mit dir los? Mir kannst du nichts vormachen: Du bist todunglücklich! An dieser kleinen Affäre, wie du sie uns zu verkaufen versuchst, war mehr dran, oder?« Sie betrachtete mich aufmerksam.

Ich ergriff die Gelegenheit, denn es kam selten vor, dass wir zwei Frauen allein waren. »Ich fürchte, ich habe Mist gebaut«, gab ich kleinlaut zu. Das letzte Mal hatte Jonathan mir den Kopf zurechtgerückt. Was er wohl diesmal dazu gesagt hätte?

»Was ist schief gelaufen?«

Ich atmete tief durch, um meine Gedanken notdürftig zu ordnen. »Ich bin mir nicht sicher«, begann ich vorsichtig. »Es lief alles gut, bis Sophia den Herzanfall bekam und Mark sie ins Krankenhaus begleitete. An dem Nachmittag habe ich Jessica kennen gelernt.« Ich verstummte in der Erinnerung an diese unangenehme Begegnung.

»Hm, ich wette, diese Jessica ist jung und attraktiv, kennt deinen Mark schon seit einer Ewigkeit und hat dir erzählt, dass er eigentlich nicht an dir interessiert ist, sondern an ihr. Stimmt's?«

»Woher weißt du das?«, fragte ich völlig perplex.

Monika lachte mitleidig. »Reni, du bist ein Schaf! – Das ist doch die älteste Masche der Welt! Und darauf bist du reingefallen? – Wer ist sie? Eine Nachbarstochter?«

»Nicht direkt. Sie ist die Tochter von Rosie, der Köchin, und Miles, Marks rechter Hand.«

»So ein raffiniertes, kleines Miststück! Und du hast ihr tatsächlich kampflos das Feld überlassen? Reni, wie konntest du nur!«

»Es gab auch noch anderes«, verteidigte ich mich schwach.

»Was denn?«

»Es war nicht nur Jessica. Mark hat mich widerlich unfreundlich behandelt.«

»Was hat er denn so Schreckliches getan?« Die Herablassung in Monikas Stimme kränkte mich.
»Er hat mich angeblafft, vor Rosie und allen anderen, ob ich nicht mehr Verstand hätte, als eine alte Frau in ihrem Eigensinn zu bestätigen, und nachher hat er mich keines Blickes gewürdigt. Dabei habe ich mir doch auch Sorgen um sie gemacht«, setzte ich hinzu.
»Du bist zu empfindlich, wenn du ihm vorwirfst, was er in einer solchen Situation gesagt hat. Er war sicher vor Sorge ganz außer sich. Viele Menschen reagieren dann heftig.« Monikas Blick wanderte zum Fenster, blieb am alten Kastanienbaum hängen. »Die wenigsten verfügen über die übermenschliche Beherrschung von Frau Verena Naumann«, setzte sie eine Spur spöttisch hinzu.
Ich überhörte die Neckerei. »Ja, aber da war noch mehr …«
Ihre Brauen hoben sich spöttisch. »Ernstes? Oder in der Art?«
Ich erschauerte, weil ich immer noch Marks Stimme hörte, die mir *Verdammt, wenn du sowieso zickig bist, kann ich dir genauso gut einen Grund für deine Eifersucht geben* hingeworfen hatte.
»Ja, das war ganz schön dumm – aber von beiden!«, urteilte Monika. »Warum hast du nicht auf ihn gewartet? Solche Sachen muss man so schnell wie möglich aus der Welt schaffen.«
»Das sagst du so einfach!« Im Nachhinein war mir inzwischen auch bewusst geworden, dass es das Vernünftigste gewesen wäre. Aber an dem Tag hätte ich es nicht ertragen, aus Marks eigenem Mund zu hören, dass Jessica die Wahrheit gesagt hatte und ich ihm nichts bedeutete! »Ich habe ihm doch alles geschrieben …«
»Und du hast damit gerechnet, dass er sich meldet, sobald er den Brief gelesen hat?«

Ich nickte unglücklich. Dass er das nicht getan hatte, bestätigte meine schlimmsten Befürchtungen.

»Wenn du mir nicht etwas Entscheidendes verschwiegen hast, ist es wirklich seltsam, dass er sich so überhaupt nicht rührt«, gab Monika zu und klopfte nachdenklich mit dem Zeigefingernagel an ihre Schneidezähne, eine Geste, die ich von früher an ihr kannte: Es bedeutete, dass die Situation komplizierter war als erwartet. »Da steckst du ganz schön im Schlamassel! – Du wirst nicht darum herumkommen, die Initiative zu ergreifen, wenn du ihn zurückhaben willst«, entschied sie schließlich. »Die Lage ist inzwischen so verfahren, dass ihr sonst nicht wieder herausfindet.«

»Eigentlich sieht Verena gar nicht aus wie jemand, der in einen Schlamassel gerät!«, verkündete Stevie plötzlich treuherzig von der Türe her.

»Stevie!« Monika konnte erstaunlich streng klingen. »Keine dummen Bemerkungen!«

»Entschuldige! Alfons meinte, wir sollten nach euch schauen, weil du so gar nicht wieder aufgetaucht bist. Was ist los?«

»Wir fingen langsam an, uns zu fragen, was ihr hier treibt«, schloss Alfons sich an und stapfte ins Büro.

Monika und ich wechselten einen Blick. »Wir haben über mich und Mark Abernathy gesprochen«, sagte ich resigniert. Ich war das Versteckspiel leid, und es erleichterte mich geradezu, die Wahrheit zu sagen. »Das war nicht nur eine einfache, unverbindliche Affäre. Wir … wir sind uns wirklich nahe gekommen. Nein, *ich* bin *ihm* nahe gekommen. Und dann haben wir uns gestritten, und ich bin abgereist, ohne ihn noch einmal zu sehen. Ich habe ihm einen Brief geschrieben, aber vermutlich ist er trotzdem zu sauer auf mich, um sich zu melden. Es kann aber auch sein, dass er froh ist, mich los zu sein …«

»Scheiße, was für ein Durcheinander!« Stevies Kommentar fasste meine Gefühle gut zusammen.
»Sauer ist man ein paar Tage, aber nicht Wochen«, wischte Alfons meinen Einwand vom Tisch. »Außer er ist ernsthaft beleidigt. Was hast du geschrieben? Dass dir an ihm liegt? Oder konnte er etwas missverstehen?«, forschte er geradeheraus nach.
»Nein, er konnte nichts missverstehen«, sagte ich und wurde rot beim Gedanken an die Dinge, die ich ihm geschrieben hatte. »Und es stand auch nichts drin, was ihm einen Grund gegeben hätte, beleidigt zu sein!«
»Gut. Du sagtest, er wäre eventuell froh, dich los zu sein. Glaubst du das wirklich?«
Nein, das glaubte ich nicht. Ich erinnerte mich an die Wärme in seinen Augen, wenn er mich angesehen hatte, die Zärtlichkeit seiner Berührungen, die mir das Gefühl gaben, etwas unendlich Kostbares zu sein, und schüttelte den Kopf. Das Band zwischen uns war noch sehr zart und empfindlich gewesen, aber es existierte – da war ich mir sicher.
»Hmm …« Alfons kratzte sich ratlos am Kopf. »Irgendetwas an dieser Geschichte passt nicht zusammen. Außer …« Er verstummte plötzlich und schlug sich mit der Hand an die Stirn. »Das ist es! – Hat er den Brief überhaupt gelesen?«
»Genau!«, stimmte Stevie erfreut, dass das Rätsel endlich gelöst war, zu: »Ich verlege auch andauernd wichtige Briefe, und dann kommen Mahnungen, und ich weiß gar nicht, wofür … Vielleicht hat er ihn ganz einfach irgendwo verlegt«, schlug er strahlend vor.
»Wo hast du den Brief für ihn hinterlassen?«, fragte Alfons, und seine klugen Augen blitzten ungewohnt scharf.
»Auf dem Esszimmertisch, deutlich sichtbar. Rosie müsste ihn beim Tischdecken gefunden haben«, sagte ich verwirrt.

»Natürlich! – Nichts leichter, als einen Brief verschwinden lassen!« Monika verzog ihr Gesicht in einer Grimasse des Abscheus und zischte bedeutsam »Jessica!«.
»Aber warum sollte Jessica …?« Ich war so in meinem Gefühlswirrwarr gefangen gewesen, dass ich dieser neuen Wendung nur schwer folgen konnte.
»Oh, Reni!«, seufzte sie ungeduldig. »Jetzt komm doch endlich auf den Boden. Ohne deinen Brief sieht die Angelegenheit so aus, als hättest du dich einfach klammheimlich aus dem Staub gemacht.«
»Wer ist Jessica?«, mischte Stevie sich ein.
»Die Tochter der Köchin. Und sie will Mark für sich«, informierte Mike ihn kurz und bündig.
»Na, da haben wir ja alle klassischen Zutaten beieinander!«, stellte Alfons heiter fest. »Mein Gott, die Menschen ändern sich doch nie! Ich komme mir vor wie im Kino.«
»Es ist aber kein Film, es geht um Reni«, erinnerte Monika ihn erbost. »Wie kannst du das bloß lustig finden?«
»Na, weil es das irgendwie ist«, erwiderte er wenig zerknirscht.
»Man sollte nicht meinen, dass vernünftige Menschen in erwachsenem Alter ein solches Kuddelmuddel anrichten. Anstatt über mich herzufallen, solltet ihr lieber überlegen, wie ihr da wieder herausfindet!«
»Ganz einfach: Reni wird ihn heute Abend anrufen und ihm alles erklären.«
»Und wenn er nicht mit mir sprechen will?«
»Er wird wollen«, beschied Mike mit einer solchen Zuversicht, dass ich meine Zweifel nur zu gerne beiseite schob.

Meine Hand, die den Hörer hielt, war klitschnass und mein Mund so trocken, dass ich fürchtete, keinen Ton herauszubekommen, aber ich zwang mich, die Zahlenfolge einzutippen.

Das Freizeichen erklang – einmal, zweimal. Dann hörte ich Rosies leicht keuchende Stimme: »Hallo?«
Ich räusperte mich und sagte langsam: »Guten Abend, Rosie. Hier ist Verena Naumann aus Deutschland. Ist Mark da?«
Sekundenlang hörte ich keinen Ton, nicht einmal ihren Atem. »Wie geht es Mrs. Abernathy? Ist sie inzwischen wieder zu Hause?«
Gespannt wartete ich auf ihre Antwort. Was sie sagte, kam mir so unglaublich vor, dass ich noch dastand, als sie schon längst aufgelegt hatte, den Hörer in der Hand hielt und wie betäubt die Wand vor mir anstarrte.
Rosie hatte gesagt: »Da sind sie falsch verbunden. Guten Abend.«

»Bist du sicher, dass es tatsächlich die richtige Nummer war?« Monika zog ungläubig die Stirn kraus und versuchte, einen Sinn in dem Irrsinn zu erkennen.
»Natürlich, ich habe doch Rosies Stimme erkannt.«
»Vielleicht wollte sie dich abwimmeln, weil sie gerade viel zu tun hatte?«, schlug Stevie hilfsbereit vor. »Ich mache das auch manchmal so, wenn Leute anrufen, mit denen ich gerade nicht sprechen will.«
»Ruf morgen Vormittag im Geschäft an. Vielleicht erreichst du ihn da zufällig«, riet Alfons kurz angebunden.
»Was meinst du damit?«, fragte ich begriffsstutzig.
Alfons seufzte tief auf und erklärte: »Zu Hause kannst du dir die Mühe sparen: Es ist doch klar wie Kloßbrühe, dass diese Person, die sicher heilfroh über deine Abwesenheit ist, alles versuchen wird, dass es auch so bleibt.«
»Natürlich«, stimmte Monika sofort zu. »Wie dumm von uns. Daran hätten wir denken sollen. Aber im Geschäft sitzt Jessicas Vater. Ruf ihn lieber auf dem Handy an!«

»Er hat keines.«
»Wie bitte?«
»Er mag keine Handys.« Nur zu gut erinnerte ich mich an mein eigenes Erstaunen darüber.
»Ach, Schatz, Engländer sind eben etwas seltsam. Hast du nicht *Asterix bei den Briten* gelesen?«, versuchte Stevie sich an einer Erklärung, tätschelte liebevoll ihre Hand und fing geschickt das Kissen auf, das er ihr immer in den Rücken schob und das sie bei jeder Gelegenheit heimlich auf den Boden fallen ließ. Das hätte Zeit, bis sie einen dicken Bauch hätte, grummelte sie dann immer, aber insgeheim genoss sie seine übertriebene Fürsorglichkeit schon, auch wenn sie ihr manchmal auf die Nerven ging.
»Dann musst du es eben trotzdem im Büro versuchen. Vielleicht hast du Glück. Dieser Miles kann ja nicht immer da sein.«

Sobald ich am nächsten Morgen allein in unserem *Blütenzauber*-Büro saß, suchte ich die Telefonnummer von *Purple Passion* heraus und wählte. Womöglich war ich noch nervöser als am Vorabend.
Die Männerstimme, die sich mit »Miles Donnelly« meldete, hätte mich den Hörer fast wieder auflegen lassen, aber ich meldete mich entschlossen mit »Mrs. Naumann, from *Blütenzauber* in Germany«. Vielleicht brachte er meinen Nachnamen nicht sofort mit mir in Verbindung. Als wichtigen Geschäftspartner konnte er mich außerdem doch sicher nicht so einfach abwimmeln.
Seiner Stimme war nicht anzumerken, ob er mich erkannte. Sehr höflich fragte er, ob wir weitere Wünsche hätten; unsere Lieferung ginge in den nächsten Tagen ab. Nein, leider sei Mr. Abernathy nicht zu sprechen. Ob er ihm etwas ausrichten könne?

Nur mühsam brachte ich die üblichen Floskeln heraus. Am liebsten hätte ich ihn angeschrien, er sollte gefälligst sofort Mark ans Telefon holen. Stattdessen hörte ich mich nach Sophia fragen. Einen kurzen Moment zögerte die Stimme, als sei sie überrascht. Aber dann erwiderte sie freundlich, Mrs. Abernathy ginge es den Umständen entsprechend gut.
Anstatt den Hörer auf den Apparat zu schmettern, legte ich behutsam auf und starrte ratlos auf den Werbekalender der Düngemittelfabrik an der gegenüberliegenden Wand.
Schreiben Sie uns, wenn Sie an weiteren Informationen interessiert sind, stand in roten Lettern über dem Rücken einer Kuh, die auf einer mit Löwenzahn übersäten Wiese suggerierte, der Dünger käme direkt von ihr persönlich.
Also griff ich zu Papier und Stift. Elektronisch versuchte ich es erst gar nicht. Wie ich Mark kannte, überließ er die Sichtung seiner E-Mails anderen.

Lieber Mark,
es tut mir Leid, wenn dich meine überstürzte Abreise gekränkt hat! Hast du meinen Brief nicht bekommen, in dem ich dir alles erklärt habe?

Und dann schrieb ich, wie sehr ich ihn liebte und vermisste und dass ich hoffte, ihn bald wiederzusehen und noch einiges andere, das ich schnell in einen Briefumschlag stopfte und zuklebte, ehe ich es mir anders überlegen konnte.

Vier Tage später lag mein Brief in der Post – mit einem Stempel des örtlichen Postamts in Somerset: *Acceptance denied.*
Meinen ersten Impuls, die große Glasvase voller Glockenblumen gegen die Wand zu schleudern, milderte ich ab, indem ich den Briefbeschwerer nahm. Ein erstaunlich großes Stück

Putz fiel zu Boden, und gleich darauf sprang die Tür auf, und drei erschrockene Gesichter wollten mir zu Hilfe eilen.
»Was war das?«, fragte Monika entsetzt, und Alfons eilte sofort zum Fenster. Während sie mich fixierte und Alfons argwöhnisch die Umgebung musterte, hatte Stevie den Briefbeschwerer in der Zimmerecke entdeckt, bückte sich und hob ihn auf.
»Warum wirfst du mit so etwas um dich?«, fragte er arglos und legte ihn beiläufig wieder an seinen Platz. »Soll ich das Loch mit Gips zuschmieren, oder möchtest du lieber ein Bild drüberhängen?«
Das hysterische Kichern, das seine Bemerkung bei mir auslöste, ließ die beiden anderen besorgte Blicke tauschen. Monika legte mir besorgt den Arm um die Schultern.
»Willst du uns nicht sagen, was los ist?«, fragte sie behutsam.
Ich wies stumm auf den Brief mit dem auffälligen Stempelaufdruck, legte den Kopf auf die Arme und brach in Tränen aus.
»Was bedeutet *Acceptance denied?*«, hörte ich Stevie fragen.
»Na, na«, brummelte Alfons und streichelte mir unbeholfen über den Kopf. Irgendwie war es tröstlich, auch wenn seine rissigen Hände sich immer in meinen Locken verfingen.
»Vielleicht sollte sie persönlich hinfahren«, überlegte Monika laut. »Diese Typen können ihn ja nicht rund um die Uhr abschirmen.«
»Aber wenn er sie wirklich nicht sehen will, steht sie ganz schön blöd da«, gab Stevie erstaunlich vernünftig zu bedenken.
»Natürlich wäre es am besten, wenn er herkäme. Nur, wie sollen wir ihn dazu kriegen?«
Alfons' Hände bewegten sich plötzlich nicht mehr. Langsam

richtete er sich auf, klopfte mir auf die Schulter und sagte: »Ich glaube, ich habe da eine Idee …«

Nachdem ich mich kräftig geschnäuzt und das Gesicht mit kaltem Wasser gewaschen hatte, saß ich ihm zwar noch mit rot geheulten Augen, aber hoffnungsvoll gegenüber.

Der alte Mann grinste spitzbübisch über das ganze Gesicht und fragte mich: »Wie viel ist es dir wert, ihn herzulocken?«

Was für eine Frage! »Alles«, antwortete ich schlicht.

Er nickte zufrieden und erläuterte seinen Plan: »Du hast uns doch von diesen besonderen Duftwicken erzählt. Du weißt schon: die, die er dir geschenkt hat. Daran erinnert er sich ganz sicher. Von denen bestellst du eine Riesenmenge – so viele, dass er sie unmöglich liefern kann. 20000 oder 30000 Stück. – So einen Auftrag kann dieser Miles nicht vor ihm geheim halten. Und ich wette, das wird ihn aufscheuchen!«

Ich dachte kurz darüber nach. »Also gut, ich bestelle 50000 *Black Monks*«, entschied ich mich. Ja, es könnte funktionieren.

Monika schnappte nach Luft. »Bist du wahnsinnig geworden? Was sollen wir mit solchen Unmengen?«

»So viele hat er nicht«, beruhigte ich sie.

»Und wenn doch?«

»Dann spenden wir sie notfalls dem Stadtgarten oder verschenken sie – ist doch egal. Mach dir keine Gedanken, das zahle ich selbstverständlich allein.«

»Darum geht es mir doch gar nicht! Bist du sicher, dass er den Wink versteht?«

Nein, ganz sicher war ich mir natürlich nicht. Aber ich orderte die Pflanzen trotzdem für sofortige Lieferung und schrieb die Zahlen sicherheitshalber aus, damit niemand meinen könnte, ich hätte versehentlich eine Null zu viel geschrieben.

Wie lange würde Mark brauchen, um sich dazu durchzuringen, mich wenigstens anzurufen? Ich teilte nicht unbedingt die Meinung der anderen, er würde persönlich herkommen. Aber eine Bestellung – oder vielmehr: die Lieferschwierigkeiten – dieser Größenordnung konnte er nicht dem tüchtigen Miles überlassen. Er würde mit mir sprechen müssen.
Da wir die Bestellung an einem Samstag gefaxt hatten, musste ich damit rechnen, dass er den Ausdruck erst am Montagmorgen zu Gesicht bekäme. Wohl oder übel würde ich mich noch etwas länger gedulden müssen.

Der Sonntag sah mich allein bei meinen Orchideen. Alfons hatte sich zu einem Ausflug mit dem Männergesangverein überreden lassen und war bereits im Morgengrauen aufgebrochen. Monika und Stevie waren zu einem Besuch bei seinen Eltern gefahren. Die beiden wurden von Tag zu Tag bürgerlicher. Sogar Monikas fuchsrote Kaktusstoppel begannen sich friedlich zu ringeln. Bis zur Geburt des Kindes würden ihre kastanienbraunen Wellen wohl wieder nachgewachsen sein.
Viel zu lange hatte ich mich nicht mehr richtig um meine Pflanzen gekümmert. Und irgendwie waren sie mir fremd geworden. Die alte Vertrautheit wollte sich einfach nicht einstellen.
Glücklicherweise schienen sie es mir nicht übel genommen zu haben. Die feuchtwarme Luft in Alfons' altem Gewächshaus war ihnen bekommen, und mehr als die Hälfte von ihnen stand in Blüte oder hatte dicke Knospen entwickelt. Es war höchste Zeit, Stützstäbe anzubringen und sie aufzubinden, damit die kostbaren Rispen nicht abknickten.
Ich tauchte gerade einen Topf mit ausgetrocknetem Substrat in die modrig riechende Brühe unter dem steinernen Pflanz-

tisch, als die Tür in den alten rostigen Angeln knirschte. Hatten Monika und Stevie die Eingangstür offen gelassen?
»Tut mir Leid, wir haben geschlossen«, rief ich abwesend, ganz auf die Luftblasen konzentriert, die aus dem Topf entwichen, den ich gerade tief unter Wasser drückte. Hoffentlich verschwand der lästige Kunde, ohne dass ich ihn persönlich hinauswerfen musste.
»Verena …?«
Die wohl bekannte, dunkle Stimme erschreckte mich so, dass ich automatisch den Kopf hochwarf und prompt schmerzhaft an den harten Stein knallte. Ich stöhnte laut auf, während bunte Sterne vor meinen Augen zu tanzen begannen, und sank, einen Moment lang benommen, auf die Knie.
»Wo bist du?« Rasche, zielgerichtete Schritte kamen näher. Kräftige Hände packten mich und zogen mich hoch.
»Was machst du da unten?«
Seine Frage machte mir bewusst, dass ich den Topf fallen gelassen hatte. Egal, es war mir gleichgültig.
»Mark«, keuchte ich ungläubig und packte ihn am Revers seiner Lederjacke. »Wo kommst du denn her?«
Ich sah ihn nur verschwommen, aber seine Mundwinkel zuckten, als er ansonsten vollkommen ernsthaft erwiderte. »Aus Somerset, oder was dachtest du?« Dann senkte er den Kopf – und küsste mich!
Es war kein sanfter Kuss; harte Lippen zwangen meine auseinander, scharfe Zähne gruben sich in meine Unterlippe, und seine Zunge tastete sich nicht liebevoll vor, sondern drang wütend und besitzergreifend in mich ein. Ich schmiegte mich trotzdem an ihn, schlang meine Arme um seinen Nacken, als wollte ich ihn nie wieder loslassen. Sein unnachgiebiger Körper presste mich gegen den Pflanzentisch, ließ mich die wachsende Härte an meinem Bauch spüren.

Endlich löste er sich atemlos von mir und schnappte nach Luft.

»Ich habe dich mehr vermisst, als ich sagen kann. Was hast du dir nur dabei gedacht?«

»Es tut mir wahnsinnig Leid«, entschuldigte ich mich und fühlte mich wie beschwipst. »Aber ich habe dir doch einen Brief hinterlassen!«

Er sah mich so seltsam an, als seien mir auf einmal ein Paar Hörner gewachsen. »Ja, ich habe eine Nachricht von dir bekommen«, sagte er langsam und sein Gesichtsausdruck verfinsterte sich zusehends. »Warte, ich habe sie mitgebracht. Hier ...«

Das zerknitterte Blatt, das er aus der Brusttasche zog und mir in die Hand drückte, war mir völlig unbekannt. Verblüfft versuchte ich die Zeilen auf dem linierten Papier zu entziffern.

Hallo Tiger,
wenn du dies liest, bin ich ausgeflogen. Es war recht nett mit dir, aber in der Provinz zu versauern ist nichts für mich. Versuch bitte nicht, mich anzurufen. Vorbei ist vorbei.

Alles Gute
V.

Schockiert hob ich die Augen zu seinem immer noch finsteren Gesicht, das mich zu belauern schien. »Sei froh, dass du nicht neben mir standest, als ich das las«, schnaubte er.

»Das habe ich nie geschrieben«, krächzte ich tonlos.

Er nickte, immer noch mit diesem Angst einflößenden Gesichtsausdruck. »Das weiß ich inzwischen auch. Sonst wäre ich nicht hier. Und wenn du 100 000 *Black Monks* bestellt hättest.« Ein bewunderndes Grinsen überzog seine attrak-

tiven Züge. »Ich hätte nicht gedacht, dass du so weit gehen würdest.«
»Wenn du weißt, dass ich diesen Wisch nicht geschrieben habe, wieso hast du ihn mitgebracht?«, fragte ich verwirrt. »Woher kommt er? Und wo ist mein echter Brief geblieben?«
Sein Mund erstarrte zu einer harten Linie. »Diese Nachricht lag neben meinem Teller, als ich abends aus dem Krankenhaus kam. Rosie behauptete, sie auf dem Esstisch gefunden zu haben, als sie den Tisch für das Mittagessen decken wollte. Du wärst spurlos verschwunden gewesen.«
So ein falsches Aas! Als ob sie je Anstalten gemacht hätte, für mich zu kochen. Ehe ich meiner Empörung Luft machen konnte, fuhr Mark fort: »Ich war vor Enttäuschung außer mir. Es schien so gut dazu zu passen, wie du mich am Abend davor hast abblitzen lassen.«
»Glaubst du mir, wenn ich dir sage, dass ich vor Kopfschmerzen kaum mehr klar denken konnte?«, fragte ich und sah ihm fest in die Augen.
Etwas wie Beschämung blitzte in den dunklen Augen auf, bevor er mich fest an sich drückte und sagte: »Natürlich! Ich war ein Idiot! – Glaubst *du* mir, dass ich nicht das geringste Interesse an Jessica habe? Ich habe mich nur so über dich geärgert, dass ich dich verletzen wollte – egal wie. Dann bin ich in den Pub gegangen. Am nächsten Tag habe ich mich so geschämt, dass ich es nicht fertig brachte, dir gegenüberzutreten. Also verschob ich es auf den Abend, und dann war es zu spät.«
»Wie beruhigend, dass du auch manchmal feige bist!«, murmelte ich und schmiegte mich enger in seine Armbeuge. »Und wie bist du dann endlich darauf gekommen, dass es der falsche Brief war?«
Kleinlaut, aber ehrlich gab er zu: »Das war Sophia. Solange sie

im Krankenhaus war, habe ich ihr verschwiegen, dass du nicht mehr da warst, aber als sie vorgestern nach Hause entlassen wurde, musste ich es ihr natürlich sagen. Sie wollte einfach nicht glauben, dass du auf diese Art abgereist wärst – nicht einmal, als ich ihr den Brief gezeigt habe. Im Gegenteil: Nach dem ersten Blick war sie sich sicher, dass er nicht von dir sein konnte.«

Die gute Sophia! »Sie ist also nicht darauf hereingefallen wie du!«

»Ja, aber sie war im Vorteil: Sie hatte sich voll im Griff, während ich nicht mehr klar denken konnte, wenn es um dich ging. Und außerdem kam ihr die Handschrift bekannt vor ... und zwar nicht von dir.«

Besänftigt durch die zärtlichen Finger, die sich ihren Weg unter mein Oberteil gesucht hatten und jetzt die nackte Haut meines Rückens streichelten, murmelte ich: »Weiter. Was hat sie unternommen?«

»Gleich am Samstagmorgen zitierte sie die ganze Familie Donnelly zu sich.« Er schüttelte sich bei der Erinnerung. »Das war ein richtiges Tribunal! Sie hielt Jessica den Wisch unter die Nase und sagte ihr auf den Kopf zu, dass es ihre Handschrift wäre. Natürlich leugnete sie. Rosie und Miles waren empört. Dann behauptete Sophia – und um ein Haar hätte ich es ihr selbst geglaubt! –, der echte Brief sei wieder aufgetaucht, und zog einen Briefumschlag aus ihrer Jackentasche. Du hättest Rosies Gesicht sehen sollen! In ihrer Überraschung platzte sie damit heraus, dass der echte Brief längst verbrannt wäre.«

Gott sei Dank! Es wäre schrecklich gewesen, zu wissen, dass Jessica oder Rosie ihn gelesen hatten!

»Steckten sie alle unter einer Decke?« Ich konnte es kaum glauben.

Mark nickte. »Miles hat immer getan, was Rosie und Jessica wollten.«
Die schrecklichen letzten Wochen zogen an mir vorüber. Unbewusst ballten meine Hände sich zu Fäusten, und mein ganzer Körper spannte sich vor Wut. Diese Mistbande! Hatten sie einen einzigen Gedanken daran verschwendet, was sie mir antaten?
Mark schien meine Gefühle zu teilen. »Wir haben Miles und Rosie fristlos entlassen und verlangt, dass sie das Cottage in der Gärtnerei umgehend räumen.« Er sah auf die Uhr an seinem Handgelenk. »Inzwischen müssten sie auf dem Weg sein. – Als ich ihre Papiere fertig machte, habe ich deine irrsinnige Bestellung gefunden. Eine Stunde später war ich unterwegs zu dir. – Schau mich an ...«
Gehorsam legte ich den Kopf in den Nacken. Versank in den grauen Augen, die silbern zu schimmern schienen. Beinahe hätte ich die Frage überhört, während ich sehnsüchtig an diesem Gesicht hing, das mir so nahe war, dass ich mein Spiegelbild in seinen Augen erkennen konnte.
»Liebst du mich noch?«
»Ja, ich liebe dich!«, flüsterte ich ohne zu zögern zurück. Die Worte bildeten sich beinahe von selbst, als hätten sie schon lange darauf gewartet, endlich ausgesprochen zu werden.
»Gott sei Dank!« Er stieß erleichtert den Atem aus. »Mir ist in dem Augenblick, in dem du mir im Büro erklärt hast, ich könne mir meine hohen Außenstände nicht leisten, klar geworden, dass ich dich liebe. Du warst so süß besorgt!« Das Lachen in seinem Gesicht wich Begehren. »Weißt du, dass ich am liebsten schon im Anwaltsbüro über dich hergefallen wäre? Damals hat es mich wahnsinnig gemacht, dass ausgerechnet du eine solche Wirkung auf mich hattest.«
»Und ich ...«, setzte ich an.

»Nicht jetzt«, sagte Mark. Langsam senkte er den Kopf. »Alles andere kann warten«, flüsterte er rau und küsste mich, während seine Hände mein Oberteil hochschoben, meine Brüste umfingen und sie zärtlich zu streicheln begannen. Ich drängte mich ihnen entgegen, genoss die Glut, die sich in meinem Unterleib ausbreitete, und küsste ihn mit all der Leidenschaft, die ich seit Tagen unterdrückt hatte. Er stöhnte auf und murmelte: »Können wir irgendwohin, wo etwas mehr Platz ist?«

»Die Picknickdecke unterm Kirschbaum«, schlug ich heiser vor. Ohne ein weiteres Wort zog er mich hinter sich her aus dem Gewächshaus. Der große Kirschbaum in Blüte stand genau dahinter, seine Zweige bogen sich an manchen Stellen beinahe bis zum Boden. Auf dem Gras unter ihm saß ich besonders gerne. Für den Nachmittag hatte ich mir meinen Lieblingsfleck in der Gärtnerei bereits vorbereitet und die riesige, flauschige Picknickdecke ausgelegt. Zitternd vor Ungeduld begann ich bereits auf dem kurzen Weg dorthin, mein Oberteil über den Kopf zu streifen. Ich konnte es kaum erwarten, Marks harten, muskulösen Körper auf meinem zu spüren. Nach der Schnelligkeit zu urteilen, mit der er seine Kleidungsstücke abstreifte, war er nicht geduldiger als ich, aber als ich ihn über mich ziehen wollte, drückte er mich sanft auf den Rücken und sagte lächelnd: »Halt still, darauf habe ich mich die ganze Fahrt über gefreut!«

Sein warmer Atem strich über meine Haut, während er begann, meine Schultern, die Senke am Schlüsselbein, das Tal zwischen meinen Brüsten mit der Zunge zu erkunden. Zentimeter für Zentimeter wanderte der dunkle Kopf tiefer, verharrte länger an meinen Bauchnabel, glitt weiter über meinen Bauch. Etwas kaum Spürbares fiel auf meine linke Wange, und als ich die Augen öffnete, blickte ich genau in die von schneeweißen Blüten übersäten Zweige über mir. Ein Windhauch hatte genügt, um einen seidigen Schauer Blütenblätter auf uns herabregnen zu lassen. Wie verzauberte Schneeflocken lagen sie überall: auf der Picknickdecke, auf Marks dunklen Haaren, auf meiner nackten Haut. Wäre ich nicht geradezu überempfindlich gewesen, hätte ich die federleichte Berührung überhaupt nicht wahrgenommen. So aber war sie fast unerträglich. »Bitte …«, stöhnte ich und krallte eine Hand in sein dichtes Haar.

Er lachte, ein triumphierendes Lachen, und im nächsten Moment schob er sich über mich. Unbewusst hielt ich den Atem an, als er in mich eindrang, mich ausfüllte. Ich hatte ihn so vermisst, mich so schmerzlich nach seiner Nähe, seinen Berührungen gesehnt, dass mein Körper jetzt fast augenblicklich auf ihn reagierte. Ich löste mich auf, zerfiel in Tausende funkelnder Splitter, und als ich endlich – noch ein wenig benommen – die Lider wieder aufschlug, sah ich sein Gesicht über mir. Es wirkte starr vor Konzentration und Leidenschaft, aber die silbernen Augen leuchteten vor Zärtlichkeit, als er mir mit einem Finger behutsam die Tränen wegwischte, die ich nicht unterdrücken konnte. Zum ersten Mal in meinem Leben weinte ich tatsächlich Freudentränen, etwas, das ich immer für eine sentimentale Erfindung gehalten hatte. Ich zog sein Gesicht zu mir herunter, um ihn leidenschaftlich zu küssen, und mehr Ermutigung brauchte er nicht. Als er leise aufstöhnte und in meinen Armen zusammensackte, hielt ich ihn so fest wie möglich. Am liebsten wäre ich ganz und gar mit ihm verschmolzen.

Einige Zeit blieben wir so liegen, und ich genoss sein Gewicht auf mir, das mich gegen den Boden drückte, schaute in den Baldachin aus weißen Blüten über uns und war wunschlos glücklich.

Schließlich rollte sich Mark zur Seite, hob den Kopf und lächelte mir träge und zufrieden zu.
»Sprachst du vorhin nicht von einem Picknick? Jetzt könnte ich etwas zu essen vertragen.«
»Wie unromantisch!«
»Na ja, ich habe seit gestern nichts Richtiges mehr gegessen«, verteidigte er sich. »Ich hatte es so eilig, zu dir zu kommen, dass ich nirgends anhalten wollte.« Wie zur Bestätigung knurrte sein Magen deutlich hörbar. Ich musste lachen.
»Du Ärmster! Komm mit in die Küche; ich schau, was wir an Vorräten dahaben. – Wo ist mein Slip?«
»Ich glaube, ich liege drauf.«

Als wir Hand in Hand zum Haus schlenderten, sah Mark sich um und bemerkte: »Eure Gärtnerei gefällt mir. Wo sind eigentlich deine Freunde?«
»Alfons macht einen Ausflug, und Monika ist mit Stevie zu seinen Eltern gefahren. Sie ist schwanger, und sie werden bald heiraten.«
Sein nachdenkliches Schweigen machte mir bewusst, dass wir noch nicht darüber gesprochen hatten, wie es mit uns weitergehen sollte.
»Sie sind dir sehr wichtig, nicht wahr?«
»Ja, das sind sie. Ohne Monika säße ich immer noch im Vorzimmer einer mittelmäßigen Bank und würde abends mit meinen Orchideen sprechen.«
»Das wäre wirklich eine Verschwendung! – Ich würde deine Familie gerne kennen lernen.«
Deine Familie, wie seltsam das klang! Aber im nächsten Moment wurde mir klar, dass sie tatsächlich meine Familie waren: Monika, Alfons und Stevie. Ja, auch Stevie gehörte für mich inzwischen dazu. Man musste ihn einfach gern haben.

»Du wirst sie heute Abend sehen«, versprach ich Mark. »Magst du Bratkartoffeln?«

Während ich am Herd stand, schilderte ich ihm in groben Zügen meine erste Zeit bei *Blütenzauber*, wie Monika uns mit ihrer Vermarktungsidee der schwarzen Blumen überrascht hatte, und wie ich darauf gekommen war, mir die Rechte an seinen Pflanzen zu sichern.

Er hörte stumm und aufmerksam zu, warf nur hier und da eine kurze Frage ein. Als ich meine Erklärungen schließlich beendet hatte, schob er seinen Teller zur Seite, griff nach meinen Händen und hielt sie fest, während er mich fast feierlich anblickte: »Ich möchte dir einen Vorschlag machen«, sagte er entschlossen. »Könntest du dir vorstellen, bei *Purple Passion* die Orchideenzucht zu übernehmen?«

Vor Überraschung brachte ich keinen Ton heraus. Damit hätte ich im Traum nicht gerechnet!

»Ich weiß, es kommt ziemlich überhastet, aber ich habe nicht viel Zeit. Morgen muss ich wieder zurück. Bis ich einen Ersatz für Miles gefunden habe, hilft Sophia mir, aber ich will sie nicht länger als unbedingt nötig allein lassen. – Was ist? Hast du Interesse an Urgroßonkels Prachtexemplaren?«

»O ja«, brachte ich heraus. Bei der Aussicht, Herrin über ein solches Reich zu werden, schwindelte mir. Welche Möglichkeiten! »Das bietest du mir wirklich einfach so an?«

»Ich denke, ich könnte keinen finden, der besser geeignet wäre. Und mit dem ich lieber zusammenarbeiten würde! – Bist du einverstanden? Werden wir Partner?«

Ich öffnete schon den Mund, um spontan *Ja* zu sagen, als ein Gedanke mich zögern ließ. »Was ist mit meiner Teilhaberschaft hier bei *Blütenzauber*?«

»Was soll damit sein? Du kannst doch bei zwei Firmen Teilhaber sein, oder?«

»Ich denke schon, aber ich frage wohl besser noch einmal Dr. Weydrich.«
Mark warf den Kopf in den Nacken und lachte schallend. »Ganz falsch war mein erster Eindruck von dir also doch nicht«, prustete er und wischte sich die Lachtränen aus den Augenwinkeln. »Lass dir sagen«, er drohte mir scherzhaft mit dem Finger, »noch einmal zieht ihr beide mich nicht über den Tisch! Die Bedingungen stelle diesmal ich!«
»Einverstanden. Nur möchte ich Dr. Weydrich nicht einfach übergehen. Er war sehr nett zu mir.«
»Na gut, mein Anwalt wird ihm den Papierkram schicken. Aber es wird ewig dauern, bis alles mit deutscher Gründlichkeit geregelt ist. So lange wollte ich eigentlich nicht auf meinen neuen Partner warten, und Sophia ist auch schon ganz ungeduldig, dich wiederzusehen. Wann kannst du kommen?«
Am liebsten wäre ich sofort mit ihm zurückgefahren, aber ich zwang mich dazu, ihn zu vertrösten. »In ein, zwei Wochen. Es ist an der Zeit, dass ich mir die überstürzten Abreisen abgewöhne.« Ich lächelte ihn liebevoll an. Wenn unsere Beziehung Bestand hatte, kam es auf ein paar Tage nicht an, und diesmal wollte ich alles ordentlich hinter mir lassen. »Ich bin es Monika schuldig, wenigstens einen Ersatz für mich zu suchen, der ihr die Buchhaltung abnimmt. Mit dem Übrigen kommt sie gut ohne mich zurecht, wie sich gezeigt hat.
Außerdem müssen meine Orchideen sorgfältig verpackt werden, wenn sie den langwierigen Transport gut überstehen sollen.«
»Wie *ich* das überstehen soll, weiß der Himmel«, seufzte Mark übertrieben theatralisch, und seine Augen glitzerten. »Komm her, eine kleine Anzahlung …«
Willig ließ ich mich auf seinen Schoß ziehen.

»Was hältst du davon, wenn du mir dein Schlafzimmer zeigst«, murmelte er und biss mich zärtlich ins Ohrläppchen.
»Gleich«, vertröstete ich ihn und stemmte meine Hände fest gegen seine Schultern, um ihn ansehen zu können. »Du hast vorhin ein Cottage erwähnt«, sagte ich. »Das, in dem die Donnellys gewohnt haben. Kann ich das mieten?«
»Wieso willst du das alte Cottage mieten? Du kannst doch bei uns wohnen.«
Ich küsste ihn. »Das ist sehr lieb von Sophia und dir, aber ich denke, es ist höchste Zeit, dass ich selbst die Verantwortung für mich übernehme. Und ich hätte schrecklich gerne eine eigene Wohnung – zum ersten Mal in meinem Leben ...«
Mark grinste erleichtert. »Denkst du, Sophia würde dich sonst ständig bevormunden? Damit könntest du Recht haben. Natürlich überlasse ich dir das Cottage; ich bin mit allem einverstanden, wenn du nur in meiner Nähe bist!«
Seine Arme umschlangen mich so fest, als wollten sie mich nie wieder loslassen, und als er seinen Mund auf meine Lippen presste und mich tief und hungrig küsste, war ich mir sicher, dass die Damaszenerrose unter der Silbereiche Wurzeln gefasst hatte.